DAVID LAGERCRANTZ

VERNICHTUNG

DAVID LAGERCRANTZ

VERNICHTUNG

Roman

Aus dem Schwedischen
von Susanne Dahmann

HEYNE

Die Originalausgabe erschien unter dem Titel
Hon som måste dö
bei Norstedts, Stockholm

MIX
Papier aus verantwortungsvollen Quellen
FSC® C014496
FSC www.fsc.org

Verlagsgruppe Random House FSC® N001967

Lektorat: Kirsten Naegele
Redaktion: Leena Flegler
Herstellung: Helga Schörnig
Satz: Vornehm Mediengestaltung GmbH, München
Umschlaggestaltung: Eisele Grafik-Design München, unter Verwendung
eines Motivs von Bigstock/angelp
Druck und Bindung: GGP Media GmbH, Pößneck
Printed in Germany

ISBN 978-3-453-27100-5

www.heyne.de

PROLOG

In jenem Sommer tauchte ein neuer Bettler im Viertel auf. Niemand wusste, wie er hieß, und es scherte sich auch keiner darum, auch wenn ein junges Paar, das jeden Morgen an ihm vorbeiging, ihn den »verrückten Zwerg« nannte, was zumindest zur Hälfte ungerecht war. Im medizinischen Sinne war er nicht kleinwüchsig. Er war einen Meter fünfzig groß und normal proportioniert. Allerdings war er wirklich verrückt, und manchmal fuhr er überraschend hoch, griff nach Passanten und redete wirres Zeug.

Ansonsten hockte er meist auf einem Stück Pappe auf dem Mariatorget direkt vor dem Springbrunnen mit der Thor-Statue, und da wiederum kam es vor, dass er Würde ausstrahlte. Mit seinem hocherhobenen Haupt und dem geraden Rücken konnte er aussehen wie ein leicht heruntergekommener Häuptling, aber das war auch schon sein letztes soziales Kapital und der einzige Grund, warum ihm die Leute noch Münzen oder Scheine zusteckten. Sie meinten, eine lange verlorene Größe in ihm zu erkennen, und da täuschten sie sich nicht. Es hatte eine Zeit gegeben, in der sich die Menschen vor ihm verneigt hatten.

Doch diese Zeit war vorbei, und der schwarze Fleck auf seiner Wange machte es auch nicht besser. Der Fleck sah aus wie ein Stigma des leibhaftigen Todes. Das Einzige, was nicht zu seiner Erscheinung zu passen schien, war die Jacke. Sie war blau und teuer, ein Marmot Parka. Aber auch sie verlieh ihm keinen Anschein von Normalität, und das nicht nur, weil sie mit Dreck und Essensresten verklebt war. Sie sah regelrecht arktisch aus – und in Stockholm war Sommer. Eine drückende Hitze lag über der Stadt, und während dem Mann der Schweiß über das Gesicht lief, betrachteten die Leute bekümmert die Jacke, bei deren bloßem Anblick sie selbst nur umso mehr unter der Hitze litten. Trotzdem legte der Mann sie nie ab.

Er war der Welt abhandengekommen und wirkte nicht, als könnte er für jemanden eine Bedrohung darstellen. Anfang August war jedoch zu beobachten, wie sein Blick fokussierter wurde, und am Nachmittag des Elften kritzelte er eine verschlungene Geschichte auf ein liniertes DIN-A4-Papier, das er am selben Abend noch als eine Art Wandzeitung an das Bushäuschen am Pendlerbahnhof Södra klebte.

Die Geschichte war die halluzinatorische Schilderung eines schrecklichen Sturms. Dennoch gelang es der jungen Assistenzärztin Else Sandberg, die auf die Linie 4 wartete, Teile der Einleitung zu dechiffrieren. Darin war ein Mitglied der schwedischen Regierung genannt. Im Übrigen konzentrierte sie sich hauptsächlich darauf, eine Diagnose zu stellen. Sie tippte auf paranoide Schizophrenie.

Als sie zehn Minuten später den Bus bestieg, blieb lediglich ein Gefühl von Unbehagen. Es war eine Art Kassandra-Fluch: Niemand glaubte dem Mann, weil die Wahrheit, die er formulierte, dermaßen in Wahnsinn verpackt war, dass man sie kaum mehr erkennen konnte. Trotzdem musste die Botschaft jemanden erreicht haben, denn schon am nächsten Morgen stieg ein Typ in einem weißen Hemd aus einem blauen Audi und riss die Wandzeitung herunter.

In der Nacht auf Samstag, den fünfzehnten August, hatte der Obdachlose sich auf den Weg zum Norra Bantorget gemacht, um sich Schwarzgebrannten zu besorgen. Er begegnete einem anderen Säufer, dem alten Fabrikarbeiter Heikki Järvinen aus Österbotten.

»Hallo, Bruder. Na, drückt die Not?«, fragte Järvinen.

Er bekam keine Antwort, zumindest nicht gleich. Leicht zeitversetzt sprudelte dann doch eine lange Tirade los, die Heikki als reinsten Unfug ansah. »Blödsinn!«, zischte er und fügte hinzu – unnötigerweise, gestand er sich ein –, sein Gegenüber sehe mal wieder aus wie ein »Tschingtschang Chinamann«.

»Me Kangbachen, I hate China«, brüllte der andere zurück.

Dann brach die Hölle los. Mit seiner fingerlosen Hand drosch er auf Heikki ein, und auch wenn es nicht gerade geschult oder trainiert aussah, war sein Angriff von unerwarteter Kraft. Heikki blutete aus dem Mund und fluchte wie ein finnischer Bierkutscher, als er davonwackelte und den U-Bahn-Eingang am Hauptbahnhof ansteuerte.

Als der Bettler das nächste Mal gesichtet wurde, war er zurück in seinem alten Stadtviertel, schwer betrunken und von Übelkeit geplagt. Ihm lief Speichel aus dem Mund, er hielt sich den Hals und murmelte: »Very tired. Must find dharamsala, and a lhawa, very good lhawa. Do you know?«

Er wartete nicht auf eine Antwort, sondern überquerte wie ein Schlafwandler den Ringvägen. Kurz darauf warf er eine Halbliterflasche ohne Etikett zu Boden und verschwand zwischen den Bäumen und Büschen im Tantolunden. Niemand hätte sagen können, was anschließend geschah, nur dass am folgenden Morgen leichter Regen fiel und der Wind aus Norden blies. Gegen acht Uhr schlief der Wind ein, es klarte auf, und der Mann lehnte an einer Birke.

Unten an der Straße wurde der Mitternachtslauf vorbereitet. Im ganzen Viertel herrschte Volksfeststimmung. Der Bettler war tot, die Luft um ihn herum sirrte von Fröhlichkeit, und niemanden kümmerte es, dass er ein Leben voll ungeheuerlicher Strapazen und Heldentaten gelebt hatte, und noch weniger, dass er in seinem Leben nur eine einzige Frau geliebt hatte und dass auch sie in schrecklicher Einsamkeit gestorben war.

Teil 1
Die Unbekannten

Viele Tote bekommen nie einen Namen und
manche nicht einmal ein Grab.

Andere bekommen ein weißes Kreuz unter
Tausenden anderen, wie auf den amerikanischen
Soldatenfriedhöfen in der Normandie.

Einigen wird ein ganzes Monument gewidmet, wie das
Grabmal des Unbekannten Soldaten am Triumphbogen
in Paris oder im Moskauer Alexanderpark.

KAPITEL 1

15. August

Die Schriftstellerin Ingela Dufva wagte sich zuerst an den Baum heran. Sie war es auch, die erkannte, dass der Mann tot war. Da war es halb zwölf am Vormittag. Es roch widerwärtig und surrte von Fliegen und Mücken, und Ingela Dufva war nicht ganz ehrlich, als sie später behauptete, die Gestalt habe etwas Ergreifendes an sich gehabt.

Der Mann hatte erbrochen und schweren Durchfall gehabt, und Ingela Dufva war weniger von Ehrfurcht erfüllt gewesen denn von Unbehagen und der Angst vor dem eigenen Tod. Auch für die Polizisten, Sandra Lindevall und Samir Eman, die fünfzehn Minuten später eintrafen, kam der Einsatz nichts weiter als einer Strafarbeit gleich.

Sie fotografierten den Mann und suchten die Umgebung ab, allerdings nicht bis zum Abhang unterhalb des Zinkens väg, wo die Halbliterflasche lag, auf deren Flaschenboden eine dünne, kiesähnliche Schicht klebte, und obwohl keiner von beiden fand, dass es »unbedingt nach einem Verbrechen roch«, untersuchten sie trotzdem sorgfältig Kopf und Brustkorb. Es gab keine Spuren von Gewalt und auch keine anderen Hinweise auf mögliche Todesursachen, abgesehen von dem dicken Sabber, der aus seinem Mund geronnen war, und nachdem sie die Frage mit ihrem Vorgesetzten geklärt hatten, beschlossen sie, den Ort nicht abzusperren.

Während sie darauf warteten, dass die Ambulanz käme und die Leiche wegbrächte, gingen sie die Taschen der unförmigen Daunenjacke durch. Sie fanden Unmengen durchsichtigen Wachspapiers von Würstchenbuden, ein paar Münzen und einen Zwanzigkronenschein, dazu eine Quittung aus einem Geschäft für Bürobedarf an der Hornsgatan, allerdings keinen Pass oder sonstige Papiere.

Trotzdem waren sie sich sicher, der Mann dürfte leicht zu identifizieren sein. Schließlich mangelte es nicht an auffälligen Kennzeichen. Nur war dies – wie so vieles andere – eine Fehleinschätzung: Im Rechtsmedizinischen Institut in Solna, wo die Leiche obduziert wurde, nahm man Röntgenbilder von den Zähnen; weder diese noch die Fingerabdrücke erzielten Treffer in der Datenbank, und nachdem man eine Reihe Proben ans NFZ, das Nationale Forensische Zentrum, geschickt hatte, überprüfte die Rechtsmedizinerin Fredrika Nyman – obwohl es mitnichten zu ihren Aufgaben gehörte – ein paar Telefonnummern, die auf einem zusammengeknüllten Zettel aus der Hosentasche des Mannes standen.

Eine der Nummern war die von Mikael Blomkvist von der Zeitschrift *Millennium*, und zunächst dachte sie stundenlang nicht mehr darüber nach. Am Abend jedoch, nachdem sie wieder einmal einen entnervenden Streit mit einer ihrer Teenagertöchter gehabt hatte, fiel ihr wieder ein, dass sie allein im letzten Jahr drei Leichen obduziert hatte, die namenlos hatten begraben werden müssen, was ihr einen Fluch darüber und über das Leben im Allgemeinen entlockte.

Sie war neunundvierzig Jahre alt und alleinstehend mit zwei Kindern, litt an Rückenschmerzen und Schlaflosigkeit und einem Gefühl allgemeiner Sinnlosigkeit, und ohne richtig zu wissen, warum, rief sie Mikael Blomkvist an.

Das Telefon brummte. Eine unbekannte Nummer. Mikael ignorierte es. Er hatte soeben seine Wohnung verlassen und war auf der Hornsgatan in Richtung Slussen und Gamla stan unterwegs, ohne recht zu wissen, wohin er gehen wollte. Er trug eine graue Leinenhose und ein ungebügeltes Jeanshemd und wanderte eine Weile kreuz und quer durch die Gassen, bis er sich schließlich in der Altstadt in einem Straßenlokal an der Österlånggatan niederließ und sich ein Guinness bestellte.

Es war halb sieben Uhr abends, trotzdem war es noch warm, und von Skeppsholmen wehten Lachen und Applaus herauf. Mikael sah zum blauen Himmel empor, genoss die sanfte Brise und versuchte sich einzureden, dass das Leben vielleicht doch nicht ganz so beknackt war. Es gelang ihm nicht sonderlich gut, da halfen weder ein Bier noch zwei, und am Ende murmelte er irgendwas in sich hinein, bezahlte und wollte schon wieder nach Hause gehen, um weiterzuarbeiten oder sich einfach einer Fernsehserie oder einem Krimi zu widmen.

Dann überlegte er es sich anders und spazierte einem spontanen Impuls folgend in Richtung Mosebacken. Dort, in der Fiskargatan 9, wohnte Lisbeth Salander. Insgeheim machte er sich keine großen Hoffnungen, sie könnte zu Hause sein. Nach der Beerdigung ihres einstigen Vormunds Holger Palmgren war sie kreuz und quer durch Europa gereist und hatte Mikaels E-Mails und SMS nur sporadisch beantwortet. Trotzdem beschloss er, auf gut Glück bei ihr zu klingeln, und lief die vom Platz hinaufführende Treppe hoch. Als er das Haus vor sich sah, blieb er verblüfft stehen. Die komplette Fassade war von einem neuen, riesigen Graffito bedeckt. Dann ging er weiter, obwohl es sich um ein Gemälde handelte, in das man schier eintauchen wollte. Es war voller surrealistischer Details. Unter anderem war da ein kleines, lustiges Männlein in Karohose, das barfuß auf einem grünen U-Bahn-Waggon stand.

Er gab den Haustürcode ein. Drinnen betrat er den Fahrstuhl und starrte in den Spiegel. Dass der Sommer heiß und sonnig gewesen war, war ihm kaum anzusehen. Er war bleich und hohläugig und musste wieder an den Börsencrash denken, an dem er den ganzen Juli über gesessen hatte: zweifellos eine wichtige Story – ein Kollaps, nicht nur von himmelhohen Bewertungen und übersteigerten Erwartungen verursacht, sondern überdies durch Hackerattacken und Desinformationskampagnen befeuert. Doch inzwischen war jeder x-beliebige Investigativjournalist an dem Thema dran, und auch wenn er eine Menge herausgefunden hatte – unter anderem, welche russische Trollfabrik die schlimmsten Lügen verbreitet hatte –, fühlte es sich an, als würde die Welt es auch ohne sein Zutun schaffen. Vermutlich sollte er sich einfach freinehmen und endlich anfangen, Sport zu treiben, und sich vielleicht auch wieder mehr um Erika kümmern, die mitten in der Scheidung von Greger steckte.

Der Fahrstuhl hielt, er schob die Gittertür auf und betrat den Treppenflur. Inzwischen war er sich umso sicherer, dass sein Besuch sinnlos war. Bestimmt war Lisbeth verreist, und er war ihr egal. Doch als er zur Wohnungstür sah, zuckte er zusammen. Die Tür stand sperrangelweit offen, und mit einem Mal dämmerte ihm, wie sehr ihn den ganzen Sommer über die Vorstellung geplagt hatte, Lisbeths Feinde könnten sie erwischt haben.

Er stürzte regelrecht über die Schwelle. Der Geruch von Binderfarbe und Putzmittel schlug ihm entgegen.

»Hallo? Hallo?«

Weiter kam er nicht. Er hörte Schritte. Auf der Treppe hinter ihm keuchte jemand wie ein schnaubender Stier. Sein Blick blieb an zwei grobschlächtigen Kerlen im Blaumann hängen, die irgendein Trumm anschleppten. Er war so perplex, dass er sich nicht mal imstande sah, die Szene als alltäglich oder normal einzuordnen.

»Was machen Sie denn da?«, fragte er.

»Wonach sieht es denn aus?«

Es sah nach zwei Möbelpackern aus, die ein blaues Sofa in die Wohnung bugsierten, ein brandneues, schickes Designerteil. Aber wenn jemand nichts für Designkram und Einrichtung übrighatte, dann Lisbeth. Er wollte eben etwas erwidern, als er aus der Wohnung eine Stimme hörte. Für einen Moment glaubte er, es wäre Lisbeth, und seine Miene hellte sich auf. Doch es war Wunschdenken. Die Stimme glich der von Lisbeth nicht einmal annähernd.

»Das ist ja mal hoher Besuch! Was verschafft mir denn die Ehre?«

Er drehte sich erneut um. Auf der Schwelle stand eine hochgewachsene schwarze Frau Mitte vierzig, die ihn neugierig musterte. Sie trug Jeans und eine elegante graue Bluse, hatte sich das Haar zu Zöpfen geflochten und hatte schräg stehende, funkelnde Augen, und er war sofort umso verwirrter. Kannte er sie nicht irgendwoher?

»Nein, nein«, murmelte er. »Ich hab nur …«

»Sie haben nur …?«

»Mich im Stockwerk geirrt.«

»Oder wussten Sie nicht, dass die junge Dame ihre Wohnung verkauft hat?«

Er hatte es tatsächlich nicht gewusst und fühlte sich schlagartig mies, vor allem weil die Frau ihn unverwandt anlächelte. Er war fast erleichtert, als sie sich schließlich den Möbelpackern zuwandte – nicht dass die das Sofa gegen den Türstock donnerten! – und dann wieder in der Wohnung verschwand. Am liebsten wäre er sofort abgehauen, um die Begegnung sacken zu lassen; am liebsten hätte er noch mehr Guinness getrunken. Trotzdem blieb er wie angewurzelt vor der Tür stehen und schielte zum Briefschlitz. Dort stand nicht mehr »V. Kulla«, sondern Linder. Wer zum Teufel war Linder? Er tippte den Namen in sein

Handy ein, und Bilder der Frau erschienen auf seinem Display.

Es handelte sich um Kadi Linder, Psychologin und Unternehmensberaterin, und ein bisschen was wollte ihm zu der Frau sogar einfallen, hauptsächlich aber dachte er wieder an Lisbeth und schaffte es gerade so, sich halbwegs zusammenzureißen, als Kadi Linder erneut in der Tür auftauchte, jetzt nicht mehr nur neugierig, sondern auch verwundert. Ihr Blick flackerte, und sie duftete schwach nach Parfüm. Sie war von zarter Statur, mit schlanken Handgelenken und markanten Schlüsselbeinen.

»Jetzt erzählen Sie schon: Haben Sie sich wirklich im Stockwerk geirrt?«

»Kein Kommentar«, erwiderte er und wusste im selben Moment, dass dies keine gute Antwort gewesen war.

Er konnte ihr ansehen, dass sie seine Finte durchschaut hatte, und wollte jetzt nur noch unbeschadet davonkommen. Nichts würde ihn dazu bringen zu offenbaren, dass Lisbeth hier unter falschem Namen gewohnt hatte, ganz gleich was Kadi Linder nun wusste oder nicht.

»Das macht mich nicht gerade weniger neugierig«, sagte sie.

Er lachte – als wäre dies alles bloß eine lächerliche Privatsache, eine Lappalie.

»Sie sind also nicht hier, um mich zu überprüfen?«, hakte sie nach. »Die Wohnung war nicht gerade billig.«

»Solange Sie keinen abgeschlagenen Pferdekopf in das Bett eines anderen gelegt haben, lasse ich Sie in Ruhe.«

»Ich erinnere mich nicht mehr ganz genau an sämtliche Details aus den Verkaufsverhandlungen, aber ich glaube nicht, dass so was dabei war.«

»Gut. Dann mal viel Glück«, erwiderte er mit gespielter Leichtigkeit und hätte sich gern den Möbelpackern angeschlossen, die gerade aus der Wohnung kamen. Doch Kadi

Linder wollte anscheinend weiterreden. Sie fingerte nervös an ihrer Bluse und an ihren Zöpfen, und ihm dämmerte, dass ihre augenscheinliche irritierende Selbstsicherheit in Wahrheit bloß Fassade für etwas anderes gewesen war.

»Kannten Sie sie?«, fragte sie.

»Wen?«

»Die hier gewohnt hat?«

Er gab die Frage zurück.

»Sie?«

»Nein. Ich weiß nicht mal, wie sie heißt. Trotzdem mag ich sie.«

»Wie kommt's?«

»Obwohl an der Börse Chaos geherrscht hat, ist die Auktion um diese Wohnung ziemlich aus dem Ruder gelaufen, und irgendwann hab ich keine Chance mehr gesehen, da mitzugehen. Ich hab aufgegeben. Trotzdem hab ich die Wohnung bekommen, weil die ›junge Dame‹, wie der Anwalt sie nannte, gewollt hat, dass ich sie kriege.«

»Wie nett.«

»Nicht wahr?«

»Vielleicht haben Sie etwas getan, was der jungen Dame gefallen hat.«

»In den Medien bin ich hauptsächlich dafür bekannt, mit alten Männern in Aufsichtsräten zu streiten.«

»Gut möglich, dass sie so was mag.«

»Ja, vielleicht. Darf ich Sie auf ein Einzugsbier einladen? Dann können Sie vielleicht ein bisschen mehr erzählen. Ich muss sagen …« Sie zögerte wieder. »… dass ich Ihre Reportage über die Zwillinge sehr mochte. Sie war wahnsinnig ergreifend.«

»Danke«, sagte er. »Sehr nett von Ihnen. Aber ich muss weiter.«

Sie nickte, und er krächzte ein »Tschüss«. Ansonsten erinnerte er sich später kaum noch daran, wie er dort rausgekommen, nur dass er irgendwann in den Sommerabend hinausgetreten war. Er bemerkte auch nicht, dass über dem Hauseingang zwei neue Überwachungskameras hingen – oder gar dass über ihm am Himmel ein Luftballon schwebte. Er überquerte den Mosebacke torg, ging die Urvädersgränd entlang, und erst an der Götgatan wurde er langsamer und spürte, wie ihm komplett die Luft ausgegangen war. Dabei war nichts weiter passiert, als dass Lisbeth umgezogen war, und das hätte er eigentlich begrüßen müssen; bestimmt wäre sie jetzt umso sicherer. Doch anstatt sich darüber zu freuen, fühlte es sich an wie eine Ohrfeige, und das war natürlich idiotisch.

Sie war Lisbeth Salander. Sie war, wie sie war. Trotzdem war er verletzt. Sie hätte zumindest etwas andeuten können. Erneut fingerte er an seinem Handy, um eine SMS, eine Frage zu schicken, obwohl – nein, war doch egal. Er ging weiter die Hornsgatan entlang. Die Allerjüngsten hatten inzwischen angefangen, ihre Mitternachtslaufrunde zu drehen, und verwundert, als wäre ihre Freude für ihn unbegreiflich, starrte er all die Eltern an, die an der Bordsteinkante standen, brüllten und ihre Kinder anfeuerten, während er alle Mühe hatte, eine Lücke zwischen den Läufern abzupassen und die Straße zu überqueren. Oben an der Bellmansgatan irrten seine Gedanken weiter, und er rief sich das letzte Mal in Erinnerung, als er Lisbeth gesehen hatte.

Es war im »Kvarnen« gewesen, am Abend nach Holgers Begräbnis, und keinem von ihnen war es leichtgefallen, die richtigen Worte zu finden, was nicht weiter verwunderlich gewesen war. Von dem Treffen war eigentlich nur eine Frage geblieben: »Und was machst du jetzt?«

»Ich werde die Katze sein und nicht die Ratte.«

Die Katze und nicht die Ratte.

Er hatte versucht, sie dazu zu bringen, es ihm zu erklären – vergebens. Er wusste noch, wie sie später über den

Medborgarplatsen verschwunden war, in einem maßgeschneiderten schwarzen Anzug, in dem sie aussah wie ein zorniger Junge, der sich widerwillig für einen Feiertag aufgebrezelt hatte. Das war noch gar nicht lange her, Anfang Juli war das gewesen, trotzdem fühlte es sich an, als läge es Jahre zurück. Daran und noch an andere Dinge dachte er, als er wieder nach Hause lief.

Als er zurück in seiner Wohnung war und es sich mit einem Pilsner Urquell auf dem Sofa bequem gemacht hatte, klingelte das Telefon erneut.

Es war eine Rechtsmedizinerin namens Fredrika Nyman.

KAPITEL 2

15. August

Lisbeth Salander saß in ihrem Hotelzimmer am Moskauer Manege-Platz vor ihrem Laptop und sah, wie Mikael aus der Tür an der Fiskargatan kam. Er hatte nicht die gleiche Haltung wie sonst, schien verwirrt zu sein, und das versetzte ihr einen Stich, ohne dass sie den Grund dafür hätte benennen können. Trotzdem nahm sie sich jetzt nicht die Zeit, es zu ergründen. Sie wandte sich von ihrem Rechner ab und sah zu der bunt schimmernden Glaskuppel vor ihrem Fenster.

Diese Stadt, die ihr vor Kurzem noch so völlig gleichgültig gewesen war, zog sie magisch an. Kurz überlegte sie, ob sie nicht alles sein lassen, ausgehen und sich volllaufen lassen sollte. Was aber natürlich Blödsinn wäre. Sie musste diszipliniert bleiben. Sie war im Großen und Ganzen an den Computer gefesselt und hatte nächtelang kaum geschlafen. Trotzdem sah sie paradoxerweise so aufgeräumt aus wie lange nicht mehr. Sie hatte sich die Haare kurz schneiden lassen, die Piercings herausgenommen und trug eine weiße Bluse und den schwarzen Hosenanzug, den sie auch bei der Beerdigung getragen hatte – nicht Holger zu Ehren, sondern weil es ihr zur Gewohnheit geworden war und sie so weniger auffiel.

Sie hatte beschlossen, zuerst zuzuschlagen und nicht wie ein Beutetier in der Ecke zu kauern, und genau deshalb befand sie sich in Moskau, und nur deshalb hatte sie auch dafür gesorgt, dass an der Fiskargatan in Stockholm Kameras installiert worden waren. Allerdings hatte sich der Preis als höher erwiesen, als sie sich vorgestellt hatte. Nicht nur weil ihre Vergangenheit wieder auferstanden war und sie nachts wach hielt. Der Feind verbarrikadierte sich hinter Verschleierungstaktiken und sinnlosen Verschlüsselungen, sodass sie stundenlang dasaß und dann ihre Spuren verwischte. Sie lebte wie ein entflohener Sträfling; ihr Vorhaben hatte sich als verdammt knifflig entpuppt, und erst jetzt, nach mehr als einem Monat Arbeit, hatte sie ihr Ziel endlich vor Augen – auch wenn es alles andere als sicher zu sein schien, und manchmal fragte sie sich, ob der Feind nicht vielleicht doch um eine Nasenlänge vorn liegen könnte.

Als sie heute erneut sämtliche Schritte durchgegangen war, um die bevorstehende Operation vorzubereiten, hatte sie sich wieder überwacht gefühlt. Nachts lauschte sie manchmal besorgt auf Geräusche auf dem Hotelflur, vor allem auf die eines Mannes – sie war sich sicher, dass es ein Mann war –, einen Mann mit einer Dysmetrie, einer Unregelmäßigkeit im natürlichen Bewegungsablauf, der verdächtig oft vor ihrer Tür langsamer wurde und nach drinnen zu horchen schien.

Sie spulte den Film zurück. Ein weiteres Mal kam Mikael Blomkvist wie ein geprügelter Hund aus der Fiskargatan. Sie griff zu ihrem Whiskyglas und sah aus dem Fenster. Dunkle Wolken zogen von der Duma über den Roten Platz und den Kreml; es sah nach Regen aus, als stünde ein schreckliches Unwetter bevor, und das war vielleicht gerade gut. Sie stand auf und überlegte kurz, ob sie duschen oder ein Bad nehmen sollte. Doch dann begnügte sie sich damit, die Bluse zu wechseln. Sie wählte eine schwarze. Das fühlte sich passend an, und aus einem Geheimfach in ihrer Reisetasche nahm sie die

Cheetah – eine Beretta, die sie an ihrem zweiten Tag in Moskau illegal erstanden hatte –, schob sie unter dem Jackett ins Holster und ließ den Blick durchs Zimmer schweifen.

Sie mochte das Zimmer nicht – und das Hotel ebenso wenig. Hier war alles zu luxuriös und verschnörkelt, und nicht nur dass sich unten in den Salons Männer wie ihr Vater herumtrieben, riesige Arschlöcher, die ihre Geliebten und Bediensteten als ihren Besitz betrachteten; sie hatte dort überdies das Gefühl, unter Beobachtung zu stehen. Es konnte durchaus sein, dass gewisse Dinge weitergetragen wurden – an den Nachrichtendienst oder an Gangster –, und oft saß sie dort wie jetzt gerade in ihrem Zimmer: mit geballten Fäusten und kampfbereit.

Sie ging ins Bad und spritzte sich kaltes Wasser ins Gesicht. Es half nicht. Ihre Stirn spannte vor Schlaflosigkeit und Kopfschmerz. Sollte sie gehen? Es wäre im Grunde egal, oder nicht? Sie lauschte auf den Flur hinaus, dort war nichts zu hören, also schlüpfte sie durch die Tür. Sie wohnte im zwanzigsten Stock, und der Fahrstuhl war nicht weit entfernt. Davor stand ein Mann um die fünfundvierzig. Gut aussehend, kurze Haare, Jeans, Lederjacke und schwarzes Hemd, so wie sie. Den hatte sie schon mal gesehen. An seinen Augen war etwas seltsam – Glanz und Farbe waren unterschiedlich. Doch diesmal schenkte sie ihm keine Beachtung.

Mit gesenktem Blick fuhr sie mit ihm nach unten, stieg im Foyer aus, trat auf den Platz hinaus und sah erneut zu der großen Glaskuppel mit der rotierenden Weltkarte, die im Dunkeln glitzerte. Darunter befand sich ein viergeschossiges Einkaufszentrum und obenauf eine Bronzestatue des heiligen Georg mitsamt Drachen. Sankt Georg war der Schutzheilige der Stadt, und mit seinem erhobenen Schwert war er allgegenwärtig. Manchmal führte sie die Hand an ihre Schulter, wie eine schützende, fürsorgliche Geste für ihren eigenen Drachen. Ab und zu berührte sie auch die alte

Schusswunde oder die Narbe, die ein Messerstich in ihrer Hüfte hinterlassen hatte. Als wollte sie sich an all das, was wehgetan hatte, erinnern.

Sie dachte an Feuersbrünste und Katastrophen und an ihre Mutter und gab sich unterdessen alle Mühe, nicht in den Aufnahmebereich einer Überwachungskamera zu geraten. Sie ging ruckartig, angespannt, beeilte sich, zum Twerskoj Boulevard zu kommen, der großen Prachtstraße, die an Parks und Gärten entlangführte, und sie blieb erst stehen, als sie vor dem »Versailles« angekommen war, einem der schicksten Restaurants der Stadt.

Das Lokal mit seinen Pfeilern, Kristall- und Goldornamenten sah aus wie ein Barockpalast, ein strahlend perfektes Siebzehntes-Jahrhundert-Gemälde, und am liebsten hätte sie gleich wieder kehrtgemacht. Doch dort drinnen würde heute ein Fest für die Reichsten der Stadt gegeben, und sie sah schon aus der Ferne, wie die letzten Vorbereitungen getroffen wurden. Bislang war lediglich ein Grüppchen bildhübscher junger Frauen gekommen, sicher gebuchte Callgirls. Das Personal arbeitete hart daran, allem den letzten Schliff zu geben. Sie ging ein Stück näher und entdeckte den Wirt.

Er hieß Wladimir Kusnezow. In einem weißen Smoking und Lackschuhen stand er am Eingang. Obwohl er nicht alt war, gerade knapp fünfzig, sah er aus wie der Weihnachtsmann mitsamt weißem Haar und Bart und einem Schmerbauch, der nicht zu seinen dünnen Beinen passte. Er galt als Legende – ein erfolgloser Kleingangster, der umgesattelt hatte und ein berühmter, auf Bärensteaks und Pilzsoßen spezialisierter Koch geworden war. Insgeheim unterhielt er eine Reihe von Trollfabriken, die Fake News produzierten – oft mit antisemitischem Unterton. Kusnezow hatte nicht nur Chaos verursacht und politische Wahlen beeinflusst; ihm klebte auch Blut an den Händen.

Er hatte die Voraussetzungen für Mord und Totschlag geschaffen und den Hass zum Big Business gemacht, und allein sein Anblick am Eingang bestärkte Lisbeth in ihrem Vorhaben. Sie berührte die Beretta in ihrem Holster und sah sich um. Kusnezow zupfte nervös an seinem Bart. Das hier würde sein großer Abend, drinnen spielte bereits das Streichquartett, von dem Lisbeth wusste, dass es später durch die Jazzband Russian Swing ersetzt würde.

Draußen erstreckte sich unter einem Dach aus schwarzen Rundmarkisen der rote Teppich, der von Tauen und Leibwächtern gesäumt war. Die Leibwächter standen Schulter an Schulter, trugen graue Anzüge und Kopfhörer und waren allesamt bewaffnet. Kusnezow sah auf seine Armbanduhr. Noch war keiner der Gäste aufgetaucht. Vielleicht war das auch eine Art Spiel; keiner wollte der Erste sein.

Auf der Straße hingegen drängten sich Schaulustige, die glotzen und gaffen wollten. Es hatte sich offenbar herumgesprochen, dass Berühmtheiten im Anmarsch waren, und das war nur gut, fand Lisbeth. Da fiel sie nicht weiter auf. Dann setzte ein Nieselregen ein, der in einen Platzregen überging. In einiger Entfernung ein Blitz. Das Gewitter grummelte bereits, und die Leute verzogen sich. Nur einige Tapfere mit Regenschirmen standen noch da, und kurz darauf kamen die ersten Limousinen, die Gäste. Kusnezow grüßte und verbeugte sich. Eine der Damen neben ihm malte Häkchen in ein schwarzes Büchlein, und allmählich füllte sich das Restaurant mit Männern mittleren Alters und umso mehr jungen Frauen.

Lisbeth hörte von drinnen Gemurmel, das sich mit der Musik der Streicher mischte, und ab und zu waren Gestalten zu erkennen, auf die sie während der Vorbereitungen gestoßen war. Sie nahm zur Kenntnis, wie sich Kusnezows Mimik und Gestik je nach Bedeutung und Status der Ankömmlinge veränderten. Die normalen Gäste bekamen ein Lächeln und die Verbeugung, die sie seiner Meinung nach verdient hatten; die richtig Vornehmen bedachte er überdies mit einem Scherz, über den Kusnezow selbst am meisten lachte. Er grinste und gluckste wie ein Hofnarr, während Lisbeth sich verfroren und nass das Spektakel ansah. Vielleicht war sie ein wenig zu sehr ins Schauen vertieft.

Einer der Wachleute bemerkte sie und nickte einem Kollegen zu, und das war nicht gut, gar nicht gut. Sie tat, als wollte sie gehen, versteckte sich stattdessen jedoch ein Stückchen weiter in einem Hauseingang. Erst dort bemerkte sie, wie ihre Hände zitterten, und zwar nicht nur aufgrund des Regens und der Kälte.

Sie war zum Zerreißen angespannt und nahm ihr Handy heraus, um sicherzustellen, dass alles bereit war. Ihr Timing musste perfekt sein, sonst wäre sie verloren, und sie ging das Ganze ein-, zwei-, dreimal durch. Ihr lief die Zeit davon, und allmählich nahmen die Zweifel an der Sache überhand. Der Regen fiel weiter, und nichts geschah. Es sah zusehends aus wie eine verpasste Gelegenheit.

Inzwischen schienen sämtliche geladenen Gäste eingetroffen zu sein. Kusnezow kehrte zurück in sein Lokal, und da trat sie vorsichtig auf die Straße hinaus und spähte durch die Fenster. Das Fest war in vollem Gange. Die Männer hatten angefangen, Shots zu kippen und Mädchen anzugrapschen, und sie beschloss kurzerhand, ins Hotel zurückzukehren.

Im selben Moment fuhr eine letzte Limousine vor. Die Frau an der Tür stürzte eilig ins Lokal, um Kusnezow zu rufen, der mit Schweiß auf der Stirn und einem Glas Champagner in der Hand aus dem Restaurant getrottet kam. Lisbeth hielt inne. Offenbar war es ein wichtiger Gast. Das sah man den Wachen an, spürte es an der Nervosität, die in der Luft lag, und an Kusnezows lächerlichem Gesichtsausdruck. Erneut zog Lisbeth sich in ihren Hauseingang zurück.

Erst stieg niemand aus. Kein Chauffeur lief in den Regen hinaus und öffnete den Schlag. Das Auto stand einfach nur da, Kusnezow richtete sein Haar und rückte die Fliege zurecht, wischte sich die Stirn, zog den Bauch ein und leerte sein Glas auf einen Zug, und im selben Moment hörte Lisbeth auf zu zittern. Sie hatte etwas in Kusnezows Blick entdeckt, was sie nur zu gut kannte, und ohne weiter zu zögern, setzte sie ihre Attacke in Gang.

Anschließend schob sie ihr Handy in die Tasche und ließ die Programmcodes für sich arbeiten, während sie selbst sich mit fotografischer Schärfe umsah und jedes Detail der Umgebung registrierte, die Körpersprache der Leibwächter, die Hände über den Waffen, die Lücken im Schulterschluss entlang des roten Teppichs, selbst die Unebenheiten und Pfützen auf dem Bürgersteig.

Still, fast katatonisch stand sie da und betrachtete die Szene, bis der Chauffeur endlich ausstieg, einen Regenschirm aufspannte und die hintere Tür öffnete. Mit katzengleichen Schritten lief sie los. Ihre Hand ruhte auf der Pistole unter dem Jackett.

KAPITEL 3

15. August

Zu seinem Handy hatte Mikael kein gutes Verhältnis. Er hätte sich schon längst eine Geheimnummer anschaffen sollen. Trotzdem zögerte er; als Journalist wollte er die Tür zur Öffentlichkeit nicht vollends zuschlagen. Allerdings quälten ihn all die endlosen Gespräche, und er war der Ansicht, dass sich allein im vergangenen Jahr diesbezüglich etwas verändert hatte.

Der Ton war rauer geworden. Die Leute schimpften, krakeelten und kamen mit den verrücktesten Hinweisen. Wenn ihn eine unbekannte Nummer anrief, ging er kaum noch ran. Dann ließ er das Telefon brummen und klingeln, und wenn er schließlich doch einmal ranging, so wie jetzt, zog er oft, ohne es selbst zu merken, eine Grimasse.

»Mikael?«, sagte er und nahm sich noch ein Bier aus dem Kühlschrank.

»Entschuldigung«, sagte eine Frauenstimme. »Störe ich gerade?«

»Nein, alles gut«, antwortete er ein wenig sanfter. »Worum geht's?«

»Ich heiße Fredrika Nyman und bin Rechtsmedizinerin in Solna …«

Er schreckte zusammen.

»Was ist passiert?«

»Nichts, nichts – jedenfalls nicht mehr als sonst, und es hat ganz sicher auch nichts mit Ihnen zu tun. Allerdings haben wir eine Leiche reinbekommen …«

»Eine Frau?«, fiel er ihr ins Wort.

»Nein, nein, ein Mann in höchstem Maße … oder was heißt, in höchstem Maße … Komische Formulierung, was? Aber es ist ein Mann, vielleicht um die sechzig oder ein bisschen jünger, und er muss Schreckliches durchgemacht haben. So was hab ich tatsächlich noch nie gesehen.«

»Wären Sie so nett, zur Sache zu kommen?«

»Entschuldigung, ich wollte Sie nicht beunruhigen. Ich glaube kaum, dass Sie ihn gekannt haben. Er war ziemlich sicher obdachlos und sogar im Milieu eher weit unten in der Hierarchie.«

»Und was hat er mit mir zu tun?«

»Er hatte einen Zettel mit Ihrer Telefonnummer in der Tasche.«

»Das haben viele«, blaffte er, schämte sich dann aber sofort dafür. Er kam sich taktlos vor.

»Das ist mir klar«, erwiderte Fredrika Nyman. »Und bestimmt werden Sie auch andauernd angerufen. Allerdings nehme ich diese Angelegenheit irgendwie persönlich …«

»Inwiefern?«

»Ich finde, selbst Menschen, die ganz unten angelangt sind, haben im Tod ein wenig Würde verdient.«

»Selbstverständlich«, sagte er überdeutlich, um seine vorige Taktlosigkeit zu kompensieren.

»Schweden«, fuhr sie fort, »war in dieser Hinsicht immer ein zivilisiertes Land. Aber mit jedem Jahr bekommen wir mehr Leichen rein, die wir nicht identifizieren können. Das stimmt mich ehrlich gesagt traurig. Wir haben alle ein Recht auf eine Identität, auf einen Namen und eine Geschichte.«

»Das ist wahr«, sagte er mit dem gleichen Nachdruck, allerdings hatte seine Konzentration bereits jetzt nachgelassen. Ohne dass er sich dessen bewusst gewesen wäre, trat er an den Schreibtisch und an seinen Computer.

»Manchmal ist es tatsächlich unmöglich, jemanden zu identifizieren«, erklärte sie. »Oft liegt es allerdings an mangelnden Ressourcen und zu wenig Zeit oder, noch schlimmer, am mangelnden Willen. Und bei dieser Leiche habe ich diesbezüglich düstere Vorahnungen.«

»Wie kommen Sie darauf?«

»Weil der Tote nicht in der Datenbank war und weil der Mann aussieht wie ein Mensch ohne Bedeutung. Wie jemand ganz unten, von dem wir lieber den Blick abwenden, den wir lieber vergessen.«

»Traurig«, sagte er.

Er durchsuchte nebenbei die Dateien, die er im Lauf der Jahre für Lisbeth angelegt hatte.

»Tja, hoffentlich liege ich da falsch«, sagte Fredrika Nyman. »Ich hab soeben Proben auf den Weg geschickt, so erfahren wir vielleicht doch bald mehr über den Mann. Ich bin jetzt zu Hause, und da dachte ich, ich könnte den Prozess genauso gut ein bisschen beschleunigen. Und Sie wohnen doch in der Bellmansgatan, nicht wahr? Das ist gar nicht weit weg von dem Ort, an dem er gefunden wurde. Vielleicht sind Sie einander ja mal begegnet. Vielleicht hat er Sie sogar angerufen.«

»Wo wurde er denn gefunden?«

»Unter einem Baum im Tantolunden ... und Sie würden sich erinnern, wenn Sie ihn schon mal gesehen hätten. Dunkler Teint, schmutzig, tiefe Falten. Schütterer Bartwuchs. Wahrscheinlich war er starker Sonne und extremer Kälte ausgesetzt. Er hatte Erfrierungen – es fehlten ihm mehrere Finger und Zehen. Die Muskelfasern weisen Anzeichen von extremer Anstrengung auf. Wenn ich raten müsste, würde ich auf eine Herkunft irgendwo in Südostasien tippen. Womöglich hat er mal richtig gut ausgesehen, klare Gesichtszüge und so, auch wenn er am Ende schwer mitgenommen war. Die Haut war aufgrund einer Leberschädigung gelblich, Teile des Gewebes auf beiden Wangen tot und schwarzfleckig. Wie Sie wahrscheinlich wissen, ist die Altersbestimmung in einem so frühen Stadium schwierig, aber ich würde vermuten, dass er auf die sechzig zuging und schon länger an der Grenze zur Dehydrierung war. Er war klein, kaum mehr als eins fünfzig …«

»Ich weiß nicht, da klingelt bei mir nichts«, sagte Mikael.

Er suchte nach E-Mails von Lisbeth. Fand keine. Sie schien ihn nicht einmal mehr zu hacken, was ihm zusehends Sorgen machte. Irgendwie hatte er das Gefühl, sie könnte in Gefahr sein.

»Ich bin noch nicht fertig«, erklärte Fredrika Nyman. »Das Bemerkenswerteste an ihm hab ich noch gar nicht erwähnt – seine Daunenjacke.«

»Was ist damit?«

»Die war so dick und warm, dass sie in dieser Hitze Aufmerksamkeit erregt haben muss.«

»Es ist, wie Sie sagen, daran müsste ich mich eigentlich erinnern.«

Er klappte den Computer zu und blickte hinaus über den Riddarfjärden. Wieder schoss ihm durch den Kopf, wie verdammt schlau es von Lisbeth gewesen war, von hier zu verschwinden.

»Aber das tun Sie nicht.«

»Nein …«, erwiderte er zögernd. »Haben Sie kein Bild, das Sie mir schicken könnten?«

»Das fände ich unethisch.«

»Was meinen Sie denn, woran er gestorben ist?«

Er war immer noch nicht ganz bei der Sache.

»Auf den ersten Blick würde ich sagen: Vergiftung.

Wahrscheinlich selbst verursacht. Allem voran natürlich Alkohol. Er stank nach Schnaps, aber das heißt ja nun nicht, dass er sich nicht auch noch was anderes einverleibt haben könnte. In ein paar Tagen haben wir diesbezüglich Gewissheit, sobald das Labor sich zurückmeldet. Ich hab einen Tox-Screen bestellt, der deckt mehr als achthundert Substanzen ab. Allerdings dürfte die Vergiftung bei ihm über einen längeren Zeitraum stattgefunden haben – langsam versagende Organe, ein sich schleichend vergrößerndes Herz …«

Mikael setzte sich aufs Sofa und nahm einen Schluck Bier. Offenbar hatte er zu lange geschwiegen.

»Sind Sie noch da?«

»Ich bin noch da. Ich dachte nur …«

»Was?«

Er dachte an Lisbeth.

»Dass es vielleicht gut war, dass er meine Telefonnummer hatte«, murmelte er.

»Inwiefern?«

»Anscheinend war er der Meinung, er hätte etwas zu sagen, und das könnte die Polizei vielleicht dazu motivieren, sich ins Zeug zu legen. Manchmal, wenn ich ordentlich in Form bin, kann ich unsere Freunde und Helfer richtiggehend aufscheuchen.«

Sie lachte.

»Das ist wohl wahr.«

»Manchmal verärgere ich sie auch nur.«

Manchmal verärgere ich mich selbst, dachte er.

»Dann hoffen wir mal, diesmal ist es Ersteres.«

»Meine Rede.«

Er wollte das Gespräch beenden. Er wollte seinen eigenen Gedanken nachhängen. Doch Fredrika Nyman wollte offenbar weiterreden, und er brachte es nicht übers Herz aufzulegen.

»Ich hab doch gesagt, der Mann war jemand, den wir am liebsten vergessen hätten, erinnern Sie sich?«

»Das haben Sie gesagt.«

»Allerdings trifft das nicht zu – nicht für mich. Es fühlt sich an, als ob …«

»Wie fühlt es sich an?«

»Als wollte sein Körper mir etwas erzählen.«

»Erzählen?«

»Er sieht aus, als wäre er durch Kälte und Feuer gegangen. Wie gesagt, ich glaube, ich hab noch nie etwas Vergleichbares gesehen.«

»Ein tougher Typ also.«

»Schon, vielleicht … Er war kaputt und unbeschreiblich dreckig. Er stank erbärmlich. Trotzdem hatte er eine gewisse Haltung. Ich glaube, das will ich eigentlich sagen: Er hatte etwas, was ihm bei aller Erniedrigung Respekt verlieh. Er hatte gekämpft, war ein Fighter gewesen.«

»Ein Ex-Soldat?«

»Keine Schusswunden, nichts dergleichen.«

»Dann vielleicht eine Art Stammeshäuptling?«

»Eher nicht. Er hatte ansatzweise gepflegte Zähne und konnte offensichtlich schreiben. Auf seinem linken Handgelenk ist ein buddhistisches Lebensrad eintätowiert.«

»Verstehe.«

»Sie verstehen …?«

»Er hat Sie in irgendeiner Weise beeindruckt. Ich checke noch mal meine Mailbox, vielleicht hat er ja doch angerufen.«

»Danke«, sagte sie, und vermutlich unterhielten sie sich noch kurz, er hätte es später nicht mehr sagen können, er war einfach zu zerstreut.

Nachdem sie aufgelegt hatten, saß Mikael gedankenversunken auf seinem Sofa. Vom Mitternachtslauf auf der Hornsgatan waren Rufe und Applaus zu hören, und er fuhr sich mit der Hand durchs Haar. Es war sicher drei Monate her, dass er zuletzt beim Friseur gewesen war. Er musste sein Leben wieder in den Griff bekommen. Er sollte endlich leben und sich vergnügen, so wie alle anderen auch, nicht nur arbeiten und sich auspressen wie eine Zitrone, und vielleicht sollte er auch öfter mal ans Telefon gehen und nicht immer nur allein auf seine verdammten Reportagen fixiert sein.

Er ging ins Bad, ohne dass ihn das wesentlich fröhlicher gestimmt hätte. Dort hingen Kleider am Wäscheständer. Zahnpasta- und Rasierschaumflecken im Waschbecken, Haare in der Badewanne. Eine Daunenjacke, dachte er, mitten im Sommer? Damit hatte es doch etwas auf sich, oder? Aber es fiel ihm schwer, sich zu konzentrieren. Ihm ging zu viel durch den Kopf. Er wischte das Waschbecken und den Spiegel sauber, faltete die Wäsche zusammen, nahm sein Handy und rief die Mailbox auf.

Siebenunddreißig Nachrichten. Kein Mensch sollte siebenunddreißig Nachrichten abhören müssen. Gequält hörte er sie sich an. Meine Güte, was war denn bitte mit den Leuten los? Einige hatten tatsächlich mit Hinweisen angerufen und wirkten freundlich und bescheiden. Die meisten waren indes wütend gewesen. Ihr lügt uns über die Flüchtlinge an, schrien sie, ihr vertuscht das mit den Moslems! Ihr deckt doch die jüdische Finanzelite! Er fühlte sich, als wäre er mit Schmutz beworfen worden, und war schon drauf und dran aufzulegen, hörte dann aber doch tapfer weiter, und am Ende war da etwas, was weder das eine noch das andere zu sein schien – ein Moment der Verwirrung.

»Hello, hello«, sagte eine Stimme in gebrochenem Englisch, atmete schwer und fügte nach kurzem Schweigen hinzu: »Come in, over.«

Es klang wie ein Funkspruch über ein Walkie-Talkie, und danach folgten noch ein paar Wörter, die sich verzweifelt und einsam anhörten, aber nicht zu verstehen waren, vielleicht in einer anderen Sprache. Sollte das dieser Penner gewesen sein? Möglich. Aber genauso gut hätte es auch jemand anders sein können.

Mikael legte auf, ging in die Küche und überlegte kurz, Malin Frode anzurufen oder irgendwen sonst, der seine Laune hätte aufbessern können. Stattdessen schickte er Lisbeth eine verschlüsselte Nachricht. Was spielte es schon für eine Rolle, sofern sie nichts mehr von ihm wissen wollte?

Er selbst fühlte sich mit ihr verbunden. Und das würde für immer so bleiben.

Der Regen prasselte auf den Twerskoj Boulevard, und Camilla – oder Kira, wie sie sich inzwischen nannte –, saß mitsamt Chauffeur und Leibwächtern in ihrer Limousine und blickte auf ihre langen Beine hinab. Sie trug ein schwarzes Dior-Kleid und rote Gucci-High-Heels, dazu ein Collier mit einem Oppenheimerdiamanten, der in ihrem Ausschnitt in bläulichem Licht schimmerte.

Sie war atemberaubend schön, und niemand wusste das besser als sie selbst. So wie jetzt gerade ließ sie sich auf der Rückbank öfter Zeit. Es gefiel ihr, es sich auszumalen: wie die Männer zusammenzuckten, wenn sie eintrat, wie viele von ihnen gar nicht mehr aufhören konnten, zu starren oder auch nur den Mund zuzubehalten. Nur einige wenige, das wusste sie aus Erfahrung, brachten den Mut auf, ihr Komplimente zu machen und ihr in die Augen zu sehen. Kira wollte strahlen wie niemand sonst, und hier im Wagen schloss sie die Augen und lauschte dem Regen, der auf die Karosserie prasselte. Dann warf sie einen Blick durch die getönten Scheiben.

Nicht viel zu sehen. Bloß eine Handvoll Männer und Frauen, die unter ihren Regenschirmen zitterten und kaum daran interessiert zu sein schienen, wer hier gleich aussteigen würde. Verärgert sah Kira zum Restaurant. Dort drinnen drängten sich die Gäste, prosteten einander zu und plauderten, während ein Stück tiefer hinein auf einer kleinen Bühne ein paar Musiker saßen und Geige und Cello spielten. Mein Gott, jetzt schleppte sich auch noch Kusnezow mit seinen Schweinsäuglein und der fetten Wampe heraus. Dieser Hanswurst. Sie hatte nicht übel Lust, einfach auszusteigen und ihm unversehens eine Ohrfeige zu verpassen.

Doch sie musste Ruhe und ihre königinnengleiche Aura bewahren. Durfte mit keinem Blick verraten, dass sie gerade erst in einen Abgrund gestürzt und rasend vor Wut gewesen war, weil sie es immer noch nicht geschafft hatten, ihre Schwester zu finden. Sie hatte geglaubt, wenn sie erst deren Adresse gefunden und die Tarnung geknackt hätten, wäre der Rest ein Kinderspiel. Doch Lisbeth blieb verschwunden, und nicht mal Kiras Kontakt beim GRU – nicht mal Galinow – hatte sie aufspüren können. Sie wussten genau, dass es hoch komplizierte Hackerangriffe auf Kusnezows Trollfabriken und andere Ziele gegeben hatte, die auf Lisbeth zurückverwiesen. Allerdings war nicht klar, was davon auf ihr persönliches Konto ging und was auf das Konto anderer Akteure. Sicher war lediglich: Es musste ein Ende haben. Sie musste endlich zur Ruhe kommen.

Aus der Ferne war Donnergrollen zu hören. Ein Streifenwagen raste vorbei. Sie nahm ihren Spiegel aus der Tasche und lächelte sich zu, wie um Kraft zu sammeln. Dann hob sie den Blick, sah, wie Kusnezow sich wand und an Fliege und Hemdkragen nestelte. Dieser Idiot war nervös – wenigstens etwas. Sie wollte, dass er schwitzte und zitterte und bloß keinen seiner grässlichen Witze riss.

»Jetzt«, sagte sie, und Sergej, der Chauffeur, stieg aus, um ihr die Tür aufzumachen.

Auch die Leibwächter stiegen aus. Sie selbst ließ sich Zeit, stellte erst sicher, dass Sergej den Regenschirm aufgespannt hatte. Dann streckte sie das Bein und erwartete den Seufzer, das Keuchen, das »Ah«. Es war nichts weiter zu hören als der Regen und die Streicher und Gemurmel von drinnen. Also beschloss sie, kalt und abweisend zu sein, den Kopf oben zu halten. Sie konnte gerade noch sehen, wie Kusnezow ebenso sorgen- wie erwartungsvoll die Arme zur Begrüßung ausbreitete, als sie mit einem Mal noch etwas anderes spürte – den puren, blanken Schrecken, der sich in sie hineinbohrte.

Erst war es nichts Greifbares, nur eine Vorahnung, etwas an einer Hauswand ein Stück die Straße hinauf. Doch dann sah sie hin und entdeckte die dunkle Gestalt, die mit einer Hand in der Jacke auf sie zumarschiert kam. Sie wollte schon ihre Leibwächter anschreien oder sich einfach auf den Boden werfen. Stattdessen erstarrte sie, als hätte sie erkannt, dass sie sich in einer Lage befand, in der die kleinste unvorsichtige Bewegung sie das Leben kosten könnte – und vielleicht begriff sie da bereits, um wen es sich handelte, obwohl sie bis dahin nichts weiter als eine Kontur wahrnahm, einen sich nähernden Schatten.

Aber irgendetwas in der Gestik, in der Zielgerichtetheit der Schritte, bescherte ihr schreckliche Gewissheit. Und noch ehe sie es für sich selbst hätte formulieren können, wusste sie, dass sie verloren war.

KAPITEL 4

15. August

Hatten sie je eine Chance gehabt, wieder zueinanderzufinden? Etwas anderes als Feindinnen zu sein? Möglich, trotz allem ... Immerhin hatten sie eine Zeit lang zumindest eines geteilt: den Hass auf den Vater, Alexander Zalatschenko, und die Angst davor, dass er Agneta, ihre Mutter, mal wieder windelweich prügeln könnte.

Damals hatten die Schwestern noch in einem kleinen, einer Abstellkammer gleichenden Zimmer an der Lundagatan gewohnt. Wenn der Vater nach Schnaps und Tabak stinkend vorbeikam, die Mutter ins Schlafzimmer zerrte und sie vergewaltigte, konnte man in jener Kammer jeden ihrer Schreie hören, jeden Schlag, jedes Keuchen. Manchmal nahmen Lisbeth und Camilla sich dann bei den Händen und suchten beieinander Trost – etwas anderes war da nicht, aber immerhin. Sie teilten ihr Entsetzen, die gemeinsame Verletzlichkeit. Doch selbst das wurde ihnen genommen.

Als sie zwölf Jahre alt waren, steigerte es sich ins Unermessliche – nicht nur im Grad der Gewalt, sondern auch in der Frequenz. Zalatschenko kam immer wieder vorbei, und mitunter vergewaltigte er Agneta Abend für Abend. Im selben Atemzug schlich sich in der Schwesternbeziehung eine

Veränderung ein, eine Verschiebung, zunächst kaum greifbar; dann war sie zusehends in Gestalt des erhitzten Glanzes in Camillas Augen und im beschwingteren Schritt zu erahnen, sobald sie den Vater an der Tür begrüßen lief. Da hatte es sich entschieden.

Als der Kampf schließlich drohte, tödlich zu werden, wählten sie unterschiedliche Seiten, und ab diesem Zeitpunkt gab es keinerlei Möglichkeit mehr zur Versöhnung, nicht nachdem Agneta auf dem Küchenfußboden zusammengeschlagen worden war und einen irreparablen Hirnschaden erlitten hatte. Nicht nachdem Lisbeth einen Molotowcocktail auf Zalatschenko geworfen und ihn auf dem Fahrersitz seines Mercedes hatte brennen sehen. Seither ging es um Leben und Tod. Seither war das Vergangene nichts anderes als eine tickende Bombe, und jetzt – Jahre später, noch während Lisbeth aus dem Hauseingang auf den Twerskoj Boulevard hinaustrat – rauschten all die Ereignisse aus der Lundagatan in Bildsequenzen an ihr vorbei.

Hier und jetzt galt es. Sie sah genau vor sich, in welche Lücke sie würde schießen müssen, und wusste exakt, wie sie hinterher fliehen musste. Doch sie erinnerte sich an mehr, als sie begreifen konnte, und ging langsamer weiter, immer langsamer. Erst als Camilla auf hohen Absätzen und in ihrem schwarzen Kleid den roten Teppich betrat, beschleunigte Lisbeth wieder. Immer noch gebeugt, immer noch stumm.

Aus dem Restaurant waren nach wie vor Streicher und das Klirren von Gläsern zu hören. Die ganze Zeit über fiel Regen. Er prasselte auf sie nieder, ein Streifenwagen raste vorbei, sie starrte erst ihn an und dann die Leibwächter und fragte sich, wann man sie bemerken würde. Noch bevor sie schoss? Oder danach? Schwer zu sagen. Noch schien es zu dauern. Es war dunkel und neblig, und Camilla zog alle Aufmerksamkeit auf sich.

Die Schwester strahlte, wie sie es immer getan hatte, und Kusnezows Augen leuchteten, genau wie vor langer Zeit die Augen der Jungs auf dem Schulhof geleuchtet hatten. Camilla besaß die angeborene Fähigkeit, das Leben zum Stillstand zu bringen. Lisbeth sah zu, wie die Schwester voranschritt, wie Kusnezow den Rücken durchdrückte und in einer nervösen Geste zum Gruß mit den Armen wedelte und wie die Gäste an der Tür, die jetzt auch etwas sehen wollten, sich vordrängelten. Im selben Augenblick war ein Ruf zu hören, auf den Lisbeth insgeheim gewartet hatte: »там, посмотрите« – »Dort, hinsehen!« Einer der Leibwächter, ein blonder Mann mit platt geschlagener Nase, wirbelte zu ihr herum. Sie durfte keine Sekunde länger zögern.

Sie führte die Hand an die Beretta im Holster. Genau wie damals, als sie ihrem Vater die mit Benzin gefüllte Milchpackung entgegengeschleudert hatte, überkam sie eine Eiseskälte, und sie sah, wie Camilla vor Entsetzen erstarrte, wie mindestens drei Leibwächter nach ihren Waffen griffen und ihr entgegenstarrten, während sie selbst immer noch meinte, jetzt blitzschnell und schonungslos zu agieren.

Doch binnen eines Wimpernschlags war auch sie selbst wie gelähmt. Erst begriff sie gar nicht, warum, sie spürte nur, wie ein Schatten aus ihrer Kindheit über sie wischte. Dann dämmerte ihr, dass sie nicht nur ihre Chance vertan hatte. Komplett schutzlos stand sie vor der feindlichen Phalanx. Sie würde nicht mal mehr fliehen können.

Camilla hatte gar nicht gesehen, wie die Gestalt innegehalten hatte. Sie hatte nur ihren eigenen Schrei gehört und gespürt, wie Köpfe sich drehten und Körper zusammenzuckten und Waffen gezogen wurden. Sie war der festen Überzeugung, dass es vorbei wäre. Dass ihre Brust jeden Moment von Kugeln zerfetzt würde. Aber es kam kein Angriff, und irgendwie schaffte sie es dann, nach drinnen zu flüchten und hinter Kusnezow Schutz zu suchen, und sekundenlang vernahm sie nichts anderes als ihren eigenen keuchenden Atem und hektische Bewegungen um sie herum.

Es dauerte, ehe sie begriff, dass sie nicht nur davongekommen war, sondern dass sich das Blatt überdies zu ihren Gunsten gewendet hatte. Nicht mehr sie selbst schwebte in Lebensgefahr, sondern die Gestalt dort draußen, von der sie noch immer nicht das Gesicht sehen konnte. Die Gestalt neigte den Kopf, kontrollierte ihr Handy. Das konnte nur Lisbeth sein. Camilla spürte es wie pochenden Hass, wie Blutgier in ihrer Kehle, diese gewaltsame Sehnsucht, sie leiden und sterben zu sehen, und erneut ließ sie den Blick über das Durcheinander schweifen.

Es sah besser aus, als sie sich hätte träumen lassen. Während sie selbst von Leibwächtern in Schutzwesten umgeben war, stand Lisbeth mutterseelenallein auf dem Bürgersteig. Eine ganze Reihe Waffen war auf sie gerichtet. Es war einfach nur fantastisch. Camilla hätte am liebsten die Zeit angehalten. Sie wusste jetzt schon, dass sie sich diesen Moment wieder und immer wieder ins Gedächtnis rufen würde. Lisbeth war erledigt, wäre alsbald erledigt, und damit nicht noch jemand auf die Idee käme zu zögern, schrie Camilla: »Schießt! Sie will mich umbringen!«

In der nächsten Sekunde meinte sie tatsächlich zu hören, wie Schüsse fielen.

Sie spürte am ganzen Leib, wie es dröhnte und gellte, und auch wenn sie Lisbeth nicht mehr sah – um sie herum rannten Leute hektisch auf und ab –, stellte sie sich vor, wie die Schwester getroffen worden war, wie sie im Kugelregen starb, blutend aufs Trottoir fiel. Aber nein … Irgendwas stimmte da nicht. Das waren keine Schüsse gewesen, eher … Was? Eine Bombe, eine Explosion?

Ein brutales Getöse rollte über sie hinweg, und obwohl Camilla keine Sekunde davon verpassen wollte, wie Lisbeth erniedrigt und getötet würde, starrte sie in die Menschenmenge. Es war unbegreiflich.

Die Streicher hatten aufgehört zu spielen und suchten die Festgesellschaft mit erschrockenem Blick ab. Dort standen Gäste, die sich die Ohren zuhielten. Andere hatten sich ans Herz gefasst oder schrien vor Angst. Die meisten jedoch rannten panisch zum Ausgang, und erst als die Tür zum Restaurant aufflog und die ersten Menschen in den Regen flüchteten, dämmerte es Camilla. Das war keine Bombe gewesen. Es war Musik – zu einer so kranken Lautstärke hochgedreht, dass kaum noch Töne wahrnehmbar waren. Es fühlte sich vielmehr an wie ein vibrierender Angriff im Luftraum, und sie war kein bisschen überrascht, als ein älterer Mann mit Glatze immer wieder schrie: »Was ist das? Was ist das?«

Eine Frau, vielleicht zwanzig Jahre alt, in einem kurzen dunkelblauen Kleid sank mit den Händen über dem Kopf auf die Knie, als fürchtete sie, das Dach könnte über ihr einstürzen. Kusnezow, der direkt neben ihr stand, murmelte etwas Unverständliches, was im Lärm verebbte, und im selben Augenblick ging Camilla auf, welchen Fehler sie gemacht hatte. Sie hatte sich ablenken lassen. Als sie jetzt wütend wieder zum Bürgersteig und zur Hauswand starrte, war ihre Schwester verschwunden.

Sie war wie vom Erdboden verschluckt, und Camilla sah sich in dem allgemeinen Wahnsinn aus kreischenden, verwirrten Gästen um, konnte gerade noch einen Fluch murmeln, als jemand sie gewaltsam zu Boden stieß. Sie schlug mit den Ellbogen und dem Kopf auf dem Asphalt auf, und während die Schläfe schmerzhaft pochte und die Lippe blutete und um sie herum Füße umherstolperten, hörte sie direkt über sich eine eisige bekannte Stimme: »Rache folgt, Schwester, sie folgt.« Und offenbar war sie zu umnachtet, um schnell genug zu reagieren.

Als sie den Kopf hob, um sich umzusehen, war von Lisbeth nirgends mehr eine Spur. Um sie herum herrschte ein Durcheinander aus Menschen, die nach und nach aus dem Restaurant stürzten, während sie selbst wieder schrie: »Erschießt sie!«, ohne selbst noch daran zu glauben.

Wladimir Kusnezow hatte nicht einmal bemerkt, dass Kira zu Boden gegangen war. Er nahm von dem ganzen Wahnsinn um ihn herum kaum mehr etwas wahr. Inmitten des Getöses hatte er etwas aufgeschnappt, was ihm mehr Angst einjagte als alles andere zusammen: ein paar wenige abgehackte Wörter, die mit pochendem, dröhnendem Rhythmus hinausgebrüllt wurden. Er weigerte sich zu glauben, dass dies gerade wirklich passierte.

Irgendwann schüttelte er bloß den Kopf, murmelte: »Nein, nein«, und versuchte verzweifelt, alles als schreckliche Einbildung, als einen Streich seiner erregten Fantasie abzutun. Aber es war wirklich dieser Song – das Lied seiner Albträume –, und er wollte einfach nur im Erdboden versinken und sterben.

»Das ist nicht wahr, das kann nicht wahr sein«, stammelte er, während der Refrain ihm wie die Druckwelle einer Granate entgegendonnerte:

Killing the world with lies
Giving leaders
The power to paralyze
Feeding the murderers with hate
Amputate, devastate, congratulate
But never, never
Apologize

Kein Song auf dem ganzen Planeten erschreckte ihn so sehr wie dieser, und im Vergleich dazu war es nichtig, dass sein

Fest, auf das er sich so sehr gefreut hatte, sabotiert worden war oder er gar Klagen von wütenden Oligarchen und Machthabern wegen zerfetzter Trommelfelle riskierte. Das Einzige, woran er noch denken konnte, war die Musik, und das war kein Wunder: Allein die Tatsache, dass sie hier und jetzt gespielt wurde, bedeutete nur, dass dort draußen jemand sein Geheimnis kannte. Er lief Gefahr, vor der ganzen Welt lächerlich gemacht zu werden. Wilde Panik legte sich über seine Brust, und er hatte Mühe zu atmen. Trotzdem versuchte er, gute Miene zum bösen Spiel zu machen, als es seinen Jungs endlich gelang, den Lärm abzuschalten. Er gab sogar einen Seufzer der Erleichterung vor.

»Entschuldigen Sie, meine Damen und Herren«, rief er. »Offenbar sollte man sich nie auf die Technik verlassen. Ich bitte tausendmal um Entschuldigung. Lassen Sie uns jetzt weiterfeiern. Ich verspreche Ihnen, nicht am Alkohol und auch nicht an anderen Versuchungen zu sparen …«

Er hielt Ausschau nach ein paar leicht bekleideten Callgirls, als könnte weibliche Schönheit die Situation retten. Doch die vereinzelten Mädchen, die sein Blick fand, lehnten an die Hauswand und sahen zu Tode erschreckt aus, weshalb er seinen Satz auch nicht mehr beendete. Seiner Stimme fehlte es an Überzeugungskraft, und das merkten die Leute. Sie konnten ihm ansehen, dass er sich im Zustand der Auflösung befand, und als die Musiker demonstrativ an ihm vorbei auf die Straße hinausmarschierten, schienen auch die meisten Gäste einfach nur noch nach Hause zu wollen, und eigentlich war Kusnezow mehr als froh darüber. Er wollte mit seinen Gedanken und seiner Panik allein sein.

Er wollte seine Anwälte und seine Kontakte im Kreml anrufen, um dort zumindest ein wenig Trost zu erheischen und um zu hören, dass er nicht als Schande oder gar Kriegsverbrecher in westlichen Zeitungen landen würde. Wladimir

Kusnezow hatte mächtige Beschützer, und er war ohne Zweifel ein Big Shot, dem es gelungen war, abscheuliche Untaten ohne die geringsten Gewissensqualen zu begehen. Ansonsten war er keine starke Persönlichkeit, nicht wenn »Killing the world with lies« auf seinem eigenen privaten Protzfest gespielt wurde.

In derlei Stunden war er wieder der Alte, als der er angefangen hatte, ein nichtsnutziger Tunichtgut, ein nachrangiger Krimineller, der einst durch einen göttlichen Zufall im selben türkischen Bad gelandet war wie zwei Duma-Abgeordnete und der ein paar Räuberpistolen zum Besten gegeben hatte. Kusnezow besaß im Großen und Ganzen keine Talente, keine besonderen Begabungen und auch keine Ausbildung, trotzdem konnte er verrückte Geschichten erzählen, und mehr war nicht nötig gewesen.

An jenem Nachmittag vor vielen Jahren hatte er einfach nur in einer Sauna gehockt, gesoffen und gelogen, hatte sich einflussreiche Freunde gemacht und angefangen, hart zu arbeiten. Inzwischen hatte er Hunderte Angestellte, die meisten entschieden intelligenter als er selbst: Mathematiker, Strategen, Psychologen, Ratgeber vom FSB und GRU, Hacker, IT-Spezialisten, Ingenieure, Experten für künstliche Intelligenz und Robotik. Er war reich und mächtig und vor allem: Nach außen hin verknüpfte ihn niemand mit den Lügen und den Desinformationssystemen.

Er hatte seine Verantwortlichkeiten und seine Teilhaberschaft geschickt verschleiert, wofür er in letzter Zeit mehrmals seinem Glücksstern gedankt hatte, und zwar keineswegs wegen der Verwicklung in den Börsencrash, im Gegenteil, den betrachtete er eher als Feder, die er sich an den Hut stecken konnte; sondern wegen einiger Aufträge aus Tschetschenien, die in den Medien förmlich explodiert waren und zu Protestbewegungen und Aufruhr in der UNO und – was am schlimmsten war – zu einem eigens getexteten

Hardrock-Song geführt hatten, der natürlich zu einem Welthit hatte avancieren müssen.

Diesen Song hatte man auf jeder verdammten Demonstration gegen das Morden gehört, und jedes Mal hatte er Todesängste ausgestanden, sein eigener Name könnte in dem Zusammenhang genannt werden. Erst in den vergangenen Wochen, als er sein Fest geplant hatte, war sein Leben wieder halbwegs in normalen Bahnen verlaufen. Sein Lachen war zurückgekehrt und seine Witze und Anekdoten auch. Heute Abend war ein vornehmer Gast nach dem anderen gekommen, und er hatte das Ganze erhobenen Hauptes genossen – bis plötzlich dieser Song derart zu dröhnen begann, dass einem schier der Kopf platzen wollte.

»Verdammte Hölle, verdammt, Teufel auch …«

»Was sagen Sie?«

Ein älterer, distinguierter Herr, der mit Hut und Stock unterwegs war und den er in seiner Verwirrung nicht einzuordnen vermochte, sah ihn missbilligend an, und auch wenn er den Mann am liebsten gebeten hätte, sich davonzumachen, bekam er es doch mit der Angst zu tun, weil der Kerl mächtiger als er selbst sein könnte. Deshalb antwortete er, so höflich er konnte: »Entschuldigen Sie bitte die Ausdrucksweise. Ich bin einfach ein wenig wütend.«

»Sie sollten Ihre IT-Sicherheit überprüfen.«

Nichts anderes hab ich getan, verdammt noch mal, dachte er.

»Mit IT-Sicherheit hatte das nichts zu tun«, erwiderte er.

»Womit dann?«

»Das war etwas … Elektrisches«, fuhr er fort.

Etwas Elektrisches. Hatte er völlig den Verstand verloren? Hatte es vielleicht einen Kurzschluss gegeben, woraufhin sich die Leitungen dann selbstständig auf »Killing the world with lies« geeinigt hatten? Er schämte sich, wandte den Blick ab und winkte unbeholfen den letzten Gästen zu, die draußen in Taxis stiegen. Das Restaurant hatte sich schlagartig geleert, und er sah sich nach Felix um, seinem Cheftechniker. Wo war der Kerl?

Er entdeckte ihn vor der Bühne, wo er mit seinem dämlichen Ziegenbart und in einem lachhaften Smoking, der wie ein Kartoffelsack an ihm hing, in sein Handy blaffte. Er sah aufgewühlt aus, und das sollte er sein. Dieser Idiot hatte ihm versichert, es könne nichts schiefgehen. Wütend machte Kusnezow ihn auf sich aufmerksam.

Felix hob die Hand zu einer abwehrenden Geste, bei der Kusnezow ihm am liebsten eins aufs Maul gegeben oder den Kopf gegen die Wand gedonnert hätte. Trotzdem beherrschte er sich, als Felix zu guter Letzt zu ihm getrottet kam.

»Hast du gehört, was für ein Song das war?«

»Hab ich«, erwiderte Felix.

»Das heißt, irgendein Außenstehender weiß Bescheid.«

»Den Eindruck erweckt es leider.«

»Was, glaubst du, wird jetzt passieren?«

»Ich weiß es nicht.«

»Kommt als Nächstes ein Erpresserbrief?«

Felix schwieg, biss sich auf die Lippe, und Kusnezow sah mit leerem Blick auf die Straße.

»Ich befürchte, wir müssen mit Schlimmerem rechnen«, murmelte Felix.

Sag so was nicht, dachte er. *Sag so was nicht.*

»Warum?« Seine Stimme hatte sich überschlagen.

»Weil Bogdanow eben angerufen hat …«

»Bogdanow?«

»Kiras Mann.«

Kira, dachte er, herrliche, schreckliche Kira – und dann fiel es ihm wieder ein: Mit ihr hatte es angefangen, mit ihrem schönen Gesicht, das sich zu einer furchtbaren Grimasse verzogen hatte, das »schießt« und »tötet« geschrien hatte, und dann der Blick, der sich auf eine dunkle Gestalt auf der

Straße geheftet hatte … In seiner Erinnerung floss all das mit dem Lärm zusammen, der dann gefolgt war.

»Was hat Bogdanow gesagt?«

»Dass er weiß, wer uns gehackt hat.«

Etwas Elektrisches, dachte er. Wie zum Teufel hatte er das sagen können?

»Es hat uns also jemand gehackt …«

»So sieht es leider aus.«

»Aber das kann doch nicht möglich sein. Du verdammter Idiot – das sollte nicht möglich sein!«

»Nein, aber diese Person …«

»Der Hacker? Was ist mit ihm?«

»Sie ist extrem geschickt.«

»Es ist also eine *Sie*.«

»Es ist eine Sie, und sie ist an Geld offenbar nicht interessiert.«

»Woran ist sie dann interessiert?«

»An Rache«, antwortete Felix, und da durchzuckte es Kusnezows ganzen Körper. Er versetzte Felix einen Schlag ins Gesicht.

Anschließend ging er und betrank sich mit Champagner und Wodka.

Lisbeth wirkte ruhig, als sie ihr Hotelzimmer betrat, und sie schien es nicht einmal eilig zu haben. Sie goss sich sogar noch ein Glas Whisky ein, leerte es, nahm sich ein paar Nüsse aus der Schale vom Couchtisch. Danach packte sie, und ihre Bewegungen hatten nichts Gehetztes oder Nervöses.

Erst als sie die Tasche zuzog und sich gerade aufrichtete, war zu erkennen, dass der Körper unnatürlich angespannt war und der Blick nach etwas suchte, was sie würde zertrümmern können: eine Vase, ein Bild, den Kronleuchter an der Decke. Sie begnügte sich damit, ins Bad zu gehen und in den Spiegel zu starren, als wollte sie jeden Zug in ihrem

Gesicht studieren. Doch in Wirklichkeit sah sie nichts. In Gedanken war sie immer noch auf dem Twerskoj Boulevard.

Sie dachte an ihre Hand, die nach der Waffe gegriffen hatte, und dann an dieselbe Hand, die sich zurückzog. Sie erinnerte sich an all das, was sich einfach angefühlt hatte, und an all das, was es ihr schwer gemacht hatte. Sie machte sich bewusst, dass sie zum ersten Mal in diesem Sommer keinen Schimmer hatte, was sie tun sollte. Sie war ... Ja, was war sie? Vollkommen verloren vermutlich, und es verlieh ihr auch keine Kraft, als sie das Handy nahm und erfuhr, wo Camilla wohnte.

Über einen Google-Earth-Satelliten starrte sie auf ein großes Steinhaus hinab, das von Terrassen, Gärten und Pools und Statuen umgeben war, aber selbst wenn sie versuchte sich vorzustellen, wie das alles brannte – genau wie der Vater und sein Mercedes auf der Lundagatan –, half es nichts. Was eben noch wie der perfekte Plan ausgesehen hatte, war in ein einziges Durcheinander umgeschlagen, und sie musste erneut an ihr Zögern heute und damals denken, und ihr dämmerte, dass dieses Zögern lebensgefährlich war und sie behinderte. Sie murmelte etwas in sich hinein und trank noch einen Whisky.

Dann bezahlte sie die Hotelrechnung online und verließ mit ihrer Tasche das Haus. Erst als sie mehrere Viertel weit gekommen war, warf sie die Pistole in einen Gully. Anschließend nahm sie sich ein Taxi, buchte auf einen ihrer falschen Pässe für den nächsten Morgen einen Flug nach Kopenhagen und checkte im Sheraton direkt am Scheremetjewo-Flughafen ein.

In den frühen Morgenstunden entdeckte sie, dass Mikael ihr eine SMS geschickt hatte. Er mache sich Sorgen, schrieb er. Sie musste wieder an die Filmsequenz aus der Fiskargatan denken und beschloss, sich durch ein Hintertürchen in seinen Computer einzuschleichen. Sie hätte nicht sagen können, warum – vielleicht mussten sich ihre Gedanken mal mit etwas anderem beschäftigen als mit alledem, was ihr unablässig im Kopf herumging. Sie setzte sich an den Schreibtisch.

Nach einer Weile fand sie ein paar verschlüsselte Dokumente, die allem Anschein nach wichtig für ihn waren. Irgendwie schien er zu wollen, dass sie sie las. In den Dateien, die er für sie angelegt hatte, machte er Andeutungen und gab ihr Hinweise, die nur sie verstehen konnte, und nachdem sie eine Weile auf seinem Server hin und her gehüpft war, vertiefte sie sich in einen längeren Artikel über den Börsencrash und Trollfabriken. Er hatte einiges herausgefunden, allerdings nicht so viel wie sie, und nachdem sie die Reportage zweimal durchpflügt hatte, fügte sie dem Text etwas hinzu und hängte einen Link mit Dokumenten und E-Mailkorrespondenzen an, nur war sie da schon so müde, dass sie nicht mal bemerkte, dass sie Kusnezows Namen falsch schrieb und Mikaels Art zu schreiben weitestgehend außer Acht ließ. Anschließend loggte sie sich aus und legte sich rücklings aufs Bett, ohne Anzug oder Schuhe auszuziehen.

Als sie einschlief, träumte sie, ihr Vater stehe in einem Feuermeer und erklärte, sie sei schwach geworden und werde keine Chance gegen Camilla haben.

KAPITEL 5

16. August

Mikael wachte am Sonntagmorgen um sechs Uhr auf. Erst glaubte er, es läge an der Hitze. Es war warm und drückend, wie vor einem Unwetter. Laken und Kissen waren schweißnass. Er hatte Kopfschmerzen, und einen Moment lang – ehe der vorangegangene Abend ihm wieder in den Sinn kam – argwöhnte er, er könnte vielleicht krank werden. Doch dann fiel ihm wieder ein, dass er lange aufgeblieben war und getrunken hatte. Er verfluchte sich und das Morgenlicht, das sich unter den Vorhängen hindurchzwängte, zog sich die Decke wieder über den Kopf und versuchte weiterzuschlafen.

Allerdings hätte er da nicht auf sein Handy schauen und nachsehen dürfen, ob Lisbeth auf seine SMS geantwortet hatte. Hatte sie natürlich nicht – und im selben Moment begann er wieder, über sie nachzugrübeln. So kam man natürlich nicht wieder zur Ruhe, und am Ende setzte er sich im Bett auf.

Auf dem Nachttisch lag ein Stapel Bücher, die er angefangen, aber nie zu Ende gelesen hatte. Kurz dachte er darüber nach, liegen zu bleiben und zu lesen oder sich irgendwann hinzusetzen und an seinem Artikel weiterzuarbeiten. Stattdessen ging er in die Küche und machte sich einen Cappuccino. Dann holte er die Zeitungen herein und widmete sich den Nachrichten, beantwortete ein paar E-Mails, räumte ein bisschen auf und putzte das Bad.

Um halb zehn bekam er eine Nachricht von Sofie Melker, seiner jungen Kollegin, die kürzlich mit Ehemann und zwei Söhnen ins Viertel gezogen war. Sofie wollte den Entwurf für eine Reportage durchsprechen. Darauf hatte er zwar wenig Lust, aber er mochte Sofie und schlug deshalb vor, sich eine halbe Stunde später in der »Kaffebar« an der St. Paulsgatan zu treffen. Als Antwort erhielt er ein Daumen-hoch-Emoji. Er mochte diese Dinger nicht. Er fand, Sprache genügte, so wie sie war. Aber er wollte nicht altmodisch wirken und schickte kurzerhand so eine kleine, fröhliche Figur zurück.

Leider waren seine Finger zu ungeschickt, und statt eines Smileys verschickte er ein rotes Herz. Wäre womöglich missverständlich … Aber was soll's. Diesbezüglich herrschte sowieso Inflation. Ein Herz bedeutete doch nichts mehr, oder? Eine Umarmung war ein Hallo, und ein Herz bedeutete ungefähr … Liebe. Er ließ es auf sich beruhen, duschte, rasierte sich und zog sich Jeans und ein blaues Hemd an.

Dann ging er raus. Der Himmel war blau, die Sonne schien, und er lief die Treppe zur Hornsgatan runter, bog auf den Mariatorget ein und sah sich um. Seltsam, dass das gestrige Volksfest kaum Spuren hinterlassen hatte. Nicht eine Kippe auf den Kieswegen. Die Papierkörbe waren geleert, und weiter hinten auf der linken Seite vor dem Hotel Rival schlenderte eine junge Frau in orangefarbener Weste auf und ab und zupfte mittels einer langen Zange Müll aus dem Gras. Er ging an ihr und der Statue auf dem Platz vorbei.

An keiner Skulptur in der ganzen Stadt kam er so oft vorbei wie an dieser. Trotzdem hatte er keine Ahnung, was sie darstellte. Er hatte sich nie um sie geschert – wie es bei so vielem war, was einem direkt vor Augen stand –, und vermutlich hätte er auf den heiligen Georg und seinen Drachen getippt, wenn ihn jemand gefragt hätte. Doch es war Thor, der die Midgardschlange zerschlug. In all den Jahren hatte er nicht einmal die Beschreibung gelesen, und auch diesmal sah er an der Statue vorbei zum Spielplatz, wo ein junger Vater gelangweilt seinen Sohn schaukelte, und zu den Bänken und hinüber zum Rasen, wo Leute hockten und ihre Gesichter der Sonne zuwandten. Es sah aus wie ein beliebiger Sonntagmorgen. Trotzdem hatte er das Gefühl, dass etwas fehlte. Er wischte es als Dummheit, als Verwirrung beiseite und ging ein wenig schneller, bog in die St. Paulsgatan ab – und mit einem Mal fiel es ihm wieder ein.

Was fehlte, war eine Gestalt, die er jetzt seit einer Woche nicht mehr gesehen hatte, die aber zuvor tagtäglich reglos wie ein meditierender Mönch vor der Statue auf einem Stück Pappe gesessen hatte. Der Mann hatte verstümmelte Finger gehabt, ein verdörrtes, uraltes Gesicht und eine dicke blaue Daunenjacke. Er hatte zu Mikaels Alltag gehört, wenngleich er ihn damals – wie während aller intensiven Arbeitsperioden – nur als Teil der Kulisse wahrgenommen hatte.

Mikael war zu gedankenverloren gewesen, um richtig hinzusehen. Doch der arme Teufel hatte immerzu dort gesessen, wie ein Schatten auf seinem Unterbewusstsein, der erst jetzt, da er fehlte, deutlich auffiel, und Mikael konnte sich sogar ohne Weiteres eine ganze Reihe von Details ins Gedächtnis rufen: den schwarzen Fleck auf der Wange, die rissigen Lippen, den Hauch von Stolz in der Haltung, der im Widerspruch zu der ganzen schmerzensvollen Gestalt gestanden hatte. Wie hatte Mikael ihn nur vergessen können? Insgeheim kannte er die Antwort.

Früher hätte ein solcher Mann auf schwedischen Straßen wie eine offene Wunde gewirkt. Inzwischen konnte man kaum mehr fünfzig Meter gehen, ohne dass man um ein paar Kronen gebeten wurde. Überall auf den Bürgersteigen und vor den Geschäften, vor Recyclinghöfen und U-Bahn-Eingängen saßen Frauen und Männer und bettelten. Ein völlig neues, kaputtes Stockholm war entstanden, und in null Komma nichts hatten sich alle daran gewöhnt. Das war die traurige Wahrheit.

Die Zahl der Bettler war ungefähr zur selben Zeit in die Höhe geschnellt, als die Stockholmer aufgehört hatten, Bargeld bei sich zu tragen, und genau wie alle anderen hatte auch Mikael gelernt, den Blick abzuwenden. Oft verspürte er nicht mal mehr Schuld, sondern eher eine Art Wehmut, die nicht einmal etwas mit dem Mann zu tun haben musste oder mit dem Betteln im Allgemeinen, sondern mehr mit der Zeit, die verflog, und dem Leben, das sich veränderte, ohne dass man sich dessen gewahr wurde.

Draußen vor der »Kaffebar« stand ein Lastwagen so dicht eingeparkt, dass man sich fragte, wie der je dort hinauskommen sollte, und drinnen im Café kannte er wie immer zu viele Leute. Er grüßte pflichtschuldig, bestellte sich einen doppelten Espresso und einen Toast mit Pfifferlingen, setzte sich an einen Tisch am Fenster zur St. Paulsgatan und hing seinen Gedanken nach. Kurz darauf berührte ihn jemand an der Schulter. Es war Sofie. Sie trug ein grünes Kleid, hatte die Haare offen und lächelte ihn zurückhaltend an. Sie bestellte sich einen Tee mit Milch, dazu eine Flasche Perrier und hielt ihr Handy mit dem roten Herzchen hoch.

»Flirt oder Fürsorgemaßnahme des Chefs?«, fragte sie.

»Zu dicke Finger«, gab er zurück.

»Falsche Antwort.«

»Dann Fürsorgemaßnahme. Anweisung von Erika.«

»Wieder die falsche Antwort, aber schon besser.«

»Was macht die Familie?«

»Die Mutter findet, dass die Sommerferien zu lang sind und die Kinder zu viel Bespaßung brauchen. Kleine Rowdys …«

»Wie lange wohnt ihr jetzt schon hier?«

»Knapp fünf Monate. Und du?«

»Hundert Jahre.«

Sie lachte.

»Ich meine es ernst«, erklärte er. »Wenn man hier schon so lange wohnt wie ich, dann sieht man nichts mehr. Man läuft herum wie ein Blinder.«

»Ehrlich?«

»Ich zumindest. Aber ich kann mir vorstellen, dass du als Neue im Viertel die Augen offen hältst.«

»Kann schon sein.«

»Erinnerst du dich, dass unten am Mariatorget ein Bettler in einer Daunenjacke gesessen hat? Er hatte einen schwarzen Fleck im Gesicht und kaum noch Finger an den Händen.«

Sie lächelte wehmütig.

»Klar, sehr gut sogar.«

»Wie meinst du das?«

»Weil man den nicht so leicht vergisst.«

»Ich hab ihn vergessen.«

Sofie sah ihn erstaunt an.

»Was soll das heißen?«

»Ich hab ihn bestimmt zehnmal gesehen und es doch nie richtig bemerkt. Erst jetzt, da er tot ist, steht er mir lebendig vor Augen.«

»Er ist tot?«

»Die Rechtsmedizinerin hat mich gestern angerufen.«

»Um Himmels willen, warum denn das?«

»Der Mann hatte einen Zettel mit meiner Telefonnummer in der Tasche, und die Ärztin hoffte wohl, dass ich ihn identifizieren könnte.«

»Aber das konntest du nicht?«

»Nein, so gar nicht.«

»Vielleicht hatte er eine Story für dich.«

»Vermutlich.«

Sofie nahm einen Schluck Tee. Eine Weile herrschte Stille.

»Vor einer Woche ist er auf Catrin Lindås losgegangen«, sagte sie schließlich.

»Ach?«

»Der ist schier durchgedreht, als er sie gesehen hat. Ich stand an der Swedenborgsgatan, hab es aus einiger Entfernung beobachtet.«

»Was wollte er denn von ihr?«

»Womöglich hatte er sie im Fernsehen gesehen.«

Catrin Lindås war tatsächlich manchmal im Fernsehen. Sie war Leitartiklerin und Kolumnistin, konservativ und oft in Debatten über Recht und Ordnung und Disziplin und Schulpolitik vertreten. Sie war auf repräsentable Art hübsch, trug immer perfekt geschnittene Kleider oder frisch gebügelte Schluppenblusen. War immer makellos frisiert. Er empfand sie als streng und fantasielos. Und sie hatte ihn im *Svenska Dagbladet* kritisiert.

»Was ist passiert?«, fragte er.

»Er hat sie am Arm gepackt und geschrien.«

»Was hat er denn geschrien?«

»Keine Ahnung. Aber er hatte einen Ast oder einen Stock in der Hand, mit dem er herumgefuchtelt hat. Sie war total verschreckt. Ich hab noch versucht, sie zu beruhigen, und ihr geholfen, einen Fleck vom Jackett zu wischen.«

»Muss heftig für sie gewesen sein.«

Er hatte es nicht mal sarkastisch gemeint. Glaubte er zumindest. Trotzdem ging Sofie völlig unerwartet zum Angriff über.

»Du hast sie noch nie leiden können, was?«

»Na ja«, erwiderte er defensiv, »nichts gegen sie persönlich ... aber für mich ist sie einfach ein bisschen zu rechts und proper.«

»Miss Perfect, sozusagen?«

»Das hab ich nicht gesagt.«

»Aber du hast es gemeint. Hast du überhaupt eine Ahnung, wie viel Scheiß sie online reinbekommt? Die Leute sehen sie bloß als eine Oberschichten-Bitch, die auf der Lundsberg war und jetzt auf normale Leute herabschaut. Aber weißt du, wie es ihr in Wahrheit ergangen ist?«

»Nein, Sofie, das weiß ich nicht.«

Er hatte keinen Schimmer, warum sie plötzlich so wütend war.

»Dann erzähl ich es dir.«

»Ja, bitte.«

»Sie ist in der Gosse aufgewachsen. In einem drogenversifften Hippiekollektiv in Göteborg. Ihre Eltern waren in einer Tour auf LSD und Heroin. Zu Hause das reinste Chaos aus Müll und vollgedröhnten Junkies. Die Klamotten und diese Ordentlichkeit – das war ihre Art zu überleben. Sie ist eine Fighterin, auf gewisse Weise ist sie eine Rebellin.«

»Das ist interessant«, sagte er.

»Genau. Ich weiß, dass du sie reaktionär findest, aber sie bewegt unglaublich viel in ihrem Kampf gegen New Age und Esoterik und den ganzen Scheiß, mit dem sie aufgewachsen ist. Sie ist weitaus interessanter, als es die meisten Leute sehen.«

»Seid ihr miteinander befreundet?«

»Wir sind befreundet, ja.«

»Okay, danke, Sofie. Ich werde versuchen, sie beim nächsten Mal in einem anderen Licht zu sehen.«

»Ich glaub dir kein Wort«, sagte sie, lachte verunsichert und brummelte in sich hinein, als wäre die Sache für sie letztlich doch zu emotional.

Dann fragte sie, wie es mit seiner Story laufe. Er antwortete, er werde wohl nicht gerade große Erfolge feiern können. Die Russlandspur habe sich festgefahren.

»Aber du hast gute Quellen, oder?«

»Was die Quellen nicht wissen, weiß ich eben auch nicht.«

»Vielleicht solltest du nach Sankt Petersburg fahren und ein bisschen rund um diese Trollfabrik herumschnüffeln ... Wie heißt sie gleich wieder?«

»New Agency House?«

»War das nicht eine Art Schaltzentrale?«

»Fühlt sich leider auch an wie eine verrammelte Tür.«

»Höre ich da einen ungewöhnlich pessimistischen Blomkvist?«

Er hörte es selbst, hatte aber keine Lust, nach Sankt Petersburg zu fahren. Dort wimmelte es inzwischen von Journalisten, und keiner von ihnen hatte herausfinden können, wer für die Fabrik verantwortlich zeichnete oder wie tief der Nachrichtendienst oder das Regime mit drinsteckte. Er war es leid. Er war Nachrichten leid, die ganze traurige politische Entwicklung in dieser Welt, also trank er seinen Espresso und fragte Sofie nach ihrem Entwurf.

Sie wollte über die antisemitischen Zwischentöne der Desinformationskampagne schreiben, und auch das war nichts Neues, denn natürlich hatten die Trolle nichts unterlassen, um anzudeuten, dass der Kursrutsch an der Börse auf eine jüdische Verschwörung zurückzuführen sei. Es war schlicht und ergreifend der gleiche Mist, den man seit Jahrhunderten hörte und der bereits unzählige Male analysiert und beschrieben worden war. Allerdings wirkte Sofies Zugang konkreter.

Sie wollte schildern, wie es die normalen Leute im Alltag betraf: Schulkinder, Lehrer und Intellektuelle, normale Menschen, die zuvor kaum je darüber nachgedacht hatten, dass sie jüdisch waren.

»Leg los«, sagte er, stellte ihr hier und da Fragen, ermunterte sie ein wenig und ließ sich auch selbst über den grassierenden Hass in der Gesellschaft, über Populisten und

Extremisten und die Idioten auf seiner Mailbox aus. Irgendwann wurde er seiner selbst leid. Ohne recht zu wissen, warum, umarmte er Sofie, verabschiedete sich – »Tschüss und sorry!« –, kehrte nach Hause zurück, zog sich um und ging eine Runde laufen.

KAPITEL 6

16. August

Kira lag in ihrem Bett in dem großen Haus in Rubljowka westlich von Moskau. Ihr Chefhacker Juri Bogdanow wollte mit ihr sprechen. Der sollte erst einmal warten. Um ihrer Entscheidung Nachdruck zu verleihen, warf sie mit ihrer Haarbürste nach Haushälterin Katja und zog sich die Decke über den Kopf.

Es war eine höllische Nacht gewesen. Die Erinnerungen an das Getöse im Restaurant, die Schritte, das Auftauchen ihrer Schwester hatten ihr keine Ruhe gelassen, und immer wieder hatte sie sich an die Schulter gefasst, die sie seit ihrem Sturz immer noch spürte – nicht so sehr als Schmerz, eher als hätte sich jemand an ihr festgebissen.

Warum hatte das alles nicht langsam ein Ende? Sie hatte so hart gearbeitet und so vieles erreicht. Trotzdem suchte die Vergangenheit sie immer wieder heim und wechselte dabei die Gestalt, kam jedes Mal in neuer Form zurück. Ihre Kindheit war nie wirklich gut gewesen. Trotzdem hatte es gewisse Dinge gegeben, Dinge, die sie gemocht hatte; aber selbst die wurden ihr jetzt Schritt für Schritt entrissen.

Schon als Kind hatte Camilla sich immer mit verzweifelter Kraft woandershin gesehnt, weg von der Lundagatan, weg aus ihrem Leben mit Schwester und Mutter, weg von dem Gefühl der Armut und Unsicherheit. Irgendwann war sie zu dem Schluss gelangt, dass sie etwas Besseres verdient hatte. Sie hatte sogar eine recht frühe Erinnerung daran, wie sie im Lichthof des Einkaufspalasts NK gestanden und eine Frau in Pelz und gemusterter Hose gesehen hatte, die lachte und so unfassbar schön war, als stammte sie von einem anderen Planeten. Camilla ging näher, blieb direkt neben ihr stehen, und da kam diese gleichermaßen elegante Freundin, küsste die Frau auf die Wange und fragte: »Ist das deine Tochter?«

Die Frau drehte sich um, sah auf Camilla hinab und antwortete mit einem Lächeln: »Leider nicht.«

Camilla verstand nur, dass diese Antwort etwas Schmeichelhaftes enthielt, und hörte noch, als die Damen gingen: »Was für ein süßes Kind! Wenn seine Mutter es nur besser anziehen würde«, und dieser Satz ritzte in ihr eine Wunde. Sie starrte Agneta an – schon damals nannte sie ihre Mutter Agneta –, die ein Stück entfernt mit Lisbeth die Weihnachtsdekoration bestaunte, und in diesem Moment sah sie den grundlegenden Unterschied: Während die fremde Frau gestrahlt hatte, als wäre das Leben nur für sie und zu ihrem Vergnügen geschaffen, stand Agneta mit hängenden Schultern und bleichem Gesicht da. Trug verschlissene, hässliche Kleidung. Die Ungerechtigkeit war himmelschreiend. Ich bin an den falschen Ort geraten, dachte sie, an einen völlig falschen Ort.

In ihrer Kindheit hatte es Augenblicke gegeben, in denen sie sich verdammt und zugleich erhaben gefühlt hatte; erhaben, wann immer sie jemand als schön wie eine kleine Prinzessin bezeichnete – und verdammt, weil sie einer Familie angehörte, die außen vor war, die eine Schattenexistenz führte.

Es stimmte schon: Sie fing an zu stehlen, um sich Klamotten und Haarspangen kaufen zu können – nicht viel, wirklich nicht, hauptsächlich Münzen, ein paar Scheine, eine alte Brosche von Oma, die russische Vase auf dem Bücherregal. Allerdings wurde ihr mehr unterstellt, und allmählich beschlich sie der Eindruck, Agneta und Lisbeth hätten sich gegen sie verschworen. Oft fühlte sie sich in ihrem eigenen Zuhause wie eine Fremde, ein vertauschtes Kind, das hier nun unter Aufsicht gehalten wurde. Und es wurde auch nicht besser, wenn Zala zu Besuch kam und sie wie einen Straßenköter behandelte.

In diesen Augenblicken war sie der einsamste Mensch auf der Welt. Sie träumte davon, abzuhauen und dafür zu sorgen, dass sich jemand anders um sie kümmerte, jemand, der sie verdient hätte. Erst allmählich sickerte Licht in ihr Leben, womöglich ein falscher Schein, aber der einzig verfügbare. Es begann mit kleinen Aufmerksamkeiten – eine Armbanduhr, rollenweise Scheine aus der Hosentasche, Schmeicheleien am Telefon, kleine Anzeichen, dass Zala mehr war als nur Gewalttätigkeit. Nach und nach erkannte sie seine Selbstsicherheit, die Autorität, Weltgewandtheit, die kraftvollen Gesten, die Macht, die er ausstrahlte.

Doch vor allem bemerkte sie, wie er begann, *sie* zu bemerken. Manchmal blieb er stehen und musterte sie von Kopf bis Fuß, mitunter lächelte er, und weil er das so selten tat, hatte dieses Lächeln die Kraft eines Scheinwerfers, der auf sie gerichtet war. An irgendeinem Punkt hörte sie auf, sich vor seinen Besuchen zu fürchten, und fing sogar an zu fantasieren, ob er es womöglich sein könnte, der sie an einen schöneren, reicheren Ort brächte.

Eines Abends, als sie elf oder zwölf Jahre alt war und Agneta und Lisbeth nicht zu Hause, saß ihr Vater in der Küche und trank. Sie ging zu ihm, er strich ihr übers Haar und lud sie auf einen mit Saft vermischten Wodka ein. Einen »Screwdriver« nannte er das und erzählte, er sei in einem Kinderheim in Swerdlowsk im Ural aufgewachsen und dort jeden Tag geschlagen worden. Trotzdem habe er sich durchgesetzt und sei mächtig und reich geworden, habe Freunde in der ganzen Welt. Es klang wie ein Märchen, und dann legte er den Finger auf seine Lippen und flüsterte, dies sei ihr Geheimnis. Sie erschauderte kurz und rang sich endlich dazu durch zu erzählen, wie gemein Agneta und Lisbeth sich ihr gegenüber verhielten.

»Die sind bloß neidisch. Leute sind immer bloß neidisch auf solche wie dich und mich«, erklärte er und versprach ihr, dafür zu sorgen, dass sie netter zu ihr sein würden. Und der Alltag zu Hause veränderte sich tatsächlich.

Zala wurde zur großen Welt, die sie besuchen kam, und sie liebte ihn nicht nur als ihren Retter. Ihn konnte nichts erschüttern. Nicht die ernsten Männer in grauen Anzügen, die sie manchmal heimsuchten, nicht die breitschultrigen Polizisten, die eines Morgens anklopften. Nur *sie* konnte es.

Sie brachte ihn dazu, sanft und fürsorglich zu sein, und lange begriff sie nicht, welchen Preis sie dafür bezahlte, und noch weniger, wie sie sich selbst betrog. Sie betrachtete es einfach als ihre beste Zeit. Endlich fühlte sie sich wahrgenommen, glücklich, und sie freute sich, wenn der Vater öfter kam und ihr Geschenke und Geld zusteckte. Doch genau da – als gerade etwas Neues, Großes vor der Tür zu stehen schien – entriss Lisbeth ihr alles. Seither hasste sie ihre Schwester mit einer wahnsinnigen Kraft, und dieser Hass war beständig und immerzu in ihr geblieben. Sie wollte zurückschlagen, sie wollte Lisbeth zerstören, und sie würde nicht zögern, nur weil die Schwester ihr gerade zufällig einen Schritt voraus wäre.

Draußen jenseits der Vorhänge schien nach der verregneten Nacht die Sonne. Sie hörte einen Rasenmäher und entfernte Stimmen, und mit geschlossenen Augen rief sie sich die Schritte in Erinnerung, die sich in jener Nacht ihrem

Zimmer in der Lundagatan genähert hatten. Sie ballte die rechte Faust, trat die Daunendecke weg und stand auf.

Sie würde wieder die Initiative ergreifen.

Juri Bogdanow wartete bereits seit einer Stunde. Trotzdem war er nicht untätig gewesen: Er hatte konzentriert mit seinem Laptop auf dem Schoß dagesessen und sah erst jetzt besorgt zur Terrasse und in den großen Garten hinaus. Er hätte keine guten Nachrichten für sie und erwartete nichts als Schelte und weitere Schwerstarbeit, fühlte sich aber gewappnet und motiviert und hatte bereits sein komplettes Netzwerk mobilisiert. Sein Telefon klingelte. Er drückte das Gespräch weg. Schon wieder Kusnezow. Dieser hysterische, dumme verdammte Kusnezow.

Es war zehn nach elf, draußen machten die Gärtner Mittagspause, während ihm die Zeit davonlief. Er starrte auf seine Schuhe hinab. Er war inzwischen stinkreich, er trug ausschließlich maßgeschneiderte Anzüge und teure Armbanduhren. Trotzdem roch er noch immer nach Gosse. Er war noch immer der einstige Junkie, der auf der Straße aufgewachsen war; dieses frühere Leben flackerte wie ein nicht auszulöschender Rest in seinem Blick und in seinen Bewegungen.

Er hatte ein kantiges, vernarbtes Gesicht, war groß und mager mit schmalen Lippen und amateurhaften Tätowierungen auf den Armen. Auch wenn Kira ihn niemals in den Salons hätte vorführen wollen, war er für sie unverzichtbar, und das machte ihm Mut, als er jetzt ihre Absätze auf dem Marmorfußboden klappern hörte. Überirdisch schön wie immer, in einem hellblauen Kostüm mit roter, am Hals aufgeknöpfter Bluse, kam sie auf ihn zu und ließ sich im Sessel neben ihm nieder.

»Also, was haben wir?«, wollte sie wissen.

»Probleme«, antwortete er.

»Raus damit.«

»Die Frau …«

»Lisbeth Salander.«

»Ist noch nicht bestätigt, aber ja, sie muss es sein, vor allem wenn man das Niveau der Hackerangriffe bedenkt.«

»Was war daran so besonders?«

»Kusnezow ist dermaßen paranoid mit seinen IT-Systemen, dass er sie vorwärts und rückwärts kontrolliert. Er hatte sich zusichern lassen, dass sie zu hundert Prozent sicher sind …«

»Nur stimmte das offenbar nicht.«

»Das stimmte nicht, und wir wissen immer noch nicht genau, wie sie vorgegangen ist, außer dass die Operation selbst – als sie erst drin war – verhältnismäßig einfach war: Sie hat sich bei Spotify eingeloggt und in die Lautsprecher gehackt, die für den Abend installiert worden waren, und dann hat sie diesen Rocksong gespielt.«

»Die Leute sind durchgedreht …«

»Unglücklicherweise hatten wir es mit einem digitalen parametrischen Equalizer zu tun, der am WLAN hing.«

»Noch mal so, dass ich es verstehe.«

»Der Equalizer regelt die Klanggestaltung, er übernimmt die Feinjustierung der Höhen und Tiefen. Salander hat sich da eingewählt und den schlimmsten Lärmschock erzeugt. So was wird extrem unangenehm – die Leute müssen es bis ins Mark gespürt haben. Deshalb haben sich auch so viele an die Brust gefasst und nicht mal begriffen, dass es sich dabei nur um Lärm handelte.«

»Sie wollte Chaos verbreiten.«

»Vor allem wollte sie eine Botschaft senden. Der Song ist von den Pussy Strikers und heißt ›Killing the world with lies‹.«

»Sind das diese rothaarigen Luder?«

»Genau«, erwiderte Bogdanow, ohne sich nur im Geringsten anmerken zu lassen, dass er die Pussy Strikers ziemlich cool fand.

»Und weiter?«

»Der Song wurde anlässlich der ersten Berichte über Morde an Homosexuellen in Tschetschenien geschrieben, eigentlich beschreibt er aber nicht die Mörder oder den Staatsapparat, sondern die Person, die in den sozialen Medien die Hasskampagne angefeuert hat, die den Gewalttaten vorausging.«

»Also Kusnezow selbst.«

»Richtig. Nur ist es eigentlich so, dass ...«

»Dass kein Außenstehender davon wissen kann«, fiel sie ihm ins Wort.

»Eigentlich dürfte niemand auch nur ahnen, dass er die Informationsbüros leitet.«

»Und woher konnte es Lisbeth dann wissen?«

»Wir sind dabei, uns das anzusehen und die Beteiligten zu beruhigen. Kusnezow ist total durchgedreht. Er war sturzbesoffen und außer sich vor Angst.«

»Wieso denn das? Es ist doch wohl nicht das erste Mal, dass er Menschen gegeneinander aufgehetzt hat.«

»Nein, das nicht. Aber in Tschetschenien ist die Sache aus dem Ruder gelaufen. Dort sind Leute lebendig begraben worden ...«

»Das ist Kusnezows verdammtes Problem, nicht unseres.«

»Im Grunde ja. Was mir trotzdem Sorgen macht ...«

»Raus damit!«

»... ist, dass Salander es in erster Linie wohl kaum auf Kusnezow abgesehen haben kann. Wir können nicht ausschließen, dass sie von unserem Engagement in den Informationsbüros weiß. Sie will sich an dir rächen, nicht an ihm, hab ich recht?«

»Wir hätten sie längst aus dem Weg räumen müssen.«

»Es gibt da noch eine Sache, die ich noch nicht erwähnt habe.«

»Was?«

Bogdanow wusste, dass es keinen Sinn hatte, es länger hinauszuzögern.

»Nachdem sie dich gestern angerempelt hatte, ist sie gestolpert«, fuhr er fort. »Sie hat das Gleichgewicht verloren, ist vorwärtsgestürzt – zumindest sah es so aus – und musste sich mit der Hand an deiner Limousine festhalten. Genau oberhalb des Hinterrads. Erst fand ich, dass es natürlich aussah, aber dann hab ich mir die Überwachungsbilder angesehen. Vielleicht war es doch nicht so natürlich. Sie hat sich nämlich nicht an der Karosserie festgehalten, sondern eher etwas daraufgedrückt. Hier ist es.«

Er hielt eine kleine rechteckige Dose hoch.

»Was ist das?«

»Ein GPS-Sender, der mit hierhergereist ist.«

»Das heißt, sie weiß jetzt, wo ich wohne?«

Camilla hatte den Geschmack von Eisen im Mund.

»Ich befürchte, ja«, sagte Bogdanow.

»Idioten!«, zischte sie.

»Wir haben sämtliche Vorsichtsmaßnahmen ergriffen«, fuhr Bogdanow eilig fort. »Wir haben die Sicherheit hochgefahren – vor allem natürlich die unseres IT-Systems.«

»Willst du mir damit sagen, dass wir in der Defensive sind?«

»Nein, nein, ganz und gar nicht. Ich wollte es nur erwähnt haben.«

»Dann sieh verdammt noch mal zu, dass du sie findest!«

»Das ist leider nicht so einfach. Wir haben sämtliche Überwachungskameras im ganzen Viertel kontrolliert. Sie ist nirgends zu sehen, und auch über Telefone oder Computer können wir sie nirgends ausfindig machen.«

»Dann checkt die Hotels. Gebt die Fahndung raus. Stellt alles auf den Kopf.«

»Wir arbeiten daran. Wir erwischen sie, da bin ich mir sicher.«

»Unterschätz diese Hexe nicht.«

»Ich unterschätze sie keine Sekunde. Allerdings glaube

ich, dass sie ihre Chance verpasst hat und sich das Blatt zu unserem Vorteil gewendet hat.«

»Wie zum Teufel kannst du das sagen – jetzt, da sie weiß, wo ich wohne?«

Bogdanow zögerte, rang nach Worten.

»Hast du nicht gesagt, du glaubst, Salander würde dich umbringen?«

»Ich war mir ganz sicher. Aber offenbar führt sie etwas noch viel Schlimmeres im Schilde.«

»Ich glaube, du irrst dich.«

»Wie meinst du das?«

»Ich glaube, sie wollte dich wirklich erschießen. Ich kann kein anderes Motiv für den Angriff erkennen. Klar, sie wollte auch Kusnezow zu Tode erschrecken, aber ansonsten ... Was hatte sie von alledem? Nichts. Aber sie ist aus der Deckung gekommen.«

»Du willst also behaupten ...«

Sie sah in den Garten und fragte sich, wohin die verdammten Gärtner verschwunden waren.

»Ich vermute mal, dass sie gezögert hat – und es am Ende nicht durchziehen konnte. Sie hat nicht den Biss. Sie ist doch nicht so stark.«

»Netter Gedanke«, sagte sie.

»Und wahr, wenn du mich fragst. Anders passt das alles nicht zusammen.«

Allmählich fühlte sie sich ein bisschen besser.

»Außerdem gibt es Menschen, die ihr immer noch wichtig sind«, murmelte sie.

»Sie hat ihre Liebhaberinnen ...«

»Und ihren Kalle Blomkvist«, fügte sie hinzu. »Vor allem hat sie ihren Mikael Blomkvist.«

KAPITEL 7

16. August

Es war halb acht Uhr abends, und Mikael saß im »Gondolen« auf Slussen und aß mit Dragan Armanskij, dem das Sicherheitsunternehmen Milton Security gehörte, zu Abend. Er bereute es jetzt schon. Seine Beine und der Rücken taten ihm nach seiner Joggingrunde um den Årstaviken weh, und ehrlich gesagt war er gelangweilt. Immer dieses ewige Gerede über Entwicklungspotenziale im Osten ... oder war es im Westen? Und dann mitten in alledem eine Geschichte von einem Pferd, das sich im Djurgården in ein Partyzelt verirrt hatte: »Und dann haben diese Idioten auch noch den Flügel in den Swimmingpool gezerrt!«

Mikael hatte nicht die geringste Ahnung, was der Flügel mit dem Pferd zu tun haben sollte. Aber er hörte auch gar nicht mehr richtig hin. Ein Stück weiter hatte er nämlich Kollegen von *Dagens Nyheter* entdeckt, darunter Mia Cederlund, mit der ihn eine – missglückte – Affäre verband. Weiter hinten stand Dramaten-Schauspieler Mårten Nyström, der in der *Millennium*-Ausgabe zum Thema Machtmissbrauch am Theater nicht sonderlich gut weggekommen war. Keiner von beiden wäre erfreut, ihn zu sehen, also senkte er den Blick, trank seinen Wein und dachte an Lisbeth.

Lisbeth war Dragans und sein gemeinsamer Nenner. Dragan war der einzige Arbeitgeber, den sie je gehabt hatte, und er hatte nie richtig verwunden, dass sie gegangen war – was im Grunde aber nicht verwunderlich war. Lisbeth, die Dragan vor einer halben Ewigkeit ursprünglich als eine Art Sozialprojekt eingestellt hatte, war im Handumdrehen zur besten Mitarbeiterin geworden, die er je gehabt hatte, und vermutlich war er auch eine Zeit lang in sie verliebt gewesen.

»Klingt total wahnsinnig«, sagte Mikael.

»Das sag ich dir, und der Flügel ...«

»Du hattest also auch keine Ahnung, dass Lisbeth wegziehen würde?«, fiel er ihm ins Wort.

Dragan fiel es merklich schwer, das Thema zu wechseln, und vielleicht war er insgeheim auch beleidigt, weil die Geschichte Mikael nicht zu amüsieren schien. Immerhin ein Flügel in einem Swimmingpool – da würde doch jeder Rockstar vor Neid erblassen. Er wurde ernst.

»Eigentlich sollte ich dir das gar nicht erzählen ...«

Mikael fand, das klang schon mal nach einem guten Anfang, und lehnte sich über den Tisch.

Lisbeth hatte bis mittags geschlafen, dann geduscht und saß jetzt in ihrem Hotelzimmer in Kopenhagen am Computer, als Plague – ihr engster Vertrauter in der Hacker Republic – eine verschlüsselte Nachricht schickte. Es war nur eine kurze, alltägliche Frage, trotzdem störte es sie.

Wie läuft's?, schrieb er.

Beschissen, dachte sie, antwortete dann aber nur: Bin nicht mehr in Moskau.

Warum nicht?

Hab nicht geschafft, was ich vorhatte.

Was hast du denn vorgehabt?

Am liebsten wollte sie in die Stadt gehen und alles vergessen.

Einen Schlussstrich ziehen.

Worunter denn?

Tschüss, Plague, dachte sie.

Ach, nichts, schrieb sie.

Und warum hast du es nicht geschafft, unter *nichts* einen Schlussstrich zu ziehen?

»Geht dich einen Scheißdreck an«, murmelte sie.

Weil ich mich an was erinnert hab.

Und woran hast du dich erinnert?

Schritte, dachte sie. Die flüsternde Stimme des Vaters und ihr eigenes Zögern. Ihre Unfähigkeit, alles zu verstehen. Dann die Umrisse der Schwester, die aufstand und mit Zala, diesem Schwein, aus dem Zimmer verschwand.

Scheiße, antwortete sie.

Was für Scheiße?

Sie hatte nicht übel Lust, den Computer gegen die Wand zu schmettern.

Was für Kontakte haben wir in Moskau?

Ich mache mir Sorgen um dich, Wasp. Lass Russland bleiben. Hau ab, und zwar ganz weit weg.

Hör schon auf, dachte sie.

Was für Kontakte haben wir in Moskau?

Gute.

Wer könnte für mich einen IMSI-Catcher an einem heiklen Ort platzieren?

Plague antwortete erst einmal nicht.

Nach einer Weile schrieb er: Zum Beispiel Katja Flip.

Wer ist das?

Die ist mehr oder weniger verrückt. War früher bei Schaltaj Boltaj.

Was hieß, dass sie teuer war.

Kann man ihr vertrauen?

Hängt vom Preis ab.

Schick mir ihre Daten, schrieb sie.

Dann klappte sie ihren Rechner zu und stand auf, um sich umzuziehen. Der schwarze Hosenanzug war immer noch okay, entschied sie, wenn auch nach dem gestrigen Regentag ein bisschen verknittert. Am rechten Ärmel prangte ein grauer Fleck, und das Jackett verzieh einem nicht, wenn man darin schlief – aber das war ihr egal. Sie hatte auch heute nicht vor, sich zu schminken. Sie fuhr sich nur mit der Hand durch die Haare, verließ ihr Zimmer, nahm den Fahrstuhl nach unten, wo sie sich mit einem Bier an die Bar im Erdgeschoss setzte.

Draußen über dem weitläufigen Kongens Nytorv waren am Himmel dunkle Wolken zu sehen. Doch Lisbeth sah nichts davon. Sie war immer noch wie gefangen in ihrer Erinnerung an ihre Hand, die am Twerskoj Boulevard gezögert und gezittert hatte, und in der Vergangenheit, die ihr wie ein Film in Endlosschleife im Kopf herumging. Sie nahm nichts um sie herum zur Kenntnis, bis eine Stimme neben ihr die gleiche Frage stellte wie Plague.

»Wie läuft's?«

Das ärgerte sie. Es ging schließlich niemanden etwas an. Sie blickte nicht einmal auf. Stellte nur fest, dass sie eine neue SMS von Mikael bekommen hatte.

Dragan Armanskij beugte sich vor und erzählte mit vertraulicher Flüsterstimme: »Im Frühjahr hat Lisbeth angerufen und wollte, dass ich mit der Hauseigentümergemeinschaft rede und dafür sorge, dass über ihrem Eingang an der Fiskargatan Überwachungskameras angebracht werden. Ich fand, es klang nach einer guten Idee.«

»Und hast dafür gesorgt, dass es passiert ist.«

»So was ist nicht im Handumdrehen erledigt, Mikael. Man braucht die Genehmigung des Landratsamts und alles Mögliche. Aber es ging glatt durch. Ich hab von einer Bedrohungslage gesprochen, und Kommissar Bublanski hat den entsprechenden Bericht geliefert.«

»Wie ehrenvoll von ihm.«

»Wir haben uns beide alle Mühe gegeben. Anfang Juli konnte ich dann zwei Typen hinschicken, die ein paar ferngesteuerte Netgears installiert haben. Ich muss ja wohl nicht betonen, dass wir die aufs Gründlichste verschlüsselt haben. Nur wir selbst und niemand anders sollte sich die Filmsequenzen ansehen können, und ich hab meinem Team in der Überwachungszentrale eingeschärft, die Monitore nicht aus dem Blick zu lassen. Ich hab mir Sorgen um Lisbeth gemacht. Ich hatte Angst, dass es sie erwischen könnte.«

»Diese Angst haben wir alle.«

»Aber ich hatte nicht damit gerechnet, dass es so schnell so weit kommen würde. Sechs Tage später um halb zwei in der Nacht hört unser Operateur Stene Granlund von der Nachtschicht das Geräusch von Motorrädern über die Mikrofone vor Ort, und er will eben die Kameras ausrichten, als das schon jemand anders tut.«

»Oha!«

»Genau. Aber Stene hat keine Zeit, groß darüber nachzudenken. Es kommen zwei Männer in Lederjacken vom Svavelsjö MC.«

»Verdammt!«

»Exakt. Lisbeths Adresse war wohl nicht mehr geheim, und der Svavelsjö MC kommt in der Regel ja nicht mit Kaffee und Kuchen.«

»Eigentlich nicht.«

»Zum Glück machen die Typen kehrt, als sie die Kameras sehen. Und wir haben natürlich sofort die Polizei alarmiert. Die Kollegen konnten die Männer identifizieren – einer hieß Kovic, das weiß ich noch. Peter Kovic. Aber damit ist das Problem ja nicht gelöst, also habe ich Lisbeth angerufen und auf ein Treffen gedrängt, und darauf ging sie auch ein. Sie kam in mein Büro, sah aus wie der reinste Schwiegermuttertraum …«

»Klingt gelinde gesagt nach Übertreibung.«

»Ich meine, für Lisbeths Verhältnisse! Keine Piercings mehr, kurz geschnittenes Haar – sie sah richtig respektabel aus, und ich dachte noch, verdammt, ich hab diesen seltsamen Menschen echt vermisst … Und ich konnte nicht mal mit ihr schimpfen, obwohl mir natürlich klar war, dass sie unsere Kameras gehackt hatte. Ich hab ihr also nur mit auf den Weg gegeben, dass sie vorsichtig sein soll. ›Die sind hinter dir her‹, hab ich zu ihr gesagt. ›Diese Leute waren schon immer hinter mir her‹, hat sie geantwortet, und da bin ich wütend geworden. Ich hab ihr zugezischt, sie soll sich Hilfe suchen. ›Sonst bringen sie dich noch um.‹ Nur dass dann etwas passiert ist, was mir Angst gemacht hat.«

»Was denn?«

»Sie hat zu Boden gesehen und gesagt: ›Nicht wenn ich ihnen zuvorkomme.‹«

»Wie hat sie das denn gemeint?«

»Darüber hab ich auch nachgedacht, und in diesem Zusammenhang ist mir die Geschichte von ihrem Vater wieder eingefallen.«

»Was genau …?«

»Schon damals hat sie sich verteidigt, indem sie zum Angriff übergegangen ist. Wenn du mich fragst, ist es diesmal genauso: Sie will zuerst zuschlagen. Und das macht mir Angst, Mikael. Ich hab es ihr angesehen – und da half es auch nicht, dass sie aussah wie ein Schwiegermuttertraum oder was immer. Lisbeth ist lebensgefährlich. Ihr Blick war pechschwarz.«

»Jetzt übertreibst du aber. Lisbeth geht keine unnötigen Risiken ein. Sie ist immer rational.«

»Sie ist rational – auf ihre eigene verquere Weise.«

Unwillkürlich musste Mikael daran denken, was Lisbeth im »Kvarnen« zu ihm gesagt hatte: dass sie die Katze sein wolle und nicht die Ratte.

»Was ist dann passiert?«

»Nichts. Sie ist abgehauen, und seither hab ich kein Wort mehr von ihr gehört. Ich warte nur darauf zu lesen, dass die Svavelsjö-Clubräume in die Luft geflogen sind oder man ihre Schwester verbrannt in einem Auto in Moskau gefunden hat.«

»Camilla steht unter dem Schutz der russischen Mafia. Lisbeth würde nie einen Krieg gegen die anzetteln.«

»Glaubst du etwa selbst, was du da sagst?«

»Ich weiß es nicht ... Aber ich bin mir sicher, dass sie niemals ...«

»Was?«

»Nichts«, erwiderte Mikael, biss sich auf die Lippe und kam sich naiv und dumm vor.

»Es ist nicht vorbei, bis es vorbei ist, Mikael. Das war jedenfalls mein Gefühl. Keine von beiden, weder Lisbeth noch Camilla, wird aufgeben, ehe eine tot am Boden liegt.«

»Ich glaube, du übertreibst«, meinte Mikael.

»Wirklich?«

»Ich hoffe es zumindest«, korrigierte er sich, nahm noch einen Schluck Wein und entschuldigte sich für einen Moment.

Er nahm sein Telefon zur Hand und schrieb eine Nachricht.

Zu seinem Erstaunen kam sofort eine Antwort.

Reg dich ab, Blomkvist, schrieb Lisbeth. Ich habe Urlaub. Ich halte den Ball flach. Ich komme schon nicht auf dumme Gedanken.

Urlaub war womöglich leicht übertrieben. Aber was immer Lisbeth über Freuden wusste, hatte mit Schmerz zu tun – mit einem Schmerz, der irgendwann nachließ. Als sie jetzt an der Bar im Hôtel D'Angleterre stand und eben ihr Bier hinuntergekippt hatte, verspürte sie genau das: Erleichterung. Eine Bürde, die ihr von den Schultern genommen wurde, als hätte sie erst jetzt erkannt, wie angespannt sie den ganzen Sommer über gewesen war. Wie die Jagd auf ihre Schwester sie an die

Grenze des Wahnsinns getrieben hatte. Nicht dass sie richtig lockerließ oder die Erinnerungen an ihre Kindheit auch nur verblassten. Trotzdem war es, als würde sich ihr Blick weiten und sie sogar anfangen, Sehnsucht zu empfinden, nicht unbedingt nach etwas Besonderem, sondern den Drang, weg von allem, und das genügte schon, um ihr ein Gefühl von Freiheit zu bescheren.

»Are you okay?«

Über das Gemurmel in der Bar hinweg schon wieder diese Frage. Sie drehte sich um und sah einer jungen Frau ins Gesicht.

»Was interessiert dich das?«, gab sie zurück.

Die Frau war vielleicht dreißig Jahre alt, dunkler Teint, intensive, schräg stehende Augen, lange schwarze Locken. Sie trug Jeans und eine dunkelblaue Bluse und Boots mit Absätzen. Sie hatte zugleich etwas Hartes und Flehendes an sich. Über dem rechten Arm trug sie einen Verband.

»Ich weiß nicht«, erwiderte sie. »Das fragt man doch einfach so.«

»Kann sein.«

»Aber du hast ziemlich fertig ausgesehen.«

Das hatte Lisbeth im Leben schon oft zu hören bekommen. Leute traten auf sie zu und teilten ihr unaufgefordert mit, sie sehe sauer oder wütend oder einfach nur fertig aus, und jedes Mal hasste sie es. Doch aus irgendeinem Grund kaufte sie es dieser Frau ab und antwortete: »War wahrscheinlich auch ziemlich fertig.«

»Aber jetzt ist es besser?«

»Es ist zumindest anders.«

»Ich bin Paulina. Und auch ziemlich fertig.«

Paulina Müller rechnete fest damit, dass sich die junge Frau ebenfalls vorstellen würde. Doch sie sagte keinen Ton. Sie nickte nicht mal. Aber sie stieß sie auch nicht weg.

Paulina war wegen Lisbeths Art zu gehen auf sie aufmerksam geworden: Sie war gegangen, als scherte sie sich um nichts auf der Welt, als würde sie sich niemals für irgendjemanden verbiegen, und das hatte etwas so seltsam Verlockendes, dass Paulina ganz kurz gedacht hatte, sie könnte womöglich selbst so gegangen sein, ehe Thomas ihr alles genommen hatte.

Ihr Leben war so langsam, so schleichend zermalmt worden, dass sie es kaum bemerkt hatte. Auch wenn sie seit ihrem Umzug nach Kopenhagen allmählich das ganze Ausmaß des Elends erfasst hatte, war es ihr beim Anblick dieser Frau noch mal umso deutlicher vor Augen geführt worden. Allein indem sie neben ihr stand, fühlte sich Paulina unfrei. Diese Frau strahlte eine so kompromisslose Unabhängigkeit aus, dass sie Paulina damit magisch anzog.

»Wohnst du in der Stadt?«

»Nein«, antwortete die Frau.

»Wir sind vor Kurzem aus München hierhergezogen. Mein Mann ist Skandinavien-Chef für Angler, das Pharmaunternehmen«, erklärte sie und nahm regelrecht Fahrt auf.

»Aha …«

»Heute Abend hab ich mich von ihm getrennt.«

»Okay …«, sagte die Frau.

»Ich war Journalistin bei der Zeitschrift *Geo*, weißt du, bei diesem Wissenschaftsmagazin. Als wir hierhergezogen sind, hab ich dort gekündigt.«

»Aha«, sagte die Frau erneut.

»Ich hab hauptsächlich über Medizin und Biologie geschrieben.«

»Okay …«

»Das hat echt Spaß gemacht«, fuhr sie fort. »Aber dann hat mein Mann diesen Job gekriegt, und so kam es halt. Ich arbeite seither hier und da als Freelancer.«

Sie beantwortete weiter ungestellte Fragen, und die Frau

an der Bar sagte weiter nur »Aha« oder »Okay«, bis sie irgendwann fragte, was Paulina trinken wolle, und als Paulina antwortete: »Irgendwas«, bekam sie einen Whisky, einen Tullamore Dew auf Eis, sowie ein Lächeln oder zumindest den Hauch eines Lächelns. Die Frau trug einen schwarzen Hosenanzug, der in die Reinigung oder wenigstens auf ein Bügelbrett gehörte, dazu eine weiße Bluse. Sie war komplett ungeschminkt und sah hohläugig aus, als hätte sie seit Längerem nicht mehr viel geschlafen. Trotzdem loderte eine dunkle, beunruhigende Kraft in ihrem Blick, und Paulina gab sich alle Mühe, zu scherzen und zu lachen.

Ohne großen Erfolg. Abgesehen davon, dass die Frau ein Stück näher rückte. Paulina spürte, wie ihr das gefiel, und womöglich sah sie deshalb nervös auf die Straße hinaus, als fürchtete sie nur umso mehr, dass Thomas hier auftauchen könnte. Irgendwann schlug die Frau vor, auf ihrem Zimmer weiterzutrinken.

Nein, nein, entgegnete Paulina, das gehe auf keinen Fall, keine Chance. »Da hätte mein Mann etwas dagegen.« Dann küssten sie sich, gingen ins Hotelzimmer hinauf und schliefen miteinander, und sie konnte sich nicht erinnern, je etwas erlebt zu haben, was so viel Wut und Lust bedeutet hatte, und hinterher erzählte sie der Frau von Thomas und ihrer langen häuslichen Tragödie, und da sah die Frau aus, als würde sie zur Mörderin. Nur dass Paulina sich nicht ganz sicher war, ob sie nur Thomas umbringen wollte oder die ganze Welt.

KAPITEL 8

20. August

Mikael ging in der folgenden Woche nicht in die Redaktion, und er sah sich auch nicht seine Story über die Trollfabriken an. Er räumte die Wohnung auf und ging joggen, las zwei Elizabeth-Strout-Romane und aß mit Annika Giannini, seiner Schwester, zu Abend – hauptsächlich weil sie Lisbeths Anwältin war. Doch auch Annika wusste nicht viel mehr, als dass Lisbeth von sich hatte hören lassen und einen Tipp in Sachen deutsche Anwälte für Familienrecht hatte haben wollen.

Ansonsten ließ Mikael einfach die Zeit verstreichen. Manchmal gammelte er stundenlang herum, telefonierte bloß mit seiner alten Freundin und Kollegin Erika Berger und ließ sich über den jüngsten Stand ihrer Scheidung ins Bild setzen. Die Telefonate hatten etwas paradox Erleichterndes, als wären sie wieder Teenager und plauderten einfach nur über Liebeskummer. Trotzdem war dieser Prozess für sie natürlich anstrengend, und am Donnerstag rief sie ihn wieder an, diesmal mit einem anderen Tonfall, und wollte über die Arbeit sprechen, und da gerieten sie aneinander. Erika fluchte und nannte ihn eingebildet.

»Ich bin nicht eingebildet, Ricky«, entgegnete er. »Ich bin am Ende. Ich brauche Urlaub.«

»Hast du nicht gesagt, die Reportage sei im Großen und Ganzen fertig? Schick sie rein, dann erledigen wir den Rest.«

»Es sind nur olle Kamellen ...«

»Glaub ich keine Sekunde.«

»Ist aber leider die Wahrheit. Hast du den Artikel in der *Washington Post* gelesen?«

»Nein, hab ich nicht.«

»Die hauen mir mit jedem Punkt auf die Finger.«

»Du musst das Rad nicht jedes Mal neu erfinden, Mikael. Allein deine Sichtweise ist doch schon wertvoll. Du kannst nicht immer der tonangebende Nachrichtenmann sein. Und es ist schon ziemlich übergeschnappt, so was zu denken.«

»Aber der Artikel ist auch nicht *gut*. Er ist müde. Wir lassen es bleiben.«

»Wir lassen gar nichts bleiben, Mikael! Aber okay ... Wir lassen ihn eine Nummer lang ruhen. Irgendwie kriege ich trotzdem eine Ausgabe zusammen.«

»Bestimmt.«

»Was machst du stattdessen?«

»Ich hau ab nach Sandhamn.«

Es war nicht gerade das beste ihrer Gespräche. Doch hinterher fühlte er sich von einer Last befreit, nahm seine Reisetasche aus dem Schlafzimmerschrank und fing an zu packen. Es ging nur langsam voran, als sträubte er sich insgeheim dagegen. Hier und da blitzten Gedanken an Lisbeth auf. Es war wirklich, als wäre sie die ganze Zeit in seinem Kopf, und am Ende fluchte er laut, weil er sie nicht mehr loswurde. So leichthin sie ihm auch versichert hatte, keine Dummheiten zu machen, war er doch besorgt um sie und vermutlich auch wütend. Er war sauer, weil sie sich so geheimniskrämerisch, so kryptisch verhielt. Er wollte mehr über diese Bedrohung wissen, über die Überwachungskameras und Camilla und den Svavelsjö MC.

Er wollte jeden Stein umdrehen, um herauszufinden, ob

er irgendwie helfen könnte. Wieder ging er im Kopf alles durch, was sie im »Kvarnen« gesagt hatte, und wieder erinnerte er sich an ihre Schritte, die in den Abend am Medborgarplatsen verschwanden. Er brach das Packen ab, ging in die Küche und kippte sich Joghurt direkt aus der Packung in den Mund. Sein Handy klingelte. Unbekannte Nummer. Jetzt, da er frei hatte, dachte er, würde er da gut rangehen können und sogar halbwegs beschwingt klingen. *Mein Gott, ist das nett, dass Sie anrufen und mich wieder beschimpfen.*

Die Rechtsmedizinerin Fredrika Nyman war heim nach Trångsund vor den Toren Stockholms gefahren, hatte dort ihre zwei Teenagertöchter in ihre Smartphones versunken auf dem Wohnzimmersofa vorgefunden und war hiervon ebenso wenig erstaunt gewesen wie darüber, dass man durchs Fenster noch immer den See sehen konnte. Die Mädchen verbrachten ihre gesamte freie Zeit mit dem Handy und sahen sich Filmchen auf YouTube oder was immer an. Am liebsten hätte sie ihnen geflüstert, sie sollten die Telefone weglegen, mal wieder ein Buch lesen oder Klavier spielen, nicht schon wieder das Basketballtraining ausfallen lassen oder zumindest mal raus an die frische Luft.

Doch dafür fehlte ihr die Kraft. Ihr Tag war grässlich gewesen, und zum krönenden Abschluss hatte sie mit einem Idioten von der Polizei gesprochen, und wie alle Idioten hatte der sich für einen ganz hellen Kopf gehalten. Er habe die Sache überprüft, hatte er zu ihr gesagt, was nichts weiter bedeutete, als dass er kurz Wikipedia aufgerufen hatte und jetzt Experte für Buddhismus war. *Vielleicht hat dieser Säufer ja irgendwo gehockt und sich erleuchtet gefühlt.* Das war dermaßen respektlos und dumm gewesen, dass sie nicht mal mehr geantwortet hatte. Sie setzte sich neben ihre Töchter auf das graue Fernsehsofa und hoffte, dass wenigstens eine von ihnen Hallo sagen würde.

Keine von beiden sagte Hallo. Aber Josefin antwortete zumindest, als Fredrika fragte, was sie sich anschaue: »Eine Sache.«

Eine Sache.

Das war so fantastisch erhellend, dass Fredrika sich am liebsten die Seele aus dem Leib geschrien hätte. Sie stand auf, ging in die Küche, wischte Spüle und Küchentisch ab und scrollte dann eine Weile durch Facebook, um sich zu beweisen, dass sie keinen Deut besser war. Am Ende träumte sie sich einfach weg und surfte im Netz. Ohne zu wissen, wie sie dort gelandet war, blieb sie bei einer Seite für Urlaubsreisen nach Griechenland hängen.

Ihr kam ein Gedanke, der möglicherweise von einem Foto auf der Webseite inspiriert war – ein alter Mann mit zerfurchtem Gesicht in einem Strandcafé –, und sie musste an Mikael Blomkvist denken. Eigentlich hatte sie keine Lust, ihn noch einmal anzurufen. Sie wollte nicht die dumme Gans sein, die den berühmten Journalisten zutextete. Allerdings war er der Einzige, der möglicherweise an ihrem Gedanken interessiert sein könnte, und zu guter Letzt wählte sie doch seine Nummer.

»Ja, hallo«, sagte er. »Wie nett, dass Sie anrufen!«

Er klang so fröhlich, dass sie sofort spürte, das hier wäre das Beste, was heute passieren würde, und das sagte über ihren Tag einiges aus.

»Ich hab mir gedacht …«, hob sie an.

»Wissen Sie, was«, fiel er ihr ins Wort, »mir ist tatsächlich wieder eingefallen, dass ich Ihren Bettler schon mal gesehen habe – zumindest muss er es gewesen sein.«

»Okay …«

»Alles stimmt – Daunenjacke, Fleck auf der Wange, amputierte Finger. Es kann gar kein anderer gewesen sein.«

»Und wo haben Sie ihn gesehen?«

»Am Mariatorget, und das ist eigentlich verrückt«, fuhr

er fort, »dass ich ihn einfach so vergessen konnte. Ich kann es kaum glauben. Aber wissen Sie, er hat dort immer komplett reglos auf einem Stück Pappe vor der Statue gesessen. Ich muss sicher zehn-, zwanzigmal an ihm vorbeigegangen sein.«

Seine Begeisterung war ansteckend.

»Wie schön zu hören! Was für einen Eindruck hatten Sie von ihm?«

»Tja, wissen Sie ... Ich weiß nicht recht ... Wahrscheinlich war ich nicht sonderlich aufmerksam. Aber er kam mir sowohl kaputt als auch stolz vor – genau wie Sie ihn beschrieben haben. Kerzengerader Rücken, hocherhobenes Haupt, ein bisschen wie ein Indianerhäuptling im Kino. Ich verstehe wirklich nicht, wie er stundenlang so dasitzen konnte.«

»Schien er Alkohol oder Tabletten genommen zu haben?«

»Weiß nicht genau«, sagte er. »Vielleicht. Aber wenn er total am Ende gewesen wäre, dann hätte er doch nicht so gerade dasitzen können, oder?«

»Ich hab nämlich ausgerechnet heute Vormittag den Tox-Screen zurückbekommen. Er hatte 2,5 Mikrogramm Zopiclon per Gramm peripher venös entnommenem Blut intus, was ziemlich viel ist.«

»Was ist dieses Zopiclon?«

»Eine Substanz, die wir aus gewissen Schlafmitteln kennen, aus Imovane zum Beispiel. Ich schätze, er muss bis zu zwanzig Tabletten geschluckt haben, mit Alkohol vermutlich, außerdem eine signifikante Dosis Dextropropoxyphen, ein Opioid mit schmerzstillender Wirkung.«

»Was sagt die Polizei?«

»Die Polizei sagt: Überdosis oder Selbstmord.«

»Und warum?«

Sie schnaubte.

»Weil es für sie so am einfachsten ist, nehme ich an. Dieser

Ermittler schien den Fall hauptsächlich vom Tisch kriegen zu wollen.«

»Wie hieß er?«

»Der Ermittler?«

»Ja.«

»Hans Faste.«

»O nein«, platzte es aus ihm heraus.

»Kennen Sie ihn?«

Mikael kannte Hans Faste nur zu gut. Faste hatte einmal geglaubt, Lisbeth gehöre einer lesbisch-satanistischen Hardrocksekte an, und hatte sie ohne Grund – mal abgesehen von ein bisschen guter alter Misogynie und Fremdenangst – unter Mordverdacht gestellt. Bublanski zufolge war Faste die Strafe für sämtliche Sünden der Polizei.

»Ja, leider«, antwortete Mikael.

»›Säufer‹, hat er den Mann genannt.«

»Klingt nach Faste.«

»Als er die Auswertung der Proben bekommen hat, meinte er sofort, dass ›diesem Säufer die Tabletten wahrscheinlich ein bisschen zu gut geschmeckt haben‹.«

»Und Sie sind davon nicht überzeugt.«

»Eine Überdosis wäre wohl die wahrscheinlichste Erklärung, aber dass es sich ausgerechnet um Zopiclon gehandelt hat, macht mich nachdenklich. Klar kann man Missbrauch damit betreiben, aber da sind Benzo-Präparate gebräuchlicher, und als ich ihm das gesagt und noch darauf hingewiesen habe, dass der Mann vermutlich Buddhist war, ging es so richtig los.«

»Inwiefern?«

»Er rief zurück, offenbar hatte er recherchiert. Nur dass seine Recherche darin bestand, dass er den Selbstmord-Artikel auf Wikipedia gelesen hatte, und darin steht anscheinend, dass Buddhisten, die sich für besonders erleuchtet halten, das Recht haben, sich das Leben zu nehmen, was er ziemlich lustig fand. Er meinte, der Typ habe bestimmt bloß unter seinem Baum gehockt und sich ganz besonders erleuchtet gefühlt.«

»Mein Gott ...«

»Genau, das hat mich wahnsinnig wütend gemacht. Trotzdem hab ich es ihm durchgehen lassen. Ich hatte einfach keine Kraft zu streiten, zumindest nicht heute. Aber als ich eben nach Hause kam, ist mir bei allem Frust klar geworden, dass das alles doch gar nicht zusammenpasst.«

»Warum nicht?«

»Ich hab seine Leiche vor mir gesehen. Ich habe im Leben noch nie einen Körper gesehen, der solche Torturen ausgestanden hat. Alles an ihm – jede Sehne, jeder Muskel – zeugt von einem Leben, das einem schrecklichen Kampf gleichkam. Vielleicht klingt das jetzt nach Amateurpsychologie, aber es fällt mir schwer zu glauben, dass ein solcher Mensch urplötzlich aufgibt und diese Menge Tabletten in sich hineinstopft. Wenn Sie mich fragen ... Also, ich kann nicht ausschließen, dass jemand ihn umgebracht hat.«

Mikael hielt überrascht inne.

»Das müssen Sie denen aber auch sagen! Die müssen noch andere Leute zu der Ermittlung hinzuziehen als Hans Faste.«

»Mach ich auch, ich wollte es trotzdem erzählen, als eine Art Absicherung, nur für den Fall, dass die Polizei sich nicht kümmert.«

»Dafür danke ich Ihnen«, sagte er und musste unwillkürlich an Catrin Lindås denken, von der Sofie erzählt hatte.

Er dachte an ihre gebügelten Kostüme, an den Fleck auf ihrem Jackett und an das Hippiekollektiv, in dem sie aufgewachsen war, und fragte sich, ob er der Polizei vielleicht stecken sollte, dass sie möglicherweise etwas zu berichten hatte. Dann kam er zu dem Ergebnis, dass er die Dame mit

Hans Fastes Aufmerksamkeit verschonen sollte. Stattdessen fragte er: »Und Sie wissen immer noch nicht, wer er war?«

»Nein, kein Treffer weit und breit. Keine Person mit seinen Kennzeichen ist als vermisst gemeldet worden. Aber damit hatte ich auch nicht gerechnet. Was ich allerdings habe, ist die DNA-Sequenzierung vom NFZ – bislang zwar nur das autosomale STR-Profil, aber ich will zusätzlich auch noch die gonosomalen STRs und die mitochondrialen SNPs anfordern. Vielleicht komme ich damit ja weiter.«

»Ansonsten gibt es sicher viele, die sich an ihn erinnern«, murmelte er.

»Wie meinen Sie das?«

»Er hat Aufmerksamkeit erregt. Ich war in diesem Sommer einfach zu sehr mit mir selbst beschäftigt ... Es gibt durchaus Leute, die ihn bemerkt haben, wie ich gehört habe. Die Polizei sollte mal mit Passanten auf dem Mariatorget reden.«

»Werde ich dort ausrichten.«

Mikael spürte, wie ihn das Thema zusehends zu interessieren begann.

»Und wissen Sie, was?«

»Ja?«

»Wenn er nun diese Tabletten genommen hat, dann sind die ihm ja wohl kaum von einem Arzt verschrieben worden«, fuhr er fort. »Der Typ sah nicht aus wie jemand, der sich einen Termin beim Psychiater geben lässt, und ich weiß noch von früher, dass es für diese Medikamente einen Schwarzmarkt gibt. Bestimmt hat die Polizei Informanten in derlei Kreisen.«

Fredrika Nyman schwieg einen Moment.

»Ach, zum Teufel«, sagte sie dann.

»Wie bitte?«

»Ich bin so blöd!«

»Das kann ich mir nicht vorstellen.«

»Doch, wirklich. Ich … Ich weiß es wirklich zu schätzen, dass Sie sich an ihn erinnern. Das bedeutet mir etwas.«

Mikael sah zu seiner halb fertig gepackten Tasche. Die Lust auf Sandhamn war vollends verflogen.

Mikael Blomkvist hatte noch etwas Freundliches gesagt, doch Fredrika Nyman hatte nicht mehr richtig hingehört. Sie verabschiedete sich, legte auf und hörte auch nicht, wie Amanda sie fragte, was es zum Abendessen gebe, und wie sie sich vielleicht sogar entschuldigte, weil sie zuvor so schroff gewesen war. Fredrika murmelte nur, die Mädchen mögen sich Essen bestellen.

»Was denn?«

»Egal was«, gab sie zurück. »Pizza, Indisch, Thai, Chips, Lakritzbonbons.«

Es war ihr völlig egal, dass die Mädchen sie ansahen, als hätte sie den Verstand verloren. Sie lief in ihr Arbeitszimmer, machte die Tür hinter sich zu und schrieb den Kollegen aus der Forensik, sie müssten bitte umgehend eine Haaranalyse vornehmen. Das hätte sie sofort anordnen müssen.

Eine Haarprobe, die segmentiert analysiert würde, brächte ihnen nicht nur Klarheit darüber, wie viel Zopiclon und Dextropropoxyphen der Mann zum Zeitpunkt seines Todes im Blut gehabt hatte, sondern auch, wie hoch der Gehalt in den Wochen und Monaten zuvor gewesen war. Sie würde mit anderen Worten erfahren, ob der Mann das Präparat über eine längere Zeit hinweg oder nur ein einziges Mal eingenommen hatte, was wiederum ein wichtiges Puzzleteil in der Geschichte sein konnte. Die Töchter, die Rückenschmerzen, die Schlaf- und die Sinnlosigkeit waren vergessen, und sie kapierte nicht mal, warum; sie hatte immerhin tagtäglich mit verdächtigen Todesfällen zu tun, und mit der Zeit war es immer seltener vorgekommen, dass sie sich derart für einen Fall engagierte.

Doch die Erscheinung des Mannes hatte sie fasziniert. Vielleicht hoffte sie sogar insgeheim, ihm könnte etwas Dramatisches, etwas Aufsehenerregendes zugestoßen sein. Ihr war, als hätte sein gequälter Körper genau das verdient. Stundenlang saß sie da, sah sich erneut die Bilder der Leiche an und entdeckte in einem fort neue Details.

Was hast du nur durchgemacht, alter Freund?

Was für eine Höllenreise hast du hinter dir?

Mikael setzte sich an den Computer und googelte Catrin Lindås. Sie war siebenunddreißig Jahre alt und hatte einen Abschluss in Politik- und Wirtschaftswissenschaften von der Universität Stockholm. Inzwischen war sie eine etablierte Journalistin und Debatteurin. Sie betrieb einen erfolgreichen Podcast, schrieb Kolumnen für das *Svenska Dagbladet* sowie *Axess* und *Fokus* und *Journalisten.*

Sie hatte sich für ein Bettelverbot ausgesprochen und klar Stellung bezogen, was die Risiken eines fortdauernden Sozialhilfebezugs und die Mängel im schwedischen Schulsystem anbelangte. Sie war konservativ, Monarchistin, pro Armee und für den Schutz der sogenannten Kernfamilie, auch wenn sie selbst keine Familie gegründet zu haben schien. Sie bezeichnete sich selbst als Feministin, hatte andere Feministinnen aber oft gegen sich. Sowohl von rechts als auch von links schlug ihr im Netz mitunter blanker Hass entgegen. Ein entsprechender Thread auf Flashback war unbehaglich lang. »Wir müssen die Leute fordern«, sagte sie oft. »Wir wachsen an unseren Anforderungen und Verpflichtungen.«

Sie hasste – Zitat – Schlamperei, Aberglauben und religiöse Überzeugungen, auch wenn sie an letzterem Punkt vorsichtig war. In einer Artikelserie im *Svenska Dagbladet* über konstruktiven Journalismus – Reportagen, die nicht nur Missverhältnisse anprangerten, sondern auch einen Lösungsweg aufzeigten – schrieb sie: »Mikael Blomkvist behauptet, die Populisten bekämpfen zu wollen, dabei liefert er ihnen mit seinem schwarzgemalten Bild der Gesellschaft lediglich Zündstoff.«

Es beunruhigte sie, dass junge Journalisten ihn als Vorbild betrachteten. Sie schrieb, er sehe Menschen zu leicht als Opfer und beziehe zu leichtfertig Partei gegen die Wirtschaft. Er solle auf Lösungen abzielen, nicht nur auf Probleme. Das war schon in Ordnung, fand er. Er hatte schon Schlimmeres gehört, und vielleicht war ja sogar etwas dran. Trotzdem machte sie ihm auf alberne Weise Angst. Sie sah aus, als könnte sie auf einen Blick feststellen, dass er das Geschirr nicht gespült, sich nicht geduscht oder den Hosenladen offen gelassen hatte und seinen Joghurt direkt aus der Packung trank. Ihr Blick hatte etwas Verurteilendes, fand er, und ihr Wesen einen kühlen Zug, der ihre strenge Schönheit zusätzlich betonte.

Trotzdem konnte er nicht aufhören, an sie und an den Bettler zu denken – an dieses Zusammentreffen der Eisprinzessin mit dem Penner –, und am Ende suchte er ihre Nummer heraus und rief sie an. Sie ging nicht ran, und das war nur gut so. Es war schließlich nichts, die ganze Geschichte war nichts, er sollte jetzt endlich nach Sandhamn rausfahren, ehe es zu spät würde. Er kramte ein paar Hemden aus dem Schrank und ein Jackett für den Fall, dass er einen Abstecher zum Seglerhotel unternehmen wollte. Im selben Moment klingelte sein Telefon. Es war Catrin Lindås, und sie klang genauso streng, wie sie aussah.

»Worum geht es?«, fragte sie, und kurz dachte er darüber nach, einfach bloß ein paar nette Worte über ihre Kolumnen zu verlieren, um sie ein bisschen zu beschwichtigen. Doch das hätte ihn zu viel Überwindung gekostet. Er begnügte sich mit der Frage, ob er gestört habe.

»Ich bin beschäftigt«, sagte sie knapp.

»Gut, dann sprechen wir doch einfach später.«

»Wenn ich vielleicht erfahren dürfte, worum es geht?«

Fast hätte er geantwortet: Ich schreibe einen gemeinen Leitartikel über dich.

»Sofie Melker hat mir erzählt, dass Sie in der vergangenen Woche einen unangenehmen Zusammenstoß mit einem Obdachlosen in einer Daunenjacke hatten.«

»Ich habe eine Menge unangenehmer Zusammenstöße«, erwiderte sie. »So etwas gehört zu meinem Beruf.«

Meine Güte, dachte er.

»Ich wüsste gern, was der Mann zu Ihnen gesagt hat.«

»Er hat bloß Kauderwelsch von sich gegeben.«

Er warf einen Blick auf die Online-Bilder von Catrin auf seinem Bildschirm.

»Sind Sie noch im Büro?«, erkundigte er sich.

»Warum fragen Sie?«

»Ich dachte, ich könnte vielleicht kurz vorbeischauen, dann reden wir darüber. Sie sitzen an der Mäster Mikaels gata, nicht wahr?«

Er wusste nicht mal, warum er das sagte. Aber wenn er überhaupt etwas aus ihr herauskriegen wollte, dann nicht übers Telefon. Es war, als wäre die Leitung mit Stacheldraht umwickelt.

»Okay, aber nur kurz«, sagte sie. »In einer Stunde.«

Vor dem Hotelzimmer am Prager Platz der Republik rumpelte eine Straßenbahn vorbei. Lisbeth trank schon wieder zu viel. Hinter den Schirmen ihres Faradayschen Käfigs hatte sie die Nase in den Computer gesteckt. Es stimmte natürlich – sie hatte durchaus Momente der Befreiung und des Vergessens erlebt. Allerdings immer nur mithilfe von Alkohol und Sex. Danach waren die Raserei und die Ohnmacht jedes Mal wieder zurückgekehrt.

Es gab da eine Art Wahnsinn, der sie überkam, wann immer das Alte wie eine Zentrifuge in ihrem Kopf kreiste.

Oft genug hatte sie da das Gefühl, das hier sei doch kein Leben. Das gehe doch nicht. Sie müsse etwas tun – nicht nur warten, auf Schritte in den Fluren und auf der Straße lauschen, nicht immer nur fliehen. Deshalb hatte sie auch versucht, die Initiative zu ergreifen. Aber leicht war das nicht.

Katja Flip, die Plague ihr empfohlen hatte, war angeblich eine Draufgängerin von Gottes Gnaden. Doch bisher waren dies nur leere Worte. Katja wollte mehr Geld sehen. Niemand, behauptete sie, nehme es mit diesem Zweig der Mafia auf – erst recht nicht jetzt, da Iwan Galinow sich eingemischt hatte.

Elend lange ging es um Galinow, dann um Kusnezow und Racheaktionen, über die gemunkelt werde, und erst nach langen Diskussionen im Darknet brachte Lisbeth Katja dazu, in einem hundert Meter von Camillas Haus in Rubljowka entfernten Rhododendronbusch einen IMSI-Catcher zu deponieren. Umso mehr Arbeit machte es, die IMEI des von drinnen aufgeschnappten Handyverkehrs auszulesen, aber das war schon mal was. Trotzdem gab es keine Garantien, und es half ihr mitnichten, die Vergangenheit abzustreifen, die in ihr pochte und dröhnte, und wie oft hatte sie schon dagesessen wie jetzt, Junkfood gegessen, Whisky und Wodka aus der Minibar getrunken und über die Satellitenverbindung, die sie gehackt hatte, auf Camillas Haus hinabgestarrt.

Es war der reinste Wahnsinn, und sie schaffte es nicht einmal mehr zu trainieren oder auch nur ab und zu mal nach draußen zu gehen. Erst als es an der Tür klopfte, stand sie auf und ließ Paulina rein, die munter vor sich hin plapperte. Lisbeth hörte nicht hin, bis es aus Paulina herausplatzte: »Was ist mit dir los?«

»Gar nichts …«

»Du siehst …«

»Fucked-up aus«, ergänzte Lisbeth.

»So in der Art … Kann ich was tun?«

Hau wieder ab, dachte sie. *Halt dich von mir fern.*

Stattdessen legte sie sich ins Bett und fragte sich, ob Paulina sich wohl trauen würde, sich neben sie zu legen.

Catrin Lindås' Handschlag war fest, allerdings wich sie Mikaels Blick aus.

Sie trug einen Rock und ein hellblaues Jackett, dazu eine hochgeschlossene weiße Bluse mitsamt Schottenkarotuch. Schwarze, hochhackige Schuhe. Sie hatte sich die Haare hochgesteckt, und obwohl die eng anliegende Kleidung ihre Figur betonte, sah sie zugeknöpft aus wie eine Lehrerin in einem englischen Internat. Anscheinend war sie die Letzte im Büro. An der Pinnwand über ihrem Schreibtisch hing ein Bild von ihr bei einer Podiumsdiskussion mit Christine Lagarde, der Direktorin des Internationalen Währungsfonds. Die beiden sahen aus wie Mutter und Tochter.

»Beeindruckend«, sagte er mit Blick auf das Foto.

Sie kommentierte es nicht, sondern bat ihn nur, sich auf dem Sofa neben ihrem Arbeitsplatz niederzulassen. Sie selbst setzte sich mit übergeschlagenen Beinen und geradem Rücken ihm gegenüber auf einen Sessel. Irgendwie hatte er das absurde Gefühl, dass eine widerwillige Königin ihm, dem Untertanen, eine Audienz eingeräumt hatte.

»Danke, dass Sie mich empfangen«, sagte er.

»Keine Ursache.«

Sie musterte ihn misstrauisch, und fast hätte er sie gefragt, warum sie ihn dermaßen schrecklich fand.

»Ich hab nicht vor, über Sie zu schreiben, Sie können sich also entspannen«, sagte er stattdessen.

»Sie dürfen über mich schreiben, was immer Sie wollen.«

»Das merke ich mir.«

Er lächelte. Sie erwiderte das Lächeln nicht.

»Eigentlich habe ich Urlaub«, fuhr er fort.

»Wie schön für Sie.«

»Wunderschön.«

Er verspürte die unbegreifliche Lust, sie zu provozieren.

»Nur deshalb interessiere ich mich für den Bettler. Er ist vor ein paar Tagen mit meiner Telefonnummer in der Tasche tot aufgefunden worden.«

»Okay …«

Du könntest verdammt noch mal wenigstens darauf reagieren, dass der Kerl gestorben ist, dachte er.

»Er hatte vielleicht etwas zu erzählen, deshalb bin ich auch neugierig, was er zu Ihnen gesagt hat.«

»Viel hat er gar nicht gesagt, er hat hauptsächlich herumkrakeelt und mit einem Ast gewedelt und mich zu Tode erschreckt.«

»Was hat er denn krakeelt?«

»Den üblichen Mist.«

»Was ist denn der übliche Mist?«

»Dass Johannes Forsell eine durch und durch hinterhältige Person sei.«

»Das hat er gesagt?«

»Zumindest hat er irgendwas zu Forsell gebrüllt. Aber ich war ehrlich gesagt vor allem damit beschäftigt, wieder von ihm loszukommen. Er hatte mich am Arm gepackt, war brutal und so unangenehm … Entschuldigen Sie also bitte, dass ich nicht stehen geblieben bin und freundlich seinen Verschwörungstheorien gelauscht habe.«

»Verstehe. Das verstehe ich wirklich«, sagte er und war unwillkürlich enttäuscht.

Von dem elenden Gerede über den Verteidigungsminister hatte er beileibe genug gehört. Er war eins der Lieblingsthemen der Trolle, und die Geschichte wurde mit jedem Tag schlimmer. Es schien nur noch eine Frage der Zeit zu sein, ehe Forsell eine Pizzeria für Pädophile betrieb, und zum Teil war all das sicher auf seine unerbittliche Haltung gegenüber

Rechtsextremisten und Ausländerfeinden zurückzuführen, auf seine deutlich zum Ausdruck gebrachte Sorge gegenüber einer immer aggressiveren Politik Russlands – zum Teil aber auch auf seine Persönlichkeit. Er war vermögend, gut ausgebildet und top trainiert, ein Marathonläufer und Kanalschwimmer, und manchmal klang er schlichtweg arrogant; er provozierte die Leute.

Aber Mikael mochte ihn. Sie begegneten einander gelegentlich in Sandhamn und tauschten Höflichkeitsfloskeln aus. Pflichtschuldig hatte er die hartnäckigen Gerüchte durchleuchtet, Forsell habe mit dem Börsencrash das große Geld verdient und sogar direkt dazu beigetragen. Er hatte nichts gefunden, was diese Behauptung bestätigt hätte. Forsells Vermögen wurde diskretionär verwaltet, und weder vor noch während des Crashs waren aufseiten seines Vermögensverwalters Transaktionen getätigt worden, unter dem Strich hatte anschließend nicht mal ein Plus gestanden. Heute war er der meistgehasste Mann in der Regierung, und das Einzige, was er wirklich durchgedrückt hatte, waren zusätzliche Haushaltsmittel für den MUST, den Nachrichtendienst des Militärs, und für den MSB, die Behörde für Staatsschutz und Sicherheit. Andererseits war das fast schon eine Selbstverständlichkeit, wenn man bedachte, was geschehen war.

»Ich ertrage all diese Lügen nicht mehr«, sagte sie.

»Ich ertrage sie auch nicht sonderlich gut.«

»Da sind wir uns ja zumindest bei einer Sache einig.«

Er fühlte sich angestachelt.

»Ich weiß schon, dass es nicht leicht ist, mit einem Typen zu diskutieren, der schreit und mit einem Ast wedelt …«

»Wie großzügig von Ihnen.«

»… aber manchmal sind es sogar Dummheiten wert, dass man sie hört. Manchmal können sie ein Körnchen Wahrheit enthalten.«

»Wollen Sie mir jetzt berufliche Ratschläge geben?«

Ihr Tonfall machte ihn wahnsinnig, und er hatte immer mehr Lust, sie in die Enge zu treiben.

»Wissen Sie, was«, sagte er, »ich glaube nämlich, dass man verrückt werden kann, weil einem niemand glaubt. Total komplett durchgeknallt.«

»Bitte?«

»Die Leute gehen kaputt daran, jahraus, jahrein ignoriert zu werden.«

»Der Mann ist also wohnsitzlos und psychotisch geworden, weil Leute wie ich keine Lust hatten, ihm zuzuhören?«, fragte sie.

»So habe ich das nicht gemeint.«

»Es klang aber so.«

»Dann bitte ich um Entschuldigung.«

»Gewährt.«

»Sie haben es ja auch selbst nicht immer ganz leicht gehabt, wie man hört.«

»Was hat das damit zu tun?«

»Nichts, nehme ich an.«

»Dann danke ich für Ihren Besuch.«

»Himmel hilf«, murmelte er. »Was ist bloß los mit Ihnen?«

»Was mit *mir* los ist?«, echote sie und stand auf. Sekundenlang starrten sie einander zornig an.

Er hatte das absurde Gefühl, in ein Duell geraten zu sein, zwei Boxer in einem Ring, die sich, ehe er sichs versah, auf nicht einmal Armeslänge gegenüberstanden. Er spürte ihren Atem, sah ihre Augen glühen und wie sich ihr Brustkorb hob, wie der Kopf sich leicht zur Seite neigte, und da küsste er sie und meinte für einen Moment, etwas unverzeihlich Dummes getan zu haben. Doch sie erwiderte den Kuss, und ein paar Sekunden lang starrten sie einander entsetzt an, als könnte keiner begreifen, was gerade passiert war.

Dann packte sie ihn im Nacken und zog ihn an sich, und es lief alles aus dem Ruder, sie landeten erst auf dem Sofa, dann auf dem Fußboden, und mitten in alldem Wahnsinn dämmerte Mikael, dass er sie gewollt hatte, seit er erstmals ihre Fotos im Netz angestarrt hatte.

KAPITEL 9

24. August

Fredrika Nyman saß im Labor der Rechtsmedizin. Sie fragte sich, was mit ihren Töchtern schiefgelaufen war.

»Ich verstehe es nicht«, sagte sie zu ihrem Kollegen Mattias Holmström.

»Was verstehst du nicht, Fredrika?«, fragte er.

»Wieso ich so wütend auf die beiden bin. Ich fühle mich ständig, als müsste ich jeden Moment explodieren.«

»Was macht dich denn so wütend?«

»Dass sie so arrogant sind, dass sie nicht mal Hallo sagen.«

»Meine Güte, Fredrika, das sind Teenager – das ist doch ganz normal! Weißt du nicht mehr, wie du selbst in dem Alter warst?«

Fredrika wusste es nur zu gut. Sie war ein Vorzeigekind gewesen, gut in der Schule, gut auf der Querflöte und im Volleyball und im Chor und natürlich höflich im Auftreten und jederzeit freundlich. Sie war ein einziges großes Lächeln gewesen und hatte wie ein fröhlicher kleiner Kindersoldat »Ja, Mama« und »Klar, Papa« gesagt. Bestimmt war sie auf ihre Art unerträglich gewesen. Trotzdem ... Nicht mal zu antworten, wenn man angesprochen wurde ...

Das war unfassbar für sie, und sie konnte gar nicht anders, als die ganze Zeit schlechte Laune zu haben, sauer zu sein und abends herumzuschreien. Sie war viel zu erschöpft, sie brauchte Schlaf und ein bisschen Ruhe, und am besten sollte sie sich auf der Stelle selbst ein Schlafmittel verschreiben, warum nicht irgendein Narkotikum, wenn sie schon mal dabei war. Wenn sie schon so ein prächtiger Teenager gewesen war, da konnte sie jetzt doch wohl endlich ein bisschen vom rechten Wege abkommen und ihre Medikamente mit Rotwein mischen. Sie lachte in sich hinein und murmelte noch ein paar pflichtschuldige Worte in Mattias' Richtung, der sie so freundlich anlächelte, dass sie nicht übel Lust hatte, ihn auch anzuschreien.

Dann musste sie wieder an den Bettler denken. Der Bettler war der einzige Job, der sie derzeit fesselte, und sie beschloss, so zu tun, als wäre die Polizei ebenfalls an diesem Fall interessiert. Sie hatte eine Radiokarbondatierung der Zähne in Auftrag gegeben. Die C14-Datierung würde ihr auf zwei Jahre genau sagen, wie alt der Mann gewesen war. Die Untersuchung des $\delta^{13}C$-Isotops würde Rückschlüsse auf Nahrungsgewohnheiten in der Kindheit erlauben, also aus der Zeit, in der die Zähne gebildet worden waren, und das Strontium-Säure-Verhältnis offenlegen.

Das autosomale STR-Profil hatte sie bereits durch die Datenbank internationalgenome.org laufen lassen. Der Mann hatte mit hoher Wahrscheinlichkeit aus dem südlichen Zentralasien gestammt. Allerdings brachte sie das nicht wesentlich weiter; sie wartete immer noch auf die segmentierte Haaranalyse. Die Haaranalyse konnte schlechtestenfalls Monate in Anspruch nehmen, daher hatte sie bei den Kollegen so viel Druck gemacht wie nur möglich und beschloss kurzerhand, erneut die dortige Assistentin anzurufen.

»Ingela«, sagte sie, »ich weiß, dass ich nervig bin …«

»Du nervst von euch allen am allerwenigsten – obwohl du dir in letzter Zeit richtig Mühe gegeben hast.«

»Ist die Haarprobe schon durch?«

»Von dem Unbekannten?«

»Genau die.«

»Warte kurz, ich schau mal auf dem Laufwerk nach.«

Fredrika trommelte auf den Tisch und warf einen Blick auf die Wanduhr. Es war zwanzig nach zehn am Vormittag. Sie wünschte sich, es wäre schon Mittag.

»Sieh einer an«, sagte Ingela nach einer Weile. »Die haben tatsächlich mal einen Zahn zugelegt. Das Ergebnis ist da, ich bring es dir rauf.«

»Sag mir einfach, was da steht.«

»Da steht ... Moment.«

Fredrika war seltsam ungeduldig.

»Offensichtlich hatte er längere Haare«, ergriff Ingela wieder das Wort. »Wir haben drei ganze Segmente, und die sind ... allesamt negativ. Keine Spur von Opiaten oder von Benzos.«

»Dann hat er also nicht mal dieses, mal jenes eingeworfen.«

»Nein, er war bloß ein ehrbarer alter Alkoholiker. Warte ... hier ... Nein, zuvor hat er mal Aripiprazol genommen. Das ist ein Neuroleptikum, oder?«

»Genau, wird gegen Schizophrenie gegeben.«

»Aber das ist auch das Einzige, was ich hier finden kann.«

Fredrika legte auf, saß einen Moment still da und dachte nach. Der Mann hatte also ansonsten keine Psychopharmaka eingenommen – abgesehen von Aripiprazol vor einiger Zeit. Was hatte das zu bedeuten? Sie biss sich auf die Lippe und sah leicht verärgert Mattias an, der immer noch das gleiche dämliche Lächeln im Gesicht hatte. Irgendwie war es doch sonnenklar, oder nicht? Dieser Mann war überraschend – womöglich sogar zufällig – in den Besitz einer größeren

Menge Schlaftabletten gekommen und hatte sie geschluckt. Oder aber es hatte ihn jemand umbringen wollen und sie in seine Flasche gemischt. Nicht dass sie gewusst hätte, wie Alkohol und Zopiclon miteinander vermischt schmeckten; vermutlich nicht besonders gut. Aber wahrscheinlich war der Mann auch nicht sonderlich wählerisch gewesen. Aber warum hätte ihn jemand töten wollen? Nicht die geringste Ahnung ... zumindest noch nicht ... Immerhin konnte sie anhand der Daten einen Totschlag eindeutig ausschließen. Es war keine überstürzte Tat gewesen. Es erforderte eine gewisse Geschicklichkeit, Tabletten in einer Flasche aufzulösen, sodass nichts mehr zu erkennen war – dazu noch Opiate. Dextropropoxyphen.

Dextropropoxyphen.

Irgendetwas daran weckte ihr Misstrauen. Mit Dextropropoxyphen war der Cocktail ein wenig zu gut gelungen – als wäre er von einem Pharmazeuten gemixt worden oder von jemandem, der einen Arzt konsultiert hatte. Erneut verspürte sie diese gewisse Erregung und überlegte, was sie nun tun sollte. Sie könnte Hans Faste anrufen und sich einen weiteren Vortrag anhören, was Säufer für gewöhnlich so trieben ... Doch darauf hatte sie keine Lust. Stattdessen ergänzte sie ihren Bericht und rief Mikael Blomkvist an. Nachdem sie schon angefangen hatte, die Polizei zu umgehen, konnte sie genauso gut damit weitermachen.

Catrin Lindås saß in Mikaels Hütte draußen in Sandhamn und versuchte, ihren Leitartikel für das *Svenska Dagbladet* fertig zu schreiben. Es lief nicht gut. Sie war uninspiriert, sie war die Deadlines leid, und sie hatte keine Lust mehr darauf, Ansichten zu haben. Eigentlich hatte sie auf gar nichts mehr Lust – außer auf Mikael Blomkvist, und das war natürlich idiotisch. Aber da war wenig zu machen. Sie sollte nach Hause fahren, sich um ihre Katze und um die Topfpflanzen kümmern und überhaupt mal wieder ein bisschen Eigenständigkeit beweisen.

Doch daraus wurde nichts. Sie war wie festgeklebt an ihm, und erstaunlicherweise hatten sie noch nicht ein einziges Mal gestritten, sondern nur Sex gehabt und stundenlang geredet. Womöglich hatte es damit zu tun, dass sie vor gefühlt hundert Jahren mal in ihn verknallt gewesen war, wie alle jungen Journalistinnen zu jener Zeit. Hauptsächlich aber, glaubte sie, war es das Überraschungsmoment gewesen – die Kraft des vollkommen Unerwarteten. Sie war sich sicher gewesen, dass er sie verachtete und fertigmachen wollte, und sie war, wie so oft, wenn sie unter Druck stand, in die Defensive gegangen und arrogant geworden und hatte ihn einfach nur aus ihrem Büro scheuchen wollen, als sie mit einem Mal etwas ganz anderes in seinem Blick wahrgenommen hatte, einen Hunger, wie bei einem unterernährten Mönch, und da hatte es kein Halten mehr gegeben. Sie war zur Antithese all dessen geworden, was die Leute von ihr dachten, und es war ihr sogar egal gewesen, dass jederzeit jemand in ihr Büro platzen konnte. Sie hatte sich mit einer Hitze auf ihn gestürzt, die sie immer noch erstaunte. Anschließend waren sie ausgegangen, hatten Wein in sich hineingekippt – und sie hatte mitgetrunken, obwohl sie sonst von Alkohol die Finger ließ.

Spät in der Nacht waren sie mit einem Taxiboot in Sandhamn angekommen und in sein Haus gestolpert, und dann waren die Tage einfach vergangen, ohne dass sie viel anderes getan hätten, als eng umschlungen in seinem Bett zu liegen oder im Garten zu sitzen oder mit seinem Motorboot herumzufahren. Trotzdem weigerte sie sich zu glauben, dass es was Ernstes sein könnte, und bisher hatte sie auch noch kein einziges Wort über das wirklich Beständige in ihrem Leben verloren: über die Angst, die sie niemals verließ. Morgen würde sie nach Hause fahren, vielleicht schon heute Abend.

Das hatte sie allerdings bereits gestern und vorgestern gesagt. Sie war geblieben, und jetzt war es halb elf am Montagvormittag, Wind strich übers Meer, und sie sah zum Himmel empor, wo ein grüner Drachen nervös im Wind herumirrte. Neben ihr brummte es.

Mikaels Handy. Mikael selbst war joggen gegangen, und sein Telefon kümmerte sie im Grunde nicht. Dann warf sie doch einen Blick aufs Display. *Fredrika Nyman.* Das musste die Rechtsmedizinerin sein, von der er erzählt hatte. Kurzerhand nahm sie den Anruf entgegen.

»Bei Mikael«, sagte sie.

»Ich würde ihn gern persönlich sprechen.«

»Er ist joggen. Kann ich ihm was ausrichten?«

»Sagen Sie ihm bitte, er soll mich anrufen«, bat die Rechtsmedizinerin, »und dass ich eine der Proben zurückbekommen habe.«

»Geht es um den Bettler in der Daunenjacke?«

»Genau.«

»Ich bin ihm begegnet, wissen Sie …«

»Ach?«

Die Neugier in der Stimme der Medizinerin war unverkennbar.

»Er hat mich angefallen«, sagte sie.

»Entschuldigen Sie, aber mit wem spreche ich überhaupt?«

»Ich bin Catrin, Mikaels Freundin.«

»Was ist da passiert?«

»Er ist am Mariatorget auf mich zugestürzt und hat mich angeschrien.«

»Was wollte er?«

Im selben Moment bereute sie, dass sie es erwähnt hatte. Wie ein kalter Wind aus der Vergangenheit wehte sie ein Gefühl drohenden Unheils an.

»Er wollte mit mir über Johannes Forsell reden.«

»Über den Verteidigungsminister?«

»Er wollte ihn verunglimpfen, wie alle anderen auch. Ich bin, so schnell ich konnte, weitergelaufen.«

»Konnten Sie sich ein Bild machen, woher er stammen könnte?«

Catrin hatte so eine Ahnung. Trotzdem sagte sie: »Leider nein. Was sind das für Proben, von denen Sie gesprochen haben?«

»Das bespreche ich am besten mit Mikael.«

»Ja, natürlich. Ich richte ihm aus, dass er Sie anrufen soll.«

Sie legte auf. Die Angst war wieder in sie hineingekrochen. Sie sah regelrecht vor sich, wie der Bettler vor der Statue auf dem Mariatorget gekniet hatte. Es war wie ein Déjà-vu – als wäre sie wieder zurück in ihrer Kindheit. Vielleicht hatte sie ihn auch nur deshalb leicht nervös angelächelt, so wie sie arme Leute früher immer angelächelt hatte. Auf jeden Fall hatte der Mann sich bestätigt gefühlt, war aufgesprungen, hatte sich den Ast geschnappt, der neben ihm gelegen hatte, war schwankend auf sie zugekommen und hatte gerufen: »Famous lady, famous lady!«

Sie war überrascht gewesen, dass er sie erkannt hatte. Dann war er näher gekommen, sie hatte die Fingerstummel und den schwarzen Fleck in seinem Gesicht gesehen und die Verzweiflung in seinem Blick und die gelbliche Haut … Sie war wie paralysiert stehen geblieben, hatte sich nicht mehr bewegen können, und erst als er ihr Jackett packte und anfing, über Johannes Forsell zu keifen, gelang es ihr, sich von ihm loszureißen.

»Weißt du noch, was genau er gesagt hat?«, hatte Mikael sie gefragt.

Sie hatte geantwortet, es sei der übliche Mist gewesen. Aber vielleicht stimmte das nicht. Sie rief sich die Worte ins Gedächtnis, und plötzlich empfand sie sie nicht mehr als unverständlich, nicht mal als Echo all dessen, was ständig über Forsell geätzt wurde. Sie hatten etwas ganz anderes ausgesagt.

Mikael lief auf sein Haus zu. Verschwitzt und erschöpft sah er sich um. Hinter ihm war niemand. *Das bilde ich mir nur ein.* In den vergangenen Tagen hatte er wiederholt das Gefühl gehabt, beobachtet zu werden, und war, wie er fand, ein wenig zu oft einem Mann um die vierzig mit Pferdeschwanz, Bart und Tätowierungen an beiden Armen begegnet, der zwar wie ein Tourist gekleidet war, dessen Blick für einen Urlauber aber doch ein wenig zu wachsam gewirkt hatte.

Eigentlich glaubte er nicht wirklich, dass der Mann etwas mit ihm zu tun hatte. Die meiste Zeit sank er nach den Begegnungen einfach in Catrins Arme und vergaß die Welt um sich herum. Doch ab und zu, so wie jetzt, beschlich ihn die Sorge, und in derlei Augenblicken musste er fast immer an Lisbeth denken. Da tauchten die schrecklichsten Bilder auf seiner Netzhaut auf. Keuchend sah er nach oben. Der Himmel war klar und wolkenlos. Die Wärme werde sich halten, hatte er gelesen. Allerdings solle es windiger werden, vielleicht sogar Sturm geben, und er blieb draußen vor seinem Haus im Garten mit den zwei Johannisbeerbüschen stehen, die er längst hätte zurückschneiden müssen, und blickte keuchend und die Hände auf die Knie gestützt aufs Wasser und die Badegäste hinaus.

Als er nach drinnen lief, rechnete er mit einem überschwänglichen Willkommen. Catrin hatte ihn verwöhnt, indem sie ihn jedes Mal wie einen heimkehrenden Soldaten begrüßt hatte, selbst wenn er nur zehn Minuten weg gewesen war. Diesmal jedoch saß sie angespannt und in sich gekehrt auf dem Bett. Sofort kam ihm der Mann mit dem Pferdeschwanz wieder in den Sinn.

»Ist etwas passiert?«, fragte er.

»Was … Nein«, antwortete sie.

»War jemand hier?«

»Erwartest du jemanden?«, fragte sie zurück, und sofort war er halbwegs beruhigt. Er strich ihr übers Haar. Fragte, wie es ihr gehe.

Gut, antwortete Catrin, doch er glaubte ihr nicht. Andererseits war es nicht das erste Mal, dass er derart düstere Momente bei ihr bemerkte. Bislang waren sie alle genauso schnell wieder verraucht, wie sie aufgezogen waren. Nachdem sie erzählt hatte, die Rechtsmedizinerin habe angerufen, beschloss er, sie fürs Erste in Ruhe zu lassen und stattdessen Fredrika Nyman zurückzurufen.

»Verstehe«, sagte er, nachdem sie ihm von der Haarprobe berichtet hatte. »Und welche Schlüsse ziehen Sie daraus?«

»Ehrlich gesagt grübele ich darüber schon eine ganze Weile nach. Das ist doch verdächtig«, antwortete Fredrika Nyman.

Mikael sah hinüber zu Catrin, die beide Arme vor dem Bauch verschränkt hatte. Angestrengt erwiderte sie sein Lächeln. Er sah wieder zum Fenster hinaus. Auf dem Meer waren weiße Schaumkronen zu sehen. Sein Außenborder hüpfte in den Wellen, war nicht ordentlich hochgezogen.

»Was sagt Faste?«

»Er weiß noch nichts davon. Aber ich hab es in meinen Bericht geschrieben.«

»Sie werden es ihm explizit mitteilen müssen.«

»Mach ich. Ihre Freundin hat gesagt, der Bettler hat über Johannes Forsell geredet ...«

»Forsell ist wie ein Virus«, erwiderte er. »Der spukt sämtlichen Verrückten im Kopf herum.«

»Das wusste ich nicht.«

»Es ist ein bisschen wie damals nach dem Palme-Mord. Der hat sich auch in jede Psychose eingeschlichen. Ich werde mit wahnwitzigen Verschwörungstheorien über Forsell nur so überschüttet.«

»Wie kommt das?«

Er sah zu Catrin, die aufstand und zur Toilette ging.

»Das weiß man nicht immer so genau«, antwortete er. »Gewisse Personen von öffentlichem Interesse scheinen die Fantasie einfach zu beflügeln – und zwar nicht zum Guten. Bei Forsell steckt allerdings ziemlich sicher noch etwas anderes dahinter. An ihm wird ganz gezielt Rache geübt, weil er Russland schon früh als mitverantwortlich für den Börsencrash bezeichnet hat und gegenüber dem Kreml insgesamt eine härtere Linie fährt. Er ist nachweislich Opfer einer Desinformationskampagne.«

»Aber ist Forsell nicht auch jemand, der Risiken eingeht? Ein Abenteurer?«

»Ich persönlich glaube tatsächlich, dass er in Ordnung ist. Und ich hab seine Geschäfte gründlich durchleuchtet«, sagte er. »Wissen Sie immer noch nicht, woher der Bettler gestammt hat?«

»Ich weiß nicht viel mehr, als was die Isotopenuntersuchung aussagt: dass er wahrscheinlich in Armut aufgewachsen ist. Aber darauf hatte ich auch schon zuvor getippt. Und vielleicht waren seine Eltern Vegetarier.«

Er sah zum Badezimmer und zu Catrin.

»Ist das alles nicht ein bisschen merkwürdig?«, hakte er nach.

»Was genau?«

»Dass dieser Mann erst aus dem Nichts auftaucht und dann urplötzlich mit einem Giftcocktail im Leib tot aufgefunden wird?«

»Ich finde schon.«

Ihm kam etwas in den Sinn.

»Wissen Sie, was, ich hab einen Freund bei der Mordkommission, einen Kommissar, der schon mit Faste gearbeitet hat und ihn ebenfalls für einen Trottel hält.«

»Offensichtlich ein kluger Mann.«

»Sehr klug. Ich frag ihn mal, ob er nicht Zeit hat, sich den Fall anzuschauen. So können wir das Ganze vielleicht ein bisschen beschleunigen.«

»Das wäre schön.«

»Vielen Dank für Ihren Anruf«, sagte er noch. »Ich melde mich.«

Dann legte er auf und war froh, einen Aufhänger zu haben, um Bublanski anzurufen. Er und der Kommissar kannten sich inzwischen seit vielen Jahren, und sie hatten nicht immer ein unkompliziertes Verhältnis gehabt. In den letzten Jahren waren sie Freunde geworden, und es war immer eine Wohltat, mit ihm zu reden, als könnte Bublanski allein durch seine Nachdenklichkeit Mikael neue Sichtweisen vermitteln und ihn für einen Augenblick aus dem ewigen Nachrichtenstrom herausreißen. Dieser Nachrichtenstrom war zwar sein Leben, aber manchmal hatte er auch das Gefühl, in Sensationen und Verrücktheiten zu ertrinken.

Bublanski und er hatten sich zuletzt bei Holgers Beerdigung gesehen und über Lisbeth und ihre Drachen-Rede in der Kirche gesprochen. Damals hatten sie einander versichert, dass sie sich bald wieder treffen wollten. Daraus war nichts geworden, wie eben bisweilen aus nichts etwas wurde, doch jetzt griff Mikael zum Telefon. Dann zögerte er und klopfte stattdessen an die Badezimmertür.

»Alles in Ordnung da drin?«, fragte er.

Catrin hatte keine Lust zu antworten. Ihr war klar, dass sie trotzdem etwas sagen musste, und so murmelte sie ein »Warte kurz«, stand von der Toilette auf und wusch sich das Gesicht, damit ihre Augen ein bisschen weniger rot wirkten, was leider nicht sonderlich gut gelang. Dann schloss sie auf, kam raus und setzte sich aufs Bett. Es war ihr nicht wirklich angenehm, als Mikael sich neben sie setzte und ihr übers Haar strich.

»Wie läuft's mit dem Artikel?«, fragte er.

»Beschissen.«

»Kenn ich. Aber da ist noch etwas anderes, oder?«

»Dieser Bettler …«

»Was ist mit ihm?«

»Ich bin echt hysterisch geworden.«

»Hab ich mir schon gedacht.«

»Aber du weißt nicht, warum.«

»Nein, nicht genau«, gab er zu. Sie zögerte kurz, begann dann aber doch, mit auf ihre Hände gerichtetem Blick zu erzählen.

»Als ich neun war, haben meine Eltern mir erzählt, ich würde ein Jahr lang nicht mehr zur Schule gehen. Meine Mutter hatte der Schulleitung weisgemacht, sie und mein Vater würden mich selbst unterrichten, und ich nehme mal an, dass sie da jede Menge Material und Aufgaben mitbekommen hatte – nur hab ich davon nie etwas gesehen. Stattdessen sind wir nach Indien und Goa geflogen, und das war anfangs sogar ganz cool. Wir haben am Strand geschlafen oder in Hängematten, und ich bin mit anderen Kindern herumgestreunt und habe gelernt, Schmuck zu basteln und zu schnitzen, hab Fußball und Volleyball gespielt, und abends haben wir getanzt und Lagerfeuer gemacht. Papa hat Gitarre gespielt und Mama gesungen. Eine Zeit lang haben wir in Arambol ein Café betrieben, dort hab ich serviert und Linsensuppe mit Kokosmilch gekocht, die wir Catrin's Soup getauft hatten. Irgendwann lief es dann aus dem Ruder. Die Leute kamen nackt ins Café, viele von ihnen hatten Einstiche in den Armbeugen. Andere waren komplett weggetreten, ein paar davon haben mich angetatscht oder versucht, mir mit einer Menge kranker Sachen Angst einzujagen.«

»Furchtbar!«

»Eines Nachts bin ich aufgewacht und hab die Augen meiner Mutter in der Dunkelheit leuchten sehen. Sie setzte sich gerade einen Schuss. Papa stand ein Stück weg, wiegte sich hin und her und sagte bloß verschlafen: ›Oh, oh …‹ Es hat nicht lange gedauert, bis wir richtige Probleme bekamen: Papas Ängste, haben wir immer gesagt. ›Was ist denn mit Papa?‹, hab ich gefragt, und Mama antwortete: ›Das sind nur die Ängste, Papas Ängste.‹ Kurz darauf sind wir umgezogen, als hofften sie, so auch von den Ängsten wegzukommen. Ich weiß noch, dass wir stunden- und tage- und wochenlang liefen und einen Wagen mit alten, morschen Holzrädern hinter uns herzogen, der voller Schals und Kleider und Krimskrams war, den Mama verkaufen wollte. Irgendwann müssen wir alles losgeworden sein, weil plötzlich fast kein Gepäck mehr da war. Per Zug und per Anhalter fuhren wir weiter. Wir sind in Varanasi gelandet und dann in Kathmandu, haben an der Freak Street gewohnt, der alten Hippiestraße, und da dämmerte mir allmählich, dass sich unsere Geschäftstätigkeit verändert hatte: Mama und Papa waren nicht nur selbst auf Heroin, sie haben es auch verkauft. Die Leute kamen zu uns nach Hause, sagten: ›Bitte, bitte‹ – und manchmal jagten uns Männer auf der Straße. Vielen fehlten Finger, manchmal ein ganzer Arm oder das Bein, sie waren in Lumpen gekleidet, hatten gelbe Haut und Flecken im Gesicht. Ich sehe sie immer noch in meinen Träumen.«

»Und der Bettler hat dich an sie erinnert.«

»Als würde das alles wieder auf mich einstürzen.«

»Das tut mir leid«, sagte er.

»Es ist, wie es ist. Ich lebe jetzt schon lange damit.«

»Ich weiß nicht, ob dir das irgendwie hilft, aber dieser Mann war kein Junkie. Er hat nicht mal irgendwelche Tabletten genommen.«

»Er sah aus wie sie«, entgegnete sie. »Er war genauso verzweifelt.«

»Die Rechtsmedizinerin glaubt, dass er umgebracht wurde«, fuhr Mikael in einem anderen Tonfall fort, als hätte er ihre Geschichte bereits vergessen – und das verletzte sie, vielleicht war sie auch einfach ihrer selbst überdrüssig. Sie müsse mal raus, sagte sie, und obwohl Mikael sie halbherzig daran zu hindern versuchte, war er mit seinen Gedanken offenbar schon ganz woanders. Als sie sich in der Tür noch mal umdrehte, hatte er bereits sein Handy am Ohr.

Sie würde ihm ja nicht unbedingt alles erzählen müssen, dachte sie. Und eine Sache konnte sie auf jeden Fall auch allein herausfinden.

KAPITEL 10

24. und 25. August

Jan Bublanski war ein ewiger Zweifler, und momentan bezweifelte er, dass er sich ein Mittagessen verdient hatte. Vielleicht sollte er sich auf dem Flur einfach nur ein Automaten-Sandwich holen und weiterarbeiten, obwohl das vielleicht auch nicht gut war. Er sollte Salat essen oder gar nichts. Im Urlaub in Tel Aviv, wo er mit seiner Freundin Farah Sharif gewesen war, hatte er ordentlich zugelegt – und auf dem Kopf Haare eingebüßt. Aber das war nun mal so und nichts, worüber er ins Grübeln geraten sollte. Er konzentrierte sich wieder auf seine Arbeit, vertiefte sich in ein Verhörprotokoll – schlecht geschrieben – und in eine kriminaltechnische Untersuchung in Huddinge – schlampig ausgeführt – und war mit den Gedanken trotzdem meilenweit weg. Als Mikael Blomkvist anrief, entsprach seine erste Reaktion der Wahrheit: »Wie lustig, Mikael, ich hab eben an dich gedacht.«

Vielleicht hatte er in Wahrheit auch an Lisbeth Salander gedacht. Möglicherweise war dies alles auch nur ein Gefühl.

»Wie geht's?«, fuhr er fort.

»Gut, trotz allem.«

»Feiner Zug von dir, dass du immer die Umstände bedenkst. Diese immerzu und unüberlegt Dauerglücklichen gehen mir nämlich auf die Nerven. Hattest du Urlaub?«

»Ich versuche gerade, Urlaub zu machen.«

»Wenn du mich anrufst, dann bist du mit dem Versuch aber nicht gerade erfolgreich. Es geht um dein Mädchen, nicht wahr?«

»Sie war nie mein Mädchen.«

»Ich weiß, ich weiß. Niemand ist so wenig jemandes Mädchen wie sie. Sie ist eher der gefallene Engel aus dem Paradies, stimmt's? Dient niemandem, gehört niemandem.«

»Unbegreiflich, dass du Polizist bist, Jan.«

»Mein Rabbi sagt immer, ich solle in Pension gehen … Aber mal im Ernst: Hast du was von ihr gehört?«

»Sie sagt, sie hält den Ball flach und macht keine Dummheiten. Und derzeit glaube ich ihr sogar.«

»Das freut mich. Diese Drohszenarien gegen sie gefallen mir nämlich nicht. Und es gefällt mir auch nicht, dass die vom Svavelsjö hinter ihr herschnüffeln.«

»Das gefällt niemandem.«

»Du weißt, dass wir ihr Personenschutz angeboten haben, oder?«

»Hab davon gehört.«

»Und du hast auch gehört, dass sie dankend abgelehnt hat und seither auch nicht mehr zu erreichen ist?«

»Doch, ja …«

»Aber?«

»Kein Aber«, erwiderte Mikael. »Ich tröste mich einfach damit, dass niemand sich so gut aufs Verstecken versteht wie sie.«

»Sogar digital und dergleichen«, sagte er.

»Man kann sie weder über Basisstationen noch über eine IP-Adresse ausfindig machen.«

»Ist doch gut so. Da müssen wir wohl einfach abwarten.«

»Tja, sieht so aus. Ich wollte dich allerdings um etwas anderes bitten.«

»Schieß los.«

»Hans Faste ermittelt in einem Fall, um den er sich leider kein bisschen zu kümmern scheint.«

»Das ist meistens besser, als wenn er sich kümmert ...«

»Hm, na ja, schon möglich. Es geht um einen Bettler, von dem die zuständige Rechtsmedizinerin glaubt, er könnte ermordet worden sein.«

Mikael erzählte ihm die Geschichte, und anschließend verließ Bublanski sein Zimmer, holte sich am Automaten zwei in Frischhaltefolie gewickelte Sandwichs und einen Schokoriegel und rief Kriminalinspektorin Sonja Modig an.

Catrin zog sich einen Gartenhandschuh über, der im Gras gelegen hatte, und riss Brennnesseln aus, die unter Mikaels Johannisbeerbüschen herauswucherten. Als sie aufsah, blieb ihr Blick an einem Mann mit Pferdeschwanz hängen. Die Jeansjacke spannte über seinem breiten, einschüchternd wirkenden Rücken, als er ein Stück hinunter zum Ufer aus ihrem Sichtfeld verschwand. Im selben Moment hatte sie ihn vergessen. Ihre Gedanken indes wanderten noch immer genauso unruhig umher wie zuvor in der Hütte.

Natürlich hatte der Bettler vom Mariatorget nicht so ausgesehen wie die Fixer auf der Freak Street. Trotzdem war sie überzeugt davon, dass er vom selben Ende der Welt gestammt hatte und von derselben Art fahrlässiger Ärzte behandelt worden war. Sie sah seine verstümmelten Finger nur zu deutlich vor sich, die eigenartige Gehweise, als fehlte ihm der Schwerpunkt unter den Füßen. Und sie wusste noch genau, wie kraftvoll er sie gepackt hatte, um dann zu kreischen: »I know something horrible about Johannes Forsell.«

Sie war sich sicher gewesen, im nächsten Moment die gleiche Tirade zu hören, die täglich per E-Mail auch sie überrollte, und war erschrocken, weil sie befürchtete, er könnte gewalttätig werden. Sie war vor Angst völlig erstarrt, als er mit einem Mal ihren Arm losließ.

»Me took him«, sagte er traurig. »And I left Mamsabiv, terrible, terrible.«

Vielleicht hatte er auch nicht Mamsabiv gesagt – aber irgendetwas in der Art. Ein langes Wort mit Betonung auf der ersten und dritten Silbe. In ihrem Innern hatte jedenfalls etwas geklingelt. Sie machte sich los, und auf der Swedenborgsgatan stieß sie dann auf Sofie Melker. Sie hatte all das komplett vergessen, erst mit dem Anruf der Rechtsmedizinerin hatte sie wieder daran gedacht und sich gefragt, was es wohl bedeuten mochte. Möglicherweise lohnte es sich doch, dies alles genauer unter die Lupe zu nehmen.

Sie streifte den Gartenhandschuh ab. Ging im Kopf Varianten des Wortes durch, kam aber zu keinem Ergebnis. Als sie das Wort googelte, schlug die Suchmaschine ihr statt Mamsabiv Mats Sabin vor, und vielleicht hatte er den gemeint – »Matssabin«, in einem Atemzug ausgesprochen. Ganz unwahrscheinlich war das nicht, vor allem nicht, als sie feststellte, dass Mats Sabin Major der Küstenflotte gewesen war, später als Militärhistoriker an der Hochschule der Streitkräfte gelehrt und unter Garantie mit dem früheren Stabsoffizier des Geheimdiensts und Russlandkenner Forsell zu tun gehabt hatte.

Catrin kombinierte ihrer beider Namen, und das neue Suchergebnis verriet ihr nicht nur, dass sie einander einmal begegnet waren, sondern dass sie überdies keine Freunde oder zumindest uneins gewesen waren, und da erwog sie bereits, nach drinnen zu laufen und Mikael davon zu erzählen. Dann rief sie sich zur Räson. Es wäre letztlich doch zu weit hergeholt. Also blieb sie im Garten, zog sich den Arbeitshandschuh wieder an, jätete weiter Unkraut und brach Ästchen ab, während sie immer wieder in widerstreitende Gedanken versunken in die Brandung schaute.

Lisbeth war immer noch in Prag, im Hotel Kings Court, saß vor dem Fenster am Schreibtisch und starrte hinab auf Camillas Villa in Rubljowka westlich von Moskau. Das Zwanghafte, den Erinnerungsprozess hatte sie inzwischen hinter sich gelassen. Das Haus kam ihr zusehends wie eine Festung vor – oder eine Kommandozentrale. Ständig fuhren dort Leute vor, hohe Tiere wie Kusnezow, sie alle wurden gründlich abgesucht, und mit jedem Tag wuchs die Zahl der Wachleute. Sie sah überdies, dass auch die Datensicherheit wieder und wieder überprüft wurde.

Dank der mobilen Basisstation, die Katja Flip dort platziert und nach einigen Tagen wieder abgeholt hatte, konnte Lisbeth über die Zellortung des Handys der Schwester jeden von Camillas Schritten verfolgen. Allerdings war es ihr noch nicht gelungen, das IT-System zu hacken. Bislang musste sie sich mit Mutmaßungen begnügen, was dort drinnen geschah. Sicher war nur, dass die Aktivität stieg. Das Haus pulsierte regelrecht vor nervöser Energie.

Tags zuvor war Camilla ins Aquarium gefahren worden, wie das Hauptquartier des Nachrichtendienstes GRU in Chodynka vor Moskau genannt wurde, und auch das war kein gutes Zeichen: Es sah aus, als würde Camilla derzeit alle Hilfe mobilisieren, die sie nur kriegen konnte.

Bisher schien sie allerdings keine Ahnung zu haben, wo Lisbeth sich befand. Insofern fühlte diese sich trotz allem sicher. Solange ihre Schwester sich in ihrem Haus in Rubljowka befand, waren Paulina und Lisbeth selbst nicht in Gefahr.

Sie klickte das Satellitenbild weg und sah stattdessen nach, was dieser Thomas, Paulinas Mann, gerade tat. Anscheinend gar nichts. Er starrte sie via Webkamera nur mit dem üblichen gekränkten Gesichtsausdruck an.

Niemand hätte behaupten können, dass Lisbeth in letzter Zeit sonderlich gesprächig gewesen wäre. Abends allerdings hatte sie immerhin stundenlang Paulina zugehört, und deshalb wusste sie inzwischen auch mehr als genug über deren Leben. Vor allem kannte sie die Geschichte vom Bügeleisen. Thomas, der sich in diesem Moment vor der Webkamera schnäuzte, hatte zu Hause in Deutschland seine Hemden immer in die Reinigung gebracht. In Kopenhagen hatte Paulina sie bügeln sollen – »so hast du tagsüber etwas zu tun«. Eines Tages ließ Paulina das Bügeleisen stehen, das schmutzige Geschirr ebenso, um nur in eine Unterhose und eins seiner ungebügelten Hemden gekleidet im Haus auf und ab zulaufen und Whisky und Rotwein zu trinken.

Tags zuvor hatte er sie wieder geschlagen. Die Lippe war aufgeplatzt, und sie hatte einfach nur betrunken genug werden wollen, damit sie sich trauen würde, Schluss zu machen oder die ganze Angelegenheit sonst wie auf die Spitze zu treiben. Sie steigerte sich immer mehr in die Sache hinein, bis sie versehentlich sogar eine Vase kaputt schlug und dann – weniger versehentlich – Gläser und Teller, und irgendwie kleckerte sie Rotwein auf das Hemd und Whisky über Bettwäsche und Teppich, und am Ende schlief sie trotzig und besoffen ein und war felsenfest davon überzeugt, dass sie es jetzt endlich wagen würde, ihn zum Teufel zu jagen.

Als sie aufwachte, hockte Thomas auf ihren Armen und schlug ihr ins Gesicht. Danach zerrte er sie zum Bügelbrett und bügelte sein Hemd selbst – und danach erinnere sie sich an nichts mehr, hatte sie Lisbeth erzählt, außer an den Geruch verbrannter Haut und einen unbeschreiblichen Schmerz, dann an ihre Flucht in Richtung Haustür.

Lisbeth musste immer wieder daran denken. Wenn sie – wie jetzt – Thomas direkt in die Augen starrte, verschmolzen seine Gesichtszüge mit denen ihres Vaters. Wenn sie müde war, wurde alles eins – Camilla, Thomas, die Kindheit, Zala und alles andere – und legte sich wie ein Spanngurt um Brust und Stirn, dass sie schier nach Luft rang.

Draußen war Musik zu hören, eine Gitarre wurde gestimmt. Sie streckte sich, sah aus dem Fenster. Es war eine Menge los, Menschen strömten durch die Türen des Einkaufszentrums Palladium. Auf einer großen Bühne ein Stück weiter rechts wurde ein Konzert vorbereitet. War schon wieder Samstag? Feiertag? Egal. Wo war überhaupt Paulina? Bestimmt auf einem ihrer ewigen Spaziergänge durch die Stadt. Um auf andere Gedanken zu kommen, rief Lisbeth ihre Inbox auf.

Anders als erhofft hatte sie keine Nachrichten aus der Hacker Republic bekommen, keine Antworten auf die Fragen, die sie im Lauf des Tages gestellt hatte. Allerdings lagen dort ein paar verschlüsselte Dokumente von Mikael – und sie musste lächeln. Hast du endlich deinen eigenen Artikel gelesen, dachte sie. Obwohl ... Nein. Die Dateien hatten mit Kusnezow und seinen Lügen rein gar nichts zu tun. Es waren ... Was war das?

Zahlen und Buchstaben, XY, 11, 12, 13, 19. Endlose Reihen davon. Eine DNA-Sequenzierung, aber von wem oder wovon? Sie überflog das Dokument und einen angefügten Obduktionsbericht. Es ging um einen Mann, der laut Radiokarbonanalyse zwischen vierundfünfzig und sechsundfünfzig Jahre alt gewesen war. Der aus dem südlichen zentralasiatischen Raum gestammt hatte. Der amputierte Finger und Zehen gehabt hatte, verwahrlost und alkoholisiert gewesen war.

Dort stand außerdem, er sei an einer Zopiclon- und Dextropropoxyphen-Vergiftung gestorben.

Mikael hatte ein paar Zeilen dazugeschrieben.

Falls du wirklich Urlaub hast und keine Dummheiten machst, könntest du ja vielleicht herausfinden, wer das hier ist. Die Polizei hat keinen Namen, nichts. Eine engagierte Rechtsmedizinerin namens Fredrika Nyman vermutet, der Mann könnte ermordet worden sein.

Er ist am 15. August unter einem Baum im Tantolunden gefunden worden. Anbei die DNA-Analyse (autosomal) und ein paar weitere Dokumente: das Ergebnis der Isotopenuntersuchung und der Haarprobe, dazu das Foto von einem Zettel mit der Handschrift des Mannes. (Und ja, das ist meine Nummer.)

M.

»Einen Teufel werde ich tun«, murmelte sie. »Ich werde rausgehen, Paulina finden und mich wieder volllaufen lassen oder was auch immer – jedenfalls werde ich nicht über DNA-Analysen nachdenken oder mit irgendwelchen Medizinern konferieren.«

Doch auch diesmal kam sie nicht los, weil sie kurz darauf Paulinas Schritte im Flur hörte. Sie nahm zwei Champagner-Fläschchen aus der Minibar und breitete die Arme aus – in dem tapferen Versuch, nicht fucked-up auszusehen.

Die Idee war natürlich bescheuert gewesen, aber Mikael hatte sich niedergeschlagen und einsam gefühlt, seit Catrin gemeint hatte, nach Hause fahren zu müssen, um sich um ihre Katze und die Zimmerpflanzen zu kümmern. Von Zimmerpflanzen ausgestochen zu werden war besonders glorios. Nachdem er ihr am Hafen nachgewinkt hatte, war er in sein Haus zurückgekehrt und hatte noch mal Fredrika Nyman angerufen.

Er hatte behauptet, eine renommierte Genetikerin zu kennen, die mit den DNA-Sequenzen vielleicht weiterkommen könnte. Natürlich wollte Fredrika sofort wissen, um wen es sich handelte und wie deren Ausrichtung sei. Er antwortete vage, die überaus engagierte Kollegin sei Professorin in London und spezialisiert darauf, die Herkunft eines Menschen zu lokalisieren. Das war natürlich erfunden. Nur dass Lisbeth, was DNA-Analysen anging, engagiert und gewieft war, entsprach der Wahrheit. Sie hatte früher schon mal zu verstehen versucht, warum ihre Familie – genetisch betrachtet – derart extrem war. Da war ja nicht nur ihr Vater, Zala, mit seiner enormen Intelligenz und seiner Boshaftigkeit. Auch der Halbbruder, Ronald Niedermann, mit seiner Körperkraft und der Unfähigkeit, Schmerz zu empfinden. Dann Lisbeth selbst mit dem fotografischen Gedächtnis. In ihrer Verwandtschaft gab es eine ganze Reihe von Menschen mit ungewöhnlichen Eigenschaften. Was Lisbeth herausgefunden hatte, wusste Mikael nicht, nur dass sie sich in null Komma nichts in die wissenschaftliche Methodik eingelesen hatte.

Nachdem er und Fredrika Nyman eine Weile hin und her diskutiert hatten, bekam er das Material, das er daraufhin an Lisbeth schickte. Trotzdem glaubte er insgeheim nicht daran, dass es funktionieren würde. Vielleicht war es auch nur seine Art, mit ihr wieder Kontakt aufzunehmen – mal sehen, was es brächte.

Er blickte aufs Wasser hinaus. Der Wind hatte aufgefrischt. Die letzten Badegäste packten ihre Sachen, und er geriet ins Grübeln.

Was war mit Catrin los gewesen? Binnen weniger Tage waren sie einander so nahegekommen, dass er schon gedacht hatte … Tja, was hatte er sich gedacht? Dass sie zusammengehörten? Das war doch Blödsinn! Sie waren wie Nacht und Tag, er sollte sie ziehen lassen und stattdessen Erika anrufen, um sich dafür zu entschuldigen, dass er seinen Artikel nicht geliefert und sie so in die Bredouille gebracht hatte. Er griff zu seinem Handy und rief … Catrin an.

Zunächst verlief das Gespräch so, wie sie beide aufgehört hatten: steif und vorsichtig. Dann sagte sie: »Tut mir wirklich leid.«

»Was denn?«

»Dass ich einfach abgehauen bin.«

»Meinetwegen soll doch keine Zimmerpflanze umkommen.«

Sie lachte traurig.

»Was machst du jetzt?«, fragte er.

»Weiß nicht … Sitze herum und schreibe immer noch nicht.«

»Klingt kein bisschen lustig.«

»Ist es auch nicht.«

»Aber du musstest mal weg, oder?«

»Scheint so.«

»Ich hab dich vom Fenster aus beobachtet, wie du Unkraut gejätet hast.«

»Ach ja?«

»Du hast besorgt ausgesehen.«

»Ja, vielleicht.«

»Ist etwas passiert?«

»Nicht direkt.«

»Aber?«

»Ich hab über den Bettler nachgedacht.«

»Und zu welchem Schluss bist du gekommen?«

»Ich hab dir nicht erzählt, was er über Forsell gesagt hat.«

»Du meintest, der übliche Mist …«

»Vielleicht war es das doch nicht.«

»Wie kommst du so plötzlich darauf?«

»Weil ich mich wieder erinnern konnte, als diese Rechtsmedizinerin angerufen hatte.«

»Was hat er gesagt?«

»›Me took Forsell‹ oder so was in der Art. ›I left Mamsabiv, terrible, terrible.‹ Zumindest klang es so.«

»Dann klang es seltsam.«

»Richtig.«

»Wie interpretierst du das?«

»Ich weiß nicht … Aber als ich ›Mamsabiv‹, ›Mansabin‹ und alle möglichen ähnlichen Wörter gegoogelt habe, kam ich auf Mats Sabin. Das war das Nächstliegende, was ich finden konnte.«

»Sabin, der Militärhistoriker?«

»Kennst du ihn?«

»Ich war früher jemand, der alles über den Zweiten Weltkrieg verschlungen hat.«

»Weißt du auch, dass Sabin vor vier Jahren bei einer Fjällwanderung in Abisko gestorben ist? Er ist erfroren, an einem See. Vermutlich hatte er eine Gehirnblutung erlitten und sich in der Kälte dann nicht mehr in Sicherheit bringen können.«

»Das wusste ich nicht.«

»Nicht dass ich glaube, es hätte was mit Forsell zu tun …«

»Aber?«

»Aber ich konnte dann doch nicht anders, als nach Zusammenhängen zu suchen, und siehe da: Forsell und Sabin sind mal aneinandergeraten.«

»In welcher Sache?«

»Russland.«

»Und wie?«

»Mats Sabin hat nach seiner Pensionierung seine Meinung geändert und sich von einem Falken zum Russlandfreund gewandelt. Er hat mehrere Artikel darüber geschrieben – unter anderem im *Expressen* –, dass ganz Schweden an Russenangst und Paranoia leide und wir Russland mit mehr Verständnis begegnen sollten. Forsell warf ihm im Gegenzug vor, er zitiere da bloß die russische Propaganda, und deutete an, Sabin habe sich kaufen lassen – und da brannte die Hütte, da stand eine Klage wegen übler Nachrede im Raum, bis Forsell zurückruderte und sich entschuldigte.«

»Wo soll da bitte der Bettler ins Bild passen?«

»Keine Ahnung. Obwohl …«

»Ja?«

»›I left Mansabin‹, hat er gesagt – oder irgendwas in der Art –, und das könnte doch passen, zumindest theoretisch. Mats Sabin ist einsam gestorben. Sie hatten ihn alle im Stich gelassen.«

»Das wäre doch eine Spur«, pflichtete er ihr bei.

»Bestimmt idiotisch …«

»Nicht unbedingt.«

Sie schwiegen eine Weile. Er sah aufs Wasser hinaus.

»Kannst du nicht das nächste Boot zurück nehmen und wiederkommen? Dann kriegen wir das raus und kümmern uns auch gleich um den Sinn des Lebens und alles andere?«

»Ein andermal, Mikael. Ein andermal.«

Er wollte sie überreden, er wollte bitten und betteln, aber das wäre ihm albern vorgekommen, also wünschte er ihr nur einen schönen Abend und legte auf. Dann holte er sich ein Bier aus dem Kühlschrank und überlegte, was er jetzt machen sollte. Am nächstliegenden wäre natürlich, weder über Catrin noch über den Bettler nachzudenken – nichts davon würde irgendwo hinführen. Er sollte sich vielmehr endlich seinem Artikel über die Trollfabriken und den Börsencrash widmen. Oder noch besser: endlich richtig Urlaub machen.

Aber so war er nicht gestrickt. Er war stur und verbohrt. Er konnte gewisse Dinge nicht bleiben lassen. Nachdem er gespült und die Küchenecke in Ordnung gebracht und noch eine Weile aufs Meer geschaut hatte, machte er sich online zu Mats Sabin schlau und blieb an einem längeren Nachruf im *Norrländska Socialdemokraten* hängen.

Der Major der Küstenflotte Mats Sabin war in Luleå aufgewachsen und in den Achtzigerjahren bei der U-Boot-Jagd und -Bekämpfung gewesen. Er hatte die Streitkräfte verlassen, um Geschichte zu studieren, und hatte schließlich in Uppsala über Hitlers Russlandfeldzug promoviert. Er lehrte an der Militärakademie, veröffentlichte aber auch, wie Mikael wusste, populärwissenschaftliche Bücher zum Zweiten Weltkrieg. Lange sprach er sich für eine Mitgliedschaft Schwedens in der NATO aus. Mikael war sich sicher: Was immer er in der Ostsee gejagt hatte – es waren Sowjet-U-Boote gewesen. Nichts anderes. Trotzdem hatte er sich in den letzten Lebensjahren zum Russlandfreund gewandelt, hatte sogar den Einmarsch in der Ukraine und die Annexion der Krim gutgeheißen und Russland als friedensstiftende Macht in Syrien gepriesen.

Warum er seinen Standpunkt geändert hatte, war für Mikael nicht zu erkennen, außer dass Sabin selbst mal gesagt hatte: »Ansichten sind dazu da, geändert zu werden, wenn wir älter und klüger werden.«

Angeblich war Mats Sabin auch ein guter Querfeldeinläufer und Taucher gewesen. Er wurde siebenundsechzig Jahre alt. Er war kurz zuvor Witwer geworden und hatte den Klassiker, Abisko–Nikkaluokta, wandern wollen. Er sei »in Form« und Anfang Mai sei das Wetter kein Hindernis mehr gewesen, stand da. Trotzdem habe es am Abend des 3. Mai Frost gegeben – minus acht Grad –, und Sabin habe wahrscheinlich einen Schlaganfall erlitten, sei unweit des Abiskojåkka-Ufers zusammengebrochen und habe es nicht mehr zur nächsten Fjällhütte geschafft. Am folgenden Morgen wurde er von Wanderern aus Sundbyberg tot aufgefunden. Keine verdächtigen Umstände, keine Spuren von Gewalt.

Trotzdem versuchte Mikael herauszufinden, wo sich Johannes Forsell – der ebenfalls Outdoor-Sportler war – zur selben Zeit befunden hatte. Eine sichere Auskunft lieferte das Netz ihm nicht; es ging immerhin um den Mai 2016, fast anderthalb Jahre ehe Forsell Verteidigungsminister geworden war, damals war er nicht mal von der heimischen Lokalpresse aus Östersund dauerhaft belagert worden. Allerdings fand Mikael heraus, dass Forsell gewisse Geschäftsinteressen mit der Gegend verbanden, insofern war es zumindest nicht unmöglich, dass er sich in Abisko aufgehalten hatte.

Das war natürlich vage und viel zu spekulativ, um irgendwelche Schlüsse daraus zu ziehen. Mikael stand auf und trat an das Bücherregal im Schlafzimmer. Das meiste waren Krimis, die er schon gelesen hatte, also rief er erst Pernilla, seine

Tochter, und dann Erika an, bekam keine von beiden ans Telefon, und als er immer rastloser wurde, marschierte er kurzerhand los und aß am Hafen im Seglerhotel zu Abend. Als er spätabends heimkam, fühlte er sich, als wäre alle Luft aus ihm entwichen.

Paulina schlief. Lisbeth starrte an die Decke. Das war die übliche Konstellation, wenn sie nicht beide wach lagen. Keine von ihnen schlief viel, und keiner ging es sonderlich gut. Doch heute Abend hatten sie einander nett getröstet, mit Champagner und Bier und ein paar Orgasmen, und waren kurz danach beide eingeschlafen. Wenig später war Lisbeth mit einem Ruck wach geworden und hatte wieder das Gefühl gehabt, als fegten die Erinnerungen und Fragen aus der Lundagatan und ihrer Kindheit wie ein eisiger Wind über sie hinweg. Was war nur mit ihnen allen los gewesen?

Schon bevor Lisbeth begonnen hatte, sich für Wissenschaft zu interessieren, war sie der Ansicht gewesen, in ihrer Familie liege ein Gendefekt vor, und lange meinte sie damit wohl nichts anderes, als dass in ihrer Familie zu viele schlicht zu extrem und zu böse waren. Ein Jahr zuvor hatte sie dann beschlossen, ihrer alten Hypothese auf den Grund zu gehen, und mithilfe einer Reihe von Hacker-Angriffen war sie in den Besitz von Zalatschenkos Y-chromosomaler DNA-Analyse aus dem Rechtsmedizinischen Labor in Linköping gekommen.

In langen Nächten lernte sie, derlei Analysen zu lesen, und studierte alles, was sie über Haplo-Gruppen in die Finger bekam. Bei der Vererbung hatte man es immer und überall mit winzigen Mutationen zu tun, und mittels sogenannter Haplo-Gruppen konnte man Individuen zu spezifischen, genetisch verwandten »Mutationszweigen« zusammenfassen. Es hatte Lisbeth nicht im Geringsten erstaunt, dass die Gruppe ihres Vaters mehrere ungewöhnliche Eigenschaften aufwies – und dies bestätigte sich zumal, als sie in der Zeit rückwärts suchte. Sie stieß nicht nur allenthalben auf überdurchschnittliche Intelligenz, sondern auch auf psychopathische Anlagen. Das machte sie weder froher noch klüger.

Allerdings brachte sie sich auf diese Weise molekularbiologische Methoden bei. Als es zu guter Letzt schon nach zwei war und die Nacht nichts weiter verhieß als Erinnerungen, Entsetzen und empor zum Rauchmelder an der Decke zu starren, der wie ein böses Auge blinkte, fragte sich Lisbeth, ob sie sich nicht vielleicht das Material ansehen sollte, das Mikael geschickt hatte. So würde sie zumindest auf andere Gedanken kommen.

Vorsichtig schob sie sich aus dem Bett, setzte sich an den Schreibtisch und klickte die Dateien an. »Dann wollen wir doch mal sehen«, murmelte sie. Was war das alles überhaupt?

Es handelte sich um eine präliminäre autosomale DNA-Analyse zur Bestimmung sogenannter STR-Marker oder *short tandem repeats*. Um die Marker zu durchleuchten, rief sie ihren BAM-Viewer vom Broad Institute auf.

Anfangs war sie zerstreut, legte Pausen ein und klickte immer wieder rüber zu den Satellitenbildern von Camillas Haus. Doch allmählich kristallisierte sich in dem Material etwas heraus, was sie faszinierte. Der Mann schien eindeutig keine Ahnen oder Verwandte in Nordeuropa zu haben. Er kam von weiter her, und nachdem sie erneut den Obduktionsbericht, vor allem die Ergebnisse der Isotopenuntersuchung und die Beschreibungen der Verletzungen und Amputationen überflog, kam ihr ein überraschender Gedanke. Eine Weile saß sie leicht vornübergebeugt und mit der Hand an der alten Schusswunde an ihrer Schulter reglos da.

Vor sich hin murmelnd, unternahm sie eine Reihe von Online-Suchen. Konnte das wirklich stimmen? Es fiel ihr schwer, es zu glauben, und sie war bereits drauf und dran, den Server der Rechtsmedizin zu hacken.

Stattdessen kam ihr eine unkonventionelle Idee. Sie würde es erst auf traditionellem Wege versuchen. Sie schrieb eine E-Mail, holte sich dann den Rest aus der Minibar – eine Coca-Cola und ein Fläschchen Kognak – und ließ die Stunden verstreichen und den Morgen kommen. Womöglich schlummerte sie zwischendurch sogar ein. Doch just als Paulina wach wurde und auf dem Flur die ersten Geräusche zu hören waren, meldete sich ihr Handy, übertrug Satellitenbilder, und obwohl sie erst nur mit zusammengekniffenen, müden Augen hinsah, war sie im nächsten Moment schlagartig hellwach.

Auf dem Display war zu sehen, wie ihre Schwester und drei Männer – einer von ihnen ungewöhnlich groß – das Haus in Rubljowka verließen und in eine Limousine einstiegen. Lisbeth folgte ihnen den ganzen Weg bis zum internationalen Flughafen Domodedowo vor den Toren Moskaus.

KAPITEL 11

25. August

Fredrika Nyman wälzte sich im Bett herum. Sie sah zum Wecker auf dem Nachttisch. Hoffentlich war es wenigstens schon halb sechs ... Als es erst zwanzig nach vier war, fluchte sie laut. Sie hatte gerade mal fünf Stunden geschlafen. Es noch einmal mit Einschlafen zu versuchen wäre zwecklos gewesen. Also stand sie auf und setzte in der Küche eine Kanne grünen Tee auf. Nicht einmal die Zeitungen waren schon da. Sie ließ sich mit ihrem Handy am Küchentisch nieder und lauschte den Vögeln. Sie vermisste die Stadt. Sie vermisste einen Mann – oder zumindest eine Person, die kein Teenager mehr war.

»Ich hab schon wieder nicht geschlafen, und mir tun Kopf und Rücken weh«, würde sie zu dieser Person sagen, und sie sagte es auch, nur eben zu sich selbst, und daher musste sie sich auch selbst antworten: »Ach, Fredrika, du Arme.«

Nach den Fallböen der vergangenen Nacht war das Wasser draußen spiegelglatt. Ein Stück entfernt sah sie die immer selben zwei Schwäne dicht beieinander durchs Wasser gleiten. Manchmal war sie neidisch, nicht weil es besonders lustig zu sein schien, Schwan zu sein, sondern weil sie zu zweit waren. Die konnten zumindest gemeinsam schlecht schlafen. Einander in Vogelsprache etwas vorjammern.

Sie checkte ihre E-Mails. Von einer gewissen Wasp hatte sie eine Nachricht bekommen.

Hab die STR-Marker und den Obduktionsbericht von Blomkvist erhalten. Hab da eine Idee, was der Ursprung des Mannes sein könnte. Interessante ^{13}C, brauche aber die Ganzgenomsequenzierung. Denke mal, das geht am schnellsten via UGC. Bitten Sie die, sich zu beeilen, ich hab keine Zeit zu warten.

»Was für ein unmöglicher Ton«, murmelte sie. Unterschrieben war die E-Mail auch nicht. Kannst dich schön selber sequenzieren, dachte sie. Diese Asperger-Wissenschaftler hatte sie noch nie leiden können. Ihr Mann war auch so gewesen, absolut indiskutabel. Dann las sie die E-Mail noch mal und beruhigte sich ein wenig. Sie war unfreundlich und polternd, aber sie entsprach auf ganzer Linie ihren eigenen Gedanken, daher hatte sie auch bereits vor einer Woche eine Blutprobe an das Uppsala Genom Centrum geschickt und um die vollständige Sequenzierung gebeten.

Sie hatte ihnen in den Ohren gelegen und die Bioinformatiker gebeten, sämtliche ungewöhnlichen Mutationen und Varianten rot zu markieren. Die Antwort würde alsbald vorliegen, deshalb schrieb sie auch tatsächlich hin, zwar nicht im gleichen Ton wie diese verdammte Professorin, aber weil sie schon mal in Fahrt war: Ich brauche die Sequenzierung jetzt.

Sie hoffte, dass man im UGC auch von der Uhrzeit beeindruckt wäre. Es war noch nicht mal fünf, und sogar die Schwäne draußen schienen immer noch leicht träge und gar nicht so wahnsinnig zufrieden damit, zu zweit zu sein.

Kurt Widmarks Elektrogeschäft an der Hornsgatan hatte noch nicht geöffnet, aber Kriminalinspektorin Sonja Modig hatte einen älteren Herrn mit schlechter Haltung drinnen herumlaufen sehen und klopfte an. Angestrengt lächelnd kam der Mann zur Tür.

»Sie sind früh dran, aber kommen Sie doch trotzdem rein«, sagte er.

Sonja stellte sich vor und erklärte ihr Anliegen, und da stutzte der Mann, blickte kurz verärgert drein, seufzte und jammerte erst mal ein wenig. Er war blass, hatte ein leicht schiefes Gesicht und die Glatze mit spärlichem Haar überkämmt. Um seinen Mund spielte ein verbitterter Zug.

»Es ist in der Branche schon schwierig genug«, brummte er. »Die Online-Händler und die großen Warenhäuser übernehmen das alles.«

Sonja lächelte und versuchte, verständnisvoll auszusehen. Sie war am Morgen auf gut Glück herumgelaufen, hatte sich durchgefragt und von einem jungen Typen im Friseursalon nebenan erfahren, dass der Bettler, von dem Bublanski gesprochen hatte, oft vor diesem Laden gestanden und die Fernseher angestarrt hatte.

»Wann haben Sie ihn denn erstmals gesehen?«

»Vor ein paar Wochen kam er hier reingestiefelt, baute sich vor einem meiner Apparate auf und starrte aufs Bild«, antwortete Kurt Widmark.

»Was lief denn gerade?«

»Die Nachrichten. Ein ziemlich deftiges Interview mit Johannes Forsell über den Börsencrash und die Sicherheitslage im Verteidigungsfall.«

»Warum hat sich der Bettler denn dafür interessiert?«

»Keine Ahnung.«

»Wirklich nicht?«

»Nein, woher sollte ich das wissen? Ich hab hauptsächlich versucht, ihn wieder rauszuschaffen, und war nicht mal unfreundlich. Sollen die Leute doch aussehen, wie sie wollen. Aber ich musste ihn doch darauf hinweisen, dass er meine Kunden erschreckt.«

»Wie, erschreckt?«

»Er stand da, murmelte in sich hinein, roch schlecht und war offensichtlich nicht klar im Kopf.«

»Haben Sie gehört, was er gesagt hat?«

»O ja. Er hat ziemlich deutlich auf Englisch gefragt, ob Forsell jetzt eine Berühmtheit sei, und ich hab leicht erstaunt Ja gesagt, mein Gott, ja, ist er, er ist Verteidigungsminister und stinkend reich.«

»Das heißt, er schien Forsell aus einer Zeit zu kennen, bevor er berühmt wurde?«

»Weiß ich nicht. Aber ich weiß noch, wie er daraufhin fragte: ›Problem, now he has problem?‹ Es klang jedenfalls wie eine Frage, auf die er ein Ja hören wollte.«

»Und was haben Sie geantwortet?«

»Ja, hab ich gesagt, er hat mächtig Probleme. Er hat mit Aktien getrickst und hinter den Kulissen Verschwörungen angezettelt.«

»Aber das sind doch bloß Gerüchte.«

»Ich hab das schon von vielen gehört.«

»Was ist dann mit dem Bettler passiert?«

»Er fing an zu kreischen und zu krakeelen. Da hab ich ihn am Arm gepackt und versucht, ihn rauszuzerren. Aber der Kerl war kräftig. Hat auf sein Gesicht gezeigt. ›Look at me. See what happened to me! And I took him. And I took him‹, hat er geschrien – oder so was in der Art. Er sah total verzweifelt aus. Ich hab ihn erst mal ein Weilchen da stehen lassen, und nach dem Interview mit Forsell kam ein Bericht über schwedische Schulen, da war dann diese vornehme Oberschichtenhexe dran.«

»Von welcher Oberschichtenhexe sprechen wir gerade?«

Allmählich war Sonja Modig verärgert.

»Diese Lindås natürlich! Da trägt eine die Nase aber mal hoch! Aber dieser Penner starrte sie an, als hätte er einen Engel gesehen, und murmelte: ›Very, very beautiful woman.

Is she critical to Forsell also?‹ Ich hab noch versucht, ihm klarzumachen, dass sie mit ihm nichts zu tun hat, aber das schien er nicht verstehen zu wollen. Er war völlig entrückt. Kurz darauf ist er verschwunden.«

»Und kam er zurück?«

»Jeden Tag zur gleichen Zeit, immer kurz bevor ich schließe, und das ungefähr eine Woche lang, stand da und glotzte und fragte die Leute nach Journalisten und anderen, die er anrufen könnte, und am Ende war ich so sauer, dass ich die Polizei gerufen habe. Aber die haben sich natürlich darum nicht geschert.«

»Sie haben also keinen Namen oder irgendeine andere Information zu diesem Mann?«

»Er meinte mal, er heißt Sardar.«

»Sardar?«

»›Me Sardar‹, sagte er, als ich ihn an einem Abend rausschmeißen wollte.«

»Das ist ja schon mal was«, erwiderte Sonja Modig, bedankte sich und ging weiter zum Mariatorget.

Als sie in der U-Bahn in Richtung Fridhemsplan und Polizeipräsidium saß, googelte sie Sardar. Ein altes persisches Wort für einen Prinzen oder Aristokraten oder Führer eines Stamms. Der Titel wurde im Nahen Osten und bis nach Zentral- und Südostasien verwendet, in unterschiedlichen Schreibweisen. Sirdar, Sardaar, Serdar ... Ein Prinz, dachte Sonja Modig. Ein Prinz im Bettlergewand. Das wäre doch mal was. Aber das Leben war nun mal nicht wie im Märchen.

Es hatte eine Weile gedauert, ehe sie loskamen, und das nicht nur, weil sie von Lisbeth Salander nicht die geringste Spur hatten entdecken können. Iwan Galinow, der alte GRU-Agent, war mit anderen Dingen beschäftigt gewesen, doch Camilla hatte ihn um jeden Preis dabeihaben wollen.

Galinow war dreiundsechzig, hervorragend ausgebildet und hatte in Sachen Spionage und Infiltration langjährige Erfahrung.

Außerdem war er ein Sprachgenie. Beherrschte elf Sprachen fließend und konnte selbst zwischen Dialekten und Akzenten hin und her wechseln. In Großbritannien, Frankreich und Deutschland ging er als Muttersprachler durch. Er mochte Ähnlichkeit mit einem Vogel haben, trotzdem war er eine elegante Erscheinung. Hochgewachsen, schlank, gerade Haltung, mit grauem Haar und weißen Koteletten und immer höflich und galant.

Allerdings machte er den Menschen Angst. Gewisse Geschichten aus seinem Leben klebten an ihm wie ein Zusatz, eine Verlängerung seines Körpers.

Eine dieser Geschichten handelte von seinem Auge, das er im Tschetschenienkrieg verloren hatte. Er hatte es durch eins in Emaillefarben ersetzen lassen – angeblich das Beste, was es auf dem Markt gab. Die von einem alten Witz über einen Banker abgeleitete Anekdote lautete, niemand habe je sagen können, welches Auge echt und welches falsch war, bis einer von Galinows Untergebenen die simple Wahrheit entdeckte: Das Auge, das einen Schimmer Menschlichkeit aufwies, war das aus Emaille.

Es kursierte eine weitere Geschichte über das Krematorium, das sich im zweiten Untergeschoss des GRU-Hauptquartiers in Chodynka befand. Dort sollte Galinow einen Kollegen, der angeblich geheimes Material an die Briten verkauft hatte, hinuntergebracht und bei lebendigem Leib verbrannt haben. Es hieß, wenn er seine Feinde folterte, würden seine Bewegungen langsamer. Er würde nicht mal mehr blinzeln. Das meiste davon war wahrscheinlich Gerede, Legendenbildung, und obwohl auch Camilla die Kraft von Legenden benutzt hatte, um ihren Willen durchzusetzen, hatte sie sich aus einem ganz anderen Grund an ihn gewandt.

Galinow hatte ihrem Vater nahegestanden, und genau wie sie selbst hatte er Zala geliebt und bewundert. Und genau wie sie selbst war auch er im Stich gelassen worden. Diese Erfahrung hatte sie beide zusammengeschweißt. Statt auf Grausamkeit stieß sie bei Galinow auf Verständnis und väterliche Fürsorge. Sie selbst hatte nie Schwierigkeiten gehabt zu erkennen, welches Auge das echte war. Galinow hatte sie gelehrt weiterzugehen, und als sie vor noch gar nicht allzu langer Zeit begriffen hatte, was für ein Schlag es für ihn gewesen sein musste, dass Zalatschenko sich nach Schweden abgesetzt hatte, hatte sie gefragt: »Wie hast du das überlebt?«

»Auf die gleiche Weise wie du, Kira.«

»Und wie hab ich es gemacht?«

»Du hast überlebt, indem du so geworden bist wie er.«

Das hatte sie nie vergessen – diese Worte, die sie gleichzeitig erschreckt und ihr Kraft gegeben hatten. Aus genau diesem Grund wollte sie jetzt, da die Vergangenheit ihr so dicht auf den Fersen war, Galinow in ihrer Nähe wissen. Vor ihm traute sie sich, wieder klein zu sein. Er war der Einzige aus der neuen Zeitrechnung, der sie je hatte weinen sehen, und jetzt, in ihrem Privatjet auf dem Weg nach Stockholm, versuchte sie zu lächeln.

»Danke, dass du mitkommst«, sagte sie.

»Wir kriegen sie, mein Herz. Wir holen sie uns«, erwiderte er und streichelte zärtlich ihre Hand.

Lisbeth musste sich hingelegt haben, nachdem sie Camilla mitsamt Entourage zum Flughafen hatte fahren sehen. Als sie in ihrem Bett wieder aufwachte, lag auf dem Nachttisch ein Zettel, auf dem stand, dass Paulina frühstücken gegangen sei. Es war inzwischen zehn nach elf und der Frühstücksraum wieder geschlossen, also blieb Lisbeth auf ihrem Zimmer und fluchte in sich hinein, weil in der Minibar nichts mehr übrig war. Sie trank Wasser aus dem Hahn und klaubte die um den Rechner verstreuten Chipskrümel auf. Anschließend duschte sie, zog sich Jeans und ein schwarzes T-Shirt an und setzte sich erneut an den Schreibtisch, um ihre E-Mails zu checken. Sie hatte zwei Dateien von je mehr als zehn Gigabyte bekommen – und eine Nachricht von Rechtsmedizinerin Fredrika Nyman.

Ich bin doch nicht blöd, hatte die Ganzgenomsequenzierung längst angefordert. Heute Morgen ist sie gekommen. Weiß allerdings nicht, wie gründlich die Kollegen waren. Ein paar Besonderheiten haben sie aber markiert. Natürlich hab ich hier meine eigenen Spezialisten, aber ich denke mal, es schadet nichts, wenn Sie auch mit draufschauen. Anbei die bearbeitete Datei mit Notizen und ein FASTQ mit den Rohdaten, falls Sie damit lieber arbeiten.

Freue mich über schnelle Rückmeldung.

F.

Lisbeth bemerkte weder den Zorn noch den Frust zwischen den Zeilen, aber sie war auch nicht sonderlich konzentriert, denn gleichzeitig musste sie feststellen, dass sich Camilla inzwischen in Schweden befand, und zwar auf der E4 vom Flughafen Arlanda in Richtung Stockholmer Innenstadt. Sie ballte die Fäuste und dachte kurz darüber nach, ebenfalls sofort zurückzukehren. Stattdessen blieb sie am Schreibtisch sitzen, klickte die Dateien auf, die Fredrika Nyman geschickt hatte, und ließ die Seiten wie einen flimmernden Mikrofilm vor sich vorbeiscrollen. Sollte sie einfach drauf scheißen?

Sie beschloss, die Dateien durchzusehen, während sie sich gleichzeitig einen Plan zurechtlegte. Es würde ihr leichtfallen, diesbezüglich hatte sie, wie sie wusste, Talent.

Selbst über die unübersichtlichsten Dokumente konnte sie sich in Windeseile einen Überblick verschaffen, deshalb zog sie es vor – genau wie Nyman gemutmaßt hatte –, mit den Rohdaten zu arbeiten. So würde sie sich von den Notizen und Ansichten anderer nicht beeinflussen lassen. Mittels

SAMtools wandelte sie die Daten in eine BAM-Datei um, die jetzt sämtliche Informationen aus der gesamten Erbmasse enthielt, und das waren nicht wenige. Im Grunde stellte es ein riesenhaftes verschlüsseltes Rätsel dar, das aus vier Buchstaben bestand: A, C, G und T, die Nukleinbasen Adenin, Cytosin, Guanin und Thymin. Auf den ersten Blick sah es aus wie eine schier unbegreifliche Masse. Doch darin verbarg sich ein ganzes Leben, und zunächst ging Lisbeth mithilfe von Indexsuchen und Grafiken jedweden Abweichungen nach. Dann startete sie ihren BAM-Viewer – einen Integrative Genomics Viewer – und verglich einzelne zufällig ausgewählte Teile mit DNA-Sequenzierungen anderer Menschen, die sie im *1000 Genomes Project* gefunden hatte, einer Sammlung genetischer Informationen aus der ganzen Welt. Die erste Anomalie entdeckte sie in der Frequenz rs4954, im sogenannten EPAS1-Gen, das im Körper die Hämoglobinproduktion regelte.

Irgendetwas daran war so aufsehenerregend anders, dass sie sofort die Datenbank PubMed studierte, und es dauerte nicht lange, da fluchte sie kopfschüttelnd in sich hinein. War das wirklich möglich? Sie hatte so was in der Art schon geahnt, aber nicht wirklich geglaubt, dass sie es so schnell schwarz auf weiß vor sich sehen würde. Inzwischen war sie derart konzentriert in die Sache vertieft, dass sie sogar ihre Schwester in Stockholm vergaß und kaum hörte, dass Paulina wiederkam, »Hallo, hallo?« rief und dann im Bad verschwand.

Lisbeth brannte darauf, mehr über diese Variante des EPAS1-Gens zu erfahren. Es war nicht nur ungewöhnlich – es hatte auch einen spektakulären Hintergrund, der bis zum Denisova-Menschen zurückverfolgt werden konnte, eine Population der Gattung *Homo*, die vor vierzigtausend Jahren ausgestorben war.

Der Denisova-Mensch war der Wissenschaft lange unbekannt gewesen. Erst nachdem russische Archäologen 2008 in der Denisova-Höhle im sibirischen Altai-Gebirge das Knochenfragment und den Zahn einer Frau gefunden hatten, hatte man den Menschen erstmals näher beschreiben können. Er hatte sich, wie man herausbekam, im Lauf der Zeit mit Vertretern des *Homo sapiens* aus Südasien gepaart und einen Teil seiner Gene – unter anderem jene EPAS1-Variante – an seine Nachfahren weitervererbt.

Die Variante erleichtere es dem menschlichen Körper, mit Sauerstoffknappheit zurechtzukommen. Sie verhindere, las Lisbeth weiter, dass Blut trotz Sauerstoffmangels zäher werde und langsamer zirkuliere, was ansonsten Blutgerinnsel und Ödeme nach sich ziehen könne. Eine solche Genvariante sei vor allem für Bewohner extremer Höhenlagen günstig, wo der Sauerstoffgehalt der Atemluft geringer sei.

All dies stimmte mit Lisbeths Hypothese überein, die sie allein schon anhand der Verletzungen und Amputationen des Bettlers und anhand der Isotopenuntersuchung für sich formuliert hatte.

Doch obwohl sie nun ein weiteres Indiz vor sich sah, konnte sie sich noch immer nicht ganz sicher sein. Die Variante war ungewöhnlich, zugegeben, aber durchaus verbreitet, und deshalb studierte sie auch die Y-chromosomale und mitochondriale DNA des Mannes und entdeckte, dass er überdies der Haplo-Gruppe C4a3b1 angehört hatte. Als sie diese gegencheckte, war auch der letzte Zweifel ausgeräumt.

Die Gruppe umfasste ausschließlich Menschen, die in den Höhenlagen des Himalaja lebten, in Tibet oder Nepal, und die oftmals als Träger oder Guides für Extrembergsteiger arbeiteten.

Der Mann war ein Sherpa gewesen.

Teil 2
Das Volk der Berge

Die Sherpas sind eine Ethnie, die überwiegend im Osten Nepals lebt. Viele Sherpas arbeiten als Guides oder Träger bei Hochgebirgsexpeditionen.

Die meisten sind Anhänger der Nyingma, der ältesten der vier großen Traditionen im tibetischen Buddhismus; sie glauben, dass in den Bergen Götter und Geister leben. Die Götter müssen religiösen Ritualen getreu respektiert und verehrt werden.

Bei Krankheit und Unglück sucht ein Sherpa Hilfe bei einem Lhawa, einem Schamanen.

KAPITEL 12

25. August

Der Wind fegte übers Wasser, und Mikael saß in Sandhamn in seiner Hütte am Computer und surfte planlos im Internet, kehrte in Gedanken aber wiederholt zu Forsell zurück. Er hatte ihn in den vorangegangenen Sommern hier auf der Insel ab und zu im Supermarkt und am Hafen getroffen und sogar schon einmal interviewt – im Oktober 2017, als Forsell gerade als Verteidigungsminister vereidigt worden war. Er wusste noch, wie er in einem großen Raum mit Karten an den Wänden gewartet hatte, bis Johannes Forsell wie ein fröhlicher kleiner Junge, der zu einem Geburtstagsfest kam, den Kopf zur Tür hereingesteckt hatte.

»Mikael«, hatte er gesagt, »wie schön!«

Dass Politiker ihn auf diese Weise begrüßten, war nicht gerade die Regel, und vielleicht hätte er es als einen Versuch, ihn einzulullen, zurückweisen müssen. Doch Forsell hatte eine Begeisterung an sich, die aufrichtig wirkte, und Mikael erinnerte sich noch daran, wie anregend er das nachfolgende Gespräch gefunden hatte. Forsell war ein schneller Denker, gut informiert und antwortete so, als wäre er ernsthaft an den Fragen interessiert und wollte nicht bloß Parteipolitik betreiben. Am besten aber erinnerte sich Mikael an die süßen Teilchen: Vor ihnen hatte eine große Platte mit Plunderteilchen gestanden, und Forsell hatte eigentlich nicht so ausgesehen, als würde er so etwas essen.

Er war groß und durchtrainiert, körperlich in Bestform, hätte gut und gern als Model durchgehen können. Er laufe jeden Morgen fünf Kilometer und mache zweihundert Liegestütze, hatte er damals erzählt und auch ansonsten nicht im Geringsten leichtsinnig gewirkt. Vielleicht waren die Plunder ja der Versuch gewesen, ein wenig volksnahe Schwäche zu zeigen, der Wunsch eines Angehörigen der Elite, durchschnittlich zu wirken. Gegenüber dem *Aftonbladet* hatte er mal behauptet, er habe das Schlagerfestival immer geliebt, allerdings hatte er hinterher keine einzige Frage zu dem Wettbewerb beantworten können.

Wie sie festgestellt hatten, waren Mikael und er gleichaltrig, auch wenn Forsell jünger aussah und bei sämtlichen Gesundheitschecks die Nase vorn gehabt hätte. Er sprühte förmlich vor Energie und Optimismus. »Es sieht finster aus in der Welt, aber es geht vorwärts, und es gibt weniger Kriege, vergessen Sie das nicht«, hatte er damals gesagt und Mikael ein Buch von Steven Pinker geschenkt, das immer noch ungelesen irgendwo herumlag.

Johannes Forsell war in Östersund in eine Kleinunternehmerfamilie hineingeboren worden, die im Skigebiet Åre eine Pension und ein Hüttendorf betrieb. Er war ein Ausnahmeschüler gewesen, ein vielversprechender Langläufer obendrein und hatte das Skigymnasium Sollefteå besucht. Nach der Musterung war er an die Dolmetscherschule des Militärs gegangen, hatte dort Russisch gelernt und war Nachrichtenoffizier geworden. Seine Jahre beim MUST, dem Geheimdienst der Streitkräfte, waren natürlich weitestgehend unter Verschluss, möglicherweise aber hatte er dabei mitgewirkt, die Aktivitäten des GRU in Schweden zu observieren. Zumindest hatte das im *Guardian* so geklungen, der Informationen zugespielt bekommen hatte, denen zufolge Forsell als Angehöriger der schwedischen Botschaft im Spätherbst 2008 aus Russland ausgewiesen worden war.

Im Februar des darauffolgenden Jahres war sein Vater gestorben. Forsell verließ die Armee, übernahm den Familienbetrieb und verwandelte ihn in kürzester Zeit in einen Großkonzern. Er baute Hotels in Åre und Sälen und Vemdalen, in Järvsö und sogar in Geilo und Lillehammer in Norwegen. 2015 verkaufte er das Unternehmen für annähernd zweihundert Millionen Kronen an einen deutschen Reisekonzern, behielt aber gewisse kleinere Unternehmensteile in Åre und Abisko.

Im selben Jahr wurde er Mitglied der Sozialdemokratischen Partei und wurde in Östersund ohne ernst zu nehmende politische Erfahrung zum Kommunalrat gewählt. Dort war er überaus angesehen, bekannt für seine Tatkraft und die bedingungslose Liebe zur örtlichen Fußballmannschaft. Fast schon über Nacht beförderte man ihn zum Verteidigungsminister – was auch lange nach einem gelungenen PR-Coup der Regierung aussah. Er wurde als Abenteurer, fast schon als Held dargestellt, weil er nebst Karriere vor allem zwei beachtliche Leistungen vorweisen konnte: das Durchschwimmen des Ärmelkanals 2002 und die Besteigung des Mount Everest sechs Jahre später im Mai 2008.

Bald danach wehte der Wind allerdings aus einer anderen Richtung, und das fiel wahrscheinlich mit seinen überzeugten Äußerungen zusammen, Russland habe im Wahlkampf die rechtsradikalen Schwedendemokraten unterstützt. Immer häufiger wurde er dafür angegriffen – und das war nichts im Vergleich zu den Anfeindungen, die dann kommen sollten. Nach dem Börsencrash im Juni waren Fake News zu seiner Person nur so rausgepumpt worden. Seine norwegische Ehefrau Rebecka hatte in einem *Dagens Nyheter*-Interview die Lügen schamlos genannt und berichtet, dass ihre beiden gemeinsamen Kinder inzwischen Leibwächter brauchten. Doch bei allem Mitleid wurde die Stimmung zusehends hasserfüllt, aufgepeitscht und der Ton immer schärfer.

Auf den jüngsten Bildern sah Forsell mitnichten mehr wie ein Mann aus, der über unerschöpfliche Energie verfügte. Er wirkte müde und ausgelaugt, und gerade erst am vergangenen Freitag war verlautbart worden, er habe eine zusätzliche Woche Urlaub genommen. Es kursierten sogar Gerüchte über einen Kollaps. Nein, wie Mikael es auch drehte und wendete, er konnte nicht anders, als mit Forsell mitzufühlen. Vielleicht eine idiotische Haltung, wenn er jetzt untersuchen wollte, ob es da möglicherweise eine Verbindung zu dem Bettler und vielleicht sogar zum Militärhistoriker Mats Sabin gab. Denn nüchtern betrachtet konnte Forsell doch nun wirklich nicht nur Saubermann, nur Superheld sein, oder doch? Der Hetzkampagne zufolge hatte er sich bei der Durchquerung des Ärmelkanals heimlich an das Begleitboot gehängt. Und natürlich unterstellte man ihm, auch den Everest nicht wie behauptet bestiegen zu haben. Allerdings konnte Mikael nirgends Indizien für diese Anschuldigungen finden, mal abgesehen davon, dass am Everest ein Drama griechischen Ausmaßes stattgefunden hatte, bei dem nichts, aber rein gar nichts sicher zu sein schien, ganz gleich wie viel darüber berichtet worden war.

Dann wiederum war in den Schilderungen auch nicht von Forsell die Rede gewesen. Nicht er hatte im Epizentrum des Dramas gestanden, sondern die schwerreiche Amerikanerin Klara Engelman, die zusammen mit ihrem Guide Viktor Grankin auf achttausenddreihundert Meter Höhe gestorben war. Statt sich also weiter in diese Geschichte zu vertiefen, konzentrierte Mikael sich darauf, mehr über Forsells Offizierskarriere auszugraben.

Allein schon dass er für den Nachrichtendienst gearbeitet hatte, hätte genau genommen geheim bleiben müssen.

Allerdings war im Zusammenhang mit seiner Ausweisung aus Russland einiges durchgesickert. Entgegen der widersinnigen Gerüchte, die im Zuge der Hasskampagne die Runde gemacht hatten, bezeichnete Oberbefehlshaber Lars Granath Forsells Verhalten in Moskau allenthalben als »ehrenhaft« .

Ansonsten fand er nur wenige belastbare Fakten, und am Ende ließ Mikael die Sache auf sich beruhen und stellte für sich lediglich fest, dass Johannes und Rebecka zwei Söhne hatten, Samuel und Jonathan, die inzwischen elf und neun Jahre alt waren. Die Familie wohnte in Stocksund vor den Toren Stockholms, besaß aber auf der südöstlichen Seite von Sandön, gar nicht weit von Mikaels Hütte entfernt, ebenfalls ein Sommerhäuschen. Ob sie gerade dort waren?

Mikael hatte von Forsell damals dessen Privatnummer bekommen. »Rufen Sie jederzeit an, wenn Sie Fragen haben«, hatte der Minister auf seine unnachahmliche Weise gesagt. Aber Mikael sah keinen Anlass, ihn jetzt zu stören. Im Gegenteil: Am besten ließ er das alles bleiben und machte stattdessen ein Nickerchen. Er war entsetzlich müde. Dann überlegte er es sich anders. Er rief Kommissar Bublanski an, unterhielt sich mit ihm erneut über Lisbeth und erwähnte überdies, was der unbekannte Bettler möglicherweise über Mats Sabin gesagt hatte, auch wenn er sicherheitshalber hinzufügte: »War sicher nicht von Bedeutung.«

Paulina Müller kam im weißen Bademantel aus dem Hotelbadezimmer und legte Lisbeth, die immer noch vor ihrem Computer saß, die Hand auf die Schulter.

Lisbeth starrte nicht wie sonst auf ein großes Haus im Moskauer Speckgürtel hinab, sondern las einen Artikel. Paulina hatte noch nie einen Menschen gesehen, der so schnell las. Die Sätze flogen auf dem Bildschirm nur so vorbei. Sie schnappte gerade so die Worte … *Denisovan genome and that of certain South Asian …* auf und wurde hellhörig. Für die Zeitschrift *Geo* hatte sie über den Ursprung des *Homo sapiens* und die Verwandtschaft des Neandertalers mit dem Denisova-Menschen geschrieben, und das sagte sie Lisbeth auch.

Doch Lisbeth antwortete nicht, und Paulina wurde sauer. Bei aller Großzügigkeit und dem Schutz, den sie genoss, fühlte sie sich von Lisbeth oftmals ausgeschlossen und einsam. Sie ertrug diese endlosen Stunden vor dem Rechner und Lisbeths Schweigen nicht. Die Nächte trieben sie in den Wahnsinn. Als wären sie nicht sowieso schwer genug. Nachts hallte das Böse, das Thomas ihr angetan hatte, immerzu in ihr wider, sie träumte von Rache und Vergeltung, und in diesen Stunden hätte sie Lisbeth gebraucht.

Doch die durchlebte ihre eigene Hölle. Manchmal war sie so angespannt, dass Paulina nicht einmal wagte, sie an sich zu drücken, und wie war es überhaupt möglich, dass ein Mensch so wenig schlief? Wann immer Paulina aufwachte, lag Lisbeth mit offenen Augen neben ihr und lauschte auf Geräusche aus dem Flur, oder sie saß am Schreibtisch und betrachtete Bildfolgen aus Überwachungskameras oder Satellitenbilder. Paulina hatte zusehends das Gefühl, es nicht länger auszuhalten, so außen vor zu sein – nicht wenn sie so dicht beieinander lebten –, und am liebsten hätte sie sie angeschrien: *Was ist eigentlich los? Ist jemand hinter dir her?*

»Was machst du da?«, fragte sie stattdessen.

Doch auch diesmal bekam sie keine Antwort. Immerhin drehte Lisbeth sich zu ihr um und warf ihr einen Blick zu, der sich zumindest ein bisschen anfühlte wie eine ausgestreckte Hand. Dieser Blick – da war ein neuer, sanfterer Schimmer.

»Was machst du?«, fragte sie noch einmal.

»Ich versuche, einen Mann zu identifizieren«, antwortete Lisbeth schließlich.

»Einen Mann?«

»Einen Sherpa. Er ist mit Mitte fünfzig gestorben, stammte wahrscheinlich aus dem Khumbutal im nordöstlichen Nepal. Könnte auch Sikkim oder Darjeeling gewesen sein, aber es spricht eigentlich alles für Nepal und die Gegend um Namche Bazaar oder das östliche Tibet. Es sieht ganz danach aus, als hätte er in seiner Kindheit extrem fettarm gegessen«, berichtete sie, was für Lisbeths Verhältnisse ein verdammt langer Vortrag war, und Paulina strahlte und ließ sich auf dem Stuhl neben ihr nieder.

»Was noch?«, hakte sie nach.

»Ich hab hier die DNA und einen Obduktionsbericht. Wenn man seine Verletzungen bedenkt, bin ich mir ziemlich sicher, dass er Träger oder Guide bei Hochgebirgstouren war. Und ich glaube, dass er das ziemlich gut gemacht hat.«

»Wie kommst du darauf?«

»Er hatte außergewöhnlich viele Typ-1-Muskelfasern und konnte wahrscheinlich schwere Lasten tragen, ohne allzu viel Energie zu verbrauchen. Vor allem aber hatte er dieses Gen, das den Hämoglobingehalt im Blut reguliert. Er muss in einer sauerstoffarmen Umgebung gelebt und trotzdem verdammt stark und zäh gewesen sein. Und ich nehme an, dass er etwas Schreckliches erlebt hat. Seine Leiche weist schwere Erfrierungsschäden auf. Die meisten Zehen und Finger waren amputiert.«

»Hast du die Y-Daten?«

»Ich hab sein ganzes Genom.«

»Hast du es bei Y-full überprüfen lassen?«

Y-full war ein russisches Unternehmen, über das Paulina gerade erst ein Jahr zuvor geschrieben hatte. Es wurde von einer Gruppe aus Mathematikern, Biologen und Informatikern betrieben, die Y-chromosomale DNA von Menschen aus der ganzen Welt sammelten – von Menschen, die entweder an akademischen Studien teilgenommen oder aus freien

Stücken eine DNA-Probe abgegeben hatten, um mehr über ihre Herkunft zu erfahren.

»Ich dachte, ich versuche es mal mit Familytree und Ancestry. Aber du meinst, Y-full ist besser?«

»Ja, meines Erachtens sind die am besten. Der Laden wird von Leuten wie dir betrieben – von einer Gang totaler Nerds.«

»Okay«, sagte Lisbeth. »Das wird schwierig.«

»Was meinst du?«

»Ich nehme an, der Mann hat zu einer Bevölkerungsgruppe gehört, die ihre DNA eher nicht oft analysieren lässt.«

»Könnte es in wissenschaftlichen Berichten Material von Verwandten geben? Ich weiß, dass über die Höhentauglichkeit der Sherpas ziemlich viel Forschung betrieben wurde«, wandte Paulina ein. Sie war stolz, endlich auch etwas beitragen zu können.

»Stimmt«, sagte Lisbeth, schien aber nicht mehr ganz bei der Sache zu sein.

»Und es ist ja auch eine recht kleine Population, oder?«

»Weltweit gibt es knapp zwanzigtausend Sherpas ...«

»Na dann.« Sie hoffte insgeheim, dass sie vielleicht sogar einen gemeinsamen Versuch unternehmen würden.

Stattdessen klickte Lisbeth einen anderen Link auf ihrem Computer an, allem Anschein nach eine Karte von Stockholm.

»Warum ist das so wichtig für dich?«

»Es ist eigentlich nicht wichtig.«

Lisbeths Blick verfinsterte sich, und da stand Paulina bedrückt auf, zog sich schweigend an und verließ das Hotel, um hinauf zur Prager Burg zu spazieren.

KAPITEL 13

25. August

Rebecka Forsell, damals noch Loew, hatte sich in Johannes' Stärke und gute Laune verliebt. Rebecka hatte als Ärztin an Viktor Grankins Everest-Expedition teilgenommen. Sie war lange skeptisch gewesen, was den Auftrag anging, und durchaus offen für all die Kritik, die dazu geäußert worden war. In jenen Jahren war viel von der Kommerzialisierung des Everest die Rede gewesen, von einer Klientel, die sich einen Platz auf dem Gipfel erkaufte, so wie andere sich einen Porsche anschafften, und man warf ihnen nicht nur vor, sämtliche Grundregeln einer Bergbesteigung mit Füßen zu treten: Es hieß auch, sie würden für umso mehr Risiken auf dem Berg sorgen, und Rebecka hatte sich Gedanken gemacht, weil so viele in ihrer Gruppe unerfahren gewesen waren, vor allem womöglich Johannes, der noch nie auch nur oberhalb von fünftausend Metern unterwegs gewesen war.

Doch als sie das Basislager einmal erreicht hatten und die anderen von Husten und Kopfschmerzen und Zweifeln an der Unternehmung geplagt wurden, musste sie sich um Johannes am wenigsten kümmern. Er hüpfte regelrecht über die Moränen und war im Nu mit allen Freund und Kumpel, selbst mit der Lokalbevölkerung, vielleicht weil er ihr zugleich mit und völlig ohne Respekt begegnete. Er zog sie ebenso auf wie alle anderen, lachte und erzählte seine Anekdötchen.

Er war ganz er selbst und wirkte authentisch. Rebecka wusste nicht recht, ob es wirklich stimmte; sie betrachtete ihn eher als einen Intellektuellen, der ganz bewusst beschlossen hatte, die Welt in einem helleren Licht zu sehen, und das machte ihn eigentlich nur umso liebenswerter. Wie oft wäre sie nur zu gern einfach mit ihm durchgebrannt, um das Leben zu genießen.

Dass er nach Klaras und Viktors Tod eine schwere Krise durchgemacht hatte, war nicht von der Hand zu weisen. Aus irgendeinem Grund hatte ihn die Tragödie härter als alle anderen getroffen.

Er hatte lange in einem schwarzen Loch gesteckt, bis irgendwann seine Fröhlichkeit und Energie zurückgekehrt waren. Da war er mit ihr nach Paris und Barcelona gefahren, und im April des folgenden Jahres, nur wenige Monate nachdem sein Vater gestorben war, heirateten sie in Östersund. Sie verließ ihr Zuhause im norwegischen Bergen, ohne sich je wieder dorthin zurückzusehnen.

Sie mochte Östersund und Åre und das Skifahren, und sie liebte ihn, und es erstaunte sie nicht im Geringsten, dass seine Firma wuchs und die Leute sich zu ihm hingezogen fühlten, und auch nicht, dass er zu einem Vermögen kam und Minister wurde. Er war ein Phänomen: Es war, als würde er ständig auf Hochtouren laufen und es gleichzeitig schaffen, über den Weg nachzudenken. Nur manchmal war sie wütend auf ihn – und zwar vielleicht gerade deswegen. Er hielt nie inne und meinte, er könnte jedes Problem lösen, indem er einfach die Ärmel hochkrempelte und noch ein bisschen härter kämpfte. Deshalb trieb er auch oft ihre Jungs zu sehr an.

»Das könnt ihr noch besser«, sagte er die ganze Zeit, und

auch wenn er dabei immer aufmunternd war, hatte er selten Zeit, sich ihre Sorgen wahrhaft anzuhören.

Meist küsste er seine Frau nur und sagte: »Das schaffst du, Becka, das schaffst du schon.« Sein Arbeitspensum nahm beständig zu, natürlich vor allem nachdem er Minister geworden war. Oft saß er bis in die frühen Morgenstunden am Schreibtisch, war aber trotzdem wieder früh auf, um seine fünf Kilometer zu laufen und seine »Navy Seals« zu absolvieren, wie er es nannte: seine knallharten Trainingseinheiten. Er legte ein schier unmenschliches Tempo vor. Trotzdem hatte sie den Eindruck, dass ihm das gefiel, und er scherte sich auch nicht darum, dass der Wind drehte und man ihn, der zuvor so sehr bewundert worden war, irgendwann nur noch zu hassen schien.

Sie nahm es wesentlich schwerer als er. Zwanghaft googelte sie mehrmals am Tag seinen Namen und blieb an den schlimmsten Threads und Beschuldigungen hängen. In ihren dunkelsten Momenten glaubte sie schon, alles wäre ihre Schuld – vielleicht waren es ihre jüdischen Wurzeln. Denn Johannes, der selbst aussah wie ein arisches Bilderbuchexemplar, wurde auch antisemitisch angefeindet. Er wiederum schüttelte das alles ab und schien die Hoffnung nicht zu verlieren. »So was macht uns stark, Becka. Bald wird sich das Blatt wieder wenden.«

Am Ende mussten die Lügen jedoch auch zu ihm durchgedrungen sein – obwohl er keine Sekunde lang jammerte. Es war mehr, als schaltete sein Enthusiasmus auf Autopilot, und am Freitag hatte er sich – ohne ein Wort der Erklärung – eine Woche Urlaub genommen, was seinem Stab eine Menge Probleme bereitet haben musste.

Sie waren nach Sandön gefahren, zu ihrem Sommerhaus am Wasser. Die Jungs waren bei der Großmutter, nur die Leibwächter waren mitgefahren, ihre ewigen Bewacher, mit denen Rebecka sich hier und da unterhielt und die sie mit versorgte. Johannes hatte sich in seinem Arbeitszimmer im ersten Stock verbarrikadiert. Gestern hatte sie ihn am Telefon schreien hören. Heute Morgen hatte er nicht mal trainiert. Er hatte bloß schweigend gefrühstückt und war dann wieder nach oben verschwunden.

Irgendwas stimmte da nicht, das spürte sie. Draußen frischte der Wind auf. Sie stand in der Küche und bereitete einen Rote-Bete-Salat mit Feta und Pinienkernen vor. Bald wäre Zeit fürs Mittagessen, und es widerstrebte ihr allein schon, ihm Bescheid zu sagen.

Trotzdem ging sie hinauf, und obwohl sie es besser hätte wissen müssen, betrat sie sein Zimmer, ohne anzuklopfen, und da wischte er nervös ein paar Unterlagen beiseite. Wenn er sich nicht so verdächtig verhalten hätte, dann hätte sie gar keinen Blick darauf geworfen. Doch nun konnte sie gerade noch sehen, dass es sich um eine Patientenakte aus der Psychiatrie handelte, und das fand sie eigenartig. Aber vielleicht ging es um den Sicherheitscheck eines Mitarbeiters. Sie versuchte wie immer zu lächeln.

»Was ist?«, fragte er.

»Es gibt Mittagessen.«

»Ich hab keinen Hunger.«

Du hast doch sonst immer Hunger, verdammt noch mal, hätte sie am liebsten gebrüllt.

»Was ist passiert?«, hakte sie nach.

»Nichts.«

»Jetzt komm schon, ich sehe doch, dass etwas ist.«

Sie spürte die Wut in sich pochen.

»Nichts, hab ich doch gesagt.«

»Bist du krank?«, fragte sie.

»Wie meinst du das?«

»Das da ist doch eine Patientenakte. Klar, dass ich mich da wundere, oder nicht?«, zischte sie, und das war ein Fehler. Es war ihr augenblicklich klar.

Er sah sie mit einem angsterfüllten Blick an, der sie zu Tode erschreckte.

Sie murmelte eine Entschuldigung und ging wieder, obwohl ihre Beine sie kaum trugen.

Was ist nur passiert?, dachte sie.

Gerade waren wir doch noch so glücklich.

Lisbeth wusste, dass Camilla sich jetzt in einer Wohnung am Stockholmer Strandvägen aufhielt. Sie wusste auch, dass Camillas Hacker Juri Bogdanow und der alte GRU-Agent und Gangster Iwan Galinow bei ihr waren, und ihr war klar, dass sie alsbald würde handeln müssen. Nur war sie sich nicht sicher, auf welche Weise, und obwohl sie eigentlich beschlossen hatte, es bleiben zu lassen, arbeitete sie weiter an Mikaels Sherpa. Womöglich bloß eine Übersprunghandlung, sie wusste es nicht. Mit ihrem BAM-Viewer filterte sie siebenundsechzig DNA-Sequenzen heraus, die auffällig waren, und dann ging sie eine nach der anderen durch und bekam am Ende sogar eine Haplo-Gruppe väterlicherseits zusammen.

Auch diese Haplo-Gruppe – D-M174 – war außergewöhnlich. Was gut oder schlecht sein konnte, je nachdem. Sie gab die Bezeichnung ins Moskauer Y-full ein, das DNA-Sequenzierungsunternehmen, das Paulina ihr empfohlen hatte. Die Suche dauerte unerträglich lange. »Was ist das hier für eine träge Scheiße …«

Insgeheim glaubte sie nicht an die Sache, und im Grunde wusste sie gar nicht, was sie da tat. Eigentlich sollte ihr dies alles egal sein, und sie sollte sich stattdessen endlich auf Camilla konzentrieren. Doch dann kam das Suchergebnis, und sie stieß einen Pfiff aus. 212 Treffer, 156 Nachnamen. Das war besser als gehofft, und sie schloss kurz die Augen, verpasste sich selbst ein paar Ohrfeigen, dann ging sie sämtliche Treffer durch und suchte nach weiteren ungewöhnlichen Varianten in den Sequenzen, und die ganze Zeit tauchte ein Name auf. Er wirkte fehl am Platz, und doch kam er immer wieder. Robert Carson aus Denver, Colorado.

Er sah entfernt asiatisch aus, aber abgesehen davon war er Amerikaner durch und durch, Marathonläufer, Slalomfahrer und Geologe an der örtlichen Universität, zweiundvierzig Jahre alt und Vater von drei Kindern, politisch aktiver Demokrat und Gegner der NRA, der National Rifle Association, seit sein ältester Sohn ein Schulattentat in Seattle hatte miterleben müssen.

Robert Carson war Hobby-Ahnenforscher und hatte zwei Jahre zuvor eine große Y-chromosomale Analyse durchführen lassen. Dabei hatte sich herausgestellt, dass in seinem EPAS1 die gleiche Mutation vorlag, die Lisbeth bei dem Bettler aus Stockholm gefunden hatte.

»Ich habe das Supergen«, hatte er in einem Beitrag auf der Seite rootsweb.ancestry.com geschrieben und ein Bild dazu gepostet, das ihn in Trikot und Kappe seines Lieblings-Eishockey-Teams Colorado Avalanche zeigte. Er stand an einem Bach in den Rocky Mountains und spannte den Bizeps an.

Er berichtete überdies, dass sein Großvater, Dawa Dorje, im südlichen Tibet in der Nähe des Everest gelebt habe, während der chinesischen Besatzung 1951 geflohen sei und sich bei Verwandten im Khumbutal unweit des buddhistischen Klosters Tengboche in Nepal niedergelassen habe. Im Netz fand Lisbeth ein Foto des Großvaters zusammen mit Edmund Hillary, der im nepalesischen Kunde ein Krankenhaus eingeweiht hatte. Der Großvater hatte sechs Kinder gehabt, unter anderem Lobsang, einen Wildfang und Schönling und, glauben Sie es oder nicht, großen Rolling-Stones-Fan, schrieb Robert. Ich durfte ihn leider nicht mehr kennenlernen. Allerdings hat Mom erzählt, er sei der stärkste Kletterer bei Expeditionen und immer der Schönste und Charismatischste gewesen. (Andererseits war Mom in dieser Sache natürlich ein wenig voreingenommen – genau wie ich.)

Offenbar hatte Lobsang Dorje an einer britischen Expedition teilgenommen, die im September 1976 den Westgrat des Everest besteigen sollte. Mit von der Partie war auch eine Amerikanerin gewesen, Christine Carson. Sie war Ornithologin und studierte beim Aufstieg das Vogelleben – »die Vielfalt von Sperlingen« – an den Hängen des Himalaja. Christine Carson war damals vierzig Jahre alt, unverheiratet, kinderlos und Professorin an der Uni Michigan gewesen. Im Basislager wurde sie von heftiger Übelkeit und schlimmen Kopfschmerzen heimgesucht und beschloss, nach Namche Bazaar zurückzukehren, um dort ärztliche Hilfe in Anspruch zu nehmen. Am 9. September erfuhr sie, dass sechs Mitglieder der Expedition, darunter Lobsang Dorje, nicht weit vom Gipfel umgekommen waren.

Als sie nach Hause zurückkehrte, erwartete sie Lobsangs Kind – offensichtlich eine heikle Angelegenheit. Denn Lobsang war einundzwanzig Jahre jünger, gerade mal neunzehn Jahre alt, und mit einem Mädchen aus dem Khumbutal verlobt gewesen. Trotzdem behielt Christine das Kind und brachte im April 1977 in Ann Arbor in Michigan ihren Sohn Robert zur Welt. Auch wenn man es nicht sicher sagen konnte – immerhin haftet der genetischen Selektion stets etwas Willkürliches an –, so waren Robert und der Bettler wahrscheinlich über vier oder fünf Ecken verwandt und somit Cousins dritten oder vierten Grades. Einen gemeinsamen Ahnen hatten sie in jedem Fall gehabt. Im Ergebnis war die Verwandtschaft zwar nicht übertrieben nah, trotzdem kam Lisbeth zu dem Schluss, dass Mikael die Lücken sicher würde ausfüllen können, vor allem weil Robert Carson sich für Fragen der Genealogie zu interessieren schien und insgesamt flott und gesprächig wirkte. Lisbeth fand Bilder von ihm, wie er im Jahr zuvor Verwandte seines Vaters im Khumbutal getroffen hatte.

Dein Typ ist Sherpa, schrieb sie an Mikael. Vermutlich war er Träger oder Guide bei Hochgebirgsexpeditionen in Nepal, vielleicht auf dem Lhotse, Everest oder Kangchendzönga. Er hat einen Verwandten in Denver, Infos anbei. Willst du nicht mal in deinen Artikel über die Trollfabriken reinschauen?

Den letzten Satz strich sie wieder. Es war verdammt noch mal seine Verantwortung, wie er seine Arbeit organisierte. Anschließend schickte sie die Nachricht ab und verließ das Hotel, um Paulina zu suchen.

Jan Bublanski spazierte mit Sonja Modig den Norr Mälarstrand entlang. Es war eine seiner jüngeren Marotten, beim Laufen Besprechungen abzuhalten. »So denkt es sich besser«, erklärte er. Vermutlich wollte er insgeheim bloß etwas gegen sein Übergewicht und für seine Kondition tun. Denn inzwischen keuchte er bei der geringsten Anstrengung, und es fiel ihm schwer, mit Sonja Schritt zu halten. Sie hatten bereits über alles Mögliche geredet und kamen schließlich auf den Fall zu sprechen, dessentwegen Mikael angerufen hatte. Sonja erzählte von ihrem Besuch im Elektrogeschäft an der Hornsgatan, und da seufzte er nur. Warum waren alle dermaßen auf Forsell fixiert? Es war, als glaubten die Leute, dass Forsell hinter allem gesellschaftlichen Übel steckte. Bublanski hoffte bei Gott, dass es nichts mit Forsells jüdischer Ehefrau zu tun hatte.

»Verstehe«, sagte er zögerlich.

»Genau, scheint mir auch ziemlich kurios.«

»Keine anderen Motive, die du dir vorstellen könntest?«

»Vielleicht Neid?«

»Worum sollte man diesen armen Mann denn beneiden?«

»Auch am unteren Ende herrscht Missgunst …«

»Das stimmt.«

»Ich habe mit einer Frau namens Mirela aus Rumänien gesprochen«, fuhr Sonja fort. »Sie hat mir erzählt, der Mann habe mehr Geld eingenommen als alle anderen Bettler im Viertel. Er hat wohl eine gewisse Haltung gezeigt, derentwegen die Passanten großzügig waren, und ich weiß, dass das bei den Leuten, die schon länger im Viertel betteln, einigen Unmut geweckt hat.«

»Deshalb wird man doch nicht ermordet.«

»Eher nicht. Aber der Mann war doch verhältnismäßig viel unterwegs. Er war ein guter Kunde der Würstchenbude unten am Bysistorget und bei McDonald's an der Hornsgatan, dann natürlich im Systembolaget an der Rosenlundsgatan, wo er sich Wodka und Bier gekauft hat. Außerdem …«

»Ja?«

»… hat man ihn offenbar in den frühen Morgenstunden ein Stück weiter die Wollmar Yxkullsgatan hinauf gesehen, wo er Schwarzgebrannten gekauft hat.«

»Das hat er also gemacht?«

Bublanski hing seinen Gedanken nach.

»Ich ahne, was du jetzt denkst«, sagte Sonja. »Wir sollten mit der Person reden, die dort Sprit verhökert.«

»Sollten wir«, pflichtete er ihr bei und holte tief Luft, um es den Hügel zur Hantverkargatan hinaufzuschaffen. Er musste erneut an Forsell denken und an dessen Frau Rebecka, die er aus der Jüdischen Gemeinde kannte und die er sympathisch fand.

Sie war groß, bestimmt eins fünfundachtzig, eine feingliedrige Gestalt mit leichten, eleganten Schritten und dunklen, großen Augen, die vor Wärme und Tatkraft leuchteten. Einen Moment lang meinte er zu verstehen, woher die Wut auf das Paar rührte.

Die Leute verabscheuten Menschen, die eine so unerschöpfliche Energie ausstrahlten. Daneben fühlte man sich selbst kraftlos, wenn nicht sogar minderwertig.

KAPITEL 14

25. August

»Teufel auch ...«

Mikael hatte Lisbeths Nachricht erhalten. Es war fünf Uhr nachmittags. Er stand von seinem Schreibtisch auf und sah übers Wasser. Der Wind blies stärker, und weiter draußen in der Bucht kreuzte ein Segelboot im Sturm. Ein Sherpa, dachte er, ein Sherpa ... Das musste doch etwas bedeuten!

Er glaubte eigentlich nicht, dass es etwas mit dem Verteidigungsminister zu tun hatte. Trotzdem ... Es war gar nicht zu übersehen: Johannes Forsell hatte im Mai 2008 den Everest bestiegen, und deshalb beschloss Mikael jetzt, der Sache doch auf den Grund zu gehen. Material zu dem Drama gab es genug, und das lag, wie er bereits festgestellt hatte, an Klara Engelman.

Klara Engelman war der personifizierte Glamour gewesen, wie geschaffen für Klatsch und Tratsch, hübsch, mit blondiertem Haar, operierten Lippen und Brüsten und verheiratet mit dem legendären Industriemagnaten Stan Engelman, der in New York, Moskau und Sankt Petersburg Hotels und Immobilien besaß. Klara selbst, gebürtige Ungarin, war einer ganz anderen Schicht entstammt und war Model gewesen. Sie hatte in ihrer Jugend während einer USA-Reise einen Miss-Bikini-

Wettbewerb in Las Vegas gewonnen und in diesem Zusammenhang Stan kennengelernt, der in der Jury gesessen hatte – ein willkommenes pikantes Detail für die Klatschpresse.

2008 war sie sechsunddreißig gewesen und inzwischen Mutter der damals zwölfjährigen Juliette. Sie hatte am St. Joseph's College in New York einen Abschluss in Public Relations gemacht und schien nun beweisen zu wollen, dass sie noch mehr zustande bringen konnte. Ein knappes Jahrzehnt später war es nicht mehr ganz leicht, die Empörung nachzuvollziehen, die ihr damals im Basislager entgegengeschlagen war. Ihr Blog, das in Auszügen in der *Vogue* veröffentlicht worden war, hatte zwar durchaus ein paar alberne Fotografien enthalten, in denen sie schick gekleidet am Berg posiert hatte. Doch im Nachhinein wurde eben auch deutlich, wie sexistisch-herablassend sie damals beschrieben worden war. Die Reporter hatten sie zu einem größeren Dummchen gemacht, als sie gewesen war, und sie als Antithese zum Gebirge und der einheimischen Bevölkerung dargestellt: Sie sei die Vulgarität der reichen westlichen Welt gewesen, die in bizarrem Kontrast zur Reinheit der natürlichen Weiten gestanden habe.

Klara Engelman hatte derselben Expedition wie Johannes Forsell und sein Freund Svante Lindberg angehört, der inzwischen sein Staatssekretär war. Jeder von ihnen hatte fünfundsiebzigtausend Dollar gezahlt, um auf den Gipfel geführt zu werden, und auch das trug sicher zur Häme bei. Der Everest, hieß es, sei in jenen Jahren zum Ziel für Reiche geworden, die ihr Ego ausleben wollten.

Die Expedition war von einem Russen namens Viktor Grankin organisiert und angeführt worden. Die Mannschaft rund um die zehn Teilnehmer bestand aus drei Guides und dem Chef des Basislagers, einer Ärztin – Rebecka – sowie vierzehn Sherpas; man brauchte eine Menge Menschen, um ein paar zahlende Gäste auf den Gipfel zu bringen.

Konnte der Bettler einer der Sherpas gewesen sein? Über die wollte Mikael sich zunächst schlaumachen, ehe er sich weiter in das Drama vertiefte. Konnte einer von ihnen in Schweden gelandet sein oder eine besondere Beziehung zu Forsell gehabt haben?

Doch über die Sherpas fand er so gut wie nichts; einzig über einen jungen Mann namens Jangbu Chiri war damals berichtet worden. Er und Forsell hatten sich drei Jahre später in Chamonix wiedergetroffen und ein Bier zusammen getrunken; natürlich konnten sie danach Todfeinde geworden sein, doch auf dem Bild im Netz sahen sie fast schon lächerlich fröhlich aus und reckten die Daumen hoch. Soweit Mikael es nachvollziehen konnte, hatte kein Sherpa aus der Expedition auch nur ein einziges böses Wort über Forsell verloren. Es gab anonyme Beschuldigungen – die jetzt im Nachhinein im Zuge der Desinformationskampagne aufgetaucht waren –, Forsell habe zu Klara Engelmans Tod beigetragen, indem er die Gruppe am Berg behindert und ausgebremst habe. Doch die Zeugenaussagen besagten eher das Gegenteil: Klara selbst habe die Expedition verlangsamt, und als sich das tödliche Unglück ereignet habe, hätten Forsell und Svante Lindberg die anderen längst hinter sich gelassen und seien allein Richtung Gipfel unterwegs gewesen.

Nein, Mikael glaubte es immer noch nicht. Oder wollte er es nur nicht glauben? Sein Berufsethos hieß ihn hellhörig sein, sobald das Wunschdenken die journalistische Recherche in eine gewisse Richtung lenkte. Doch es widerstrebte ihm anzunehmen, dass der Mann, den die Trolle so leidenschaftlich hassten, daran beteiligt gewesen sein sollte, einen armen, verwahrlosten Mann zu vergiften. Obwohl … Teufel auch.

Er machte weiter. Überflog erneut Lisbeths Nachricht und das angefügte Dokument über den mutmaßlichen Verwandten, Robert Carson aus Colorado. Der schien ihm tatsächlich ein bisschen vom Schlag Forsells zu sein: fröhlich und energiegeladen. Aber vielleicht war sein Blick doch ein wenig getrübt.

Ohne weiter darüber nachzudenken, rief er die Nummer an, die Lisbeth mitgeschickt hatte.

»Bob?«, antwortete eine Stimme.

Mikael stellte sich vor und war mit einem Mal unsicher, wie er sein Anliegen vorbringen sollte. Er beschloss, es mit einer Schmeichelei zu versuchen.

»Ich hab im Netz gesehen, dass Sie ein Supergen haben.«

Robert Carson lachte.

»Ja, beeindruckend, nicht wahr?«

»Sehr. Ich hoffe, ich störe Sie nicht?«

»Ganz und gar nicht, ich lese gerade einen langweiligen Essay. Da rede ich doch lieber über meine DNA! Arbeiten Sie für eine wissenschaftliche Zeitschrift?«

»Nicht direkt. Ich untersuche einen mutmaßlichen Mordfall.«

»Oha!«

Er schien leicht unruhig zu werden.

»Es geht um einen Obdachlosen, der zwischen vierundfünfzig und sechsundfünfzig Jahre alt war, amputierte Finger und Zehen hatte und vor ein paar Tagen hier in Stockholm in einem Park tot aufgefunden wurde. Er verfügte über die gleiche EPAS1-Genmutation wie Sie. Wahrscheinlich sind Sie über mehrere Ecken miteinander verwandt.«

»Wie traurig. Wie hieß der Mann?«

»Das ist genau der Punkt: Wir wissen es nicht. Bisher haben wir lediglich herausgefunden, dass er mit Ihnen verwandt gewesen sein muss.«

»Wie kann ich helfen?«

»Das weiß ich ehrlich gesagt nicht. Aber meine Kollegin glaubt, dass der Mann ein Träger bei Hochgebirgsexpeditionen gewesen sein könnte und seine Verletzungen am Berg erlitten hat. Haben Sie Sherpas in Ihrer Verwandtschaft, auf die diese Beschreibung passen könnte?«

»Meine Güte, das sind wahrscheinlich sogar ziemlich viele, wenn wir meinen ganzen Stammbaum betrachten … Wir sind ziemlich extrem drauf, muss ich sagen.«

»Kein konkreter Tipp?«

»Bestimmt, wenn ich ein bisschen darüber nachdenke. Ich hab hier einen Stammbaum angelegt, in den ich biografische Daten eingefügt habe. Sie haben nicht zufällig mehr Informationen, die Sie mir schicken könnten?«

Mikael überlegte kurz. »Wenn Sie mir versprechen, das Ganze diskret zu behandeln, könnte ich Ihnen sowohl den Obduktionsbericht als auch die DNA-Analyse schicken.«

»Sie haben mein Ehrenwort.«

»Dann bekommen Sie es gleich. Ich wäre Ihnen wirklich sehr dankbar, wenn Sie es sich so bald wie möglich ansehen könnten.«

Robert Carson schwieg einen Moment.

»Wissen Sie«, sagte er dann, »es wäre mir eine Ehre. Einen Verwandten in Schweden zu haben fühlt sich schön an, finde ich, auch wenn es traurig ist, dass er es schwer gehabt hat.«

»Das scheint leider der Fall gewesen zu sein. Ich habe eine Freundin, die ihm begegnet ist.«

»Und wie war das?«

»Allem Anschein nach war er bei dem Zusammentreffen wütend, redete unzusammenhängendes Zeug über Johannes Forsell, unseren derzeitigen Verteidigungsminister, der im Mai 2008 den Everest bestiegen hat.«

»Im Mai 2008, sagen Sie?«

»Ja.«

»War das nicht, als Klara Engelman starb?«

»Richtig.«

»Das ist ja ulkig!«

»Wie meinen Sie das?«

»Ich habe wirklich einen Verwandten, der damals dabei war, und der war so etwas wie eine Legende ... Leider ist er vor drei, vier Jahren gestorben.«

»Dann kann er nicht in Stockholm aufgetaucht sein.«

»Nein.«

»Ich könnte Ihnen eine Liste der Sherpas schicken, von denen ich weiß, dass sie damals mit auf dem Berg waren. Vielleicht gibt es da einen Anhaltspunkt.«

»Das wäre hilfreich.«

»Wobei ich eigentlich nicht wirklich glaube, dass es etwas mit dem Everest zu tun hat«, sagte Mikael mehr zu sich selbst als zu Robert Carson. »Zwischen diesem Mann und unserem Verteidigungsminister liegen doch eher Welten.«

»Also soll ich ganz ohne Vorgabe suchen?«

»Das wäre am besten. Es war spannend, Ihre Lebensgeschichte zu lesen.«

»Danke«, erwiderte Robert Carson. »Ich melde mich wieder bei Ihnen.«

Mikael legte auf und versank in Gedanken. Dann schrieb er ein Dankeschön an Lisbeth und erzählte ihr von Forsell, dem Everest, Mats Sabin und allem anderen. Es war womöglich am besten, wenn sie das komplette Bild kannte.

Lisbeth sah die E-Mail um zehn Uhr abends, las sie aber nicht gleich. Sie hatte anderes im Sinn. Außerdem stritt sie sich gerade.

»Kannst du nicht ein Mal aufhören, in deinen verdammten Computer zu starren?«, fauchte Paulina sie an.

Lisbeth hörte augenblicklich auf, in ihren verdammten Computer zu starren, und sah zu Paulina hoch, die neben dem Schreibtisch stand – das lange, lockige Haar offen, die schräg stehenden, ausdrucksvollen Augen voller Tränen und Wut.

»Thomas wird mich totschlagen.«

»Du hast doch gesagt, du könntest zu deinen Eltern nach München.«

»Er wird dort hinkommen und sie um den Finger wickeln. Sie lieben ihn abgöttisch – oder zumindest glauben sie, dass sie ihn lieben.«

Lisbeth nickte. Versuchte, ihre Gedanken fertig zu denken. Sollte sie trotz allem abwarten? Nein, entschied sie. Sie konnte jetzt nicht zurückrudern, und definitiv durfte sie Paulina nicht mit nach Stockholm nehmen. Sie musste sofort dorthin – und zwar allein. Weiter passiv zu bleiben und in der Vergangenheit verhaftet zu sein kam nicht länger infrage. Sie musste handeln, musste sich in nächster Nähe aufhalten, sonst würde noch jemand zu Schaden kommen – vor allem jetzt, da Leute wie Galinow mit von der Partie zu sein schienen.

»Soll ich mit ihnen reden?«, fragte sie.

»Mit meinen Eltern?«

»Ja.«

»Nie im Leben!«

»Und warum nicht?«

»Weil du ein soziales Ufo bist, Lisbeth, ist dir das nicht selbst klar?«, fauchte Paulina, riss ihre Handtasche an sich und donnerte die Zimmertür hinter sich zu.

Lisbeth überlegte kurz, ob sie ihr nachlaufen sollte. Dann blieb sie doch wie versteinert vor ihrem Computer sitzen und beschloss, stattdessen die Überwachungskameras um jene Wohnung am Strandvägen zu hacken, in der sich Camilla aufhielt.

Sie kam nur langsam voran. So viel anderes drängte sich auf. Nicht nur Paulinas Ausbruch – alles Mögliche. Auch Mikaels E-Mail, auch wenn die in diesem Zusammenhang am wenigsten akut wirkte.

Keine Ahnung, wie du das machst. Applaus, Applaus und Chapeau! Sollte vielleicht noch sagen, dass der Bettler sich über Verteidigungsminister Johannes Forsell ausgekotzt hat. Anscheinend hat er so was in der Art gesagt wie: »Me took him. I left Mamsabin.« (Vielleicht auch Mats Sabin, unklar.) Aber Johannes Forsell hat im Mai 2008 wirklich den Everest bestiegen und wäre fast dabei draufgegangen. Ich schicke dir eine Liste der Sherpas, die damals mit auf der Südseite des Berges waren. Vielleicht findest du da ja auch etwas. Ich habe übrigens gerade mit Robert Carson gesprochen, der versuchen will, mir zu helfen.

Pass auf dich auf, und du: Danke!

M.

PS Es gab einen Mats Sabin, Ex-Major der Küstenflotte und Militärhistoriker an der Militärakademie, der vor ein paar Jahren in Abisko gestorben ist und einen hitzigen Streit mit Forsell gehabt hatte.

»Ach so«, murmelte sie, »ach so.« Nicht mehr. Sie wischte es beiseite und wandte sich wieder den Überwachungskameras zu. Doch ihre Finger führten offensichtlich ein Eigenleben. Keine halbe Stunde später suchte sie online nach Forsell und Everest und blieb in einer schier endlosen Reportage über eine Frau namens Klara Engelman hängen.

Klara Engelman sah Camilla ein wenig ähnlich, fand Lisbeth – eine billige Kopie der Schwester, allerdings mit einer ähnlichen Ausstrahlung und der gleichen selbstverständlichen Angewohnheit, im Mittelpunkt stehen zu müssen. Lisbeth hatte wirklich nicht vor, sich für sie zu interessieren. Sie hatte anderes zu tun. Trotzdem las sie weiter, wenn auch nicht sonderlich konzentriert. Dann schrieb sie Plague wegen der Kameras an, versuchte es auf Paulinas Handy – ohne Erfolg – und verschaffte sich schließlich doch Schritt für Schritt einen Überblick über Johannes Forsells Everest-Expedition.

Er und sein Freund Svante Lindberg waren am 13. Mai 2008 um ein Uhr mittags auf dem Gipfel des Everest angekommen. Da war der Himmel noch klar gewesen, sie waren ein Weilchen geblieben und hatten die Aussicht betrachtet, Fotos gemacht und runter ans Basislager berichtet. Kurz darauf jedoch, auf der schmalen Felspassage namens »Hillary Step« auf dem Weg zum Südgipfel, hatten sie urplötzlich Probleme bekommen. Die Zeit war ihnen davongerannt.

Als sie um halb vier noch nicht weiter als bis zu dem »Balkon« genannten Absatz auf achttausendvierhundert Metern gekommen waren, fingen sie an, sich Sorgen zu machen, dass der Sauerstoff nicht reichen und sie es nicht bis hinunter ins Lager vier schaffen würden. Die Sicht wurde schlechter, und auch wenn Forsell nicht zu kapieren schien, was um sie herum geschah, ahnte er doch, dass die Lage ernst war.

Denn über Funk hatte er verzweifelte Stimmen gehört. Wie er später sagte, sei er zu diesem Zeitpunkt zu erschöpft gewesen, um es vollends zu begreifen. Er sei nur mehr über die Abhänge gestolpert, habe sich kaum noch auf den Beinen halten können.

Kurz darauf war ein Unwetter über den Berg hereingebrochen. Fast sechzig Grad minus, sie froren erbärmlich und konnten kaum noch erkennen, wo oben und wo unten war. Vielleicht war es da nur natürlich, dass keiner von ihnen im Anschluss detailliert berichten konnte, wie sie es am Ende doch bis zum Zelt auf dem Südostsattel hinuntergeschafft hatten.

Aber wenn es einen Zeitpunkt gegeben hatte, an dem irgendwas, wovon man nichts ahnte, hätte geschehen können, dann zwischen sieben und elf Uhr abends. Und selbst wenn dies keine allzu lange Zeitspanne war, erkannte Lisbeth gewisse Diskrepanzen in den Berichten der beiden, vor allem darüber, wie ernst Forsells Zustand tatsächlich gewesen sein musste.

Es machte ein wenig den Eindruck, als wäre sein Zustand im Nachhinein heruntergespielt worden – was nicht weiter bemerkenswert war, fand sie, zumindest nicht im Vergleich zu dem echten Drama, das an anderer Stelle des Bergs seinen Lauf genommen hatte. Dort waren am selben Nachmittag Klara Engelman und ihr Guide Viktor Grankin gestorben.

Kein Wunder also, dass seitenweise darüber geschrieben worden war – dass an jenem Tag aber auch ausgerechnet die prominenteste Teilnehmerin umgekommen war. Warum ausgerechnet sie, über die so viel geschrieben, die am meisten von allen verhöhnt worden war?

Eine Weile wurde es mit Neid und Klassenhass und Misogynie erklärt. Als sich die ersten Wogen ein wenig geglättet hatten, schimmerte durch, dass es mitnichten an Versuchen gemangelt hatte, Klara Engelman zu retten. Sie sei von Anfang an – spätestens als sie im Schnee hingefallen war – nicht mehr zu retten gewesen. Einer der anderen Guides, Robin Hamill, sagte sogar: »Es wurde nicht zu wenig, sondern zu viel getan, um Klara zu retten. Ihr Leben war so wichtig für Viktor und die Expedition, dass wir durch die Rettungsversuche das Leben vieler anderer aufs Spiel gesetzt haben.« Und das klang glaubhaft, fand Lisbeth.

Klara Engelmans Publicity-Wert war derart hoch gewesen, dass sich niemand getraut hatte, sie rechtzeitig zurückzuschicken. So langsam, wie sie sich vorwärtsgeschleppt hatte, hatte sie die gesamte Mannschaft aufgehalten, und nachdem sie sich um kurz vor ein Uhr mittags in einer Art verzweifelter Geste die Sauerstoffmaske heruntergerissen hatte, war sie immer schwächer geworden.

Sie war auf die Knie gesackt und der Länge nach in den Schnee gefallen. Panik brach aus. Viktor Grankin, der an jenem Tag offensichtlich nicht ganz bei sich war, schrie allen zu, sie sollten stehen bleiben. Klara müsse nach unten geschafft werden. Doch dann schlug das Wetter um, Schnee peitschte ihnen entgegen, und mehreren anderen in der Gruppe – vor allem dem Dänen Mads Larsen und der Deutschen Charlotte Richter – ging es wirklich schlecht. Einige Stunden lang sah es so aus, als würde es für sie alle in einer großen Katastrophe enden.

Die Sherpas, allen voran Sirdar Nima Rita, ackerten im

Sturm, zogen die Leute an Seilen oder hievten sie an den Achseln nach unten. Als der Abend kam, waren alle gerettet – alle außer Klara Engelman und Viktor Grankin, der sich geweigert hatte, Klara zurückzulassen, ein bisschen wie ein Kapitän, der auf seinem sinkenden Schiff bleiben wollte.

Im Nachhinein schienen die meisten Fragen beantwortet worden zu sein. Doch selbst wenn davon auszugehen war, dass oben starke Jetwinde über den Berg gefegt waren, hatte nie ganz geklärt werden können, wie Klara Engelmans Leiche einen Kilometer weiter unten gefunden werden konnte; sämtliche Zeugen hatten immerhin einhellig ausgesagt, sie und Viktor seien gemeinsam gestorben, hätten ursprünglich dicht beieinander im Schnee gelegen.

Lisbeth musste an die beiden und all die anderen Leichen denken, die Jahr um Jahr dort auf den Hängen liegen blieben, ohne dass man sie je würde nach unten bringen oder beerdigen können. Stunden vergingen, und sie drehte und wendete sämtliche Details, bis sie allmählich zu dem Schluss gelangte, dass an der Geschichte etwas nicht stimmen konnte. Sie recherchierte kurz zu Mats Sabin, den Mikael erwähnt hatte, gab aber bald auf und klickte stattdessen ein paar Boulevard-Threads an. Kurz durchzuckte sie ein ganz anderer Gedanke – allerdings nur kurz.

Denn im nächsten Moment flog krachend die Tür auf, und Paulina kam betrunken hereingestürzt, beschimpfte sie – als Missgeburt –, und Lisbeth schimpfte zunächst zurück, bis sie sich nach einer Weile aufeinanderstürzten und in dem gemeinsamen Gefühl der Verzweiflung und Heimatlosigkeit besinnungslosen Sex hatten.

KAPITEL 15

26. August

Mikael lief am Vormittag ganze zehn Kilometer am Wasser entlang. Als er in seine Hütte zurückkam, klingelte das Telefon. Es war Erika Berger. Die jüngste *Millennium*-Ausgabe würde tags darauf in den Druck gehen. Erika war nicht wahnsinnig begeistert, aber auch nicht übertrieben unzufrieden.

»Wir sind wieder auf normalem Standard«, sagte sie und erkundigte sich, was er gerade machte.

Urlaub, antwortete er, und dass er angefangen habe zu trainieren, sich aber auch ein bisschen für den Verteidigungsminister interessiert habe und das Theater um ihn herum, und da erwiderte Erika, das sei doch lustig.

»Wieso lustig?«, hakte er nach.

»Weil Sofie Melker eine Story darüber schreibt.«

»Worüber genau?«

»Über die Angriffe auf Forsells Kinder und die Polizisten, die vor der Jüdischen Schule patrouillieren.«

»Davon hab ich gehört.«

»Du …« Sie klang besorgniserregend nachdenklich, wie immer, wenn sie mit einem Vorschlag für eine Reportage kam. »Wenn du dich schon weigerst, mit dem Börsencrash weiterzumachen, könntest du da nicht Forsell porträtieren und ihn wieder ein bisschen menschlicher machen? Wenn ich mich recht erinnere, seid ihr doch ganz gut miteinander ausgekommen?«

Er blickte übers Wasser.

»Ja, das war wirklich so.«

»Also, was meinst du? Du könntest unseren Lesern doch mit der Überprüfung einiger Fakten helfen.«

Er schwieg einen Moment.

»Vielleicht keine dumme Idee«, sagte er nach einer Weile.

Mit den Gedanken war er bei den Sherpas und auf dem Everest.

»Ich habe gerade gelesen, dass Forsell eine Woche Urlaub genommen hat. Hat er nicht ein Sommerhaus in deiner Nähe?«

»Auf der anderen Seite der Insel.«

»Siehst du«, sagte sie.

»Ich denk drüber nach.«

»Früher hast du nie so viel nachgedacht. Du hast einfach gemacht.«

»Ich hab auch mal Urlaub«, wandte er ein.

»Du hast nie Urlaub.«

»Nicht?«

»Du bist viel zu sehr Workaholic, um zu wissen, wie Urlaub geht.«

»Du meinst, es wäre den Versuch gar nicht erst wert.«

»Nein«, erwiderte sie und lachte.

Pflichtschuldig stimmte er in das Lachen ein. Insgeheim war er jedoch erleichtert, dass sie nicht fragte, ob sie rauskommen dürfe. Er wollte die Sache mit Catrin nicht weiter verkomplizieren. Also verabschiedete er sich von Erika und blickte erneut gedankenverloren auf das sturmgepeitschte Wasser hinaus. Was sollte er jetzt tun? Ihr beweisen, dass er sehr wohl begriffen hatte, wie Urlaub ging? Oder weiterarbeiten?

Letztlich kam er zu dem Ergebnis, dass er sich durchaus vorstellen konnte, Forsell zu treffen, dass er sich in diesem Fall aber mehr in den ganzen Mist, der über ihn geschrieben wurde, einlesen müsste. Nach ein paar missmutigen Seufzern und einer ausgedehnten Dusche legte er los.

Zu Anfang war es quälend, als würde er wieder in den gleichen Sumpf steigen wie damals, als er über die Trollfabriken recherchiert hatte. Doch allmählich zog es ihn immer tiefer, und es kostete ihn kaum mehr Mühe, die ursprünglichen Quellen zu sämtlichen verqueren Behauptungen ausfindig zu machen und nachzuverfolgen, wie die Meldungen verbreitet und verdreht worden waren. Er stieß natürlich auch wieder auf Schilderungen der Ereignisse auf dem Everest ... als er plötzlich zusammenzuckte.

Sein Handy klingelte. Diesmal war es nicht Erika, sondern Bob Carson aus Denver.

Und er klang aufgeregt.

Charlie Nilsson saß auf einer Bank vor der Beratungsstelle für Alkoholabhängige von PRIMA Maria – die »Trocknung«, wie er es nannte – und runzelte die Stirn. Er redete nicht gern mit der Polizei, und er mochte es erst recht nicht, wenn seine Kumpels ihm dabei zusahen. Aber die Frau, die Mutig oder Stark hieß, machte ihm irgendwie Angst, und er wollte keinen Ärger.

»Jetzt hören Sie schon auf«, sagte er. »Ich würde nie eine Flasche verkaufen, wo was reingemischt ist.«

»Ach, würden Sie nicht? Das heißt, Sie kosten erst alles vor?«

»Machen Sie sich über mich nicht lustig.«

»Mich lustig machen?«, fragte Mutig oder Stark. »Haben Sie überhaupt eine Ahnung, wie wenig lustig ich das hier finde?«

»Hören Sie schon auf«, sagte er erneut. »Diesen Giftsprit

kann ihm doch jeder gegeben haben, oder nicht? Wissen Sie, wie man die Gegend hier nennt?«

»Nein, Charlie, das weiß ich nicht.«

»Das Bermudadreieck. Die Leute wandern zwischen der ›Trocknung‹, dem Systembolaget und dieser Bierkaschemme dahinten auf und ab, und irgendwann verschwinden sie.«

»Was wollen Sie damit sagen?«

»Dass hier eine Menge Mist passiert. Also, es tauchen verdammt seltsame Existenzen auf, verdrücken Drogen und fiese Tabletten. Aber wir, die einen seriösen Laden betreiben, die hier bei Wind und Wetter stehen, Nacht um Nacht, wir können uns so etwas doch gar nicht leisten. Wir müssen astreine Ware liefern und auch am nächsten Tag noch dafür geradestehen, sonst sind wir erledigt.«

»Ich glaube Ihnen kein Wort«, sagte die Frau. »Sie alle hier sind alles andere als auf Sorgfalt und Reinheit bedacht. Ich würde sagen, dass Sie im Moment ziemlich schlecht dastehen. Sehen Sie die Herren in Polizeiuniform?«

Charlie hatte sie gesehen. Er hatte sie die ganze Zeit schon dort stehen sehen und gespürt, wie sie ihn anstarrten.

»Wir nehmen Sie mit, wenn Sie mir nicht sofort erzählen, was Sie wissen. Sie haben erwähnt, dass Sie dem Mann etwas verkauft haben …«

»Ich hatte ihm mal was verkauft, aber ich fand ihn gruselig, deshalb hab ich mich auch so gut wie möglich von ihm ferngehalten.«

»Inwiefern war er gruselig?«

»Er hatte einen gruseligen Blick und Stümpfe statt Fingern und einen hässlichen Fleck im Gesicht. Außerdem hat er die ganze Zeit vor sich hingebrabbelt und über den Mond gejammert oder so … Luna, Luna, hat er gesagt. Das ist doch der Mond, oder nicht?«

»Ich glaube, ja.«

»Zumindest hat er das mal gesagt. Tauchte aus der Krukmakargatan auf und hinkte und schlug sich mit der Hand auf die Brust und sagte, Luna sei einsam und rufe nach ihm, sie und noch jemand, der Mam Sabib hieß oder weiß der Geier wie, und da wurde mir schon ein bisschen anders. Der war doch total schizo! Der hat sein Zeug von mir gekriegt, obwohl er nicht genug Geld hatte. Ich war nur froh, dass er nicht wieder gewalttätig wurde.«

»War er denn gewalttätig?«

Verdammt noch mal, dachte Charlie Nilsson. Er hatte versprochen, nichts zu sagen. Aber jetzt war es raus, da konnte man nichts mehr machen.

»Nicht gegen mich.«

»Gegen wen dann?«

»Heikki Järvinen.«

»Und wer ist das?«

»Ein Kunde, einer der wenigen Kunden mit Stil, muss ich sagen. Heikki hatte den Typen mitten in der Nacht am Norra Bantorget getroffen. Zumindest muss er das gewesen sein. Heikki hat von einem Chinesen ohne Finger in einer riesigen verdammten Daunenjacke gesprochen, der in einer Tour lamentierte, dass er oben in den Wolken gewesen sei oder wer weiß wo, und als Heikki ihm das nicht glauben wollte, hat er einen über die Rübe gekriegt, dass ihm der Schädel gedröhnt hat. Der Chinese sei kräftig wie ein Bär, hat er gesagt.«

»Wo können wir Heikki Järvinen finden?«

»Mit Järvinen ist es mal so, mal so, weiß man also nicht immer …«

Die Polizistin, die Mutig oder Stark hieß, machte sich eine Notiz, nickte – und erhöhte den Druck. Anschließend verschwand sie, und Charlie Nilsson seufzte erleichtert. Hatte er es doch geahnt, dass mit dem Chinesen etwas nicht stimmte. Dann beeilte er sich, Heikki Järvinen anzurufen, bevor die Polizei ihn erwischte.

Mikael hörte sofort, dass Bob Carsons Stimme sich verändert hatte, als hätte er die Nacht durchgemacht oder sich eine Erkältung zugezogen.

»Es ist jetzt schon eine zivilisierte Uhrzeit bei Ihnen, oder?«, fragte der Amerikaner.

»Absolut.«

»Hier nämlich nicht. Ich hab das Gefühl, mir platzt gleich der Kopf. Sie wissen doch sicher noch, dass ich erwähnt habe, ich hätte einen Verwandten, der 2008 mit auf dem Berg war.«

»Ja, ich erinnere mich gut.«

»Und Sie erinnern sich auch daran, dass ich behauptet habe, er sei gestorben.«

»Genau.«

»Und das war er auch. Oder zumindest war davon auszugehen. Aber ich fange besser von vorne an …«

»Klingt vernünftig.«

»Ich hab meinen Onkel in Khumbu angerufen. Er ist eine Art Informationszentrale in der Gegend, und wir sind die komplette Liste durchgegangen, die Sie mir geschickt haben. Der einzige Verwandte, den wir gefunden haben, war diese Person – und da wollte ich eigentlich schon aufgeben. Denn wenn er tot war, dann war das eben so – und dann hätte er nicht in Stockholm auftauchen und noch mal sterben können. Dann hab ich erfahren, dass man die Leiche nie gefunden hat, und deshalb hab ich ihn mir noch mal ganz genau angesehen. Das Alter stimmt und die Größe auch.«

»Wie heißt er?«

»Nima Rita.«

»War das nicht einer der Bergführer?«

»Er war Sirdar, Chef des Sherpa-Trupps und derjenige, der an dem Tag auf dem Berg wohl am meisten geschuftet hat.«

»Ich weiß, ich weiß, er hat Mads Larsen und Charlotte Irgendwas das Leben gerettet.«

»Genau. Er hat dafür gesorgt, dass es nicht noch viel schlimmer wurde. Aber er hat dafür einen hohen Preis gezahlt. Wie ein Galeerensklave ist er rauf und wieder runter und hat sich schwere Erfrierungen im Gesicht und auf der Brust zugezogen. Ihm mussten mehrere Zehen und Finger amputiert werden.«

»Sie glauben also wirklich, er war es?«

»Es muss so sein. Er hatte die Tätowierung eines buddhistischen Rades auf dem Handgelenk.«

»Mein Gott«, sagte Mikael.

»Genau, es passt also alles. Nima Rita war mein Cousin dritten Grades, deshalb ist es auch vollkommen logisch, dass er und ich die identische Genvariante auf dem Y-Chromosom haben, die Ihre Kollegin aufgespürt hat.«

»Haben Sie denn eine vernünftige Erklärung dafür, warum er in Schweden gelandet sein könnte?«

»Nein, hab ich nicht. Aber es gab damals ein Nachspiel, das vielleicht interessant sein könnte.«

»Erzählen Sie. Ich hab es immer noch nicht geschafft, mich zur Gänze mit der Geschichte vertraut zu machen.«

»Zunächst mal wurden die assistierenden Guides Robin Hamill und Martin Norris für die Rettungsarbeiten geehrt, soweit man da von Ehre sprechen kann, denn immerhin waren Klara Engelman und Grankin tot«, führte Bob aus. »Als dann aber die ersten längeren Reportagen veröffentlicht wurden, stand irgendwann fest, dass in Wahrheit Nima Rita und seine Sherpas die entscheidende Rolle in dem Drama gespielt hatten. Ich weiß allerdings nicht, ob das Nima allzu glücklich gemacht hat.«

»Warum denn nicht?«

»Sein Leben war da schon die Hölle. Diese Erfrierungen vierten Grades waren enorm schmerzhaft, trotzdem haben die Ärzte gewartet, solange es ging, ehe sie amputierten. Sie wussten, dass er vom Bergsteigen lebte. Zwar hatte

Nima anständig verdient, zumindest für jemanden aus dem Khumbutal, verglichen mit Europa natürlich nur wenig, und er konnte mit Geld nicht umgehen. Er hatte keinerlei Ersparnisse und trank. Das Schlimmste war allerdings, dass schlecht über ihn geredet wurde. Außerdem hatte er seine ganz eigenen Dämonen ...«

»Was meinen Sie?«

»Wie sich herausstellte, hatte er im Vorfeld von Stan Engelman Geld bekommen, damit er sich ganz besonders um Klara kümmerte. Und das war ja nun mal schiefgegangen. Im Nachhinein wurde er beschuldigt, gegen Klara gearbeitet zu haben. Ich glaube nicht, dass das stimmt – Nima Rita war ein grundloyaler Mensch. Aber so wie viele Sherpas war er auch abergläubisch und betrachtete den Everest als ein lebendiges Wesen, das die Bergsteiger für ihre Sünden bestraft, und Klara Engelman ... Ein bisschen was haben Sie schon gelesen, oder?«

»Ein paar Artikel, ja.«

»Sie hat die Sherpas provoziert. Schon im Basislager wurde getuschelt, sie bringe Unglück mit hinauf auf den Berg, und unter Garantie hat Nima sich über sie geärgert. Aber wie auch immer – hinterher litt er Höllenqualen. Er hatte Halluzinationen, heißt es. Vielleicht war das zum Teil neurologisch bedingt; von der langen Zeit, die er über achttausend Meter verbracht hatte, trug er jedenfalls Hirnschädigungen davon und wurde zunehmend verbittert und wunderlich. So hat er viele Freunde verloren – niemand hielt es mehr mit ihm aus. Niemand außer seiner Frau Luna.«

»Luna Rita, nehme ich an. Wo ist sie jetzt?«

»Das ist es ja. Nach den OPs hat Luna Nima versorgt, backte Brot, zog Kartoffeln, wanderte bis nach Tibet rüber, wo sie Wolle und Salz kaufte, das sie dann in Nepal weiterverkaufte. Am Ende reichte es nicht, und auch sie begann mit dem Bergsteigen. Sie war wesentlich jünger als Nima und kräftig und brachte es alsbald zur Küchenhilfe eines Sherpa-Teams. 2013 nahm sie an einer holländischen Expedition zum Cho Oyu teil, dem sechsthöchsten Berg der Welt. Dort fiel sie aus großer Höhe in eine Gletscherspalte. Die Umstände waren chaotisch, es gab einen Schneesturm, der Wind war ganz fürchterlich, und die Bergsteiger mussten sofort nach unten. Sie ließen Luna zum Sterben in der Gletscherspalte zurück. Nima drehte durch vor Trauer und schimpfte das Ganze Rassismus. Wenn es ein Sahib gewesen wäre, hätten sie ihn sofort rausgeholt.«

»Aber nun war es eine arme Frau aus der lokalen Bevölkerung.«

»Keine Ahnung, ob das eine Rolle spielte. Ich wage es zu bezweifeln. Im Allgemeinen schätze ich das Bergsteigervolk sehr. Trotzdem hat sich diese Idee in Nima festgesetzt, und er hat versucht, eine Expedition zu organisieren, die hinaufgehen und sie dort würdig beisetzen sollte. Kein einziger Mensch wollte mitgehen, und am Ende machte er sich alleine auf – viel zu alt und wahrscheinlich auch nicht sonderlich nüchtern.«

»Oje.«

»Wenn Sie mit meinen Verwandten in Khumbu sprechen, dann war es dieser Aufstieg und nicht all die Everest-Touren, die ihn zur Legende gemacht hat. Er kam oben an, fand Luna in der Gletscherspalte, auf ewig im Eis bewahrt, und beschloss, hinunterzuklettern und sich zu ihr zu legen, sodass sie vereint wiedergeboren werden könnten. Nur dass …«

»Ja?«

»… dass ihm da die Berggöttin zugeflüstert haben soll, er müsse stattdessen in die Welt hinausgehen und es allen erzählen.«

»Klingt …«

»… total durchgeknallt, ich weiß«, fuhr Bob Carson fort. »Und auch wenn er anschließend tatsächlich in die Welt hinausgegangen ist – zumindest bis Kathmandu – und es allen erzählt hat, hat ihn niemand je verstanden. Er hat immer unzusammenhängender gesprochen, manchmal sah man ihn weinend unter den Gebetsfahnen des Stupa in Bodnath sitzen. Hin und wieder hängte er im Einkaufsviertel in Thamel Wandzeitungen in schlechtem Englisch und zunehmend unleserlicher Handschrift auf. Und er redete und redete über Klara Engelman …«

»Was erzählte er?«

»Vergessen Sie nicht, dass er damals schon psychisch schwer krank war, vielleicht vermischte er da einiges – Luna und Klara und so. Er war komplett weggetreten, und nachdem er sogar einen Tag im Gefängnis gesessen hatte, weil er über einen britischen Touristen hergefallen war, ließen seine Angehörigen ihn in die Psychiatrie an der Jeetjung Marg in Kathmandu einliefern. Dort war er bis Ende September 2017.«

»Was ist da passiert?«

»Was schon zigmal zuvor passiert war. Er ist abgehauen, um sich mit Bier und Wodka zu besaufen. Er war wohl auch misstrauisch gegenüber der Medikamentierung durch die Ärzte. Das Einzige, was die Rufe in seinem Kopf zum Schweigen brächte, glaubte er, wäre der Alkohol, und ich persönlich nehme an, das Personal ließ es widerwillig geschehen: Sie ließen ihn abhauen, weil sie genau wussten, dass er wieder zurückkommen würde. Doch diesmal blieb er verschwunden, und im Krankenhaus machten sie sich zunehmend Sorgen. Sie wussten immerhin, dass er Besuch erwartete. Auf den hatte er ungeheuer hingefiebert.«

»Was denn für Besuch?«

»Keine Ahnung. Aber es könnte ein Journalist gewesen sein. Anlässlich von Klara Engelmans und Viktor Grankins zehnjährigem Todestag waren ein paar Artikel und Dokus in Planung, und Nima soll außer sich gewesen sein, dass ihm endlich jemand zuhören wollte.«

»Aber Sie wissen nicht, was er erzählen wollte?«

»Nur dass es ungeheuer schwer zu durchdringen war und mit Gespenstern und Geistern zu tun hatte.«

»Und es ging nicht um Forsell, unseren Verteidigungsminister?«

»Soweit ich weiß, nicht. Allerdings weiß ich das auch nur aus zweiter Hand, und ich glaube kaum, dass das Krankenhaus die Akten herausgeben wird.«

»Was ist passiert, als er nicht zurückkam?«

»Man hat ihn natürlich gesucht, vor allem an Orten, die er zuvor regelmäßig aufgesucht hatte. Nirgends eine Spur. Irgendwann hieß es, seine Leiche sei ein Stück flussabwärts im Bagmati gesichtet worden, wo die Toten verbrannt werden. Allerdings wurde die Leiche nie gefunden, nach einem Jahr oder so wurde die Suche offiziell eingestellt, und seine Angehörigen hielten eine kleine Beerdigungsfeier in Namche Bazaar ab oder ... besser gesagt, ja, eine Gedenkstunde. Es sei ganz schön gewesen, hab ich mir sagen lassen. In den letzten Jahren hatte man ihn immer so schief angesehen – und endlich wurde ihm ein wenig Gerechtigkeit zuteil. Immerhin hatte Nima Rita elf Mal den Everest bestiegen – ohne Sauerstoff, elf Mal! –, und die Besteigung des Cho Oyu, die war ...«

Bob Carson sprach aufgeregt weiter, doch Mikael hörte nicht mehr zu. Er googelte Nima Rita, und obwohl einiges geschrieben worden war und es sogar eine englisch- und eine deutschsprachige Wikipedia-Seite gab, fand er lediglich zwei Bilder. Auf dem einen stand Nima Rita 2001 nach der Besteigung des Everest über die Nordseite neben dem österreichischen Bergsteigerstar Hans Mosel. Auf dem anderen, späteren, sah man ihn im Profil vor einem Steinhaus im Dorf Pangboche in Khumbu. Genau wie das erste Foto war es aus großer Entfernung aufgenommen worden – wahrscheinlich zu weit, als dass ein Gesichtserkennungsprogramm angeschlagen hätte. Doch für Mikael gab es keinen Zweifel: Er erkannte die Augen und die Haare und den schwarzen Fleck auf der Wange sofort wieder.

»Sind Sie noch da?«, fragte Bob Carson.

»Ich bin gerade nur leicht geschockt«, erwiderte er.

»Das verstehe ich. Da haben Sie ein echtes Mysterium ausgebuddelt.«

»Das kann man wohl sagen. Aber, Bob, ehrlich …«

»Ja?«

»Mir ist schon klar, dass Sie Supergene haben … aber … Sie waren fantastisch!«

»Das Supergen ist nur für Bergsteigen in extremen Höhen nützlich, nicht für Detektivarbeit.«

»Ich denke, Sie sollten Ihr Detektivgen ebenfalls checken lassen.«

Bob Carson lachte trocken.

»Darf ich Sie bitten, in dieser Sache vorerst Stillschweigen zu bewahren?«, fuhr Mikael fort. »Wäre nicht gut, wenn sich das verbreitete, ehe wir mehr wissen.«

»Ich hab mit meiner Frau darüber gesprochen …«

»Dann halten Sie es in der Familie, wäre das okay?«

»Sie haben mein Wort.«

Nach dem Telefonat berichtete Mikael per E-Mail Fredrika Nyman und Jan Bublanski, was er herausgefunden hatte. Anschließend machte er sich weiter über Forsell schlau, und am späteren Nachmittag rief er ihn in der Hoffnung an, ein Interview zu bekommen.

Johannes machte Feuer im Kachelofen. Rebecka konnte es bis in die Küche hinunter riechen und hörte, wie er im ersten Stock auf und ab wanderte. Sie ertrug die Schritte nicht, sein Schweigen und den glänzenden Blick. Sie hätte alles getan, um ihn wieder lachen zu sehen.

Irgendwas stimmt da nicht, dachte sie wieder und wollte

eben nach oben gehen, um ihn anzusprechen, als er die Treppe herunterkam. Erst freute sie sich: Er trug seinen Jogginganzug und seine Nikes, und eigentlich hätte dies ein Zeichen dafür sein können, dass seine Lebensgeister zurück waren. Dann wiederum machte seine Körperhaltung ihr Angst, sie ging ihm entgegen und strich ihm über die Wange.

»Ich liebe dich«, sagte sie.

Er sah sie so verzweifelt an, dass sie zurückzuckte, und auch seine Antwort beruhigte sie nicht im Geringsten: »Ich liebe *dich*.«

Es klang wie ein Abschied. Sie gab ihm einen Kuss, doch er schob sie von sich weg und fragte stattdessen nur, wo die Leibwächter seien. Sie zögerte, ehe sie antwortete. Sie hatten zwei Terrassen, und die Wachen saßen auf der westlichen, dem Wasser zugewandten. Sie würden sich umziehen und mit ihm laufen gehen, wenn er eine Runde drehen wollte, und wie üblich würde es ihnen schwerfallen, mit ihm mitzuhalten. Manchmal lief er bloß ein bisschen hin und her, um ihre Kräfte zu schonen.

»Drüben auf der Westseite«, sagte sie, und diesmal zögerte er.

Er schien ihr etwas sagen zu wollen. Er holte tief Luft, und seine Schultern wirkten unnatürlich verspannt. Sein Hals war so rotfleckig, wie sie es noch nie gesehen hatte.

»Was ist denn?«, fragte sie.

»Ich wollte dir einen Brief schreiben. Aber es ging nicht.«

»Warum um Himmels willen solltest du mir denn einen Brief schreiben wollen? Ich stehe doch hier.«

»Aber ich …«

»Aber du?«

Es zerriss ihr das Herz. Trotzdem beschloss sie, nicht nachzugeben, ehe er ausgesprochen hatte, was hier vor sich ging. Sie nahm seine Hände, sah ihm in die Augen, und dann passierte das Schlimmste, was sie sich vorstellen konnte.

Er machte sich los, sagte: »Verzeih mir«, und ging – nicht hinaus zu den Leibwächtern, sondern zur östlichen Terrasse, die zum Wald hinausführte. Im Nu war er zwischen den Bäumen verschwunden, und da schrie sie schier um ihr Leben. Als die Leibwächter hereinstürmten, stammelte sie außer sich: »Er ist von mir weggelaufen, er ist weggelaufen …«

KAPITEL 16

26. August

Johannes Forsell rannte, dass es in seinen Schläfen dröhnte. In seinen Gedanken dröhnte ein ganzes Leben. Doch nichts davon, nicht mal die glücklichsten Stunden wirkten mehr licht. Er versuchte verzweifelt, an Becka und ihre gemeinsamen Söhne zu denken, doch das Einzige, was ihm noch vor Augen stand, waren die Enttäuschung und die Scham in ihren Blicken. Als er ein gutes Stück entfernt wie aus einer anderen Welt Vögel zwitschern hörte, kam ihm das unbegreiflich vor. Wie konnten sie singen und leben wollen?

Er selbst sah nur noch schwarz. Wusste nicht mehr, was er noch tun sollte. In der Stadt hätte er sich womöglich vor einen Lastwagen oder die U-Bahn geworfen. Doch hier draußen war nur das Wasser, und auch wenn es ihn anzog, war ihm insgeheim klar, dass er ein viel zu geübter Schwimmer war, der trotz aller Verzweiflung eine unbändige Kraft in sich hatte, von der er nicht wusste, ob er sie würde abschalten können.

Deshalb lief er einfach weiter, als wollte er vor dem Leben an sich davonrennen. Wie hatte das alles so kommen können? Es war einfach unbegreiflich. Er hatte geglaubt, alles schaffen zu können, er hatte sich stark wie ein Bär gefühlt.

Dann hatte er einen Fehler gemacht und war in etwas hineingezogen worden, womit er nicht leben konnte. Anfangs hatte er noch zurückschlagen und kämpfen wollen, aber sie hatten ihn; und sie wussten, dass sie ihn hatten. Deshalb war er jetzt hier. Vögel flatterten um ihn herum, und weiter vorn sprang ein erschrockenes Reh davon. *Nima, Nima.* Ausgerechnet er. Das ergab doch keinen Sinn.

Er hatte Nima geliebt, oder … »geliebt« war wohl das falsche Wort, trotzdem … Zwischen ihnen hatte es eine Verbindung gegeben, ein Band … Es war Nima gewesen, der es zuerst gemerkt hatte: dass Johannes im Basislager nachts in Rebeckas Zelt geschlichen war. Das hatte ihm Kopfzerbrechen bereitet. Die Ehre seiner Everest-Göttin nahm dadurch Schaden.

»Makes mountain very angry«, hatte er zu Johannes gesagt, und irgendwann hatte der nicht mehr anders gekonnt, als ihn aufzuziehen. Auch wenn ihn alle davor gewarnt hatten – »Mit dem Mann macht man keine Witze!« –, hatte Nima es letztlich doch ganz gut weggesteckt. Er hatte sogar gelacht, und sicher half auch ein wenig, dass Rebecka und Johannes beide Singles waren.

Bei Viktor und Klara lag die Sache anders. Beide waren verheiratet. Bei ihnen war es in jeglicher Hinsicht schlimmer. Er erinnerte sich noch an Luna – die tapfere, wunderbare Luna, die manchmal morgens mit frischem Brot und Ziegenkäse und Yakbutter kam und die beschlossen hatte, ihnen zu helfen … Ja, vermutlich fing da alles an. Johannes gab ihnen Geld – als wollte er eine Schuld abbezahlen, von der er noch gar nicht wusste, dass er sie trug …

Johannes rannte weiter zum Ufer hinunter. Am Sandstrand riss er sich Schuhe, Strümpfe und Jacke vom Leib, watete hinaus ins Wasser und begann zu schwimmen – genau wie er gelaufen war: wild und wahnsinnig, wie bei einem Hundertmeterfinale. Auf den Wellen saßen weiße Schaumkronen, und weiter draußen in der Bucht war es kälter als gedacht, außerdem spürte er die Strömung. Doch statt langsamer zu werden, legte er noch einen Zahn zu.

Er würde schwimmen, und er würde vergessen.

Die Leibwächter hatten Verstärkung angefordert. Weil sie nicht wusste, was sie sonst tun sollte, ging Rebecka nach oben in Johannes' Arbeitszimmer. Vielleicht, hoffte sie, würde sie dort ja begreifen, was geschehen war. Aber da war nichts, was ihr einen Hinweis gegeben hätte, nur Reste von Papier, das im Kachelofen verbrannt worden war. Frustriert schlug sie mit der flachen Hand auf den Tisch – und im selben Moment surrte es neben ihr. Einen Augenblick lang glaubte sie, das Surren selbst ausgelöst zu haben.

Es war sein Handy, und auf dem Display stand *Mikael Blomkvist*. Sie ließ es klingeln. Mit einem Journalisten wollte sie derzeit am allerwenigsten reden. Diese Leute hatten ihnen das Leben zur Hölle gemacht.

Am liebsten hätte sie schreien und heulen wollen. *Komm zurück, du Idiot. Wir lieben dich doch.*

Was als Nächstes geschah, sollte sie später nicht mehr nachvollziehen können. Womöglich gaben die Beine unter ihr nach. Jedenfalls kauerte sie plötzlich am Boden und betete, und da surrte das Telefon wieder. Mit weichen Knien stand sie wieder auf. Blomkvist schon wieder. Blomkvist? Hatte der sie nicht einmal verteidigt? Sie meinte, sich daran zu erinnern, und vielleicht wusste er ja etwas.

Einem spontanen Impuls folgend, ging sie ran und hörte selbst, wie verzweifelt ihre Stimme klang: »Hier ist Rebecka an Johannes' Telefon.«

Mikael wusste sofort, dass etwas passiert war. Vielleicht hatten die beiden sich aber auch nur gestritten.

»Störe ich?«, fragte er.

»Ja … oder … Nein.«

Sie wirkte vollkommen aufgelöst.

»Soll ich später noch mal anrufen?«

»Er ist abgehauen«, wimmerte sie. »Er ist einfach weggelaufen … Was ist denn bloß los?«

»Sind Sie auf Sandön?«

»Was? Ja«, murmelte sie.

»Was, glauben Sie, hat er vor?«

»Ich hab Angst, dass er sich etwas antun könnte«, antwortete sie.

Er versuchte, sie zu beruhigen. Es werde sicher alles wieder gut. Dann legte er auf und rannte zu seinem Motorboot, das unten am Steg lag.

Das Boot war nicht sonderlich schnell, und Sandön war gute vierundfünfzig Hektar groß. Das Haus der Forsells lag ein ordentliches Stück entfernt. Die Fahrt würde dauern. Es ging mächtig Wind, sein kleines Boot schwankte, Wasser spritzte ihm ins Gesicht, und er fluchte in sich hinein. Was machte er hier eigentlich? Er wusste es nicht. Doch zu handeln war immer schon seine Methode gewesen, mit Krisen umzugehen. Also gab er Gas. Wenig später war ein Hubschrauber am Himmel zu hören. Wahrscheinlich kam der wegen Forsell.

Was ist denn bloß los?, hatte dessen Frau gefragt. Mikael hatte die Angst in ihrer Stimme vernommen und blickte aufs Meer hinaus. Der Wind kam von hinten, das half ein wenig, und er näherte sich der Südseite der Insel, begegnete einem Rennboot, das rücksichtslos auf ihn zujagte und in dessen Kielwellen er vor und zurück geworfen wurde. Trotzdem versuchte er, sich nicht aufzuregen und über testosterongesteuerte Rotznasen zu schimpfen. Er bretterte weiter und sah sich um. Am Strand war nicht viel los. Dort schien auch niemand zu schwimmen, und er überlegte gerade, ob er vielleicht besser anlegen und den Wald absuchen sollte, als er mit einem Mal ein Stückchen weiter, draußen im Fahrwasser, einen kleinen Punkt entdeckte, der abtauchte und in den Wellen verschwand.

Er steuerte darauf zu und brüllte: »He, warten Sie!«

Der Wind übertönte alles andere, und Johannes Forsell war in seiner ganz eigenen Welt. Die wilde Anstrengung seiner Muskeln und die einsetzenden Krämpfe in den Armen fühlten sich fast schon befreiend an. Er war voll darauf konzentriert weiterzujagen, bis er endlich loslassen und unter die Wasseroberfläche würde sinken dürfen, weg vom Leben. Aber so einfach war es nicht. Er wollte nicht mehr leben. Aber wollte er deshalb sterben? Ihm war schlichtweg die Hoffnung abhandengekommen. Nur die Schande war ihm geblieben – und eine pochende Wut, die nichts weiter war als eine implodierende Kraft, ein nach innen gerichtetes Schwert, und er konnte nicht mehr. Er hielt es nicht mehr aus.

Wieder musste er an seine Söhne denken, an Samuel und Jonathan, und umso deutlicher stand ihm vor Augen, dass er weder das eine noch das andere mehr aushalten würde: weder sie im Stich zu lassen, indem er starb, noch zu leben und zuzusehen, wie sie von seiner Schande erführen. Deshalb schwamm er einfach weiter, als könnte das Meer für ihn die Entscheidung treffen. Über ihm war ein Hubschrauber zu hören, und er schluckte Wasser. Erst glaubte er, es wäre eine Welle gewesen, die ihn überrascht hatte. Doch es waren die Kräfte, die ihn verließen.

Es fiel ihm zusehends schwer, sich über Wasser zu halten. Er wechselte über zu Brustzügen. Es half nicht lange. Seine Beine wurden immer bleierner, und ohne dass er begriffen hätte, wie es dazu gekommen war, befand er sich unter Wasser. Und kam nicht mehr hoch.

Er geriet in Panik, wedelte mit den Armen und spürte mit

schneidender Deutlichkeit: Selbst wenn er sterben wollte, dann doch nicht auf diese Weise. Er kämpfte sich hoch, schnappte nach Luft, drehte sich in Richtung Strand, kam vielleicht fünf, zehn Meter vorwärts ... Dann ging er wieder unter. Er hatte Todesangst. Er hielt die Luft an. Aber es ging nicht mehr. Wieder atmete er Wasser ein, und dann wurde er von etwas heimgesucht, was Mediziner einen »reflektorischen Laryngospasmus« nannten. Er atmete überhaupt nicht mehr. Sein Körper beschützte ihn, solange er konnte. Dann fing er in galoppierender Todesangst an zu hyperventilieren und bekam erneut Wasser in Lunge und Magen.

Brust und Kopf zerbarsten ihm fast vor Angst und Schmerz. Er verlor kurz das Bewusstsein, dann war er wieder da, sank aber nach unten, und er dachte noch – soweit er überhaupt etwas dachte – an seine Familie, an alles und nichts, und hauchte tonlos ein »Verzeiht« oder ein »Hilfe« ...

Der Kopf inmitten der Wellen verschwand, tauchte kurz wieder auf, und Mikael schrie: »Ich komme!« Doch sein Boot war zu langsam. Als er wieder hinsah, war außer dem Meer nichts mehr zu sehen, nichts außer einer Möwe im Sturzflug und wesentlich weiter entfernt ein blaues Segelboot, und er versuchte, sich zu vergegenwärtigen, wo eben noch die Gestalt gewesen war. Es mochte dort gewesen sein ... oder dort? Er konnte nur hoffen und es versuchen, also schaltete er den Motor aus und starrte in Wasser hinab. Weit konnte er nicht sehen. Der Regen, die Algenblüte, Chemikalien, Humuspartikel ... Er winkte zum Hubschrauber hinauf, ohne eine Ahnung zu haben, was das bringen sollte. Dann zog er kurzerhand Schuhe und Strümpfe aus, stand einen Moment lang starr in seinem Boot, das im Wind hin und her schaukelte, und sprang.

Das Wasser war kälter als befürchtet. Er tauchte unter und sah sich mit weit aufgerissenen Augen um, ohne auch nur das Geringste zu sehen. Es war sinnlos, hoffnungslos … Nach einer knappen Minute kehrte er nach oben zurück, um Luft zu schnappen, und sah sofort, dass sein Boot ein gutes Stück abgetrieben war. Trotzdem tauchte er wieder unter, diesmal in die entgegengesetzte Richtung, und mit einem Mal entdeckte er tatsächlich ein Stück entfernt einen Leib, der steif und reglos wie eine Statue nach unten sank. Er schwamm hin, packte den Mann unter den Achseln. Er war schwer wie Blei, und Mikael zog und zerrte, so gut er konnte, trat Wasser, und langsam, Zentimeter für Zentimeter, brachte er den Mann nach oben. Wenn er ihn nur an die Wasseroberfläche bekäme, würde es leichter werden …

Doch das war eine Fehleinschätzung. Es fühlte sich an, als schleppte er einen Baumstamm hinter sich her. Dem Mann ging es nicht gut, und an der Oberfläche war er immer noch genauso schwer. Mikael konnte nicht mal erkennen, ob der Mann noch lebte – und schlagartig dämmerte Mikael, wie weit draußen in der Bucht sie sich befanden. Er würde ihn unmöglich an Land bringen können. Trotzdem kämpfte er sich weiter. Vor etlichen Jahren, in seiner Jugend, hatte er gelernt, wie man jemanden aus einer Gefahrenzone brachte, und er versuchte wiederholt, seine Technik zu wechseln, um den Körper besser greifen zu können.

Doch der wurde immer schwerer. Mikael kämpfte, schluckte Wasser, bekam Krämpfe. Es ging nicht mehr. Er würde den Mann loslassen müssen, andernfalls würde er mit in die Tiefe gezogen. Kaum hatte er beschlossen aufzugeben, bereute er es und ackerte weiter, bis ihm schwarz vor Augen wurde.

KAPITEL 17

26. August

Jan Bublanski saß noch immer in seinem Arbeitszimmer im Präsidium und klickte sich durch Nachrichtenseiten. Verteidigungsminister Forsell lag auf der Intensivstation des Karolinska-Krankenhauses im Koma, nachdem er um ein Haar ertrunken wäre. Sein Zustand war kritisch. Selbst wenn er das Bewusstsein wiedererlangte, bestand das Risiko ernster Gehirnschäden. Von Herzstillstand war die Rede, von einem osmotischen Lungenödem, von Hypothermie und Arrhythmie und zerebralen Schäden. Es sah nicht gut aus für ihn.

Selbst in seriösen Medien wurde geargwöhnt, dass es sich um einen Selbstmordversuch handeln könne, was letztlich hieß, dass aus dem engsten Bezugskreis Informationen durchgesickert waren. Es war allgemein bekannt, was für ein geübter Schwimmer Forsell war; die wahrscheinlichste Erklärung wäre andernfalls wohl, dass er sich selbst überschätzt hatte, zu weit hinausgeschwommen und dann von der eisigen Strömung mitgerissen worden war. Genaues wusste man nicht; nur dass er von einer Privatperson aus dem Wasser gezogen und anschließend von der Seenotrettung mitgenommen worden war. Per Helikopter hatte man ihn ins Krankenhaus geflogen.

Andere Artikel klangen wie Nachrufe. Ihm wurde als »starker und tatkräftiger Minister« gehuldigt, der »für grundlegende menschliche Werte eingetreten« sei. Er habe sich »gegen Intoleranz und destruktiven Nationalismus« engagiert und sei ein »unbestechlicher Optimist« gewesen, der »immer nach gemeinsamen Lösungen gesucht« habe. Tatsächlich wurde sogar erwähnt, dass er einer »unerträglichen Hasskampagne« ausgesetzt gewesen sei, die ihren Ursprung wohl in russischen Trollfabriken gehabt habe.

»Höchste Zeit, dass das mal gesagt wird«, murmelte Bublanski, nickte und widmete sich einer Kolumne von Catrin Lindås im *Svenska Dagbladet*, die schrieb, es sei eine logische Folge des derzeitigen »gesellschaftlichen Klimas, das zur Treibjagd verleitet und Menschen dämonisiert«.

Anschließend wandte er sich Sonja Modig zu, die mit ihrem Laptop auf dem Schoß auf dem abgenutzten Stuhl neben ihm saß.

»Tja«, sagte er. »Bringen wir Klarheit in die Sache?«

Sonja hob den Blick und sah ihn verwirrt an.

»Kann ich noch nicht sagen ... Wir haben Heikki Järvinen immer noch nicht gefunden. Aber ich hab vorhin mit einem der Ärzte gesprochen, die sich in der Psychiatrie in Kathmandu um Nima Rita gekümmert haben.«

»Und was hat er gesagt?«

»*Sie* sagte, Nima Rita sei schwer psychotisch gewesen und habe Stimmen gehört. Hilferufe. Er sei verzweifelt gewesen, weil er nichts ausrichten konnte ... Es war wohl, als hätte er immer wieder ein traumatisches Erlebnis durchleben müssen.«

»Was sollte das gewesen sein?«

»Dinge, die er am Berg erlebt hat. Momente, in denen er sich unzureichend gefühlt hat. Sie hat erzählt, sie hätten versucht, ihm Medikamente zu geben und ihn einer Elektroschock-Behandlung zu unterziehen, was aber wohl nicht ganz leicht war ...«

»Hast du sie gefragt, ob er von Forsell gesprochen hat?«

»Sie meinte, den Namen wiederzuerkennen, mehr aber auch nicht. Die meiste Zeit hat er von seiner Frau und von Stan Engelman gesprochen. Vor dem habe er Angst gehabt, das sei deutlich gewesen, sagte die Ärztin, und ich finde, dem sollten wir nachgehen. Engelman ist ein skrupelloses Miststück, wenn ich es richtig sehe. Aber ich hab noch eine andere Sache gehört, die interessant sein dürfte.«

»Ja?«

»Nach dem Drama am Everest 2008 wollten sämtliche Journalisten mit Nima Rita reden. Das Interesse ist jedoch alsbald verklungen, weil sich herumgesprochen hatte, dass er krank und verwirrt war. Irgendwann geriet er dann in Vergessenheit. Vor dem zehnten Jahrestag hat dann aber eine Reporterin vom *Atlantic* Kontakt zu ihm aufgenommen, eine gewisse Lilian Henderson, die ein Buch über das Drama schreiben wollte. Lilian hat mit Nima telefoniert, noch während er in der Klinik war.«

»Und was hat sie herausgefunden?«

»Erst einmal gar nichts, soweit ich es verstehe. Aber sie machten ein Treffen aus. Sie wollte nach Nepal, um zu recherchieren. Als sie dort ankam, war er bereits weg, und letztlich gab es auch kein Buch. Der Verlag fürchtete wohl, verklagt zu werden.«

»Von wem denn?«

»Von Engelman.«

»Und weswegen?«

»Ich denke, genau das sollten wir herausfinden.«

»Wir sind uns also inzwischen ganz sicher, dass es sich bei dem Bettler und diesem Nima Rita um ein und dieselbe Person handelt?«, hakte Bublanski nach.

»Ich denke schon. Es gibt einfach zu viele Übereinstimmungen und sogar eine sichtbare Ähnlichkeit.«

»Wie hat Mikael Blomkvist das herausgefunden?«

»Ich weiß nicht mehr, als was er dir geschrieben hat. Ich hab versucht, ihn zu erreichen, aber es scheint niemand zu wissen, wo er gerade steckt, nicht einmal Erika Berger. Sie macht sich Sorgen. Anscheinend hatten sie gerade erst ein Forsell-Porträt vereinbart. Seit dem Unglück versucht sie ununterbrochen, ihn zu erreichen.«

»Hat er nicht auch eine Hütte auf Sandön?«, fragte Bublanski.

»Doch, in Sandhamn.«

»Den werden doch wohl nicht der MUST und die Säpo in Beschlag genommen haben?«

»Wir haben das Oberkommando informiert, aber bislang noch nichts von dort gehört.«

»Diese Geizknochen ...«

»Und wir wissen ja auch nicht, ob Mikael uns alles erzählt hat. Vielleicht hat er ja tatsächlich einen Zusammenhang zwischen dem Sherpa und Forsell entdeckt.«

»Ist diese ganze Geschichte nicht unbehaglich?«, murmelte Bublanski.

»Wie meinst du das?«

»Forsell ist Russlandkritiker und erhebt Anschuldigungen, dass sie dort den schwedischen Wahlprozess beeinflusst hätten. Im nächsten Moment wird er selbst von allen der Lüge bezichtigt und zur Verzweiflung getrieben. Dann taucht aus dem Nichts ein toter Sherpa auf, der mit dem Finger auf ihn zeigt. Ich hab das vage Gefühl, als wollte ihn jemand ganz gezielt in Schwierigkeiten bringen.«

»Klingt nicht gut, so wie du es formulierst.«

»Nein«, sagte er. »Haben wir immer noch keine Ahnung, wie der Bettler ins Land gekommen ist?«

»Ich habe vorhin den Bescheid der Einwanderungsbehörde bekommen: Er taucht in keinem Register auf.«

»Seltsam.«

»In unseren Datenbanken müsste er ebenfalls auftauchen ...«

»Vielleicht hat der Nachrichtendienst auch da den Deckel draufgesetzt«, murmelte er.

»Würde mich nicht wundern.«

»Und wir dürfen auch nicht mit Forsells Frau reden?«

Sonja Modig schüttelte den Kopf.

»Trotzdem müssen wir sie bald verhören, das werden die doch verstehen? Die können uns doch nicht an unserer Arbeit hindern«, fuhr er fort.

»Leider habe ich allmählich den Eindruck, sie glauben, sie könnten es trotzdem tun.«

»Fürchten die sich vor irgendwas?«

»Sieht fast so aus.«

»Na gut. Dann finden wir uns fürs Erste damit ab und arbeiten weiter an dem, was wir haben.«

»So machen wir's.«

»Was für ein Durcheinander«, seufzte Bublanski und warf erneut einen Blick in die Nachrichten.

Johannes Forsells Zustand war unverändert kritisch.

Thomas Müller kam spät von der Arbeit nach Hause in die große Dachgeschosswohnung an der Kopenhagener Østerbrogade und nahm sich direkt ein Bier aus dem Kühlschrank. Als er feststellte, dass die Spüle schmutzig und das Frühstücksgeschirr immer noch nicht in die Maschine geräumt war, drehte er laut fluchend eine Runde durch die komplette Wohnung. Es war überhaupt nirgends geputzt.

Die Putzhilfen hatten rein gar nichts gemacht. Als hätte er es derzeit nicht schon schwer genug. Bei der Arbeit nur Druck und Gejammer. Seine Sekretärin – eine Null. Heute hatte er sie dermaßen angebrüllt, dass es ihn immer noch in den Schläfen schmerzte. Und dann zu allem Überfluss auch noch Paulina. Es war nicht zum Aushalten. Wie konnte sie nur! Nach allem, was er für sie getan hatte. Als sie sich kennenlernten, war sie ein Nichts gewesen, eine hoffnungslose kleine Journalistin bei einem Lokalblättchen. Er hatte alles für sie gegeben und nicht mal – was natürlich ein großer Fehler war – einen Ehevertrag abgeschlossen. Diese verdammte Schlampe.

Wenn sie in Tränen aufgelöst wieder angekrochen käme, würde er erst einmal nett tun, aber dann würde sie ihr Fett schon wegkriegen. Das hier würde er ihr nicht verzeihen – erst recht nicht nach dieser Postkarte, die er bekommen hatte. Ich habe dich verlassen, stand da. Ich habe eine Frau kennengelernt und mich verliebt. Das war alles. Er hatte sein Handy kaputt geschlagen, dann eine Kristallvase, und er hatte sich krankschreiben lassen müssen. Nein, er wollte gar nicht daran denken.

Er zog sein Jackett aus, ließ sich mitsamt Bier auf dem Sofa nieder und überlegte, ob er Fredrike, seine Geliebte, anrufen sollte. Nur war er die ebenfalls leid. Also schaltete er den Fernseher an. Anscheinend schwebte der schwedische Verteidigungsminister zwischen Leben und Tod. War ihm herzlich egal. Der Typ war einer dieser Gutmensch-Idioten, das wusste doch jeder, und ein Heuchler und Betrüger obendrein. Er zappte zu Bloomberg und den Wirtschaftsnachrichten, ließ die Gedanken schweifen und hatte sicher zehnmal den Kanal gewechselt, als es unerwartet an der Tür klingelte. Er fluchte. Wer zum Teufel tauchte denn bitte um zehn Uhr abends unangemeldet auf? Vielleicht sollte er einfach nicht aufmachen.

Dann fiel ihm wieder ein, dass es auch Paulina sein könnte. Er raffte sich auf und zog die Tür mit einem heftigen Ruck auf.

Es war nicht seine Frau. Es war ein kleines, säuerlich dreinblickendes, schwarzhaariges Mädchen in Jeans und Kapuzenjacke, das mit einer Tasche vor ihm stand und zu Boden starrte.

»Ich brauche nichts«, sagte er.

»Es geht um das Putzen …«

»Kannst deinem Chef ausrichten, dass er sich zum Teufel scheren soll«, blaffte er sie an. »Ich hab keine Zeit für Putzfrauen, die ihren Job nicht machen.«

»Die Putzfirma ist unschuldig«, sagte das Mädchen.

»Was soll das heißen?«

»Ich hab den Putzdienst abbestellt.«

»Wie bitte?«

»Ich habe ihn abgesagt und kümmere mich selbst darum.«

»Hast du es nicht kapiert? Ich brauche keinen Putzdienst mehr. Verschwinde«, zischte er und wollte die Tür wieder zuknallen. Doch die Frau schob einen Fuß dazwischen, trat über die Schwelle, und erst da dämmerte ihm, dass irgendwas an ihr komisch war. Sie lief seltsam, ohne die Arme oder den Oberkörper zu bewegen, hatte den Kopf leicht zur Seite geneigt, als betrachtete sie einen Punkt hinten am Fenster, und plötzlich fragte er sich, ob sie vielleicht kriminell sein könnte oder psychisch gestört.

Ihr Blick glänzte kühl. Sie wirkte leicht abwesend, und er bemühte seine gesamte Autorität.

»Wenn du nicht sofort verschwindest, ruf ich die Polizei.«

Sie antwortete nicht. Schien ihn nicht einmal gehört zu haben. Beugte sich nur vor, holte ein Seil aus der Tasche und eine Rolle Klebeband, und erst bekam er kein Wort heraus.

»Raus!«, schrie er dann und packte sie am Handgelenk.

Irgendwie war es stattdessen sie, die ihn zu packen bekam und ihn zum Esstisch schob, und da wurde er wütend. Gleichzeitig beschlich ihn Angst. Er riss sich von ihr los, wollte ihr eins verpassen oder sie gegen die Wand schubsen, aber nichts davon schaffte er. Sie stürzte auf ihn zu, sodass er rücklings auf den Tisch fiel, und einen Moment später war sie bereits über ihm – mit demselben eisig glänzenden Blick –, zurrte ihn fest und sagte mit tonloser Stimme: »Jetzt bügele ich dein Hemd.«

Sie klebte ihm den Mund zu und sah ihn an wie ein Raubtier, das seine Beute ins Visier nahm. Im ganzen Leben hatte Thomas Müller nie solche Angst gehabt.

Auch Mikael war ausgekühlt gewesen. Er hatte enorme Mengen Wasser geschluckt und war ebenfalls mit dem Hubschrauber weggebracht worden. Als ein groß gewachsener Soldat ihn um sein Handy bat, hatte er widerwillig gehorcht. Angeblich fürchtete man Lauschangriffe und Spionage, und erst jetzt, spät am Abend nach der Visite und drei Vernehmungen durch den militärischen Nachrichtendienst, hatte er seine Sachen zurückerhalten und durfte nach Hause zurückkehren. Allerdings informierte man ihn, dass ein Staatsanwalt namens Matson ihm offiziell einen Maulkorb verpasst habe. Da würde er doch direkt seine Schwester, die Anwältin Annika Giannini, anrufen.

Er wusste immerhin, dass die gesetzlichen Hebel, mit denen man Journalisten zum Schweigen brachte, ihre Grenzen hatten. Außerdem fand er insgesamt, dass die Typen vom Nachrichtendienst sich übergriffig verhalten hatten. Dann ließ er es doch auf sich beruhen. Er würde ohnehin kein Wort schreiben, ehe er der Geschichte nicht vollends auf den Grund gegangen wäre, und eine Zeit lang saß er nur auf seinem Krankenhausbett und versuchte, sich wieder zu sammeln. Lange währte die Ruhe nicht.

Es klopfte erneut an, und eine große Frau um die vierzig mit dunkelblondem Haar und rot geweinten Augen kam auf ihn zu. Aus irgendeinem Grund – vielleicht weil er in diesem Moment gerade all die verpassten Anrufe auf seinem Handy entdeckt hatte – dauerte es kurz, ehe er begriff, dass es sich um Rebecka Forsell handelte. Sie trug ein graues Jackett und ein weißes T-Shirt, und ihre Hände zitterten, als sie zu ihm sagte, sie müsse sich unbedingt bei ihm bedanken, ehe er wieder verschwände.

»Geht es ihm besser?«, wollte er wissen.

»Das Schlimmste ist ausgestanden. Leider wissen wir immer noch nicht, ob er Gehirnschäden erlitten hat. Dafür ist es noch zu früh.«

»Verstehe.« Er bot ihr den Stuhl neben dem Bett an.

»Ich hab gehört, Sie sind bei dem Rettungsversuch selbst fast umgekommen.«

»Das ist eine Übertreibung.«

»Trotzdem ... Wissen Sie, was Sie da für ... für uns getan haben? Begreifen Sie es? Das war wirklich ... enorm.«

»Das rührt mich«, sagte er. »Danke schön.«

»Gibt es irgendetwas, was wir für Sie tun können?«, fragte sie.

Erzählen Sie mir alles, was Sie über Nima Rita wissen, dachte er. *Raus mit der Wahrheit!*

»Sorgen Sie dafür«, sagte er stattdessen, »dass Johannes wieder ganz gesund wird und sich einen ruhigeren Job sucht.«

»Es war keine leichte Zeit ...«

»Das ist mir klar.«

»Wissen Sie ...«

Sie sah verwirrt aus, rieb sich nervös den linken Arm.

»Ja?«

»Vorhin hab ich online ein bisschen was über Johannes gelesen. Auf einmal sind die Leute wieder nett. Natürlich nicht alle, aber viele. Es ist fast unwirklich. Da wird einem nur umso klarer, in welchem Albtraum wir gelebt haben.«

Er beugte sich vor und nahm ihre Hand.

»Ich habe bei *DN* angerufen«, fuhr sie fort, »ich hab denen erzählt, es sei ein Selbstmordversuch gewesen, obwohl ich nicht mal sicher weiß, was es war. Ist das schlimm?«

»Ich nehme an, Sie hatten Ihre Gründe.«

»Ich wollte, dass die mal sehen, wie weit das alles gegangen ist.«

»Klingt einleuchtend.«

»Die Typen vom MUST haben mir etwas sehr Seltsames erzählt.« Sie sah ihn verzweifelt an.

Er sagte so ruhig er konnte: »Was haben die Ihnen erzählt?«

»Dass sie herausgefunden hätten, dass Nima Rita tot in Stockholm aufgefunden worden ist.«

»Ja, das ist in der Tat seltsam. Kannten Sie ihn?«

»Ich weiß nicht, ob ich das sagen darf ... Die vom MUST sitzen mir im Nacken, ich müsse Stillschweigen bewahren ...«

»Die waren auch an mir dran«, sagte er und fügte hinzu: »Aber müssen wir denn immer so obrigkeitshörig sein?«

Sie lächelte traurig. »Wahrscheinlich nicht.«

»Na also. Kannten Sie ihn?«

»Wir haben im Everest-Basislager einige Zeit mit ihm verbracht. Wir mochten ihn, und ich glaube, er mochte uns. ›Sahib, Sahib‹, hat er zu Johannes immer gesagt. ›Very good person.‹ Und seine Frau war ganz wunderbar.«

»Luna.«

»Luna«, echote sie. »Sie hat uns alle verwöhnt. War ständig auf Achse. Hinterher haben wir ihnen geholfen, in Pangboche ein Haus zu bauen.«

»Wie schön.«

»Ich weiß nicht ... Wir fühlten uns schuldig an dem, was mit ihm passiert war.«

»Haben Sie eine Ahnung, wie er aus Kathmandu verschwinden und erst als tot gelten konnte, um dann drei Jahre später in Stockholm aufzutauchen und tatsächlich zu sterben?«

Sie sah ihn verzweifelt an. »Ich krieg Bauchschmerzen davon ...«

»Das verstehe ich.«

»Sie hätten die kleinen Jungs in Khumbu sehen sollen ...«

»Was war mit ihnen?«

»Sie haben ihn angehimmelt. Er hat Leben gerettet und einen ganz schrecklichen Preis dafür gezahlt.«

»Seine Bergsteigerlaufbahn war zu Ende …«

»Und sein Ruf ruiniert.«

»Doch nicht bei allen, oder?«

»Aber bei vielen.

»Bei wem?«

»Bei allen, die Klara Engelman nahestanden.«

»So wie Stan Engelman?«

»Ja, bei dem sicher auch.«

Er hörte, wie ihre Stimme zitterte.

»Das war eine seltsame Antwort.«

»Ja, vielleicht. Aber Sie müssen wissen … Die Geschichte ist komplizierter, als je bekannt wurde, und es waren eine Menge Anwälte eingeschaltet. Voriges Jahr musste ein amerikanischer Verlag ein Buch über die Ereignisse zurückziehen.«

»Das waren Engelmans Anwälte?«

»Genau. Engelman ist Immobilienmagnat, auf dem Papier ein Unternehmer, aber im Herzen ein Gangster, ein Mafioso, zumindest ist das meine Meinung, und ich weiß, dass er am Ende nicht mehr viel Freude an seiner Frau hatte.«

»Warum nicht?«

»Weil Klara sich in unseren Guide, in Viktor Grankin, verliebt hatte und Stan verlassen wollte. Sie meinte damals, sie wolle sich scheiden lassen, an die Presse gehen und allen erzählen, was für ein narzisstisches Schwein er ihr gegenüber gewesen war. Diese Gerüchte hat Engelman geschickt zum Schweigen gebracht, auch wenn man auf diversen Klatsch-und-Tratsch-Seiten im Internet immer noch das eine oder andere findet.«

»Verstehe …«

»Die Sache war ungeheuer brisant.«

»Wusste Nima Rita davon?«

»Sie waren diskret, aber bestimmt wusste er es. Immerhin hat er auf sie ganz besonders aufgepasst.«

»Und war er auch diskret?«

»Das glaube ich schon. Zumindest solange er psychisch halbwegs stabil war. Nach dem Tod seiner Frau soll er immer verwirrter geworden sein, und da würde es mich nicht wundern, wenn er herumgelaufen wäre und darüber und über alles mögliche andere fantasiert hätte.«

Mikael sah Rebecka Forsell lange an. Sie war auf ihrem Stuhl leicht zusammengesackt. Widerstrebend sagte er: »Am Ende hat er auch über Ihren Mann fantasiert.«

Wut brodelte in ihr hoch. Rebecka riss sich zusammen, um es nicht zu zeigen, und sie wusste natürlich, dass sie ungerecht war; das hier war schließlich Blomkvists Job. Und er hatte das Leben ihres Mannes gerettet. Trotzdem hatte sein Einwand sie wieder an einen Verdacht erinnert, der sie insgeheim zutiefst beunruhigte – nämlich dass Johannes ihr etwas über den Everest und Nima Rita verschwiegen hatte, denn ehrlich gesagt hatte sie nie geglaubt, dass es die Hasskampagne war, die ihn derart fertiggemacht hatte.

Johannes war ein Fighter, ein Kämpfer, ein unverbesserlicher Optimist, der allen Hindernissen zum Trotz vorwärtsstürmte, und die einzigen Male, da sie erlebt hatte, wie er am Ende gewesen war, waren hier draußen auf Sandön gewesen … und nach der Besteigung des Everest. Sie hatte deshalb selbst schon vermutet, dass es einen Zusammenhang zwischen den beiden Ereignissen gab, und wahrscheinlich war es genau das, was sie so wütend machte, gar nicht Mikael an sich. Sie hätte einfach nur am liebsten stellvertretend den Überbringer der Botschaft erschossen …

»Ich verstehe das alles nicht«, sagte sie schließlich.

»Wirklich nicht?«

Sie schwieg. Dann sagte sie – und bereute es sofort: »Sie sollten mit Svante reden.«

»Lindberg?«

»Ja.«

Svante und sie hatten einen schlimmen Streit gehabt, als Johannes ihn gerade zu seinem Staatssekretär ernannt hatte. Nach außen hin war er fast schon Johannes' Zwilling – die gleiche Energie, die gleiche militärische Behändigkeit. Doch in Wahrheit waren die zwei grundverschieden. Während Johannes immer – und zwar bis das Gegenteil bewiesen war – an das Gute in allem und jedem glaubte, war Svante berechnend und manipulativ.

»Was könnte Svante Lindberg mir denn erzählen?«, wollte Mikael wissen.

Was immer seinem eigenen Interesse dient, dachte sie, sagte dann aber: »Was oben am Everest geschah.« Kurz überlegte sie, ob sie Johannes mit diesen Worten bereits betrogen hatte.

Andererseits hatte er sie auch betrogen, wenn er nicht alles erzählt hatte, was auf dem Berg passiert war. Sie stand auf, umarmte Mikael Blomkvist, bedankte sich erneut bei ihm und kehrte zu ihrem Mann auf die Intensivstation zurück.

KAPITEL 18

Nacht auf den 27. August

Kriminalkommissarin Ulrike Jensen führte im Rigshospitalet in Kopenhagen eine erste Befragung mit Thomas Müller durch, der um zehn nach elf Uhr am Abend mit Brandverletzungen auf Armen und Brust eingeliefert worden war und sogleich Anzeige erstattet hatte. Ulrike war zweiundvierzig Jahre alt und hatte lange bei der Sitte gearbeitet, war inzwischen jedoch ins Dezernat für Gewaltverbrechen gewechselt und sah die Nachtschicht als momentan beste Lösung für ihre Familie an; immerhin hatte sie kleine Kinder, die sie tagsüber brauchten.

Jedenfalls war sie, was verwirrte, betrunkene Zeugen anging, einiges gewöhnt. Was sie diesmal hörte, schoss jedoch den Vogel ab.

»Mir ist klar, dass Sie Schmerzen haben und das Morphium Sie eventuell beeinträchtigt«, sagte sie. »Aber könnten wir bitte versuchen, sachlich zu bleiben und uns auf die Beschreibung zu konzentrieren?«

»Ich hab noch nie solche Augen gesehen«, jaulte er.

»Das sagten Sie bereits. Aber Sie müssen uns schon etwas Konkreteres liefern. Hatte die Frau keine anderen auffälligen Kennzeichen?«

»Sie war jung, zierlich, schwarzhaarig und hat gesprochen wie ein Gespenst.«

»Wie spricht denn ein Gespenst?«

»Ohne Gefühle, oder eher … als würde sie an etwas anderes denken. Sie war irgendwie nicht anwesend.«

»Was hat sie denn gesagt? Können Sie das wiederholen, sodass wir ein bisschen mehr Klarheit in die Sache bringen können?«

»Sie hat gesagt, sie bügelt ihre eigenen Kleider nicht, deshalb ist sie nicht gut darin, deshalb ist es wichtig, dass ich still daliege.«

»Das ist ja …«

»Das ist geisteskrank!«

»Mehr nicht?«

»Und dass sie wiederkommt, wenn ich nicht …«

»Wenn Sie nicht was?«

Thomas Müller wand sich sichtlich.

»Wenn Sie nicht *was*?«, wiederholte sie.

»Wenn ich meine Frau nicht in Ruhe lasse. Ich darf sie nie wieder sehen, und ich soll die Scheidung einreichen.«

»Ihre Frau ist auf Reisen, haben Sie gesagt?«

»Ja, sie …«

Er murmelte etwas Unhörbares.

»Haben Sie Ihrer Frau etwas angetan?«

»Ich hab überhaupt nichts getan! Sie war's, die …«

»Was denn?«

»Die mich verlassen hat.«

»Und warum? Erklären Sie es mir.«

»Sie ist eine verdammte …«

Er war drauf und dran, etwas Schlimmes zu sagen, aber vernünftig genug, es nicht auszusprechen. Doch Ulrike Jensen ahnte bereits, dass es eine Vorgeschichte gab, die alles andere als schön war. Fürs Erste ließ sie es auf sich beruhen.

»Nichts weiter, woran Sie sich noch erinnern? Was uns noch helfen könnte?«, hakte sie nach.

»Die Frau meinte, ich hatte einfach *Pech.*«

»Inwiefern?«

»Sie hat den Sommer über eine Menge Mist in sich reingefressen und ist so mehr oder weniger verrückt geworden.«

»Was meinte sie damit?«

»Woher soll ich das wissen?«

»Wie sind Sie auseinandergegangen?«

»Sie hat mir das Klebeband vom Mund gezogen und alles noch mal wiederholt.«

»Dass Sie sich von Ihrer Frau fernhalten sollen?«

»Und das werde ich auch. Ich will sie nicht mehr sehen.«

»Okay«, sagte Ulrike. »Klingt erst mal vernünftig. Das heißt, Sie haben heute Abend auch nicht mit Ihrer Frau gesprochen?«

»Ich weiß nicht mal, wo sie ist, das hab ich Ihnen doch gesagt! Aber zum Teufel …«

»Ja?«

»Sie müssen endlich loslegen und irgendetwas tun! Diese Person ist total krank im Kopf! Die ist gemeingefährlich!«

»Wir tun unser Möglichstes«, sagte Ulrike Jensen. »Das verspreche ich Ihnen. Allerdings scheint mir, als …«

»Als was?«

»Als wären sämtliche Überwachungskameras im Viertel ausgerechnet zu der Zeit abgeschaltet gewesen. Wir haben also ziemlich wenig in der Hand, womit wir arbeiten können«, fuhr sie fort und war ihren Job mit einem Mal unendlich leid.

Es war kurz nach Mitternacht. Lisbeth hatte sich in Arlanda ein Taxi genommen und suchte im Netz nach der Scheidungsanwältin, die Annika Giannini ihr empfohlen hatte, als sie eine verschlüsselte Nachricht von Mikael erhielt. Sie war zu müde und zu kaputt, um sie jetzt zu lesen, gab auch die Internetsuche auf und starrte stattdessen nur mehr mit leerem Blick aus dem Fenster. Was war bloß los mit ihr?

Sie mochte Paulina. Liebte sie vielleicht sogar auf ihre eigene verdrehte Weise. Aber wie zeigte sie es? Sie hatte sie völlig verzweifelt zu ihren Eltern nach München geschickt und war dann über Paulinas Mann hergefallen, als könnte der Racheakt den Mangel an Liebe kompensieren. Ihre eigene Schwester – die so viel Böses verursacht hatte – hatte sie nicht aus dem Weg räumen können, aber ohne auch nur mit der Wimper zu zucken, hätte sie Thomas Müller in Kopenhagen umbringen können.

Als sie mit dem Bügeleisen in der Hand auf ihm gesessen hatte, waren Bilder von Zalatschenko, von Anwalt Bjurman, von Psychiater Teleborian und von allem anderen erdenklichen Mist vor ihren Augen vorbeigeflimmert. Es war, als wäre etwas in ihr aufgebrochen. Als wollte sie für all das Rache üben, was sie erlebt hatte, und nur mit größter Mühe war es ihr gelungen, sich zu beherrschen und nicht vollkommen auszurasten. Teufel auch. Sie musste sich endlich zusammenzureißen. Sonst würde sie weiter zögern, sobald sie Tatkraft brauchte, und noch wahnsinnig werden, sobald Ruhe erforderlich wäre.

Es hatte etwas mit den neuen Einsichten zu tun, zu denen sie auf dem Twerskoj Boulevard gelangt war und die sie aus dem Gleichgewicht gebracht hatten. Nicht nur dass sie wie gelähmt dagelegen hatte, sobald Zala nachts gekommen war, um Camilla zu holen; ihre Mutter ebenso. Was hatte sie gewusst? Hatte auch sie vor der Wahrheit die Augen verschlossen? Dieser Gedanke quälte Lisbeth mehr und mehr, und sie bekam schier Angst vor sich selbst, vor ihrer Unentschlossenheit. Angst, dass sie eine schlechte Kriegerin wäre bei all dem, was unausweichlich auf sie wartete: der Kampf ihres Lebens.

Seit Plague ihr geholfen hatte, die Überwachungskameras rund um die Wohnung am Strandvägen zu hacken, wusste sie, dass Camilla Besuch vom Svavelsjö MC bekommen hatte. Ihr war klar, dass ihre Schwester mit allen verfügbaren Mitteln nach ihr würde suchen lassen und, wenn sie nur die Chance bekäme, selbst keine Sekunde zögern würde. Also, verdammt noch mal, musste sich Lisbeth zusammenreißen. Sie musste wieder stark werden und fokussiert. Aber zuallererst musste sie eine Unterkunft finden.

In Stockholm hatte sie kein Zuhause mehr. Sie überlegte hin und her, erwog Alternativen und überflog am Ende doch eilig Mikaels E-Mail. Es ging um Forsell und den Sherpa und war sicher irgendwie interessant, aber sie schaffte es nicht, sich dafür zu begeistern. Sie schrieb nur zurück – und war darüber selbst erstaunt: Bin in der Stadt. Sollen wir uns treffen? Im Hotel.

Es war nicht nur ein verschämter Vorschlag, dachte sie bei sich, oder bloß Ausdruck ihrer Einsamkeit und Hoffnungslosigkeit, sondern ... auch eine Sicherheitsmaßnahme. Denn es konnte durchaus sein, dass Camilla und ihre Handlanger in Ermangelung anderer Spuren über Lisbeths Freunde herfallen würden. Da wäre es sicher besser, wenn sie Kalle Blomkvist in ein Hotelzimmer einschlösse.

Andererseits konnte er sich genauso gut selbst irgendwo einschließen. Und als er nach zehn, fünfzehn, zwanzig Minuten immer noch nicht geantwortet hatte, schnaubte sie, schloss die Augen und ahnte, dass sie eine Ewigkeit würde schlafen können, und womöglich war sie im nächsten Moment wirklich eingeschlummert, denn als Mikael antwortete, zuckte sie zusammen, als wären ihre Angreifer aus der Deckung gekommen.

Mikael kam nach Hause in die Bellmansgatan und wollte am liebsten nur noch ins Bett fallen. Stattdessen setzte er sich an den Computer und suchte nach Informationen über den Geschäftsmann Stan Engelman, der heute vierundsiebzig Jahre alt und wieder verheiratet war. Im Zusammenhang mit dem Verkauf dreier Hotels ins Las Vegas wurde gegen ihn wegen Bestechung und Nötigung ermittelt. Auch wenn nichts sicher war – Engelman selbst behauptete natürlich das Gegenteil –, schien sein Geschäftsimperium doch zu wanken. Angeblich hatte er bei Geschäftskontakten aus Russland und Saudi-Arabien um Hilfe angesucht.

Stan Engelman hatte kein einziges Wort über Nima Rita verloren. Allerdings hatte er wüste Beschimpfungen gegen den verstorbenen Guide Viktor Grankin ausgesprochen, der Nima als Sirdar angestellt hatte. Er hatte Grankins Unternehmen, die Everest Adventure Tours, verklagt und vor einem Moskauer Gericht sogar einen Vergleich errungen, der Grankins Unternehmen in den Konkurs gezwungen hatte. Ohne jede Frage hegte er einen enormen Zorn gegen die Expedition, an der auch Nima Rita teilgenommen hatte. Doch das alles erklärte immer noch nicht, warum der Sherpa ausgerechnet in Stockholm aufgetaucht war.

Mikael ließ es vorerst dabei bewenden – er war zu erschöpft, um sich in Engelmans Immobiliengeschäfte und Frauengeschichten und idiotische Auftritte zu vertiefen. Stattdessen checkte er Svante Lindberg, der wohl am besten wissen sollte, was am Everest mit Forsell passiert war.

Svante Lindberg war Generalleutnant und ehemals bei der Küstenflotte gewesen. Vermutlich war auch er Nachrichtenoffizier. Mit Forsell verband ihn seit Kindertagen eine enge Freundschaft.

Svante Lindberg war erfahrener Bergsteiger, und vor dem Everest hatte er bereits drei andere Achttausender bestiegen: Broad Peak, Gasherbrum und Annapurna. Sicher war dies auch der Grund gewesen, warum Viktor Grankin ihm und Johannes erlaubt hatte, vor den anderen her zum Gipfel zu gehen, als sich das Tempo der Gruppe am Vormittag des 13. Mai 2008 verlangsamt hatte. Doch was am Berg wirklich passiert war, sollte Mikael später ergründen. Bis auf Weiteres stellte er lediglich fest, dass auch Svante Lindberg im Zuge der Hasskampagne gegen Forsell zur Zielscheibe geworden war.

Hie und da wurde behauptet, Lindberg sei der wahre Machthaber im Verteidigungsministerium. Er gab selten Interviews, und das Persönlichste, was Mikael finden konnte, war ein drei Jahre altes, längeres Porträt in der *Runner's World*. Im Nachhinein sollte sich Mikael nur mehr an eine Formulierung aus dem Text erinnern: *Wenn du völlig fertig bist, hast du noch siebzig Prozent*. Nach dieser Stelle musste er eingenickt sein.

Er wachte vor dem Computer wieder auf – am ganzen Leib zitternd und mit Johannes Forsells Bild vor Augen, der vor ihm im Wasser versank. Ihm dämmerte, dass er nicht einfach nur am Ende war. Er stand unter Schock und schaffte es nur mit Mühe ins Bett, wo er hoffte, sofort wieder einschlafen zu können. Doch dort nahmen die Gedanken kein Ende, und schließlich griff er zu seinem Handy. Erst jetzt sah er, dass Lisbeth geantwortet hatte.

Bin in der Stadt. Sollen wir uns treffen? Im Hotel.

Er war so müde, dass er die Nachricht zweimal lesen musste. Dann war er … Was? Peinlich berührt? Verlegen? Er wusste es nicht. Er spürte nur, dass er am liebsten so tun wollte, als hätte er die Nachricht nie gesehen, obwohl so was bei Lisbeth nicht funktionierte. Bestimmt hatte sie längst die Bestätigung, dass er sie abgerufen hatte. Was sollte er tun? Er schaffte es einfach nicht, Nein zu sagen – und definitiv nicht, Ja zu sagen. Er schloss die Augen und versuchte, Ordnung in seine Gedanken zu bringen.

Sie war also in Stockholm und wollte ihn auf der Stelle in einem Hotel treffen … Bedeutete das mehr, als dass sie ihn bloß in einem Hotel *treffen* wollte?

»Verdammt noch mal, Lisbeth«, murmelte er. Dann stemmte er sich hoch und wanderte nervös in der Wohnung auf und ab, als hätte sie sein gesamtes System umso mehr in Schieflage gebracht.

Als er irgendwann aus dem Fenster blickte, entdeckte er unten an der Bellmansgatan auf Höhe des »Bishops Arms« eine Gestalt, die er wiedererkannte. Es war der Typ mit dem Pferdeschwanz, der draußen auf Sandhamn gewesen war. Mikael zuckte zusammen, als hätte er einen Schlag in den Magen bekommen.

Jetzt gab es keinen Zweifel mehr. Er wurde observiert. Er fluchte in sich hinein. Sein Herz hämmerte, sein Mund trocknete aus, und kurz dachte er darüber nach, Bublanski oder jemand anderen bei der Polizei zu benachrichtigen. Stattdessen antwortete er Lisbeth: Ich werde überwacht.

Meine Schuld, schrieb sie zurück. Ich helfe dir, sie loszuwerden.

Er hätte schreien wollen, er habe nicht die Kraft, jetzt jemanden *loszuwerden*. Er wolle einfach nur schlafen und seine verdammte Ruhe haben und alles vergessen.

Stattdessen schrieb er: Okay.

KAPITEL 19

27. August

Kira hätte die Verbindung zum Svavelsjö MC gerne gekappt. Am liebsten wäre sie diese verdammten Gangster mit ihren lächerlichen Westen und Nieten und Kapuzen und Tätowierungen losgeworden. Aber sie brauchte sie – wieder mal –, und daher hatte sie die Bande auch mit Geld überschüttet und das Ganze als Ehrensache zu Zalatschenkos Gedenken bezeichnet.

Sie hingen ihr zum Hals raus. Am liebsten hätte sie diesen Losern und Lowlives die Leviten gelesen und sie dann direkt zum Friseur und zum Schneider geschickt. Stattdessen hielt sie an sich, begegnete ihnen auf die übliche kühle Art und war einfach nur froh, dass Galinow dabei war. Er trug einen weißen Leinenanzug, dazu braune Lederschuhe und saß ihr gegenüber in dem roten Sessel und las einen Artikel über die Verwandtschaft der schwedischen Sprache mit dem Plattdeutschen oder was es nun war … als wäre er auf Studienreise. Aber er vermittelte ihr Ruhe, gemahnte sie an das Alte, und noch besser: Er machte den MC-Jungs Angst. Wenn die gegen sie aufbegehrten oder Probleme damit hätten, von einer Frau Anweisungen entgegenzunehmen, bräuchte Galinow nur die Lesebrille abzunehmen und sie mit eisblauem

Blick anzustarren, dann wäre augenblicklich Stille, und sie kuschten wie kleine Jungs. Wahrscheinlich wussten sie genau, wozu er imstande war, und deshalb störte es Kira auch nicht, dass er derzeit so wenig aktiv wirkte. Sein Auftritt würde noch kommen.

Unterdessen würden Bogdanow und die Rocker Jagd auf Lisbeth machen. Nur dass sie sie noch nicht gefunden hatten; nirgends eine Spur. Es war, als würden sie einen Schatten jagen, und damit nicht genug: Heute Nacht hatten sie zu allem Überfluss Blomkvist aus den Augen verloren, und deshalb hatte sie auch Marko Sandström herbeordert, den Svavelsjö-Präsidenten, der in diesem Moment das Wohnzimmer betrat. Er kam in Begleitung eines weiteren Gangsters, der anscheinend Krille hieß, auch wenn ihr das herzlich egal war.

»Ich will jetzt keine weiteren Entschuldigungen mehr hören«, sagte sie. »Nur einen sachlichen Bericht, wie das passieren konnte.«

Marko lächelte nervös, und das gefiel ihr. Marko war ebenso groß gewachsen und trat genauso bedrohlich auf wie der Rest der Rockergang. Allerdings schien er halbwegs Geschmack zu haben, trug weder Bart noch langes Haar und hatte auch keinen Bauch, dafür ein Gesicht, das fast als schön durchgehen konnte, und einen Brustkorb, von dem sie sich immer noch vorstellen konnte, so wie früher ihre Fingernägel hineinzukrallen.

»Der Auftrag hat sich als unmöglich erwiesen«, erklärte Marko mit so viel Autorität, wie er nur zusammenkratzen konnte. Allerdings spähte er dabei zu Galinow, der nicht einmal aufsah – und auch das gefiel ihr.

»Was heißt hier unmöglich?«, entgegnete sie. »Ich wollte einfach nur, dass er unter Beobachtung wäre, nichts weiter.«

»Rund um die Uhr, schon verstanden«, erwiderte Marko.

»Allerdings braucht man dafür Ressourcen, wir reden ja nicht gerade von einem Nobody.«

»*Wie … konnte … das … passieren?*«, wiederholte sie und betonte jedes Wort.

»Dieser Mistkerl …«, hob der Typ an, der anscheinend Krille hieß.

»Das hier übernehme ich«, fiel Marko ihm ins Wort. »Camilla …«

»Kira.«

»Entschuldigung. Kira … Blomkvist ist gestern Nachmittag spontan mit seinem Motorboot losgefahren. Keine Chance, ihm zu folgen – außerdem ist die Situation im Handumdrehen ziemlich unangenehm geworden. Die Insel hat von Polizisten und Militärs nur so gewimmelt. Wohin er verschwunden war, war nicht ersichtlich. Deshalb mussten wir uns aufteilen. Jorma ist in Sandhamn geblieben, Krille ist zurück in die Bellmansgatan in der Stadt. Dort hat er gewartet.«

»Und dorthin ist Blomkvist dann gekommen?«

»Spät am Abend. Mit dem Taxi. Er sah komplett fertig aus. Es wies nichts darauf hin, dass er noch etwas anderes vorhätte, als nach Hause zu gehen und zu schlafen, und ich denke mal, wir sollten Krille dafür dankbar sein, dass er trotzdem geblieben ist. Blomkvist hat bei sich oben das Licht ausgeschaltet. Dann kam er urplötzlich um ein Uhr nachts mit einer Tasche raus und lief zur U-Bahn am Mariatorget. Drehte sich kein einziges Mal um. Am Bahnsteig saß er vornübergebeugt da, hatte den Kopf in die Hände gestützt.«

»Er sah aus, als wäre er krank«, warf Krille ein.

»Genau«, fuhr Marko fort. »Er hat uns dazu verleitet, lockerzulassen, nicht mehr ganz so aufmerksam zu sein. In der U-Bahn hat er den Kopf ans Fenster gelehnt und die Augen geschlossen. Er schien total fertig zu sein, nur dass er dann …«

»Ja?«

»Als an der Haltestelle Gamla stan die Türen zugingen, schoss er wie eine Rakete hoch, sprang raus und verschwand sofort vom Bahnsteig. Dort haben wir ihn dann verloren.«

Kira sagte kein Wort. Zunächst. Sie wechselte nur demonstrativ einen Blick mit Galinow, damit Marko es auch bemerkte. Dann starrte sie auf ihre Hände hinab und saß eine Weile reglos da. Eine ihrer ersten Lektionen hatte gelautet, dass Schweigen und Reglosigkeit mehr Angst erzeugten als jeder Ausbruch, und auch wenn sie am liebsten geschrien und herumgebrüllt hätte, sagte sie nur nüchtern: »Diese Frau, die Blomkvist draußen in Sandhamn dabeihatte – haben wir die wenigstens identifiziert?«

»Natürlich. Sie heißt Catrin Lindås und wohnt am Nytorget 6. Eine Medienhure.«

»Bedeutet sie ihm etwas?«

»Also …«, begann Krille wieder.

Krille trug Pferdeschwanz und Bart, hatte kleine, wässrige Augen und wirkte nicht gerade wie ein Experte für Liebesbeziehungen. Dennoch wollte er es offensichtlich auf einen Versuch ankommen lassen.

»Ich fand, sie sahen verliebt aus. Haben dort im Garten tagelang aufeinandergegluckt«, fuhr er fort.

»Okay, gut«, sagte sie. »Dann will ich, dass wir sie ebenfalls überwachen.«

»Verdammt, Camilla … Entschuldige! Kira. Das wäre echt zu viel verlangt. Das hieße, wir müssten drei Adressen observieren«, wandte Marko ein.

Wieder reagierte sie nicht. Nach einer Weile bedankte sie sich knapp und freute sich, als Galinow seinen langen, schlaksigen Körper erhob und die beiden hinausbegleitete. Er bedachte sie noch mit ein paar wenigen Worten, die sich erst einmal höflich anhörten, ihnen später aber, wenn sie eingesickert wären, eine Höllenangst machen würden. Darin war er Experte. Und das war auch nötig, wie sie fand; wieder mal hatte sie das Heft aus der Hand gegeben.

Wütend ließ sie den Blick durch die riesige Wohnung schweifen, die sie zwei Jahre zuvor über einen Strohmann gekauft hatte. Sie war immer noch unpersönlich und spärlich möbliert, doch in Ermangelung von etwas Besserem musste das vorerst genügen. Fluchend stand Kira auf und betrat, ohne anzuklopfen, das Eckzimmer, wo Juri Bogdanow schweißdünstend über seinen Computern hing.

»Wie läuft es mit Blomkvists Rechner?«, fragte sie.

»Kommt darauf an …«

»Worauf?«

»Hab doch schon gesagt, ich bin auf seinem Server.«

»Ansonsten nichts Neues?«

Er wand sich, und sie ahnte sofort, dass auch er keine guten Nachrichten für sie hätte.

»Blomkvist hat gestern Verteidigungsminister Forsell gegoogelt. Das ist natürlich interessant – nicht nur weil der GRU Forsell aufs Korn genommen und Galinow mit ihm zu tun hat, sondern auch weil der Minister gestern …«

»Ich scheiß auf Forsell«, zischte sie. »Ich interessiere mich einzig und allein für die verschlüsselten Links, die Blomkvist gekriegt und verschickt hat.«

»Ich hab sie nicht knacken können.«

»Was soll das heißen, nicht knacken können? Versuch es weiter!«

Bogdanow biss sich auf die Lippe und starrte auf die Tischplatte hinab. »Ich bin nicht mehr drin.«

»Was redest du da?«

»Heute Nacht hat irgendjemand meinen Trojaner rausgeschmissen.«

»Wie zur Hölle ist das möglich?«

»Ich weiß es nicht.«

»Es kann doch wohl niemand an deinen Trojaner rankommen ...«

»Eigentlich nicht, aber ...« Er knabberte an seiner Nagelhaut.

»Du meinst, es war also ein verdammtes Genie?«, zischte sie.

»Scheint so«, murmelte er, und da drohte Kira kurz durchzudrehen. Dann beschlich sie ein anderer Gedanke, und anstatt zu schreien und Theater zu machen, lächelte sie.

Lisbeth, dämmerte ihr, war ganz in der Nähe – und zwar näher, als sie zu träumen gewagt hätte.

Mikael lag auf dem Bett im Hotel Hellsten an der Luntmakargatan, während Lisbeth in einem roten Sessel am Fenster saß und ihn mit abwesendem Blick betrachtete. Mikael hatte kaum mehr als ein paar Stunden geschlafen. Er war sich nicht sicher, ob es eine gute Idee gewesen war herzukommen. Sie hatten natürlich keine romantische Nacht gehabt oder sich auch nur als alte Freunde getroffen. Bereits in der Tür war es aus dem Ruder gelaufen.

Sie hatte ihn angestarrt, als wollte sie ihm auf der Stelle die Kleider vom Leib reißen. Obwohl er noch während der Fahrt an Catrin gedacht hatte, hätte er sich wahrscheinlich nicht mal dagegen gewehrt. Dann hatte sich gezeigt, dass nicht er es war, auf den sie sich hatte stürzen wollen, sondern sein Computer. Und sein Handy. Sie hatte ihm beides entrissen, sich hinter schwarzen Schirmen verschanzt, die sie auf dem Fußboden aufgeklappt hatte, und sich dann in einer eigentümlich gebeugten Position dazwischen niedergelassen. Sie hatte reglos dagesessen und geschwiegen, nur die Finger hatten in fieberhaftem Tempo gearbeitet.

Am Ende hielt er es nicht mehr aus. Er flippte aus. Dass er fast ertrunken sei, brüllte er, als er einen verdammten Minister gerettet habe. Er müsse jetzt schlafen oder zumindest reden können und erfahren, was sie da mache.

»Klappe«, sagte sie.

»Verdammt noch mal!«

Er wollte nur noch weg und sie nicht mehr sehen müssen. Am Ende kapitulierte er, zog sich aus, legte sich ins Doppelbett und schlief ein wie ein beleidigtes Kind.

Irgendwann in der Morgendämmerung kroch sie neben ihn und flüsterte ihm wie in einem geisteskranken Verführungstrick ins Ohr: »Du hattest einen Trojaner, Smartass«, und damit war die Nacht vollends ruiniert.

Ihm war schlagartig angst und bange. Er machte sich Sorgen um seine Quellen und verlangte sofort zu wissen, was los war. Widerwillig erklärte sie es ihm, und ganz allmählich erfasste er den ganzen Wahnsinn – oder zumindest Teile davon. Sie war wie immer ziemlich wortkarg, und als ihr bald darauf die Augen zufielen, ließ sie ihn empört und einsam und aufgewühlt zurück. Er fluchte, war überzeugt, nicht wieder einschlafen zu können, doch irgendwie musste es doch so gekommen sein, denn als er aufwachte, saß Lisbeth im Sessel – in Unterhose und einem viel zu langen schwarzen Shirt – und schien sich in einem Zustand irgendwo zwischen Traum und Wirklichkeit zu befinden.

Überrascht musterte er ihre Beinmuskeln und die schwarzen Ringe unter den Augen.

»Draußen gibt's Frühstück«, sagte sie unversehens, und er blickte zur Tür.

»Schön.«

Er holte zwei Tabletts herein und stellte sie aufs Bett. Dann machte er Kaffee mit der Espressomaschine am Fenster, hockte sich wieder auf die Matratze, und sie setzte sich ihm gegenüber. Er sah sie an, als wäre sie ihm zugleich eng vertraut und wildfremd, und spürte deutlicher denn je: Er verstand sie und verstand sie kein bisschen.

»Warum hast du gezögert?«, fragte er.

Mikaels Frage gefiel Lisbeth nicht. Sein Gesichtsausdruck gefiel ihr nicht. Sie wäre am liebsten getürmt oder hätte ihn ins Bett gezerrt und zum Schweigen gebracht. Sie dachte an Paulina, deren Mann, das Bügeleisen in ihrer Hand und an weit Schlimmeres aus ihrer Kindheit, und sie war sich alles andere als sicher, ob sie überhaupt antworten sollte. Trotzdem sagte sie nach einer Weile: »Ich hab mich an eine Sache erinnert.«

Mikael sah sie eindringlich an, und sie bereute sofort, dass sie nicht die Klappe gehalten hatte.

»Woran hast du dich erinnert?«

»Vergiss es.«

»Jetzt komm schon.«

»Ich hab mich an meine Familie erinnert.«

»Und woran genau?«

Hör auf, dachte sie. *Hör auf.*

»Ich hab mich daran erinnert …«, begann sie, als könnte sie gar nicht anders, als wollte irgendetwas in ihr es trotz allem erzählen.

»Was?«

»Mama wusste, dass Camilla uns bestohlen und bei der Polizei gelogen hatte, um Zala zu schützen. Sie wusste, dass Camilla uns bei den Sozialbehörden angeschwärzt hatte, wodurch es zu Hause nur immer schlimmer wurde.«

»Ich weiß«, sagte er.

»Echt?«

»Holger hat es mir erzählt.«

»Aber wusstest du auch …«

»Was?«

War es nicht ohnehin egal?

»Dass Mama am Ende genug davon hatte und damit drohte, Camilla rauszuwerfen?«

»Das wusste ich nicht.«

»War aber so.«

»Camilla war doch noch ein Kind.«

»Sie war zwölf.«

»Trotzdem …«

»Vielleicht war es auch nur so ein Ausbruch, der nichts zu bedeuten hatte. Aber Mama war auf meiner Seite, das weiß ich. Sie mochte Camilla nicht.«

»So was gibt es in jeder Familie. Eins der Kinder ist immer der Liebling.«

»Aber hier hatte es Konsequenzen. Es machte uns blind.«

»Blind für was?«

»Für all das, was vor sich ging.«

»Und was war das?«

Hör auf, dachte sie. *Hör sofort auf!*

Sie hätte sich am liebsten die Seele aus dem Leib geschrien. Trotzdem machte sie weiter, wie von einer unbekannten Kraft getrieben, die sie nicht unter Kontrolle brachte.

»Camilla hatte ja Zala, dachten wir. In diesem Krieg daheim wären wir zwei gegen zwei – Mama und ich gegen Zala und sie. Aber so war es nicht. Camilla war allein.«

»Ihr wart alle allein.«

»Sie war am schlimmsten dran.«

»Inwiefern?«

Sie wandte den Blick ab.

»Zala kam manchmal nachts in unser Zimmer«, sagte sie. »Damals hatte ich keinen Schimmer, warum – aber ich hab auch nie viel darüber nachgedacht. Er war böse, machte eben, was er wollte. So war es nun mal. Und damals konnte ich sowieso nur an eine einzige Sache denken.«

»Du wolltest, dass er aufhörte, deine Mutter zu misshandeln.«

»Ich wollte Zala umbringen. Ich wusste zwar, dass sich Camilla mit ihm verbündet hatte, aber es gab für mich keinen Grund, groß über Camilla nachzudenken.«

»Das ist verständlich.«

»Er blieb immer öfter über Nacht, was nicht ins Bild passte, immerhin war er doch Luxus und Aufwartung gewohnt. Aber mit einem Mal schien unsere Wohnung wieder gut genug für ihn zu sein, und das musste daran gelegen haben, dass eine neue Karte im Spiel war. Auf dem Twerskoj Boulevard hab ich endlich begriffen, worum genau es sich handelte. Camilla zog ihn an, so wie alle anderen Männer auch.«

»Das heißt, er kam *ihretwegen* nachts vorbei?«

»Er bat sie immer, mit ins Wohnzimmer zu kommen, und wenn ich dann auf ihre Stimmen lauschte, klang es immer nur, als würden sie irgendeinen Mist gegen Mama und mich aushecken. Vielleicht hab ich aber ja auch was anderes gehört, was ich damals noch nicht verstehen konnte. Sie sind oft mit dem Auto weggefahren.«

»Er hat sich an ihr vergriffen.«

»Er hat sie kaputt gemacht.«

»Du bist nicht daran schuld«, sagte er mit fester Stimme.

Sie hatte nicht übel Lust zu schreien.

»Ich hab bloß auf deine Frage geantwortet. Mir ist klar geworden, dass Mama und ich nicht das Geringste getan haben, um ihr zu helfen. Das hab ich endlich begriffen, und deshalb habe ich gezögert.«

Mikael saß schweigend vor ihr auf dem Bett und sah aus, als würde er auf sich einwirken lassen müssen, was er soeben gehört hatte. Dann legte er ihr die Hand auf die Schulter. Sie wischte sie weg und sah aus dem Fenster.

»Weißt du, was ich glaube?«, fragte er, doch sie antwortete nicht. »Ich glaube, dass du ganz einfach nicht die Person bist, die Leute auf diese Weise erschießt.«

»Blödsinn.«

»Ich glaube es nicht, Lisbeth. Ich habe es noch nie geglaubt.«

Sie nahm sich ein Croissant und murmelte mehr an sich selbst als an Mikael gewandt: »Aber ich hätte sie töten müssen. Jetzt machen sie Jagd auf uns alle.«

KAPITEL 20

27. August

Jan Bublanski hatte eine Flasche zwölf Jahre alten Grant's dabei, die seit einer Ewigkeit unberührt zu Hause gestanden hatte. Eigentlich widersprach so was seinen Prinzipien, aber nachdem der Zeuge ihn um Whisky gebeten hatte, wollte er nicht kleinlich sein. Seit gestern konzentrierte er sich komplett auf den Fall Nima Rita und hatte keine Mühen gescheut, jenen letzten Zeugen zu finden, der den Sherpa lebend gesehen hatte. Er hatte ihn am Ende in einem gelben Mietshaus am Klockarleden in Haninge in einer kleinen Wohnung aufgespürt.

Es war zwar nicht die schlimmste Wohnung, die Bublanski je gesehen hatte, aber bei Weitem auch nicht die beste. Es roch übel, überall standen Aschenbecher und Flaschen, dazwischen Essensreste. Der Zeuge selbst strahlte in seinem weißen Hemd und mit der französischen Baskenmütze auf dem Kopf fast schon eine Art Boheme-Eleganz aus.

»Herr Järvinen«, sagte Bublanski.

»Herr Kommissar.«

»Ist der hier genehm?«

Er zückte die Flasche, erntete ein Lächeln, und sie ließen sich in der Küche auf blauen Holzstühlen nieder.

»Sie sind dem uns nunmehr als Nima Rita bekannten Mann in der Nacht zum Fünfzehnten begegnet, war es nicht so?«

»Exakt ... ja ... Ein komplett Verrückter! Mir ging es hundeelend, ich hab da auf einen Typen gewartet, der hin und wieder am Norra Bantorget steht und was zu trinken verkauft, und da tauchte auf einmal dieser Landstreicher auf, total besoffen und durch den Wind. Ich hätte natürlich kein Wort sagen dürfen, man konnte meilenweit sehen, dass der verrückt war. Aber ich bin nun mal von Natur aus redselig, also hab ich mich höflich erkundigt, wie es ihm gehe, und da fing er an zu brüllen.«

»In welcher Sprache?«

»Englisch und Schwedisch.«

»Das heißt, er hat Schwedisch gesprochen?«

»Mehr oder weniger. Zumindest hat er ein paar Worte gesagt. Allerdings war es unmöglich zu verstehen. Er kreischte, er wär oben in den Wolken gewesen und hätte sich mit den Göttern geschlagen und mit den Toten gesprochen.«

»Könnte er da vom Mount Everest gesprochen haben?«

»Sicher, mag sein. Ich hab so genau gar nicht hingehört. Ich war am Zittern, konnte kein Theater gebrauchen.«

»Sie wissen also nicht mehr, was er konkret gesagt hat?«

»Er habe mehreren Menschen das Leben gerettet. ›I saved many lives‹, hat er gesagt und mir seine Stümpfe gezeigt.«

»Hat er auch etwas über Verteidigungsminister Forsell gesagt?«

Heikki Järvinen sah ihn erstaunt an. Dann goss er sich einen Whisky ein, den er mit bebender Hand in sich hineinkippte.

»Lustig, dass Sie das sagen«, murmelte er.

»Warum ist das lustig?«

»Weil ich tatsächlich das Gefühl hatte, als hätte er Forsell beim Namen genannt. Dann wieder ist das ja nichts Besonderes, von dem reden sie schließlich alle.«

»Was genau hat er gesagt?«

»Ich glaube, dass er ihn kennt … Also, na ja, er kannte ja alle möglichen wichtigen Leute, und das war nun auch wieder nicht glaubwürdig. Er hat mir die Ohren abgekaut – das hab ich nicht ausgehalten, und da hab ich wohl was ziemlich Blödes gesagt.«

»Was war das?«

»Also … nichts Rassistisches oder so. Aber vielleicht war es nicht sonderlich klug. Ich hab gesagt, er würde aussehen wie ein Tschingtschang Chinamann, und da ist er explodiert und hat mir eine gelangt. Ich war so baff, dass ich gar keine Chance hatte, ehrlich, er hat mich einfach verprügelt. Können Sie sich das vorstellen?«

»Ich kann mir vorstellen, dass es schlimm war.«

»Wie ein Schwein hab ich geblutet«, fuhr Järvinen erregt fort. »Ich hab immer noch eine Wunde – hier.«

Er zeigte auf seine Lippe, und die sah tatsächlich vernarbt aus. Dann wiederum war er mit Wunden und Narben und blauen Flecken nur so übersät, weshalb die Sache keinen allzu großen Eindruck auf Bublanski machte.

»Was ist als Nächstes passiert?«

»Er ist abgezogen. Hatte echt Schwein. Obwohl … Das sollte ich vielleicht nicht sagen, wenn er am nächsten Tag tot war. Aber in dem Moment fühlte es sich so an. Unten an der Vasagatan ist er direkt auf einen Dealer gestoßen.«

Bublanski lehnte sich über den Tisch. »Einen, der Schwarzgebrannten verkaufte?«

»Unten an der Pension dort, Sie wissen schon. Da hat ihn ein Mann angehalten, zumindest sah es so aus, und hat ihm eine Flasche gegeben. Aber das war alles so weit weg, dass ich mich da auch getäuscht haben kann.«

»Was können Sie über den Typen sagen?«

»Den Dealer?«

»Ja.«

»Gar nichts. Er war schlank und groß und dunkelhaarig. Schwarze Jacke, Jeans und Kappe. Sein Gesicht hab ich nicht gesehen.«

»Sah er selbst aus wie ein Alkoholiker?«

»Fand ich nicht. Er lief nicht so.«

»Wie meinen Sie das?«

»Er war zu leichtfüßig und schnell unterwegs.«

»Als wäre er trainiert?«

»Möglich.«

Schweigend sah Bublanski Järvinen an. Der Mann bemühte sich sichtlich, obwohl er zusehends verwahrloste, eine bürgerliche Fassade aufrechtzuerhalten. In ihm steckte noch *fighting spirit*.

»Haben Sie gesehen, wo er anschließend hin ist?«

»Runter zum Hauptbahnhof. Einen Moment lang hab ich überlegt, ob ich ihm hinterherlaufen soll, aber ich hätte keine Chance gehabt, ihn einzuholen.«

»Dann wollte er vielleicht gar keinen Sprit verkaufen. Vielleicht hat er Nima Rita die Flasche gezielt in die Hand gedrückt.«

»Sie meinen ...«

»Ich meine gar nichts. Aber Nima Rita ist an einer Vergiftung gestorben, und im Hinblick auf seine Lebensweise wäre es nicht unwahrscheinlich, dass er dieses Gift mit einer Flasche Alkohol zu sich nahm. Deshalb verstehen Sie hoffentlich, dass ich mich für den anderen Mann interessiere.«

Heikki Järvinen leerte ein zweites Glas. »Dann gibt es da wohl eine Sache, die ich noch erwähnen sollte.«

»Was denn?«

»Er hat behauptet, sie hätten schon mal versucht, ihn zu vergiften.«

»Auf welche Weise?«

»Also ... Das konnte ich nicht richtig verstehen. Er schrie und krakeelte – all diese fantastischen Sachen, die er schon geleistet habe, und all die vornehmen Menschen, die er kenne … Gleichzeitig hatte ich das Gefühl, dass er eher in der Klapse gesessen und dort seine Medikamente nicht genommen hätte. ›They tried to poison me‹, schrie er, ›but I ran. I climbed down a mountain to the lake‹ – zumindest glaub ich, dass er das gesagt hat … und dass er vor irgendeinem Arzt geflohen sei …«

»Von einem Berg runter zu einem See, habe ich das richtig verstanden?«

»Ich glaube schon.«

»Hatten Sie eher den Eindruck, er wäre in Schweden beim Arzt gewesen oder im Ausland?«, hakte Bublanski nach.

»In Schweden, glaube ich … Er hat nach hinten gezeigt, als wäre es dort irgendwo gewesen. Andererseits hat er andauernd in sämtliche Richtungen gezeigt – als wären der Himmel und die Götter, mit denen er sich überworfen hatte, alle direkt um die Ecke.«

»Verstehe«, sagte Bublanski, der jetzt so schnell wie nur möglich wieder aus Haninge wegwollte.

Lisbeth saß in ihrem Hotelzimmer am Schreibtisch. Vor ihr auf dem Bildschirm verließen die Männer vom Svavelsjö MC, darunter ihr Präsident Marko Sandström, das Haus am Strandvägen. Was sollte sie jetzt tun?

Sie fuhr den Computer runter. Mikael, der sich unterdessen angezogen hatte, saß auf dem Bett und starrte auf sein Handy. Eigentlich sollte sie ihn in Ruhe lassen, dachte sie. Sie würde keine weiteren Fragen über ihr Leben ertragen – und noch weniger Theorien darüber, wie nett sie in ihrem tiefsten Innern eigentlich sei oder was immer Mikael ihr zuletzt hatte sagen wollen.

»Was machst du?«, fragte sie trotzdem.

»Bitte?«

»Was machst du da gerade?«

»Die Sherpa-Story«, murmelte er.
»Kommst du damit voran?«
»Ich sehe mir diesen Stan Engelman an.«
»Klasse Typ, nicht wahr?«
»Definitiv. Ganz dein Beuteschema.«
»Und dann hätten wir noch diesen Mats Sabin«, sagte sie.
»Genau, der auch ...«
»Was hältst du von ihm?«
»Bin noch nicht richtig bis dahin gekommen.«
»Ich glaube, den kannst du vergessen.«
Er sah neugierig auf. »Wie kommst du darauf?«
»Weil ich annehme, dass der nur auf den ersten Blick ganz wunderbar in die Geschichte passt. Auf den zweiten dann aber schon nicht mehr.«
»Und warum nicht?«
Sie stand auf, trat ans Fenster, um zwischen den Vorhängen hindurch die Luntmakargatan entlangzuspähen. Camilla und der Svavelsjö MC ... Sie hatte da eine Idee. Warum setzte sie die alle nicht ein bisschen unter Druck?
»Also – warum nicht?«, hakte er nach.
»Bist du über den nicht ein bisschen zu schnell gestolpert? Noch bevor du überhaupt wusstest, worum es genau ging?«
»Das stimmt ...«
»Geh lieber in der Zeit noch ein bisschen zurück. In die Kolonialzeit.«
»Was?«
»Ist der ganze Everest nicht ein einziges Relikt aus der Kolonialzeit? Weiße Bergsteiger – und Menschen anderer Hautfarbe, die deren Klamotten schleppen?«
»Schon möglich ...«
»Ich finde, das solltest du bedenken. Versuch herauszukriegen, wie sich Nima Rita sonst so ausgedrückt hat.«
»Kannst du nicht ein einziges Mal Klartext reden?«

Mikael wartete auf ihre Antwort, spürte aber, dass Lisbeth ihm wieder entglitt, genau wie am Morgen schon einmal. Aber natürlich würde er das auch allein herausfinden.

Er packte zusammen. Es wäre nur gut, ein bisschen Tempo zu machen, fand er, und Lisbeth dann einfach später noch einmal zu treffen. Er schob seinen Rechner zurück in die Tasche, stand auf und wollte sie zum Abschied umarmen und bitten, gut auf sich aufzupassen. Doch nicht mal als er näher kam, reagierte sie.

»Earth to Lisbeth«, sagte er und kam sich sofort albern vor. Doch ihr Blick klarte auf, und sie sah zu seiner Tasche. Als würde die ihr etwas sagen.

»Du kannst nicht nach Hause«, sagte sie bloß.

»Dann fahre ich woandershin.«

»Ich meine es ernst. Du kannst nicht nach Hause oder zu jemand anderem. Du stehst unter Beobachtung.«

»Ich kann gut auf mich selbst aufpassen.«

»Kannst du nicht. Gib mir dein Handy.«

»Jetzt hör endlich auf – nicht schon wieder!«

»Gib es mir!«

Sie hatte sich bereits hinreichend mit seinem Handy beschäftigt, fand er und wollte es schon in seine Tasche stecken, als sie es ihm aus der Hand riss, und obwohl ihm allmählich der Kragen platzte, nutzte das anscheinend rein gar nichts. Sie war schon wieder mit ihren Programmcodes zugange, und er ließ sie beleidigt gewähren. Mit seinen Computern hatte sie immer schon getan, was sie wollte. Trotzdem war er mit seiner Geduld am Ende und zischte sie irgendwann an: »Was machst du denn noch?«

Sie blickte auf, und er sah die Andeutung eines Lächelns.

»Ich mag das«, sagte sie.

»Was?«

»Diese Frage.«

»Welche Frage?«

»›Was machst du?‹ Aber kannst du die nicht mal im Plural stellen? Im gleichen Tonfall?«

»Was redest du denn da?«

»Sag es einfach.«

Sie hielt ihm sein Handy hin.

»Was?«

»›Was macht *ihr*?‹«

»Was macht ihr?«, wiederholte er.

»Gut. Perfekt.«

Sie tippte noch was in sein Telefon ein und gab es ihm zurück.

»Und was *hast* du gemacht?«

»Ich will sehen, wo du bist, und hören, was um dich herum vor sich geht.«

»Wie bitte? Spinnst du?«

»Ja.«

»Dann hab ich jetzt also kein Privatleben mehr.«

»Du hast so viel Privatleben, wie du willst. Ich werde schon nicht grundlos zuhören – zumindest nicht, solange du diese Worte sagst.«

»Ich kann also weiter allen möglichen Mist über dich erzählen?«

»Hä?«

»Das war ein Witz, Lisbeth.«

»Okay.«

Er grinste.

Sie ebenfalls – oder vielleicht auch nicht –, und da nahm er sein Handy, sah sie wieder an und sagte: »Danke.«

»Tauch eine Weile ab«, riet sie ihm.

»Mach ich.«

»Gut.«

»Zum Glück kennt mich ja keiner.«

»Was?«

Auch dieser Witz ging an ihr vorbei.

Er umarmte sie, ging und versuchte wie versprochen, draußen im Stadttreiben abzutauchen. Es gelang ihm nicht. Schon auf der Tegnérgatan wollte ein Junge ein Selfie mit ihm machen. Er lief weiter zum Sveavägen, und obwohl er sich wahrscheinlich besser hätte fernhalten sollen, setzte er sich dort auf eine Bank unweit der Bibliothek, googelte erneut Nima Rita und blieb schließlich an einem längeren Artikel im *Outside* vom August 2008 hängen.

Nirgends war Nima Rita ausführlicher zu Wort gekommen. Allerdings waren die Zitate nicht sonderlich aufregend, zumindest nicht auf den ersten Blick. Es handelte sich um Dinge, die Mikael schon früher gelesen hatte – pflichtschuldige, traurige Aussagen zu Klara Engelman. Doch nach einer Weile stutzte er. Es waren die einfachen, verzweifelten Sätze: I really tried to take care of her. I tried. But Mamsahib just fell, and then the storm came, and the mountain was angry, and we couldn't save her. I am very, very sorry for Mamsahib.

Mamsahib.

Natürlich! Mamsahib – oder auch Memsahib: die weibliche Form von Sahib. Die Bezeichnung für eine Weiße im kolonialen Indien. Warum war ihm das nicht schon zuvor aufgefallen? Bei seiner Recherche hatte er doch mitbekommen, dass die Sherpas so die westlichen Bergsteiger nannten.

I took Forsell and I left Mamsahib.

Das musste er gesagt haben. Und hatte aller Wahrscheinlichkeit nach von Klara Engelman gesprochen.

Aber was bedeutete das? Hatte Nima Rita an ihrer Stelle Johannes Forsell gerettet? Das stimmte nicht mit den Schilderungen der Ereignisse überein. Klara und Johannes waren an gänzlich unterschiedlichen Stellen am Berg gewesen, und Klara war wahrscheinlich sogar bereits tot, als Forsell in Schwierigkeiten geraten war. Trotzdem ... War dort oben vielleicht irgendetwas geschehen, was hatte vertuscht werden müssen? Möglich. Es mochte aber auch ganz anders gewesen sein. Dennoch spürte er, wie seine Lebensgeister zurückkehrten. Sein Urlaub war definitiv vorbei, und er würde der Geschichte auf den Grund gehen müssen. Doch zuallererst schickte er eine SMS an Lisbeth: Warum musst du immer so verdammt clever sein??

KAPITEL 21

27. August

Paulina Müller saß im Schlafanzug in ihrem alten Kinderzimmer in München-Bogenhausen auf dem Bett, telefonierte und trank heiße Schokolade. Ihre Mutter war auf und ab gehuscht und hatte sie umsorgt, als wäre sie wieder zehn Jahre alt. Was sich insgeheim gar nicht so schlecht anfühlte.

Im Moment wollte sie wieder Kind sein, alle Verantwortung abschütteln und sich einfach nur ausheulen. Außerdem hatte sie sich getäuscht. Ihre Eltern hatten sehr wohl durchschaut, was Thomas für einer war. Als sie ihnen erzählt hatte, was er ihr angetan hatte, war nicht der Schatten eines Zweifels in ihren Blicken gewesen. Trotzdem hatte sie sich in ihr Zimmer eingeschlossen und nach draußen gerufen, dass sie nicht gestört werden wolle.

»Sie haben also keine Ahnung, wer die Frau gewesen sein könnte?«, fragte die Kommissarin Ulrike Jensen am Telefon in einem Ton, als glaubte sie ihr kein Wort, und dazu hätte sie auch wenig Grund gehabt.

Paulina hatte nicht nur sofort begriffen, wer die Frau mit dem Bügeleisen gewesen war. Sie hatte vielmehr auch die finstere Logik dahinter erkannt und war mit einem Mal furchtbar ängstlich gewesen, dass sie selbst auf irgendeine

Weise zu diesem Angriff aufgewiegelt haben könnte. Wie oft hatte sie nicht gesagt: *Ich kann ihn nicht wiedersehen, ich kann nicht. Lieber sterbe ich.*

»Nein«, sagte sie, »das scheint niemand gewesen zu sein, den ich kenne.«

»Thomas berichtet, Sie hätten eine Frau kennengelernt und sich verliebt«, fuhr Ulrike Jensen fort.

»Das habe ich nur geschrieben, um ihm eins auszuwischen.«

»Es scheint mir aber doch, als hätte die Täterin eine gefühlsmäßige Verbindung zu Ihnen. *Sie* scheinen ihre Botschaft zu sein. Ihr Mann hat schwören müssen, sich Ihnen nie wieder zu nähern.«

»Das ist seltsam.«

»Ach, wirklich? Die Nachbarn erzählen, Sie hätten in den letzten Tagen, bevor Sie verschwunden sind, einen Verband um den Arm getragen. Angeblich haben Sie sich am Bügeleisen verbrannt.«

»Das stimmt.«

»Es haben Ihnen aber nicht alle geglaubt, Paulina. Die Nachbarn haben Schreie aus Ihrer Wohnung gehört. Schreie und einen Streit.«

»Ehrlich?«, sagte sie zögerlich.

»War es vielleicht in Wahrheit Thomas, der Sie verbrannt hat?«

»Na ja …«

»Da werden Sie sicher verstehen, dass wir den Verdacht haben, es könnte sich um einen Racheakt handeln – von einer Person, die Ihnen nahesteht.«

»Ich weiß nicht …«

»Sie wissen nicht?«

Und so ging es weiter – hin und her, bis Ulrike Jensen eine andere Tonart anschlug. »Übrigens …«

»Ja?«

»Ich glaube nicht, dass Sie sich seinetwegen noch Sorgen machen müssen.«

»Wie meinen Sie das?«

»Ihr Mann scheint vor dieser Frau Panik zu haben. Ich glaube, er wird sich tatsächlich fernhalten.«

Paulina zögerte wieder. Dann sagte sie: »War das alles?«

»Bis auf Weiteres, ja.«

»Dann bedanke ich mich.«

»Bei wem?«

»Ich weiß nicht«, sagte sie und fügte hinzu, weil sie fand, dass es gut klang, sie hoffe, es werde Thomas bald wieder besser gehen.

Doch auch das war nicht wahr. Sowie sie aufgelegt hatte und noch immer versuchte zu begreifen, was sie soeben erfahren hatte, klingelte das Handy erneut. Es war die Scheidungsanwältin Stephanie Erdmann, von der Paulina in einer Zeitung gelesen hatte. Erdmann würde sie vertreten. Um die Bezahlung solle Paulina sich keine Gedanken machen, die sei bereits erfolgt.

Sonja Modig begegnete ihm auf dem Flur des Polizeipräsidiums und schüttelte nur den Kopf. Das hieß vermutlich, dass Nima Rita auch im Register des Landgerichts nicht auffindbar gewesen war. Aber zumindest hatten sie die Genehmigung erhalten, nach ihm zu suchen, und das allein war in Anbetracht aller möglichen Hindernisse ein kleiner Sieg.

Das Gespräch mit dem militärischen Nachrichtendienst war bisher eine Einbahnstraße gewesen, was ihn zusehends ärgerte. Trotzdem sah er Sonja an und sagte gedankenverloren: »Wir haben möglicherweise einen Verdächtigen.«

»Wirklich?«

»Allerdings keinen Namen und keine hinreichende Beschreibung.«

»Das nennst du einen Verdächtigen?«

»Okay, dann eben eine Spur.«

Er erzählte ihr von dem Mann, den Heikki Järvinen irgendwann zwischen ein und zwei Uhr in der Nacht auf Samstag, den fünfzehnten August, vom Norra Bantorget aus gesehen hatte und der Nima Rita möglicherweise eine Flasche Schwarzgebrannten überreicht hatte.

In Bublanskis Zimmer machte Sonja sich eine Notiz. Dann saßen sie eine Weile schweigend einander gegenüber, bis sich irgendetwas in Bublanskis Bewusstsein drängelte.

»Wir haben also immer noch keine Hinweise darauf, dass er in Kontakt mit dem schwedischen Gesundheitssystem war?«, fragte er.

»Bisher nicht«, antwortete sie. »Aber ich gebe nicht auf. Er könnte immerhin auch unter anderem Namen eingeliefert worden sein. Wir beantragen jetzt den gerichtlichen Beschluss, mit seinen körperlichen Erkennungsmerkmalen breiter suchen zu dürfen.«

»Haben wir eine Ahnung, wie lange er schon in der Stadt war?«, hakte er nach.

»Auch wenn es mit der Zeitauffassung der Menschen immer schwierig ist, deutet nichts darauf hin, dass er länger als ein paar Wochen im Viertel unterwegs gewesen ist.«

»Kann er aus einem anderen Stadtteil oder einer anderen Stadt hierhergekommen sein?«

»Ich glaube einfach nicht, dass es so ist. Reines Bauchgefühl.«

Bublanski lehnte sich in seinem Stuhl zurück, sah aus dem Fenster auf die Bergsgatan hinaus – und mit einem Mal wusste er, was in ihm rumort hatte.

»Der Südflügel …«

»Was?«

»Die geschlossene Psychiatrie im Südflügel. Ich glaube, dort könnte er gewesen sein.«

»Wie kommst du darauf?«

»Weil es passt.«

»Inwiefern?«

»Das ist genau der Ort, an den man einen Menschen bringen würde, den man verstecken will. Auf den Südflügel hat nicht mal das Landgericht Zugriff – der untersteht einer eigenen Stiftung. Ich weiß, dass das Militär seit jeher mit der Klinik zusammenarbeitet. Erinnerst du dich noch an Andersson, den UN-Soldaten, der nach dem Kongo-Einsatz anfing, Leute auf der Straße anzufallen? Der hat auch im Südflügel gesessen.«

»Ja, an den erinnere ich mich noch«, sagte Sonja. »Aber das klingt mir jetzt doch sehr spekulativ.«

»Ich bin ja auch noch nicht fertig.«

»Dann fahren Sie bitte fort, Herr Kommissar.«

»Laut Järvinen hat Nima gesagt, er sei, um sich zu befreien, von einem Berg zu einem See hinuntergestiegen, und das stimmt doch auch: Der Südflügel liegt fast schon dramatisch auf einem Felsplateau über dem Årstaviken. Und das Ganze ist nicht allzu weit vom Mariatorget entfernt.«

»Sehr gut«, sagte Sonja.

»Kann auch ein Schuss ins Blaue sein.«

»Ich überprüfe es trotzdem.«

»Ausgezeichnet. Allerdings …«

»Was?«

»… erklärt das noch nicht, wie Nima Rita durch die Passkontrollen nach Schweden gekommen ist, ohne dass sein Name irgendwo registriert wurde.«

»Nein, das erklärt es nicht«, sagte Sonja. »Es ist trotzdem ein Anfang.«

»Und ein guter Anfang wäre auch, mit Rebecka Forsell zu sprechen. Aber das kommt anscheinend nicht infrage.«

»Nein«, erwiderte sie und sah ihn nachdenklich an.

»Was ist?«

»Es könnte da noch eine andere Frau in der Stadt geben, die Nima Rita und Klara Engelman kannte.«

»Und zwar?«

Catrin Lindås lief die Götgatan entlang und versuchte erneut, Mikael zu erreichen. Mal war besetzt, mal kam der Freiton, doch dann ging er nicht ran. Auch dieses Mal nicht. Sie fluchte. Warum machte sie sich überhaupt noch die Mühe? Sie hatte Wichtigeres zu tun. Sie hatte soeben Aufnahmen für einen Podcast abgeschlossen, in dem sie mit Kulturministerin Alicia Frankel und dem Professor für Journalistik Jörgen Vrigstad über die medialen Attacken auf Johannes Forsell diskutiert hatte. Aber auch das hatte sie nicht viel froher gemacht. Wie so oft, wenn sie etwas eingespielt hatte, war sie erst mal aus dem Gleichgewicht.

Immer gab es eine Replik oder eine Frage, die ihr Probleme bereitete, und jetzt hatte sie Angst, dass sie zu hart gewesen sein könnte und sich genauso einseitig verhalten hatte wie die Medien, die sie kritisierte: Sie hatte eine Differenzierung verlangt, ohne selbst zu differenzieren. Andererseits war sie grundsätzlich selbstkritisch, und ihr war bewusst, dass die Hetze gegen Forsell auch ihr selbst unter die Haut gegangen war. Vielleicht ging es hier unterschwellig sogar eher um sie als um ihn.

Sie wusste nur zu gut, wie Hass und Lügen einen wahnsinnig machen und zermürben konnten, und selbst wenn sie nie darüber nachgedacht hatte, sich das Leben zu nehmen, verlor sie doch hie und da den Boden unter den Füßen und litt wie ein Tier. Heute hatte sie sich schon den ganzen Tag, seit sie am frühen Morgen aufgewacht war und während sie sich auf die Einspielung vorbereitet hatte, hundsmiserabel gefühlt, als dräute irgendetwas Düsteres, Urtümliches. Sie schob es beiseite.

Die Götgatan war voller Menschen. Vor ihr auf dem Bürgersteig tollte eine Gruppe Kindergartenkinder mit Ballons. Sie bog in die Bondegatan ein und steuerte den Nytorget an, wo sie endlich ausatmete.

Der Nytorget galt als einer der angesagtesten Plätze auf Söder und, auch wenn es fast schon ein Schimpfwort war, als Synonym für die Medienelite. Ihr verlieh das Viertel ein Gefühl der Sicherheit, als wäre sie hier zu Hause und zugleich irgendwo in der Fremde. Ihre Wohnung war überteuert, zugegeben; doch seit ihr mit ihrem Radioprogramm ein solcher Durchbruch geglückt war – inzwischen war es Schwedens größter Medienpodcast –, fühlte sie sich angenehm abgesichert. Sie würde die Wohnung schließlich wieder verkaufen und in einen Vorort ziehen können. Dass ihr im Handumdrehen alles genommen werden könnte, war ihr jederzeit allgegenwärtig.

Catrin beschleunigte. Lief da jemand hinter ihr her? Nein, Blödsinn, alte Dämonen. Trotzdem wollte sie so schnell wie möglich nach Hause und die Welt vergessen, in eine beliebige romantische Komödie abtauchen oder in etwas anderes, was nichts mit ihrem eigenen Leben zu tun hatte.

Mikael saß auf einem Balkon auf Östermalm und interviewte die Frau, von der Sonja Modig gesprochen hatte. Er war direkt aus der Kungliga Biblioteket gekommen, wo er den ganzen Tag gesessen und recherchiert hatte, und allmählich brachte er Klarheit in den Verlauf der Ereignisse und vor allem in die Frage, der er dringend vollends auf den Grund gehen musste.

Er hatte sich selbst bei Elin in die Jungfrugatan eingeladen. Elin war heute neununddreißig Jahre alt und eine gertenschlanke, elegante Frau mit klaren Gesichtszügen und strengem Auftreten. Seit sie geheiratet hatte, hieß sie Felke. 2008 hatte sie noch Malmgård geheißen, war als Fitnessstar mit einer eigenen Kolumne im *Aftonbladet* bekannt gewesen und hatte der Everest-Expedition des Amerikaners Greg Dolson angehört.

Dolsons Gruppe war am selben Tag zum Gipfel unterwegs gewesen wie die von Viktor Grankin – am 13. Mai. Beide Teams hatten in der Akklimatisationsphase im selben Basislager gelebt, und dort hatte Elin die Landsleute Forsell und Lindberg näher kennengelernt, sich aber auch mit Klara Engelman angefreundet.

»Ich bin Ihnen dankbar, dass Sie sich Zeit für mich nehmen«, sagte Mikael.

»Keine Ursache. Aber wie Sie sich denken können, bin ich die ganzen Geschichten inzwischen leid. Ich habe fast zweihundert Vorträge darüber gehalten …«

»Klingt nach gutem Geld«, warf er ein.

»Wir haben eine Finanzkrise hinter uns, falls Sie das schon vergessen haben. Es waren nicht annähernd so fette Zeiten wie sonst.«

»Tut mir leid. Erzählen Sie mir von Klara Engelman. Ich weiß, dass Grankin und sie zusammen waren, das müssen Sie also nicht verschweigen.«

»Werden Sie mich zitieren?«

»Nicht wenn Sie das nicht möchten. Mir geht es hauptsächlich darum, die Zusammenhänge zu verstehen.«

»Okay. Ja, sie waren ein Paar. Allerdings verhielten sie sich diskret. Im Basislager wussten nicht viele Bescheid.«

»Sie schon …«

»Klara hatte es mir erzählt.«

»Ist es nicht ein wenig seltsam, dass Klara zur Expedition von Viktor Grankin gehörte? Hätte sie mit ihrem Geld und ihren Verbindungen nicht einen der amerikanischen Anbieter vorziehen müssen – wie zum Beispiel Dolson, der doch auch einen viel besseren Ruf hatte?«

»Grankin hatte auch einen guten Ruf. Allerdings war das

wohl eine Sache zwischen Viktor und Stan Engelman. Die beiden kannten sich irgendwoher.«

»Trotzdem machte sich Grankin an seine Frau ran?«

»Ja, muss ein herber Schlag gewesen sein.«

»Ich habe gelesen, Sie hätten den Eindruck gehabt, dass Klara Engelman die erste Zeit im Basislager unglücklich gewesen sei.«

»Das stimmt so nicht«, widersprach sie. »Für mich war sie die pure Aufschneiderin. Erst nach und nach habe ich begriffen, wie unglücklich sie war. Dieses Everest-Abenteuer war für sie ein Befreiungsschlag. Sie hat gehofft, es würde ihr den Mut verleihen, sich scheiden zu lassen. Als wir einmal in ihrem Zelt zusammen Wein tranken, hat sie mir erzählt, dass sie sich einen Anwalt genommen hatte.«

»Charles Mesterton, nicht wahr?«

»Vielleicht hieß er so, keine Ahnung. Sie hatte außerdem Kontakt zu einem Buchverlag aufgenommen. Sie wollte nicht nur über die Everest-Besteigung schreiben, sondern auch über Stans Affären mit Prostituierten und Pornostars und über seine kriminellen Kontakte.«

»Das heißt, Stan Engelman hätte sich eigentlich von ihr bedroht fühlen müssen.«

»Das kann ich mir kaum vorstellen.«

»Warum nicht?«

»Wo Klara *einen* Anwalt hatte, standen für ihn zwanzig Gewehr bei Fuß. Ich weiß, dass sie sich genau davor fürchtete. ›Er wird mich fertigmachen‹, hat sie gesagt.«

»Und dann ist irgendetwas passiert …«

»Dann hat unser aller Held all seinen Charme sprühen lassen.«

»Grankin?«

»Genau.«

»Und wie?«

»Was weiß ich? Aber Viktor hat mit seiner Ausstrahlung

alle um den Finger gewickelt. Er besaß gegenüber allem Praktischen oder Schwierigen eine so wunderbare Ruhe – wir mussten ihn nur ansehen, um zu spüren: Er wird das hinkriegen. Er hatte diese herrlich bärenhafte Aura und konnte sämtliche Vorbehalte mit einem fröhlichen Lachen beiseitewischen. Ich weiß noch, wie neidisch ich war, weil er nicht unser Guide war.«

»Und Klara hat sich in ihn verliebt.«

»Hals über Kopf.«

»Warum wohl, was glauben Sie?«

»Hinterher hab ich mich wirklich gefragt, ob es nicht etwas mit Stan zu tun hatte. Ich glaube, Klara hat sich eingebildet, mit Viktor an ihrer Seite gegen ihren Mann gewinnen zu können. Er sah so aus, als könnte er in einem Kugelregen stehen und immer weiter lächeln.«

»Bis sich etwas veränderte …«

»Ganz genau.«

»Erzählen Sie.«

»Viktor bekam einen nervösen Blick, und das machte uns allen Angst. Es war ein wenig so, wie wenn die souveräne Stewardess bei einem Flug plötzlich unruhig wird – da fängt man an, sich auszumalen, wie das Flugzeug gleich abstürzt.«

»Was, glauben Sie, war passiert?«

»Keine Ahnung. Aber vielleicht war er wegen des Seitensprungs nervös geworden. Vielleicht wurde ihm klar, dass mit Stan nicht zu spaßen war, dass all das Konsequenzen hätte, und ehrlich gesagt …«

»Ja?«

»Ehrlich gesagt glaubte ich das irgendwann auch. Erst fand ich ihre Liebelei nett – ich war damals ja auch deutlich jünger. Es war irgendwie, als hätte man mir das weltgrößte Geheimnis anvertraut. Heute, im Nachhinein, finde ich es verdammt verantwortungslos, und dabei denke ich nicht mal an Stan oder an Viktors Frau, sondern an all die anderen Bergsteiger aus der Expedition. Viktor hätte sich um jeden einzelnen kümmern müssen und keinen favorisieren dürfen. Er hat die anderen quasi links liegen gelassen, weil er derart fixiert auf Klara war. Ich bin überzeugt, das ist einer der Gründe, warum es am Ende schiefging. Er hat sie um jeden Preis auf den Gipfel kriegen wollen.«

»Dabei hätte er sie zurückschicken müssen.«

»Ganz klar. Aber das hat er vermutlich nicht übers Herz gebracht. Und zwar nicht nur, weil so viel Publicity an ihr hing – er war sauer auf all den Mist, der über sie veröffentlicht wurde. Er wollte der Welt zeigen, dass sie es schaffen konnte.«

»Grankin soll beim Aufstieg von Lager vier nicht ganz er selbst gewesen sein.«

»Das habe ich auch gehört. Vielleicht war er damit überfordert, die Gruppe zusammenhalten zu wollen.«

»In welchem Verhältnis stand er zu Nima Rita?«

»Er hatte unglaublichen Respekt vor ihm.«

»Und wie war *Klaras* Beziehung zu Nima?«

»Die war eher … speziell.«

»Was meinen Sie?«

»Die beiden kamen nicht vom selben Planeten.«

»Was soll das heißen?«

»Er war sehr abergläubisch …«

»Hat sie ihn deshalb aufgezogen?«

»Schon möglich. Aber ich glaube nicht, dass ihn das beeinträchtigt hat. Er hat einfach sein Ding gemacht und weitergearbeitet. Ihre Beziehung war aus einem anderen Grund belastet.«

»Und welcher war das?«

»Er hatte eine Frau …«

»Luna.«

»Richtig, Luna hieß sie. Sie war sein Ein und Alles, und ich glaube, man hätte alles zu ihm sagen können, ihn wie

Luft oder Dreck behandeln – es wäre ihm egal gewesen. Aber wenn jemand auch nur ein kritisches Wort über seine Frau gesagt hat, verfinsterte sich sein Blick. Eines Morgens kam Luna mit frischem Brot, Käse, Mangos, Litschis und so weiter zu uns ins Basislager. Mit ihrem geschmückten Korb ging sie von Zelt zu Zelt, verteilte Leckereien, und alle bedankten sich überschwänglich. Als sie an Klaras Zelt vorbeilief, ist sie über ein Steigeisen gestolpert, glaube ich, oder über eine Handtasche, die Klara dort oben definitiv nicht gebraucht hätte. Alles fiel in den Schotter, Luna hatte Schürfwunden an beiden Händen, aber selbst das wäre noch keine große Sache gewesen. Aber Klara hatte genau danebengesessen, und statt zu helfen, blaffte sie nur: ›Pass doch auf!‹, und gab weiter die Primadonna, und da platzte Nima der Kragen. Ich konnte es ihm ansehen, fürchtete schon, dass er total ausflippen würde. Aber noch ehe etwas passierte, war Johannes Forsell da, half Luna hoch und sammelte Brot und Obst ein.«

»Johannes Forsell stand den beiden also nahe?«

»Er stand allen nahe. Haben Sie ihn mal kennengelernt? Ich meine, ehe Gott und die Welt anfing, ihn zu hassen?«

»Ich hab ihn interviewt, als er gerade Verteidigungsminister geworden war.«

»Hm, vielleicht war er da bereits anders ... Jedenfalls war er damals bei allen beliebt. Er war wie ein Wirbelsturm. Er hatte diesen Vorwärtsdrang, diesen Optimismus – immer den Daumen hoch. Lächelte die ganze Zeit. Aber vielleicht haben Sie recht, dass er Nima besonders nahestand. ›Let me bow to the mountain legend.‹ Solche Sachen sagte er die ganze Zeit und ständig so etwas wie: ›What a wife you have! What a beautiful woman!‹ Und natürlich war Nima selig.«

»Hat Nima sich ihm später erkenntlich gezeigt?«

»Wie meinen Sie das?«

Mikael wusste nicht recht, wie er es formulieren sollte. Er wollte eigentlich nicht spekulieren.

»Ich hab bloß überlegt, ob Nima am Berg Johannes Forsell geholfen haben könnte … vielleicht auf Klara Engelmans Kosten?«

Elin sah ihn erstaunt an.

»Ich wüsste nicht, wie das hätte gehen sollen«, entgegnete sie. »Denn Nima war schließlich bei Viktor und Klara. Svante und Johannes waren zuvor allein in Richtung Gipfel losgezogen.«

»Ich weiß – aber danach. Was war danach? Es heißt überall, Klara sei nicht mehr zu retten gewesen. War das wirklich der Fall?«

»Ja, verdammt«, zischte Elin ihn vollkommen unerwartet an. »Ich bin es so leid! All diese Idioten, die nie auch nur ansatzweise in solchen Höhen gewesen sind und die trotzdem glauben, alles durchschaut zu haben. Ich sage Ihnen …«

Dann war es, als fehlten ihr die Worte.

»Haben Sie überhaupt eine Ahnung, wie es dort oben ist? Man kann kaum mehr denken, es ist unerträglich kalt, alles ist tonnenschwer … und im besten Fall haben Sie genug Kraft, um für sich selbst zu sorgen. Um einen Schritt nach dem anderen zu machen. Niemand, nicht mal Nima Rita, kann einen Menschen runterbringen, der auf achttausenddreihundert Metern mit einem erfrorenen Gesicht leblos im Schnee liegt. Und das war bei ihr der Fall! Wir haben sie mit eigenen Augen auf dem Weg nach unten gesehen. Das wissen Sie, oder? Sie und Viktor, wie sie dort oben umschlungen im Schnee lagen.«

»Ja, das weiß ich.«

»Es war vorbei. Nicht die geringste Chance, dass jemand ihr noch hätte helfen können. Sie war mausetot.«

»Ich drehe nur sämtliche Puzzlestücke um«, murmelte er.

»Das glaube ich kein bisschen! Sie wollen da irgendwas andeuten. Ist es nicht so? Sie haben es wie alle anderen auch auf Forsell abgesehen.«

Das habe ich nicht, wollte er schreien. Stattdessen holte er tief Luft.

»Ich bitte um Entschuldigung«, sagte er. »Ich finde nur …«

»Was finden Sie?«

»Dass an dieser Geschichte irgendwas nicht stimmt.«

»Zum Beispiel?«

»Zum Beispiel dass Klara später nicht mehr zusammen mit Viktor dort oben lag. Ich weiß, dass man das erst im darauffolgenden Jahr entdeckt hat und dass in der Zwischenzeit alles Mögliche passiert sein könnte. Schneeverwehungen, schreckliche Stürme. Trotzdem …«

»Was?«

»Mir gefällt überdies nicht, was ich zu Svante Lindberg nachgelesen habe. Es ist, als hätte er nicht die ganze Wahrheit gesagt.«

Elin beruhigte sich wieder und blickte in den Hof hinunter.

»Das kann ich verstehen.«

»Warum können Sie das verstehen?«

»Weil Svante das große Rätsel im Basislager war.«

KAPITEL 22

27. August

Zu Hause am Nytorget lag Catrin Lindås mit ihrer Katze auf dem Sofa und starrte aufs Handydisplay. Sie hatte viel zu oft versucht, Mikael zu erreichen, war deshalb wütend – und es war ihr peinlich. Sie hatte die Deckung runtergelassen und nicht mehr zurückbekommen als eine kryptische SMS.

Ich glaube, der Bettler hat »Mamsahib« zu dir gesagt, wie in Mamsahib Klara Engelman. Erinnerst du dich noch an mehr? Jedes noch so kleine Wort wäre wertvoll.

Mamsahib, dachte sie und googelte das Wort. *Mamsahib oder Memsahib – respektvolle Anrede einer weißen Frau im kolonialen Indien.* Vielleicht hatte er das wirklich gesagt. Aber wer zum Teufel war Klara Engelman?

In Wahrheit war es ihr scheißegal – und Mikael ebenso. Nicht eine kleine Höflichkeitsfloskel hatte er sich abringen können, nicht mal ein *Hallo, wie geht's?*. Nichts. Am allerwenigsten natürlich ein *Du fehlst mir*, wie sie selbst es in einem unbegreiflichen Anfall von Sentimentalität geschrieben hatte. Sollte er doch zur Hölle fahren.

Sie ging in die Küche, um sich etwas zu essen zu holen, war aber gar nicht hungrig. Also knallte sie die Kühlschranktür wieder zu und griff sich bloß einen Apfel vom Esstisch, aß aber auch den nicht, vielleicht weil sich im selben Moment in ihrem Hinterkopf etwas geregt hatte. Klara Engelman … Der Name kam ihr bekannt vor. Irgendwie klang er nach Glamour. Doch erst als sie ihn googelte, konnte sie sich wieder an die Geschichte erinnern. In der *Vanity Fair* hatte sie eine Reportage gelesen.

Weil sie ohnehin nichts anderes zu tun hatte, sah sie sich online Bilder dieser Engelman an. Es gab eine ganze Serie, auf denen sie in jenem Jahr im Basislager posiert hatte, dazu Fotos des Guides Viktor Grankin, der mit ihr zusammen auf dem Everest gestorben war. Klara war auf leicht vulgäre Weise hübsch, sah aber auch irgendwie traurig aus, fand Catrin. Oder vielmehr … krampfhaft fröhlich. Als *müsste* sie lächeln, um ihre Dämonen in Schach zu halten. Während er, Grankin, eher wirkte, als ob … Tja, was?

Er sei Ingenieur und Profi-Bergsteiger gewesen, stand dort, und habe außerdem Adventure-Reiseunternehmen beraten. Catrin fand fast, er sah eher aus wie ein Soldat, ein Elitesoldat – vor allem auf einem Bild vom Everest, auf dem er mit kerzengeradem Rücken neben … Verdammt, das war Johannes Forsell!

Sie fluchte laut und vergaß sogar, dass sie wütend auf Mikael war. Sie schrieb zurück:

Was hast du herausgefunden?

Eben noch war Elin Felke empört und wütend gewesen. Jetzt sah sie unsicher und nachdenklich aus, als hätte sie blitzschnell vom einen in den anderen Zustand gewechselt.

»Ja, mein Gott, was soll ich über Svante sagen? Hallo, was für ein Selbstvertrauen! Gnadenlos! Er konnte Leute zu allem überreden. Wir fingen im Lager sogar an, seine verdammte Blaubeersuppe zu trinken. Er hätte Verkäufer oder so werden sollen. Trotzdem lief es auf dem Everest möglicherweise nicht ganz so, wie er das wollte.«

»Inwiefern?«

»Svante war einer von denen, die herauskriegten, dass Viktor und Klara zusammen waren, und das schien ihn zu stören.«

»Warum glauben Sie das?«

»Es fühlte sich einfach so an … Vielleicht war er eifersüchtig? Was weiß ich. Und ich glaube, Viktor merkte das, ich glaube sogar, das war einer der Gründe, warum er immer nervöser wurde.«

»Warum sollte ihn das nervös gemacht haben?«

»Wie schon gesagt, irgendwas hatte ihn durcheinandergebracht. Zuvor war er für das komplette Lager der Fels in der Brandung gewesen, doch dann wurde er ängstlicher. Manchmal frage ich mich, ob er nicht Angst vor Svante hatte.«

»Warum sollte er Angst vor ihm gehabt haben?«

»Um mal zu spekulieren, würde ich sagen, er hatte Angst, dass Svante sie beide bei Stan Engelman anschwärzen könnte.«

»Hatten sie denn Kontakt?«

»Wahrscheinlich eher nicht, aber …«

»Ja?«

»Svante war irgendwie hinterhältig. Das wurde mir immer klarer. Manchmal sprach er von Engelman, als würde er ihn kennen. Da war etwas an der Art, wie er *Stan* sagte, das irgendwie … vertraulich klang. Aber möglicherweise bilde ich mir das auch nur ein. Im Nachhinein ist das schwer zu sagen. Ich weiß nur, dass Svante gegen Ende plötzlich wieder weniger vorlaut war. Er lief herum wie auf Zehenspitzen …«

»Das heißt, auch er war nervös.«

»Wir waren alle nervös.«

»Natürlich. Aber Sie haben ihn gerade das große Rätsel des Basislagers genannt.«

»Und das war er wahrscheinlich auch. In aller Regel trat er auf wie ein Herrscher – und dann unruhig und irgendwie seltsam … überfreundlich. Großzügig. Aber eben auch gemein. Er konnte einem ohne Ende schmeicheln, und im nächsten Moment stieß er einem ein Messer in den Rücken.«

»Wie war seine Beziehung zu Johannes Forsell?«

»Ganz genau so, wie ich es beschrieben habe. Einerseits schien er Johannes zu mögen …«

»Aber andererseits?«

»Kontrollierte er ihn. Versuchte, sich Informationen über ihn zu verschaffen, die er gegen ihn verwenden konnte.«

»Wie kommen Sie darauf?«

»Ich weiß nicht … Wahrscheinlich liegt es an dem ganzen Mist, der in den Medien über Forsell ausgekippt wird.«

»Meinen Sie?«

»Das fühlt sich alles so ungerecht an! Manchmal frage ich mich, ob Johannes da nicht für etwas büßen muss, was in Wahrheit Svante getan hat. Aber jetzt rede ich wirklich zu viel.«

Mikael brachte ein Lachen zustande.

»Vielleicht. Trotzdem bin ich froh, dass Sie mir helfen, die Sache neu zu beleuchten. Meinetwegen müssen Sie sich aber keine Gedanken machen, das hab ich ja schon gesagt. Ich spekuliere auch mal ganz gern. Aber in meinen Artikeln halte ich mich sklavisch an die Fakten.«

»Wie öde!«

»Ha, ja, vielleicht. Aber ich vermute mal, das ist wie beim Bergsteigen: Man sollte besser nicht mutmaßen, wo sich der nächste Felsspalt befindet. Man muss es *wissen*. Sonst hat man ein Problem.«

»Das stimmt.«

Er sah auf sein Handy. Catrin hatte ihm mit einer Frage geantwortet – eine willkommene Gelegenheit aufzubrechen. Er verabschiedete sich freundlich von Elin Felke. Dann trat er mit seiner Reisetasche hinaus auf die Straße, ohne die geringste Ahnung zu haben, wohin er sich als Nächstes wenden sollte.

Als Fredrika Nyman am späten Nachmittag in ihr Haus in Trångsund zurückkehrte, hatte sie eine lange E-Mail von Farzad Mansoor bekommen, dem Oberarzt in der geschlossenen psychiatrischen Abteilung des sogenannten Südflügels. Farzad Mansoor hatte von ihr und der Polizei detaillierte Informationen erhalten, mittels derer sie herausfinden wollten, ob Nima Rita Patient in der Klinik gewesen war.

Fredrika glaubte nicht daran. Der Sherpa war in viel zu schlechter Verfassung gewesen, als dass er dort in Behandlung gewesen sein konnte, meinte sie, auch wenn die Spuren von Antipsychotika in seinem Blut natürlich das Gegenteil nahelegten. Deshalb war sie gespannt, was Mansoor schrieb – und das nicht nur aus ermittlungstechnischen Gründen.

Am Telefon hatte der Oberarzt sanft und feingeistig geklungen, und ihr gefiel, was sie von ihm im Netz hatte finden können: der funkelnde Blick, das warme Lächeln, vor allem aber sein Interesse am Segelfliegen, das er auf Facebook offenbart hatte. Doch was nun in der E-Mail stand – die sowohl an Bublanski als auch an sie adressiert war –, schien von Zorn getrieben und von Rechtfertigungsversuchen durchsetzt zu sein.

Wir sind erschüttert und traurig. Aber ich will doch vorausschicken, dass das Ereignis in der nun wirklich unglücklichsten Zeit des Jahres eingetreten ist: in der einzigen Woche im Juli, da weder ich selbst noch der Klinikchef Christer Alm zugegen waren, sodass die Sache unglückseligerweise durchs Raster gerutscht ist.

Welches Ereignis? Welche Sache? Welches Raster?, fragte sie sich, als verletzte es sie, dass der sanfte Segelflieger so sichtlich außer Fassung geraten war. Doch nachdem sie die lange, verschlungene E-Mail überflogen hatte, dämmerte ihr, dass Nima Rita – wenn auch unter anderem Namen – tatsächlich im Südflügel Patient gewesen war. Dort war er am Abend des 27. Juli abgehauen, ohne dass sein Verschwinden zunächst bemerkt worden wäre, und zwar aus einer Reihe von Gründen, die anscheinend vor allem mit dem Urlaub der Verantwortlichen zusammenhingen. Zudem hätten den Patienten betreffend eigens angeordnete Geheimhaltungsmaßnahmen eingehalten werden müssen, und diese waren – vielleicht aus Angst oder Gewissensgründen – missachtet worden.

Wie Sie vielleicht wissen, schrieb Farzad Mansoor, haben Christer Alm und ich im März dieses Jahres die Leitung des Südflügels übernommen. Dabei stellten wir eine Reihe von Missständen fest, unter anderem dass mehrere Patienten regelrecht eingesperrt oder Zwangsmaßnahmen ausgesetzt wurden, die unserer einhelligen Ansicht nach kontraproduktiv wirken. Einer dieser Patienten war ein Mann, der im Oktober 2017 unter dem Namen Nihar Rawal eingeliefert worden war. Er hatte keine Papiere bei sich, war aber laut Bericht 54 Jahre alt, litt an paranoider Schizophrenie und nur schwer behandelbaren neurologischen Schädigungen. Es hieß, er stamme aus dem nepalesischen Hochland.

Fredrika sah hinaus zu ihren Töchtern, die wie immer mit ihren Handys auf dem Sofa saßen.

Der Patient hatte weder die zahnärztliche noch die kardiologische Behandlung erhalten, die er akut benötigt hätte. Stattdessen hatte man ihn lediglich medikamentiert und zeitweilig fixiert. Dies war unzulässig. Allerdings lagen uns Informationen vor – auf die ich bedauerlicherweise nicht näher eingehen darf –, der Patient befinde sich in einer Bedrohungslage. Es ist möglich, dass wir den Ernst der Situation nicht in vollem Ausmaß erkannten, und wir wollen uns mitnichten von unserer Verantwortung freisprechen. Doch Christer Alm und ich hatten, wie Sie verstehen dürften, einzig und allein das Wohl des Patienten im Blick. Wir wollten ihm mit ein wenig Menschlichkeit begegnen und sein Vertrauen wiederherstellen. Der Patient war desorientiert, schien nicht zu begreifen, wo er sich befand. Gleichzeitig hatte er wiederholt Wutanfälle und behauptete, niemand wolle »seine Geschichte anhören«. Wir reduzierten zunächst die Medikamentierung, um mit der therapeutischen Behandlung beginnen zu können. Diese erwies sich als wenig erfolgreich.

Die Wahnvorstellungen waren kaum kontrollierbar, und auch wenn er in einem fort reden wollte, hegte er gegen unsere gesamte Abteilung enormes Misstrauen. Zumindest konnten wir eine Reihe von Missverständnissen ausräumen, beispielsweise begannen wir, ihn Sirdar Nima zu nennen – das schien ihm wichtig zu sein.

Schier zwanghaft fixiert war er auf seine verstorbene Ehefrau Luna. Abends lief er oft durch die Gänge und rief ihren Namen. Er behauptete, sie weinen und um Hilfe rufen zu hören. In schwer zu deutenden, heftigen Anfällen sprach er von einer Mam oder Madam Sahib. Christer Alm und ich selbst interpretierten dies als Kosenamen für seine Frau – in den Erzählungen gab es gewisse Ähnlichkeiten. Jetzt, da wir lesen mussten, was Sie herausgefunden haben, vermuten wir indes, dass es sich bei ihm nicht nur, wie wir glaubten, um ein Trauma handelte, sondern um zwei.

Es mag inkompetent erscheinen, dass wir nicht mehr Klarheit in seine Geschichte bringen konnten. Doch unsere Voraussetzungen waren von Anfang an ungünstig, und trotz allem will ich behaupten, dass wir Fortschritte gemacht haben. Ende Juni bekam er seine Daunenjacke zurück, nach der er gefragt hatte, und das schien ihm Sicherheit zu geben. Andererseits bat er ständig um Alkohol – sicher infolge der Tatsache, dass er weniger Sedativa bekam. Doch in manchen Nächten schien er keine Stimmen mehr zu hören, und die Angst vor der Nacht ebbte ab.

Ich erinnere mich noch, dass Christer Alm und ich diesbezüglich zuversichtlich in den Urlaub gingen. Wir hatten das Gefühl, auf dem richtigen Weg zu sein, sowohl was ihn als auch die Klinik als Ganzes anging.

Na klar, dachte Fredrika. Na klar. Trotzdem war es für Nima Rita tödlich ausgegangen, und es war nur zu offensichtlich, dass die Klinikleitung seinen verzweifelten Willen, dort wegzukommen, unterschätzt hatte. Selbstverständlich hatten sie ihn auf die Terrasse hinausgelassen. Aber es musste gegen sämtliche Regeln verstoßen haben, ihn allein und unbeaufsichtigt dort hinausgehen zu lassen.

Am späten Nachmittag des 27. Juli war er verschwunden. An einem Stofffetzen, der von seiner Hose stammte, hatten sie nachvollziehen können, dass er sich durch die Lücke zwischen Gebäude und Umzäunung der Terrasse gezwängt hatte. Anschließend musste er die Klippen hinuntergeklettert sein, um dann aus dem Årstaviken zu verschwinden und auf dem Mariatorget wieder aufzutauchen.

Das Empörendste indes war, dass keine Vermisstenmeldung erfolgt war, ehe Christer Alm am 4. August aus dem Urlaub zurückgekommen war, und auch keine Anzeige bei der Polizei erstattet wurde, weil zuvor klar und deutlich angeordnet worden war, sämtliche den Patienten betreffenden Ereignisse und Geschehnisse seien ausschließlich an die angegebene Kontaktperson zu berichten. Das war doch verdammtes Geschwätz und stank meilenweit nach Vertuschung, fand sie. Jedenfalls hatte sie keinen Zweifel mehr daran, dass ihnen etwas Wichtiges verheimlicht wurde. Nachdem sie noch ein bisschen länger zur Südflügel-Klinik recherchiert und ein längeres Gespräch mit Kommissar Bublanski geführt hatte, machte sie es genau so wie schon mal zuvor.

Sie rief Blomkvist an.

Mikael hatte Catrin immer noch nicht geantwortet. Er saß im »Tudor Arms« an der Grevgatan, trank Guinness und versuchte, sich einen Schlachtplan zurechtzulegen. Er sollte Svante Lindberg aufsuchen, der – wie er immer sicherer glaubte – eine Schlüsselrolle in dem Everest-Drama gespielt hatte. Doch irgendwas sagte ihm, dass er erst mehr Munition brauchte, und da wäre die beste Quelle natürlich Johannes Forsell selbst.

Allerdings wusste Mikael nicht, wie es um ihn stand, und er konnte derzeit weder ihn, Rebecka Forsell noch den Pressesprecher Niklas Keller erreichen. Am Ende beschloss er, eine Pause einzulegen und sich erst mal eine neue Bleibe zu suchen. Er würde einen Ort finden müssen, an dem er schlafen und arbeiten konnte. Dann erst würde er weitermachen. Aber dazu kam es gar nicht erst. Das Telefon klingelte.

Es war Fredrika Nyman, die ihm mitteilte, sie habe etwas

Interessantes herausgefunden. Er bat sie aufzulegen, schrieb eine SMS hinterher, sie möge die Signal-App installieren, damit sie auf einer abhörsicheren Leitung sprechen könnten.

Kann ich nicht, antwortete sie. Von so etwas habe ich keine Ahnung. Ich hasse Apps, die machen mich wahnsinnig.

Haben Sie nicht Teenagertöchter, die ständig mit dem Handy zugange sind?, schrieb er zurück. Die sollen die App für Sie installieren. Richten Sie ihnen aus, dass sie ihrer Mutter helfen sollen, Topspionin zu werden.

Ha, werde es versuchen, antwortete sie.

Es dauerte eine Weile. Er trank sein Guinness aus und blickte auf die Straße hinaus, wo zwei Frauen mit Kinderwagen vorüberliefen. Er hing seinen Gedanken nach, bis er eine SMS mit einem ihm neuen Ausdruck bekam.

Sheeeesh, sind Sie echt Mikael Blomkvist?

Er beschloss, sich hightech zu geben, und schickte ein Selfie zurück, auf dem er ein Victoryzeichen machte.

Cool.

Nicht übermäßig.

Und Mama wird echt Spionin?

Definitiv, antwortete er und bekam ein Smiley zurück. So blöd war das alles doch nicht, dachte er, solange er nur nicht wieder versehentlich ein rotes Herz verschickte. Da würde er wahrscheinlich auf dem Aushänger vom *Expressen* landen.

Er legte los, erklärte dem Mädchen – Amanda –, wie sie es anstellen sollte. Fünfzehn Minuten später rief Fredrika Nyman ihn über die App an. Er ging hinaus auf die Straße, um das Gespräch entgegenzunehmen.

»Ich bin soeben im Ansehen meiner Töchter in höchste Höhen geschnellt«, sagte sie.

»Dann hab ich heute ja wenigstens eine gute Tat vollbracht. Was ist passiert?«

Fredrika Nyman schenkte sich in der Küche ein Glas Weißwein ein und erstattete Bericht.

»Es weiß also niemand, wie oder warum er dorthin kam«, schlussfolgerte Mikael, als sie fertig war.

»Da war von irgendeiner Art Geheimhaltung die Rede. Ich nehme an, militärisch«, mutmaßte Fredrika.

»Als wäre er eine Frage der Staatssicherheit gewesen …«

»Ja, ich weiß auch nicht …«

»Oder aber die Geheimhaltung diente dem Schutz von Einzelnen, weniger der des Staates.«

»So kann es natürlich sein.«

»Ist das nicht alles ziemlich seltsam?«

»Schon«, antwortete sie zögernd, »und ein waschechter Skandal ist es obendrein. Er scheint monatelang in seinem Krankenzimmer eingesperrt gewesen zu sein, ohne dass er auch nur zu einem Zahnarzt gehen oder überhaupt jemanden treffen durfte. Zumindest habe ich es so verstanden. Kennen Sie den Südflügel?«

»Irgendwann hab ich mal Gustav Stavsjös Erklärung dazu gelesen«, sagte er.

»Ja, die war fabelhaft … Die Kränksten sollen die meiste Fürsorge bekommen. Die Würde einer Gesellschaft bemisst sich daran, wie gut sie für ihre Schwächsten sorgt.«

»Immerhin brannte er für seine Sache.«

»Sicher. Aber das waren andere Zeiten, und sein Glaube an Gespräch und Therapie war naiv – zumindest was gewisse Schwerkranke anging. Die komplette Psychiatrie ging dann ja auch in eine andere Richtung – hin zu mehr Medikamenten und Zwangsmaßnahmen –, und dieser wunderbare Ort am Wasser, der wie eine Residenz aussah, verkam immer mehr zu einem Verwahrungsort für hoffnungslose Fälle. Für kriegstraumatisierte Flüchtlinge. Da war es irgendwann schwer, noch Personal zu finden, und die Klinik geriet in Verruf.«

»Das habe ich auch gehört.«

»Es gab sogar Pläne, die Klinik zu schließen und die Patienten auf die Kreiskrankenhäuser zu verteilen. Das haben

Stavsjös Söhne dann verhindert, indem sie über die Stiftung Christer Alm verpflichten konnten. Dieser Christer Alm hat dann begonnen, das Klinikum zu modernisieren, und in diesem Zuge wurden er und sein Kollege wohl auf Nima aufmerksam – oder Nihar Rawal, wie er laut Akte hieß.«

»Dann hat er wenigstens seine Initialen behalten dürfen.«

»Ja, durfte er. Aber irgendwas stimmt da doch nicht. Es gibt da anscheinend eine Kontaktperson, aber die Klinik weigert sich, sie zu benennen. Ich weiß ja nicht, aber es klingt fast so, als wäre das irgendein hohes Tier. Jemand, mit dem sich das Personal lieber nicht anlegt.«

»Jemand wie Staatssekretär Lindberg.«

»Oder Verteidigungsminister Forsell.«

»Das ist doch hoffnungslos …«

»Was meinen Sie?«

»Das sind mir immer noch zu viele Fragen.«

»Viel zu viele.«

»Und Sie haben nicht erfahren können, ob Nima bei den Therapieversuchen Forsell erwähnt haben könnte?«, hakte er nach.

»Nein, leider nicht.«

»Verstehe.«

»Aber vielleicht ist ja doch wahr, was Bublanski glaubt: dass seine Fixierung auf Forsell erst kam, als er ihn in diesem Laden an der Hornsgatan im Fernsehen gesehen hat. Das würde auch zu der Geschichte passen, wie er an Ihre Nummer gekommen ist.«

»Ich muss der Sache auf den Grund gehen.«

»Viel Glück!«

»Danke, kann ich brauchen.«

»Darf ich Sie noch was anderes fragen?«

»Natürlich.«

»Diese Genetikerin, mit der Sie mich zusammengebracht haben … Wer war das?«

»Nur eine Freundin«, sagte er.

»Die hat ja eine unmögliche Art.«

»Sie hat ihre Gründe«, erwiderte er.

Dann verabschiedeten sie sich und wünschten einander einen schönen Abend. Anschließend blickte Fredrika über den See zu den Schwänen, die ein Stück weiter hinten nur zu erahnen waren.

KAPITEL 23

27. August

Lisbeth Salander bekam eine verschlüsselte SMS von Mikael, hatte aber keine Zeit dafür. Sie war mit etwas anderem beschäftigt. Im Lauf des Tages hatte sie sich nicht nur einen IMSI-Catcher und eine neue Waffe gekauft, eine Beretta 87 Cheetah – die Gleiche, die sie in Moskau gehabt hatte –, sie hatte auch ihr Motorrad, ihre Kawasaki Ninja, aus der Garage an der Fiskargatan geholt.

Sie hatte den Hosenanzug weggehängt, sich Kapuzenpulli, Jeans und Turnschuhe angezogen, saß jetzt in einem Zimmer im Hotel Nobis am Norrmalmstorg unweit vom Strandvägen und kontrollierte eine Reihe von Überwachungskameras, während sie gleichzeitig versuchte, ihre alte Rachelust zu befeuern.

Doch in einem fort suchte die Vergangenheit sie heim, und das behagte ihr nicht.

Sie hatte keine Zeit für Vergangenes.

Sie musste konzentriert sein, vor allem jetzt, da Galinow hier war. Galinow war skrupellos. Nicht dass sie – mal abgesehen von unzähligen Gerüchten, die über ihn im Darknet kursierten – viel über ihn wusste. Ein paar Dinge waren ihr allerdings bestätigt worden, und die reichten: Iwan Galinow war mit ihrem Vater bekannt gewesen, als dessen Lehrling und Kampfgenosse beim GRU.

Er hatte undercover mit Rebellen und Waffenschiebern gearbeitet, und nicht nur da war ihm vor allem eine Qualität bescheinigt worden: Er schien sich immer und überall einreihen zu können. Nicht weil er sich anpasste oder schauspielerisches Talent besaß, ganz im Gegenteil, er war stets er selbst, und das schuf Vertrauen, als müsste ein Mann mit einem solchen Selbstbewusstsein einfach dazugehören.

Er sprach elf Sprachen, war extrem aufmerksam, gebildet, dominierte aufgrund seiner Größe und Statur sowie seiner distinguierten Züge jeden Raum, den er betrat. Auch das war ein Vorteil – denn dass die Russen eine derart auffällige, herausstechende Person als Spion oder Infiltrator einsetzen würden, kam niemandem wahrscheinlich vor. Trotzdem war seine Loyalität unerschütterlich: Er war mit derselben Leichtigkeit grausam, wie er sich zärtlich und väterlich verhalten konnte, und vermochte selbst enge Freunde zu foltern, ohne mit der Wimper zu zucken. Es war schon eine Weile her, seit er undercover gearbeitet und dann den Nachrichtendienst verlassen hatte; meist nannte er sich lediglich Geschäftsmann oder Dolmetscher – der reinste Euphemismus für einen Gangster. Hauptsächlich war er für das Verbrechersyndikat Swesda Bratwa aktiv, arbeitete aber auch gern mit Camilla und war für sie ein echter Gewinn – dafür sorgte allein schon sein Name.

Was Lisbeth tatsächlich beunruhigte, waren Galinows alte Kontakte und Verbindungen zum GRU. Er konnte auf Ressourcen zurückgreifen, gegen die Lisbeth früher oder später nicht mehr viel würde ausrichten können. Daher musste sie endlich ihre Unentschlossenheit abschütteln. In ihrem Hotelzimmer mit Fenster zum Norrmalmstorg machte sie sich bereit zu tun, worauf sie den ganzen Tag hingearbeitet hatte: sie unter Druck zu setzen. Sie zu zwingen, Fehler zu machen.

Dann schielte sie doch noch auf Mikaels Nachricht.

Mache mir Sorgen um dich. Ich weiß, du kannst es nicht leiden, wenn ich so was sage, aber ich glaube, du solltest bei der Polizei um Personenschutz ansuchen. Bublanski kümmert sich darum, ich hab schon mit ihm gesprochen.

Übrigens war Nima Rita unter falschem Namen in der psychiatrischen Klinik Südflügel. Scheint fast, als hätte das Militär damit zu tun gehabt.

Sie antwortete nicht, hatte die SMS sogar schon im nächsten Moment vergessen, griff stattdessen nach ihrer Waffe und schob sie in das Achselholster. Dann zog sie die Kapuze hoch, setzte sich eine Sonnenbrille auf und verließ das Zimmer. Unten angekommen, lief sie vom Fahrstuhl mit zielgerichteten Schritten auf den Platz hinaus.

Es sah aus, als würde es zuziehen, auch wenn immer noch massenhaft Leute unterwegs und die Straßenlokale und Geschäfte um sie herum brechend voll waren. Sie bog nach rechts in die Smålandsgatan, kam an der Birger Jarlsgatan heraus und lief dann hinunter zur U-Bahn am Östermalmstorg, wo sie in den Zug nach Södermalm einstieg.

Rebecka Forsell saß am Krankenbett ihres Mannes im Karolinska-Krankenhaus, als Mikael Blomkvist anrief, und sie wollte gerade rangehen, als Johannes im selben Moment zusammenzuckte, als hätte er einen Albtraum. Sie strich ihm übers Haar und ließ das Telefon klingeln. Draußen auf dem Flur saßen drei Militärs und warfen einen Blick zu ihr herein.

Sie fühlte sich überwacht und ihrer Sorge, ihrer Fürsorglichkeit beraubt. Wie konnten die sie so behandeln? Sogar Johannes' Mutter hatten sie kontrolliert. Es war skandalös. Am schlimmsten von allen waren Klas Berg, der MUST-Chef – und dann natürlich Svante Lindberg. Mein Gott, wie mitfühlend und betroffen er tun konnte …

Er war mit Tränen in den Augen und mit Pralinen und

Blumen gekommen, hatte gejammert und sie umarmt. Aber so leicht ließ sie sich nicht hinters Licht führen. Er schwitzte zu sehr, sein Blick flackerte, und schon zwei Mal hatte er gefragt, ob Johannes draußen auf Sandön irgendetwas gesagt habe, was er wissen müsse. Sie hätte schreien wollen: Was verheimlicht ihr mir? Aber sie sagte nichts. Sie bedankte sich nur für die Unterstützung und bat ihn, wieder zu gehen. Sie ertrage jetzt keinen Besuch, sagte sie zu ihm, und da war er widerwillig verschwunden, was ein verdammtes Glück war, denn nicht viel später war Johannes aufgewacht und hatte ein hörbares »Verzeih« geflüstert. Sie hatten kurz über ihre Söhne gesprochen, darüber, wie er sich fühle, aber auf die Frage: »Warum, Johannes, warum?«, hatte er nicht geantwortet.

Vielleicht reichten seine Kräfte noch nicht wieder aus. Oder aber er wollte nicht mehr darüber reden und alles hinter sich lassen. Jetzt schlief er oder dämmerte vor sich hin, allerdings schien es kein glücklicher Zustand zu sein. Sie nahm seine Hand.

Im selben Moment ging eine SMS ein. Wieder Blomkvist. Er bat um Entschuldigung, aber er müsse mit ihr dringend über eine verschlüsselte Leitung oder unter vier Augen sprechen.

Nein, dafür hatte sie keine Kraft, nicht jetzt. Verzweifelt blickte sie auf ihren Mann hinab, der im Schlaf vor sich hin murmelte.

Johannes Forsell war zurück auf dem Mount Everest. In Gedanken strauchelte er durch den peitschenden Schneesturm, es war eiskalt, unerträglich, er vermochte kaum mehr zu denken. Er schleppte sich nur noch vorwärts, die Steigeisen knarrten, Himmel und Hänge dröhnten, und er wusste nicht mehr, wie lange er noch durchhalten würde.

Oft waren ihm nur noch sein Keuchen hinter der Sauerstoffmaske und die Konturen von Svante direkt vor ihm bewusst. Manchmal nicht einmal das.

Die Landschaft war zeitweise schwarz, vielleicht lief er da auch mit geschlossenen Augen, aber wenn es weiter vorn eine Klippe gegeben hätte, dann wäre er einfach darauf zugeklettert und, ohne zu schreien oder sich groß Gedanken zu machen, hinuntergestürzt. Sogar die Jetwinde schienen zu verstummen. Er war auf dem Weg in eine lautlose Finsternis, in ein Nichts, obwohl er sich gerade erst an seinen Vater erinnert hatte, der ihn an der Langlaufbahn anfeuerte. *Du kannst noch mehr, mein Junge. Gib mehr!*

Während das Grauen sie weiter in seinen Klauen hatte, klammerte er sich an diesen Worten fest. Es gab immer noch ein bisschen mehr, das man geben konnte ... Doch irgendwann war es vorbei. Da gab es nichts mehr. Als er in den Schnee hinabstarrte, der um seine Stiefel aufstob, fragte er sich, ob er nicht einfach in sich zusammensacken und aufgeben sollte.

Im selben Moment hörte er Schreie. Klagelaute, die der Wind herantrieb. Sie klangen unmenschlich, als schrie der Berg selbst seine Verzweiflung hinaus.

»Hörst du das?«

Rebecka hatte es klar und deutlich gehört.

Allerdings wusste sie nicht, ob er immer noch schlief oder die Worte an sie gerichtet hatte. Sie vernahm nichts als die Geräusche, die schon den ganzen Tag da gewesen waren: das Rauschen des Verkehrs draußen auf der Straße, das Brummen der Apparate, die Schritte und Stimmen auf dem Flur. Sie antwortete nicht, wischte ihm nur einen Schweißtropfen von der Stirn und schob seine Haare zurecht.

Er schlug die Augen auf. Die Hoffnung und Sehnsucht in seinem Blick versetzten ihr einen Stich. *Sprich mit mir,* dachte sie. *Erzähl mir, was geschehen ist.*

Er sah sie so verzweifelt an, dass sie es mit der Angst zu tun bekam.

»Hast du geträumt?«, fragte sie.

»Es waren wieder die Schreie.«

»Die Schreie?«

»Vom Everest.«

Unendlich oft hatten sie über die Ereignisse auf dem Berg gesprochen. Sie selbst konnte sich an keine Schreie erinnern und wollte es schon abtun. Sie konnte ihm an seinen glänzenden Augen ansehen, dass er immer noch nicht ganz klar war.

»Ich weiß nicht, was du meinst.«

»Ich dachte, es wäre der Sturm gewesen, weißt du noch? Dass die Winde fast wie menschliche Stimmen geklungen hätten.«

»Nein, Liebling, das weiß ich nicht mehr. Ich war aber ja auch gar nicht mit dir dort oben. Ich war die ganze Zeit im Basislager, das weißt du doch.«

»Aber ich muss es dir doch erzählt haben.«

Sie schüttelte den Kopf und hätte am liebsten das Thema gewechselt. Er redete wirres Zeug. Trotzdem hatte sie ein unbehagliches Gefühl, als ahnte sie bereits, dass diese Schreie für etwas Schicksalhaftes standen.

»Willst du dich nicht ein bisschen ausruhen?«, fragte sie.

»Und dann dachte ich, es wären Wildhunde.«

»Was?«

»Wildhunde auf achttausend Meter Höhe, kannst du dir das vorstellen?«

»Wenn du willst, sprechen wir später über den Everest«, sagte sie. »Aber erst musst du mir helfen zu verstehen, Johannes. Weshalb wolltest du auf diese Weise verschwinden?«

»Wann?«

»Auf Sandön. Du bist in die Bucht rausgeschwommen.«

Sie sah an seinem Blick, dass er allmählich wieder zurück war, doch das machte die Sache nicht besser, das spürte sie sofort. Es war, als ginge es ihm auf dem Everest bei seinen Wildhunden besser.

»Wer hat mich rausgeholt? War das Erik?«

»Nein, keiner der Leibwächter.«

»Wer war es dann?«

Sie überlegte kurz, wie sie es ihm sagen sollte.

»Es war Mikael Blomkvist.«

»Der Reporter?«

»Genau der.«

»Seltsam«, antwortete er, und natürlich war das seltsam, trotzdem sagte sein Gesichtsausdruck etwas ganz anderes.

Matt und traurig blickte er auf seine Hände hinab. Erneut wurde ihr angst und bange. Als er wieder das Wort ergriff, war nicht der Hauch von Neugier in seiner Stimme.

»Wie kam's?«

»Er hatte angerufen ... und ich habe total hysterisch reagiert. Anscheinend saß er gerade an einer Reportage.«

»Was denn für eine Reportage?«

»Du wirst es kaum glauben«, sagte sie, obwohl sie den Verdacht hatte, dass er ihr nur allzu gut glauben würde.

Lisbeth stieg am Zinkensdamm aus der U-Bahn und lief den Ringvägen entlang zur Brännkyrkagatan. Erinnerungen holten sie ein. Es mochte daran liegen, dass sie sich wieder im Stadtviertel ihrer Kindheit befand. Oder einfach nur daran, dass sie angesichts der bevorstehenden Operation hochgradig angespannt war.

Sie sah zum Himmel empor. Der war stockfinster. Es würde sicher wieder zu regnen beginnen, genau wie in Moskau. Es roch nach Unwetter, und ein Stück weiter den Gehweg hinunter sah sie einen jungen Mann, der über den Rinnstein gebeugt dastand, als wäre ihm übel. Überall Betrunkene. Vielleicht fand irgendwo im Viertel ein Fest statt. Oder es war Zahltag. Oder Feiertag.

Sie bog nach links ab, lief die Treppen hinauf und näherte sich aus Richtung Tavastgatan Mikaels Zuhause. Inzwischen war sie hoch konzentriert, achtete angespannt auf jedes Detail und jede Person in der Umgebung. Obwohl … Nichts von alledem, was sie erwartet hatte, sah sie vor sich. Hatte sie sich getäuscht? Nirgends ein Verdächtiger, nur umso mehr Besoffene. Halt, dahinten an der Kreuzung …

Es war nur ein Rücken – ein breitschultriger Rücken in einem Cordjackett. Die Person hielt ein Buch in der Hand. Kriminelle pflegten weder Cordjacketts zu tragen noch Bücher zu lesen. Trotzdem hatte der Mann etwas an sich, was sie alarmierte; seine Haltung oder die Art, wie er sich umblickte. Unbemerkt schlenderte sie an ihm vorbei und warf ihm einen flüchtigen Seitenblick zu – groß, leicht übergewichtig –, der ihr sofort sagte, dass sie recht gehabt hatte. Das Jackett und das Buch waren Tarnung: ein stümperhafter Versuch, den Söder-Hipster zu geben. Doch sie wusste nicht nur, *was* er war. Sie erkannte ihn sogar wieder.

Er hieß Conny Andersson, war vor noch gar nicht allzu langer Zeit Hangaround und Laufbursche gewesen, also kein hohes Tier im Club, was nicht weiter verwunderlich war. Jetzt hatte er den beschissenen Auftrag bekommen, hier rumzustehen und auf einen Mann zu warten, der ganz sicher nicht auftauchen würde. Trotzdem war Lisbeth bewusst, dass Conny kein Grünschnabel war. Er maß fast zwei Meter und arbeitete überdies als Geldeintreiber, deshalb ging sie mit gesenktem Kopf weiter, als hätte sie ihn nicht gesehen.

Dann drehte sie sich unauffällig um und scannte die gegenüberliegende Straßenseite. Ein Stück entfernt liefen zwei betrunkene Jungs um die zwanzig, etwas weiter vorn eine Dame von vielleicht sechzig, die langsam ging, und das war nicht gut. Aber Lisbeth hatte keine Zeit, auf sie zu warten. Wenn Conny Andersson sie bemerkte, wäre sie erledigt. Deshalb ging sie erst mal ruhig weiter. Im nächsten Augenblick wirbelte sie unversehens zu ihm herum. Er sah auf, fummelte sofort nach seiner Waffe – zu spät. Sie rammte ihm das Knie zwischen die Beine, und als er sich vornüberkrümmte, donnerte sie ihm gleich zwei Mal die Stirn gegen die Nase. Er verlor das Gleichgewicht.

Im selben Moment hörte sie die Dame rufen: »Hallo, was machen Sie denn da?«

Aber darauf konnte Lisbeth jetzt keine Rücksicht mehr nehmen. Sie hatte keine Zeit, alte Frauen zu beschwichtigen, und sie war sich recht sicher, dass die Dame sich nicht an sie herantrauen würde. Außerdem sollte sie doch die Polizei rufen, wenn sie wollte. Kein Polizist der Welt würde es rechtzeitig bis hierher schaffen.

Lisbeth stürzte sich auf Conny Andersson, und er krachte zu Boden. Sie setzte sich rittlings auf ihn, nahm die Sonnenbrille ab und setzte die Mündung ihrer Beretta auf seinen Adamsapfel. Er sah panisch zu ihr hoch.

»Ich hab vor, dich zu töten«, sagte sie. Er murmelte etwas, war anscheinend doch nicht so tough wie gedacht, und mit ihrer besten Geisterstimme sprach sie weiter: »Ich hab vor, dich zu töten. Ich hab vor, dich und alle anderen aus deinem Scheißclub zu töten, wenn ihr Mikael Blomkvist auch nur ein Haar krümmt. Ihr wollt *mich*. Dann kommt auch zu *mir*, zu niemand anderem. Verstanden?«

»Verstanden«, krächzte er.

»Oder … Sag Marko, dass mir egal ist, ob ihr Mikael anrührt. Ich werd euch sowieso kriegen. Bis von euch nichts mehr übrig ist als eure verschreckten Freundinnen und Frauen.«

Conny Andersson antwortete nicht. Sie drillte ihm die Pistolenmündung fester in den Hals.

»Wie wär das?«

»Ich werd's ausrichten«, stammelte Conny.

»Ausgezeichnet. Und du …«

»Ja?«

»Da ist eine Frau, die uns anstarrt. Also werde ich dir weder die Waffe abnehmen noch was anderes machen, was Aufsehen erregt. Ich werd dir einfach gegen den Kopf treten. Wenn du auch nur den kleinsten Versuch unternimmst, deine Waffe zu ziehen, erschieß ich dich. Es ist nämlich folgendermaßen …«

Eilig tastete sie ihn mit der linken Hand ab und zog sein Handy aus der Jeanstasche – ein nagelneues iPhone mit Gesichtserkennung.

»Meine Nachricht setze ich trotzdem ab. Und wenn du dabei aus Versehen stirbst.«

Sie presste ihm die Pistole unters Kinn.

»So, Conny. Jetzt mal ein bisschen lächeln.«

»Was?«

Sie hielt das Handy über sein Gesicht, entriegelte es, und in null Komma nichts machte sie noch zwei weitere Dinge, die nicht eben hightech waren: Sie versetzte ihm einen weiteren Schlag an den Kopf und fotografierte ihn. Dann setzte sie ihre Sonnenbrille wieder auf und verschwand runter zum Slussen und nach Gamla stan. Unterwegs scrollte sie durch Conny Anderssons Adressbuch. Ein paar Namen überraschten sie – eine bekannte Schauspielerin, zwei Politiker und ein Bulle aus dem Drogendezernat, der wahrscheinlich korrupt war. Aber die waren ihr egal.

Sie suchte nach anderen Mitgliedern vom Svavelsjö MC, und als sie sie alle beisammenhatte, schickte sie das Bild raus, auf dem Conny verschreckt und verwirrt zu ihr hochglotzte.

Der Junge hat was zu erzählen, schrieb sie hinterher.

Dann warf sie das Handy in den Riddarfjärden.

KAPITEL 24

27. August

»Wie kann Nima Rita in Schweden auftauchen? Ich dachte, er wäre tot!«

Johannes Forsell wollte einfach nur wieder in sich selbst zurückfliehen und in seinen Träumen und Erinnerungen Schutz suchen. Doch als mit unerwarteter Schärfe der Name Nima Rita gefallen war und er den unterdrückten Zorn in der Stimme seiner Frau vernahm, riss es ihn in die Wirklichkeit zurück.

»Wer war hier?«, fragte er.

Er ahnte, dass es sie rasend machte, dass er schon wieder das Thema gewechselt hatte.

»Das hab ich dir doch schon gesagt …«

»Aber ich hab es vergessen.«

»Die Jungs natürlich – und deine Mutter. Sie kümmert sich momentan um die Kinder.«

»Wie stecken sie das Ganze weg?«

»Was soll ich sagen, Johannes? Was soll ich sagen?«

»Es tut mir leid …«

»Danke«, sagte sie in dem offenkundigen Versuch, sich zu sammeln und wieder ganz die alte, die starke Becka zu sein, auch wenn es ihr nur zum Teil gelang.

Verstohlen warf Johannes einen Blick in Richtung Flur. Wie nervöse Vögel flatterten ihm Überlegungen zu Auswegen, Fluchtwegen, Bedrohungen, Chancen und Risiken durch den Kopf.

»Ich kann jetzt nicht über Nima sprechen«, flüsterte er.

»Wie du willst.«

Mit allergrößter Anstrengung gelang es ihr, liebevoll zu lächeln, und sie strich ihm wieder übers Haar. Er wischte ihre Hand beiseite.

»Worüber kannst du dann sprechen?«

»Ich weiß nicht ...«

»Eines ist dir auf jeden Fall gelungen«, sagte sie. »Schau dich um – all die Blumen! Wir haben nur einen Bruchteil überhaupt entgegennehmen können. Dieser ganze Hass ... Es ist alles in Zuneigung umgeschlagen.«

»Das kann ich mir nicht vorstellen.«

Sie griff nach ihrem Handy. »Schau ins Internet, da siehst du es.«

Er hob abwehrend die Hand. »Die schreiben ja doch nur Nachrufe.«

»Nein, schöne Sachen – ehrlich.«

»Sind Leute vom MUST hier gewesen?«, wollte er wissen.

»Svante war da und Klas Berg, dann Sten Siegler und noch ein paar andere. Deshalb ist die Antwort wahrscheinlich: Ja, jede Menge, nehme ich an. Warum fragst du?«

Warum er fragte?

Natürlich waren sie hier gewesen. Er hatte die Antwort bereits vorweg geahnt und sah das Misstrauen in Beckas Blick. Und mit einem Mal spürte er mit unerwarteter Kraft: Er wollte reden. Wahrscheinlich nur, weil er genau wusste, wie unmöglich es wäre. Denn ganz sicher wurden sie abgehört.

Erneut wog er das eine gegen das andere ab. Erinnerte sich an seinen verzweifelten Willen zu leben, den er verspürt hatte, als er im Wasser nach unten gesunken war.

»Hast du mal Stift und Papier?«, fragte er.

»Klar, hab ich.«

Sie kramte in ihrer Handtasche, holte einen Kugelschreiber und einen kleinen Haftzettelblock heraus und drückte ihm beides in die Hand.

Wir müssen hier weg, schrieb er.

Rebecka Forsells Blick wanderte erschrocken zu den Wachleuten draußen auf dem Flur, doch die schienen samt und sonders gelangweilt in ihre Handys vertieft zu sein. Also schrieb sie mit nervöser, schludriger Handschrift:

Jetzt sofort?

Augenblicklich, schrieb er darunter. Mach mich von den Maschinen los, lass dein Handy und die Handtasche hier, und dann tun wir so, als wollten wir zum Kiosk runtergehen.

So tun?

Wir hauen ab.

Bist du verrückt?

Ich will erzählen, aber das geht hier nicht.

Was denn erzählen?

Alles.

Sie hatten eilig mit demselben Stift geschrieben, den sie sich abwechselnd in die Hand drückten. Doch jetzt zögerte Johannes und sah sie mit einem Blick an, der ebenso traurig und verloren aussah wie schon zuvor, allerdings endlich auch wieder einen Schimmer Kampfgeist enthielt, den sie so lange vermisst hatte. Prompt war sie nicht mehr nur noch verängstigt.

Sie hatte nicht vor, mit ihm zu fliehen oder – erst recht nicht – das Krankenhaus mit all den Wachleuten und Militärs und der ganzen Paranoia zu verlassen. Trotzdem wäre es wunderbar, wenn er wirklich endlich reden würde, und vielleicht würde es ihm sogar guttun, sich zu bewegen. Sein Ruhepuls war leicht erhöht, aber stabil, und er war wieder halbwegs bei Kräften. Bestimmt würden sie irgendwo hingehen können, wo niemand hörte, worüber sie redeten.

Gleichzeitig wusste sie, dass es nichts bringen würde, das Krankenhauspersonal zu übergehen und ihn einfach vom Tropf und von den Apparaten, abzuhängen. Deshalb schlug sie eine neue Seite in ihrem Block auf. Ich rufe jemanden und erkläre es ihnen. Sie klingelte nach dem Personal.

Aber dann gehen wir an einen Ort, wo uns niemand finden kann.

Hör schon auf, dachte sie. *Hör auf damit.*

Wovor willst du fliehen?

MUST.

Geht es um Svante?, schrieb sie, und er nickte, zumindest glaubte sie das und hätte am liebsten schreien wollen: *Ich wusste es!*

Als sie ihre Antwort schrieb, zitterte ihre Hand. Das Herz pochte in ihrer Brust, und ihr Mund war staubtrocken.

Hat er etwas getan?

Weder antwortete noch nickte er. Er sah nur aus dem Fenster hinüber zur Autobahn, was sie als Ja interpretierte.

Dann musst du ihn anzeigen.

Es sah sie an, als wollte er ihr bedeuten, dass sie rein gar nichts kapierte.

Oder an die Presse gehen. Mikael Blomkvist hat eben angerufen. Er ist auf deiner Seite.

»Auf meiner Seite«, murmelte er und verzog das Gesicht. Dann griff er wieder nach dem Stift und krakelte ein paar unleserliche Wörter auf den Block. Sie starrte darauf hinab.

Kann ich nicht lesen, schrieb sie, obwohl sie es mit ein wenig Mühe vielleicht doch hätte entziffern können, und da schrieb er es noch einmal deutlicher auf.

Weiß nicht, ob das eine so gute Seite ist.

Sie spürte, wie in ihr der reine Selbsterhaltungstrieb neu erwachte. Es fühlte sich an, als wollte Johannes mit diesen Worten auf Abstand gehen … oder vielmehr, als wären sie jetzt nach diesem Satz nicht mehr ein selbstverständliches *Wir*, ein Bündnis, sondern zwei Eheleute, die nicht mehr notwendigerweise zusammengehörten. Sie fragte sich, ob sie nicht eigentlich vor ihm fliehen müsste.

Sie sah zu den Wachen hinaus und versuchte, sich einen Plan zurechtzulegen. Im selben Moment hörte sie Schritte auf dem Flur, und ein rotbärtiger Arzt fragte, weshalb sie gerufen hätten. Sie sagte – etwas anderes fiel ihr nicht ein –, es gehe Johannes jetzt ein wenig besser, er sei kräftig genug für einen kleinen Spaziergang.

»Wir würden gerne zum Kiosk runter und eine Zeitung oder ein Taschenbuch kaufen«, erklärte sie mit einer Stimme, die nicht wie ihre eigene, aber doch überraschend autoritär klang.

Es war halb acht Uhr abends, und Jan Bublanski hätte längst nach Hause gehen sollen. Trotzdem saß er in seinem Dienstzimmer im Revier und musterte ein junges Gesicht, das eine Art zornigen Idealismus ausstrahlte, von dem er ahnte, dass er einen aufs Blut zu reizen vermochte. Insgeheim mochte er diese Haltung, und vielleicht war er in dem Alter genauso gewesen, hatte dieses Gefühl gehabt, die ältere Generation betrachte das Leben nicht, wie es angebracht wäre: nicht ernsthaft genug. Er schenkte ihr ein warmes Lächeln. Sie lächelte verkrampft zurück. Allem Anschein nach gehörte Humor nicht zu ihren Stärken, aber ihr Pathos würde der Welt sicher eines Tages nutzen.

Die Frau war fünfundzwanzig Jahre alt und hieß Else Sandberg. Sie war Assistenzärztin im St.-Görans-Krankenhaus, hatte einen Pagenschnitt und eine runde Brille.

»Danke, dass Sie sich die Zeit genommen haben«, sagte er.

»Keine Ursache«, gab sie zurück.

Sonja Modig hatte die Frau gefunden, nachdem sie den

Tipp bekommen hatte, der Sherpa habe an der Bushaltestelle Södra Station eine Wandzeitung angeklebt. Sie hatte Kollegen darauf angesetzt, im Grunde mit jedem zu sprechen, der öfter an dieser Haltestelle wartete.

»Ich habe schon gehört, dass Sie sich nicht sonderlich gut erinnern, aber für uns ist alles wertvoll, was Ihnen noch einfällt«, sagte er.

»Es war schwer zu lesen ... Die Zeilen waren dicht beschrieben ... Alles in allem wirkte es wie eine einzige paranoide Wahnvorstellung.«

»Und das kann durchaus der Fall gewesen sein«, sagte er. »Ich wäre trotzdem froh, wenn Sie versuchten, sich an Einzelheiten zu erinnern.«

»Es klang sehr von Schuld getrieben«, fuhr sie fort.

Mein liebes Kind, versuch nicht, es für mich zu interpretieren, dachte er.

»Was stand denn genau da?«, hakte er nach.

»Dass er einen Berg bestiegen habe – *noch einmal*, schrieb er. Er sei ›one more time‹ auf einen Berg gestiegen. Dabei habe er schlecht gesehen. Es habe ein Schneesturm gewütet, er habe Schmerzen gehabt und gefroren. Er glaubte, sich verirrt zu haben, bis er dann Schreie hörte, die ihm den Weg wiesen.«

»Was für Schreie?«

»Schreie der Toten, meine ich ...«

»Können Sie das näher ausführen?«

»Es war schwer zu verstehen – aber ihn haben die ganze Zeit Geister begleitet, zwei Geister, glaube ich, ein guter und ein böser, ein wenig ...«

Sie kicherte in sich hinein. Bublanski fand es bezaubernd, dass Else Sandberg sich zur Abwechslung ein wenig menschlicher zeigte.

»Wie Kapitän Haddock in Tim und Struppi, Sie wissen schon – der einen Teufel und ein Engelchen auf seinen Schultern hat, wenn ihn die Lust auf Alkohol packt.«

»Richtig«, sagte er. »Schöne Metapher.«

»Ich hab es nicht als Metapher verstanden. Für ihn schien es real gewesen zu sein.«

»Ich wollte damit nur sagen, dass ich das selbst kenne – die gute und die böse Stimme, die mir zuflüstern, wenn ich einer Versuchung widerstehen muss.« Dann war ihm sofort peinlich, was er gesagt hatte. »Was sagte denn die böse Stimme?«

»Dass er sie oben lassen soll.«

»Sie?«

»Ja, ich glaube, das stand da. Es war eine Sie, eine Madam oder Mam Irgendwas, die auf dem Berg geblieben war. Dann sei er ins Regenbogental gekommen, wo die Toten ihre Hände nach ihm ausgestreckt und um Essen gebeten hätten. Wie gesagt, es war alles sehr seltsam. Und dann stand da tatsächlich, dass Johannes Forsell aufgetaucht sei. Total absurd. Weiter habe ich ehrlich gesagt nicht mehr gelesen, mein Bus kam, und da war dieser Typ, der sich mit dem Fahrer angelegt hat, und ich war abgelenkt. Unterm Strich hatte ich da sowieso schon gemutmaßt, der Mann dürfte an paranoider Schizophrenie leiden. Da stand auch noch, dass die Schreie nie verstummt seien.«

»Das kann man aber doch auch erleben, ohne schizophren zu sein.«

»Wie meinen Sie das?«

Tja, wie meinte er das?

»Ich meine …«

»Ja?«

»Dass ich das ebenfalls kenne. Manche Dinge wird man einfach nicht los. Sie hallen noch jahrelang in einem nach.«

»Ja, schon«, sagte sie etwas zögerlicher.

»Wenn Sie vielleicht einen Moment warten könnten, dann suche ich schnell etwas raus …«

Else Sandberg nickte, und Bublanski loggte sich in seinen

Computer ein und rief die Google-Suche auf, tippte drei Suchbegriffe ein und drehte den Bildschirm zu ihr herum.

»Sehen Sie das hier?«

»Das ist ja grauenhaft!«

»Das hier ist das Regenbogental – das Rainbow Valley auf dem Everest. Ich hatte selbst bislang keine Ahnung davon, habe mir in den letzten Tagen ein bisschen was angelesen, und da hab ich es sofort wiedererkannt, als Sie es erwähnt haben. Rainbow Valley heißt es nur umgangssprachlich ... aber man versteht leicht, warum. Sehen Sie hier.«

Er tippte auf den Bildschirm und fragte sich, ob dies hier gerade vielleicht unnötig grausam war. Doch er wollte ihr klarmachen, wie ernst es ihm war.

Auf einem Bild nach dem anderen konnte man im Schnee in über achttausend Meter Höhe tote Bergsteiger erkennen, und auch wenn viele von ihnen schon seit Jahren dort lagen, möglicherweise schon seit Jahrzehnten, sahen sie immer noch gesund und kräftig aus. Sie waren mitsamt ihrer bunten Kleidung eingefroren – in Rot, Grün, Gelb und Blau –, und um sie herum lagen Sauerstoffflaschen, Zeltfetzen und buddhistische Gebetsfahnen, die ebenfalls bunt leuchteten. Es sah tatsächlich aus wie eine Regenbogenlandschaft, ein makabres Zeugnis des menschlichen Wahnsinns.

»Sie müssen wissen«, erklärte er, »der Mann, der die Wandzeitung aufgehängt hat, war Guide und Träger bei Touren auf den Mount Everest.«

»Wirklich?«

»Er war Sherpa – und womöglich hätte er den Namen Rainbow Valley lieber gar nicht verwendet. Der Name ist eine westliche Erfindung, eine Art galgenhumoristische Albernheit. Aber wahrscheinlich hat er sich ihm einfach eingeprägt und sich dann mit seinem Glauben an die Geister und Götter dort oben vermischt. Bis dato sind mehr als viertausend Menschen den Berg hinaufgestiegen. Dreihundertdreißig Personen sind dabei gestorben. Die meisten hat man nicht bergen können, und ich könnte es wirklich nachvollziehen, wenn dieser Mann, der den Berg elf Mal bestiegen hat, das Gefühl hatte, die Toten sprächen zu ihm.«

»Aber …«

»Ich bin noch nicht fertig«, unterbrach er sie. »Das Leben dort oben ist schrecklich, die Gefahren beträchtlich, angefangen beim sogenannten HACE, dem Höhenhirnödem …«

»Da schwillt das Gehirn an …«

»Genau, es schwillt an. Sie als Ärztin verstehen derlei Dinge noch sehr viel besser als ich. Aber ja, es schwillt an, man kann nicht mehr reden oder auch nur vernünftig denken. Man läuft Gefahr, schreckliche Fehler zu begehen, oft hat man Halluzinationen und verliert den Draht zur Wirklichkeit. Viele völlig vernünftige Menschen, Leute wie Sie und ich – na ja, sportlichere, waghalsigere Leute als ich – haben dort oben Halluzinationen gehabt oder eine Art mystische Anwesenheit verspürt. Dieser Mann … Er war ohne Sauerstoff unterwegs. Das zehrt an den Kräften, sowohl mental als auch körperlich, und während des Dramas, das er wohl zu schildern versuchte, hatte er ungeheuer schuften müssen. Er war den Berg wiederholt hoch- und wieder runtergestiegen und hat Leben gerettet. Er muss vollkommen fertig gewesen sein, am Rande des Wahnsinns. Da wäre es nicht verwunderlich, wenn er Engel und Dämonen gesehen hätte so wie Kapitän Haddock … überhaupt nicht verwunderlich.«

»Entschuldigen Sie, ich wollte nicht respektlos sein«, sagte Else Sandberg jetzt leise.

»Das waren Sie auch nicht, und Sie haben de facto recht«, fuhr er fort. »Der Mann war krank, und zwar tatsächlich schizophren. Trotzdem kann er uns etwas Wichtiges zu erzählen gehabt haben. Deshalb frage ich Sie noch einmal: Erinnern Sie sich noch an mehr?«

»Leider nein, tut mir leid.«

»Auch nicht mehr an Einzelheiten über Forsell?«

»Doch, vielleicht … Sie haben gerade erwähnt, der Mann habe Leben gerettet …«

»Das habe ich gesagt.«

»Ich glaube, der Mann hat geschrieben, Forsell habe nicht gerettet werden wollen.«

»Was meinte er damit?«

»Keine Ahnung, das fällt mir nur gerade wieder ein. Aber ich bin mir da auch nicht ganz sicher. Der Bus kam, und am nächsten Tag war die Wandzeitung weg.«

»Ich weiß«, brummte er.

Nachdem die junge Frau gegangen war, saß Bublanski noch eine Weile mit dem seltsamen Gefühl da, einen Traum deuten zu müssen. Er starrte Fotos von Klara Engelmans Leiche an, die eine US-Expedition im Folgejahr geschossen hatte. Die Jetwinde hatten sie vom weiter oben liegenden Viktor Grankin fortgerissen, sodass sie nun auf dem Rücken lag, die Arme zu einer flehenden Geste erstarrt, als wollte sie sich selbst im Tod nach Grankin ausstrecken oder vielleicht … als wollte ein Kind die Hand seiner Mutter ergreifen …

Was war da oben geschehen? Wahrscheinlich nicht mehr als all das, worüber schon Hunderte Male geschrieben worden war. Trotzdem konnte man sich da nicht sicher sein. Es wurden noch heute immer neue Aspekte der Geschichte ans Licht gezerrt. Inzwischen schien es zum Beispiel eine militärische Verbindung zu dem Sherpa zu geben, über den die Ärzte der Südflügel-Klinik nicht sprechen durften, und den ganzen Nachmittag und Abend lang hatte Bublanski versucht, Klas Berg vom MUST zu erreichen, um ihm eine Stellungnahme zu entlocken.

Berg hatte versprochen, ihm tags darauf am Vormittag umfassende Informationen zukommen zu lassen, sich aber damit herausgeredet, dass auch für ihn selbst noch immer eine ganze Reihe von Fragen offen sei. Das gefiel Bublanski nicht. Er verließ sich nicht gern auf den Nachrichtendienst. Nicht dass ihm Prestige oder gar das Gefühl, unterlegen zu sein, irgendetwas ausmachte; aber er wusste, dass eine polizeiliche Untersuchung litt, wenn man nur auf Informationen aus zweiter Hand zurückgreifen konnte, und er war fest entschlossen, das Heft wieder selbst in die Hand zu nehmen.

Kurzerhand klickte er die Bilder von Klara Engelman weg und rief erneut bei Staatssekretär Svante Lindberg an. Doch Lindberg ging ebenso wenig wie zuvor ans Telefon, also stand Kommissar Bublanski auf und beschloss, einen längeren Spaziergang zu machen. Vielleicht würde er so Ordnung in seine Gedanken bekommen.

Svante Lindberg marschierte durch den Eingangsbereich des Krankenhauses. Er war heute schon mal hier gewesen, hatte sich bei Rebecka nicht sonderlich willkommen gefühlt, und es gab eigentlich keinen Grund, warum er noch einmal hätte kommen sollen. Doch nachdem er gehört hatte, dass Johannes wieder bei Bewusstsein war, musste er mit ihm sprechen und ihm sagen ... Tja, was? ... Er wusste es nicht. Er wusste lediglich, dass er ihn um jeden Preis dazu bringen musste, die Klappe zu halten. Deshalb schaltete er jetzt sein Handy aus, um nicht Gefahr zu laufen, zusätzlich zum allgemeinen Chaos beizutragen.

Er hatte definitiv nicht vor, mit Mikael Blomkvist zu reden, der versucht hatte, ihn zu erreichen. Kommissar Bublanski hatte sogar gerade zum dritten Mal angerufen. Jetzt galt es nur mehr, einen kühlen Kopf zu bewahren.

In seiner Aktentasche steckte ein Stapel Geheimdokumente über die russische Desinformationskampagne, die nicht übertrieben wichtig waren, nicht im Entferntesten, die aber doch als Vorwand für ein persönliches Gespräch mit

Johannes herhalten würden, bei dem er nicht würde überwacht werden dürfen. Er musste einfach nur stark sein, wie immer, und alles würde sich regeln. Zumindest redete er sich das ein.

Der typische Krankenhausgeruch – Desinfektionsmittel, Ammoniak – stieg ihm in die Nase. Er sah sich im Eingangsbereich um, befürchtete schon, dass Journalisten hier rumhängen würden, befürchtete, Blomkvist könnte hier auftauchen und seine dunkelsten Geheimnisse durchschaut haben. Doch er sah niemanden außer Kranke und Angehörige und Klinikpersonal in weißen Kitteln. Ein aschfahler Mann wurde auf einem Bett vorbeigerollt. Er sah aus, als läge er bereits im Sterben. Svante nahm ihn kaum zur Kenntnis.

Er blickte zu Boden, versuchte, die Außenwelt auszublenden. Trotzdem nahm er aus dem Augenwinkel etwas wahr und drehte sich um. Sein Blick blieb am Rücken einer großen, schlanken Frau in einem grauen Jackett hängen, die vor dem Bankautomaten direkt neben der Klinikapotheke stand.

War das nicht Becka? Das war definitiv Becka. Die Haltung, die Art, sich vorzubeugen, all das kam ihm nur zu bekannt vor. Sollte er hingehen? Irgendwas sagen? Nein, dachte er. Das hier war eher die Gelegenheit, unter vier Augen ein paar Worte mit Johannes zu wechseln, ohne vertrauliche Dokumente vorschieben zu müssen. Er marschierte auf die Fahrstühle zu. Dort drehte er sich noch einmal um. Irgendwie hatte er plötzlich das Gefühl gehabt, als wäre sie nicht allein gewesen. Doch sie war nirgends mehr zu sehen.

Hatte er sich geirrt? Wahrscheinlich. Und im Grunde war es auch egal.

Er wollte eben weitergehen, als er die Säule auf der Höhe des Geldautomaten bemerkte. Sie versteckte sich doch wohl nicht vor ihm? Das wäre doch zu verrückt. Dennoch beschlich ihn ein mulmiges Gefühl, und langsam bewegte er sich auf die Säule zu, erst zögerlich, dann immer schneller, und dort blitzte wirklich etwas hervor, was wie Rebeckas Jackett aussah …

Er beschleunigte und überlegte fieberhaft, was er zu ihr sagen sollte. Vielleicht schaffte er es sogar, Empörung zu heucheln – was für ein Blödsinn, sich zu verstecken! –, als er mit einem Mal den Boden unter den Füßen verlor und der Länge nach hinfiel. Er hatte nicht einmal Zeit, darüber nachzudenken oder gar zu verstehen, was geschehen war, als er auch schon hörte, wie sich schnelle Schritte entfernten. Fluchend kam er auf die Füße und jagte hinterher.

Teil 3

Zweierlei Herren dienen

Doppelagenten tun so, als wären sie loyal, doch in Wahrheit dienen sie immer auch jemand ganz anderem.

Oft besteht ihr Auftrag zunächst darin, sich beim Feind einzunisten und in dessen Reihen Nebelkerzen zu zünden. Mitunter werden sie dann politisch »umgepolt« – sei es mittels Drohungen oder durch Versprechungen.

Manchmal wird nie klar, auf welcher Seite sie tatsächlich stehen. Es kommt sogar vor, dass sie es nicht einmal selbst wissen.

KAPITEL 25

27. August

Catrin Lindås hatte immer noch nichts gegessen, sondern nur ein bisschen Tee getrunken und über Forsell und den Everest recherchiert. Dabei hatte sie sich immer wieder ihr Zusammentreffen mit dem Bettler in Erinnerung gerufen, als wäre der das Rätsel, das es zu lösen galt. Mit jedem Mal hatten seine Worte in ihren Ohren verzweifelter geklungen.

Und es waren ihr auch andere Dinge wieder in den Sinn gekommen – Erinnerungen, Schmerzhaftes, das Ende der Reise nach Indien und Nepal in ihrer Kindheit, nachdem das Elend dort immer größer geworden war und sie sich am Ende sogar von Kathmandu hinauf nach Khumbu begeben hatten. Sie waren nicht weit gekommen; die Entzugserscheinungen ihres Vaters wurden einfach zu schlimm. Doch dort oben hatte sie Bekanntschaft mit der indigenen Bevölkerung gemacht.

Nachdem sie wieder und immer wieder darüber nachgedacht hatte, was Mikael in seiner SMS geschrieben hatte, fragte sie sich, ob der Bettler ihr nicht vielmehr aus dem Khumbutal bekannt vorgekommen war, gar nicht so sehr von der Freak Street. Deshalb schickte sie eine weitere Frage an Mikael ab, obwohl er auf ihre erste noch gar nicht geantwortet hatte.

War der Bettler Sherpa?

Die Antwort kam postwendend: Sollte nicht mit dir reden. Du gehörst zur Konkurrenz.

Mit deiner letzten SMS hast du dich leider verraten.

Ich bin ein Idiot.

Und ich bin der Feind.

Genau. Solltest dich darauf konzentrieren, mich zu Kleinholz zu machen.

Ich wetze schon meine Messer.

Fehlst mir, schrieb er.

Ach, hör doch auf, dachte sie. Trotzdem lächelte sie. Endlich! Sie würde nicht darauf antworten, ganz sicher nicht. Stattdessen ging sie in die Küche, kramte ein bisschen herum und hörte in voller Lautstärke Emmylou Harris. Als sie ins Wohnzimmer zu ihrem Handy zurückkehrte, hatte Mikael eine weitere Nachricht geschrieben.

Können wir uns nicht sehen?

Nie im Leben, dachte sie. Und schrieb: Wo?

Vereinbaren wir über Signal, okay?

Sie vereinbarten es über Signal.

Hotel Lydmar, hatte er vorgeschlagen.

In Ordnung, hatte sie geantwortet. Kein *Oh, wie cool, wie schick*, nichts dergleichen. Nur *In Ordnung*.

Danach zog sie sich um, bat die Nachbarin, sich um die Katze zu kümmern, und packte ihre Tasche.

Camilla stand auf der Terrasse und ließ sich den Regen über Schultern und Hände laufen. Es würde bald noch schlimmer kommen. Trotzdem hatte sie sich nach draußen gesehnt. Auf dem Strandvägen selbst und unten bei den Booten tobte das Leben, das eigentlich ihres sein sollte, das sie aber nur an alles erinnert hätte, was ihr geraubt worden war. So geht es nicht mehr weiter, dachte sie, das muss ein Ende haben.

Sie schloss die Augen. Regen fielen ihr auf Stirn und Lippen, und sie versuchte, sich in ihre Träume und Hoffnungen zu flüchten, doch die ganze Zeit zog es sie zurück zur Lundagatan, zu Agneta, die kreischte, dass sie abhauen solle, und zu Lisbeth, die immer nur schwieg, als wollte sie alle mit ihrem Schweigen, mit ihrer verbissenen Wut ersticken.

Sie spürte eine Hand auf der Schulter. Es war Galinow, der auf die Terrasse hinausgetreten war. Sie drehte sich um und sah ihn an – sein sanftes Lächeln, sein attraktives Gesicht. Er drückte sie an seine Brust.

»Mein Mädchen«, sagte er. »Wie geht es dir?«

»Mir geht es gut.«

»Das glaube ich nicht.«

Sie blickte über den Kai.

»Du wirst schon sehen, es wird sich alles regeln«, sagte er.

Sie sah zu ihm hoch. »Ist etwas passiert?«

»Wir haben Besuch.«

»Wer ist es?«

»Deine liebenswerten Motorradrockerfreunde.«

Sie nickte und ging zurück nach drinnen. Dort sah sie Marko und eine weitere traurige Gestalt in Jeans und einem billigen braunen Jackett. Diese zweite Gestalt sah grün und blau geprügelt und ziemlich mitgenommen aus. Er war sicher zwei Meter groß, abstoßend wabbelig und hieß, wie sich herausstellte, Conny.

»Conny muss uns etwas erzählen«, teilte Marko ihr mit.

»Warum erzählt Conny es uns dann nicht?«

»Ich hab die Wohnung von Blomkvist überwacht«, hob der daraufhin an.

»Scheint ja echt gut gelaufen zu sein.«

»Er ist überfallen worden«, erklärte Marko.

Sie sah seine aufgeplatzte Lippe.

»Ach ja?«

»Von Salander.«

Auf Russisch wandte sie sich an Galinow: »Dieser Conny hier ist größer als du, nicht wahr?«

»Auf jeden Fall schwerer«, erwiderte Galinow. »Und schlechter gekleidet.«

»Meine Schwester«, erklärte sie wieder auf Schwedisch, »ist eins fünfzig groß und eine Bohnenstange, und du ... bist von ihr überfallen worden.«

»Sie hat mich eiskalt überrumpelt.«

»Und sie hat ihm das Handy abgenommen«, fügte Marko hinzu. »Dann hat sie eine SMS an uns aus dem Club geschickt.«

»Und was stand drin?«

»Dass wir Conny zuhören sollen.«

»Ich höre, Conny.«

»Sie sagt, sie macht uns alle fertig, wenn wir Mikael Blomkvist nicht in Ruhe lassen.«

»Und dann hat sie noch etwas anderes gesagt«, schob Marko nach.

»Und das wäre?«

»Dass sie uns auf jeden Fall fertigmacht und den ganzen Laden hochgehen lässt.«

»Super.« Irgendwie schaffte sie es, Ruhe zu bewahren.

»Also ...«, sagte Marko schleppend.

»Also was?«, hakte sie nach.

»Auf dem Handy, das sie geklaut hat, waren diverse heikle Informationen. Wir machen uns wirklich Sorgen.«

»Das solltet ihr auch«, erwiderte sie. »Aber nicht wegen Lisbeth, nicht wahr, Iwan?«

Galinow nickte, während sie weiterhin ihre sarkastisch-bedrohliche Miene bewahrte. Innerlich indes befand sie sich in einem Auflösungszustand. Am Ende bat sie Galinow, das Gespräch weiterzuführen, zog sich in ihr Zimmer zurück und ließ alles wie schmutziges Wasser an sich hinabrinnen.

Rebecka Forsell konnte nicht fassen, was sie getan hatte. Aber sie hatte Johannes flüstern hören: »Er darf mich nicht sehen!«, und schier unbegreiflich und reflexartig hatte sie Svante Lindberg ein Bein gestellt. Dann waren sie durch die Drehtür zu den Taxis draußen im Regen gerannt.

Johannes hatte ein Taxi angesteuert, das auf den ersten Blick zu keinem größeren Unternehmen zu gehören schien und dessen Taxameter jetzt mit unerbittlicher Gier tickte.

»Fahren Sie«, raunte er nach vorn.

Der Fahrer – ein junger dunkler Mann mit lockigem Haar und schläfrigem Blick – drehte sich um.

»Und wohin?«

Sie sah Johannes an. Der sagte kein Wort.

»Über die Solnabrücke in Richtung Innenstadt«, murmelte sie. Dort würde sich schon was ergeben.

Es war unerwartet befreiend, dass der Fahrer sie nicht erstaunt ansah, und vielleicht hatte Johannes genau darauf gesetzt, als er ein unabhängiges Taxi gewählt hatte: Er hatte auf jemanden gehofft, der keinen Kollegenkreis hatte, ja womöglich nicht mal ein soziales Umfeld, zumindest keins, in dem Johannes als meistgehasster Mann des Landes bekannt war. Es war indes nur ein Teilerfolg; während sie am Friedhof von Solna vorbeifuhren, dämmerte ihr das Ausmaß dessen, was sie getan hatten.

So erstaunlich war es nun auch wieder nicht, versuchte sie sich einzureden. Ihr Mann steckte in einer Krise, sie selbst hingegen war Ärztin und würde rechtfertigen können, dass er fernab des Trubels im Krankenhaus Ruhe und Entspannung brauchte. Jetzt kam es nur noch darauf an, dies den entsprechenden Stellen mitzuteilen, ehe irgendwo Panik ausbrach.

»Du musst mir erzählen, was los ist, sonst kann ich solche Wahnsinnssachen nicht länger mitmachen«, flüsterte sie.

»Erinnerst du dich noch an diesen Professor für Internationale Beziehungen, den wir mal in der französischen Botschaft kennengelernt haben?«

»Janek Kowalski?«

Er nickte, und sie starrte ihn ratlos an. Janek Kowalski hatte in ihrem Leben nie eine Rolle gespielt. Wenn sie nicht kürzlich einen seiner Artikel über die Grenzen der freien Rede gelesen hätte, wäre sie nicht einmal mehr auf seinen Namen gekommen.

»Genau«, antwortete Johannes. »Er wohnt an der Dalagatan. Bei ihm können wir übernachten.«

»Warum ausgerechnet bei ihm? Wir kennen ihn doch gar nicht!«

»Ich kenne ihn«, entgegnete er, was ihr gar nicht behagte.

Die beiden hatten sich in der Botschaft wie zwei Fremde begrüßt und Höflichkeitsphrasen ausgetauscht. War das nur Theater gewesen, ein Spiel?

»Nur wenn du mir versprichst, mir alles zu erzählen.«

Er sah sie an.

»Ich erzähle dir alles. Und dann entscheidest du, was du tun willst.«

»Wie, entscheiden …«

»Ob du bei mir bleiben willst.«

Sie antwortete nicht, sah nur in Richtung Solnabron und wies den Fahrer an: »Dalagatan. Wir wollen in die Dalagatan.« Sie dachte an Grenzen – vielleicht auch diejenigen der freien Rede, vor allem aber an die der Liebe.

Was müsste geschehen, dass sie ihn würde verlassen wollen?

Welche Tat würde ihre Liebe derart überschatten?

Wäre das überhaupt möglich?

Catrin Lindås kam aus Richtung Nytorget zur Götgatan. Endlich verspürte sie wieder ein wenig Lebenslust – auch wenn es in Strömen regnete. Der Himmel hatte seine Schleusen geöffnet, und mit ihrer Reisetasche eilte sie weiter. Wie immer hatte sie zu viel gepackt, als wollte sie wochenlang weg sein. Andererseits hatte sie keine Ahnung, wie lange sie im Hotel wohnen würden – sie wusste nur, dass Mikael derzeit nicht nach Hause konnte und überdies eine Menge arbeiten musste. Aber das musste sie ja selbst auch.

Es war halb zehn Uhr abends, und ihr knurrte der Magen. Seit dem Frühstück hatte sie kaum etwas zu sich genommen. Sie lief am Victoria-Kino vorbei und am Göta Lejon, und auch wenn sie sich wirklich wieder besser fühlte, verspürte sie immer noch ein vages Unbehagen. Als sie über den Medborgarplatsen blickte, standen dort Jugendliche im Regen in einer langen Schlange.

Sie wollte eben im U-Bahnhof verschwinden, als sie zusammenzuckte, sich umdrehte und mit dem Blick die Umgebung absuchte. Nichts, was sie hätte beunruhigen müssen: kein Schatten von früher, niemand, der einem der Hater aus dem Internet ähnlich sah, nichts. Sie versuchte sich einzureden, dass alles in Ordnung sei, eilte die Treppen hinunter, durch die Sperren und auf den Bahnsteig, wo sie sich allmählich wieder beruhigte.

Erst als sie am Hauptbahnhof aus der Bahn stieg und durch den anhaltenden Regen die Hamngatan entlanglief, am Kungsträdgården vorbeikam und schließlich nach Blasieholmen, kehrte die Nervosität zurück. Sie ging immer schneller, rannte fast, erreichte keuchend die Hotellobby und stieg die geschwungene Treppe zur Rezeption hinauf. Eine dunkelhäutige Frau, kaum älter als zwanzig, lächelte sie freundlich an, und sie hauchte ihr ein »Guten Abend« entgegen, als sie hinter sich Schritte von der Eingangstreppe hörte und vollends die Fassung verlor. Sie konnte sich nicht mehr erinnern, unter welchem Namen Mikael das Zimmer gebucht hatte. Irgendetwas mit B, das wusste sie noch – Boman, Brodin, Brodén, Bromberg …

»Wir haben ein Zimmer auf …«, stammelte sie, als ihr klar wurde, dass sie den Namen in ihrem Telefon würde nachsehen müssen. Aber wirkte das nicht suspekt oder halbseiden? Als hätten Mikael und sie mit etwas Schmutzigem zu tun. Als sie trotzdem nachsah und feststellte, dass der Name tatsächlich Boman lautete, flüsterte sie ihn so leise, dass die Rezeptionistin ihn nicht verstand und Catrin gezwungen war, ihn lauter zu wiederholen. Verunsichert warf sie einen Blick über die Schulter. Doch da stand niemand mehr.

Allerdings war ein Mann in Jeansjacke und mit langen Haaren auf dem Weg nach draußen. Das war doch seltsam, oder? Hatte er den Eindruck gehabt, das Hotel wäre zu teuer? Vielleicht hatte es ihm nicht gefallen. War doch auch egal.

Zumindest versuchte sie sich einzureden, dass es egal sei, nahm ihren Schlüssel entgegen, stieg in den Fahrstuhl und steuerte das Hotelzimmer an. Dort starrte sie einen Moment lang das Doppelbett mit der himmelblauen Bettwäsche an und fragte sich, was sie tun sollte.

Sie beschloss, ein Bad zu nehmen, nahm sich ein Fläschchen Rotwein aus der Minibar und bestellte beim Zimmerservice einen Hamburger mit Pommes. Aber auch das half nichts – weder das Essen noch der Alkohol oder das Bad. Ihr Puls wollte sich nicht beruhigen, und immer panischer fragte sie sich, warum Mikael so lange auf sich warten ließ.

Janek Kowalski wohnte überhaupt nicht an der Dalagatan. Allerdings lag der Zugang zum Innenhof dort, den sie in Richtung Västeråsgatan durchquerten. Dann schlüpften sie in einen weiteren Eingang und fuhren fünf Stockwerke hinauf bis zu einer großen Wohnung, die mitnichten ungemütlich, aber chaotisch aussah – eine Junggesellenbude, die eines altmodischen Intellektuellen, dem es weder an Geld noch am ästhetischen Blick mangelte, der aber keine Lust hatte, Ordnung zu halten und ab und zu mal auszumisten.

Es stand einfach von allem zu viel herum – zu viele Schalen, Nippes, Gemälde, zu viele Bücher und Aktenordner.

Kowalski selbst war unrasiert und zerzaust, ein Bohemien, vor allem ohne den Anzug, den er in der Botschaft getragen hatte. Er war Mitte siebzig und trug einen dünnen Kaschmirpullover mit Mottenlöchern.

»Liebste Freunde, ich habe mir solche Sorgen um euch gemacht«, sagte er, umarmte Johannes und gab Rebecka Küsschen auf beide Wangen.

Die beiden Männer kannten einander. Zweifellos. Nachdem sie zwanzig Minuten lang in der Küche geflüstert hatten, kamen sie mit einem Tablett mit Tee, englischen Sandwichs und einer Flasche Weißwein wieder heraus und sahen Rebecka ernst an.

»Liebe Rebecka«, sagte Kowalski. »Ich habe von Ihrem Mann den Auftrag erhalten, aufrichtig zu sein, und diesen widerwillig akzeptiert. Das liegt mir nicht, muss ich zugeben, aber ich werde versuchen, offen zu sein, und bitte jetzt schon um Entschuldigung, wenn ich mein Ziel verfehle.«

Sein Tonfall, der traurig und zugleich kokett klang, behagte ihr nicht. Vielleicht war er auch nur nervös. Als er den Tee einschenkte, zitterte seine Hand.

»Zuallererst sollte ich vielleicht von meiner wahren Heldentat sprechen«, fuhr er nach einer Weile fort. »Es ist nämlich mein Verdienst, dass Sie einander kennengelernt haben.«

Sie sah ihn erstaunt an.

»Ich war es, der Johannes auf den Everest geschickt hat. Es war viel verlangt – aber Johannes wollte es auch, er bestand sogar darauf. Schließlich ist er ein Mann der Wildmark, nicht wahr?«

»Ich verstehe kein Wort«, murmelte sie.

»Johannes und ich haben uns in Russland kennengelernt, in geschäftlichen Zusammenhängen. Ich habe seine besondere Begabung früh erkannt.«

»Wovon reden Sie?«

»Tja, Rebecka, er mag manchmal ein wenig vorschnell und übereifrig gewesen sein, aber er war ein großartiger Offizier.«

»Sie waren also auch beim Militär?«

»Ich war …« Er schien es nicht laut sagen zu wollen. »Ich bin Pole, der in jungen Jahren Brite wurde. Meine Eltern waren politische Flüchtlinge, die von good old England Hilfe bekamen. Vielleicht sah ich es deshalb als meine Pflicht an, zum Foreign Office zu gehen.«

»Zum MI6?«

»Nun ja, wir sagen besser nicht mehr als notwendig. Jedenfalls bin ich nach der Pensionierung hier gelandet, nicht nur aus Liebe zu diesem Land, sondern vor allem aufgrund gewisser Verwicklungen, die in mancherlei Hinsicht mit unseren damaligen Geschäften zusammenhingen. Sie müssen verstehen, liebe Rebecka, Johannes und ich hegten zu jener Zeit ein gemeinsames Interesse, das auch ganz ohne den Everest riskant gewesen wäre.«

»Worum ging es da?«

»Es ging einerseits um Deserteure, anderseits um Maulwürfe des GRU – oder solche, die wir dafür hielten. Wir beschlossen, unsere Aktivitäten zu bündeln. In meiner Abteilung hatten wir zuvor erfahren, dass eine kleine Sektion des schwedischen Nachrichtendienstes die Fährte eines nicht ganz unbedeutenden GRU-Agenten aufgenommen hatte. Nach ihrem Tod ist diese Person durch jemand anderen, mit dem Sie kürzlich erst zu tun hatten, leider zu trauriger Berühmtheit gelangt.«

»Sie sprechen in Rätseln.«

»Habe ich es nicht gesagt, solche Sachen liegen mir nicht … Ich meine Mikael Blomkvist, der die sogenannte Zalatschenko-Affäre enthüllt hat. Über die ist in der Zwischenzeit vieles gesagt worden, möglicherweise abgesehen vom Allerwichtigsten – nämlich ausgerechnet das, was uns damals zugetragen worden war.«

»Und was soll das gewesen sein?«

»Hm, tja ... Wie soll ich mich ausdrücken? Lassen Sie mich zunächst ein wenig ausholen. Eine Säpo-Sonderabteilung hatte sich des abtrünnigen GRU-Agenten Alexander Zalatschenko angenommen und beschützte ihn im Grunde mit allen Mitteln, weil er, wie sie glaubten, über wertvolle Informationen über den russischen Nachrichtendienst verfügte.«

»Ach«, rief sie, »hatte der nicht eine Tochter? Lisbeth Salander? Der dann so übel mitgespielt wurde?«

»Stimmt genau. Zalatschenko hatte im Grunde freie Hand. Er konnte tun und lassen, was er wollte – seine Familie misshandeln, ein Verbrechersyndikat errichten –, solange er nur seine Geheimnisse verriet. Da wurde für das höhere Wohl jedwede Anständigkeit mit Füßen getreten.«

»Im Namen der Sicherheit des Landes ...«

»So feierlich würde ich es nicht ausdrücken. Es waren eher ein Gefühl der Exklusivität und der erhoffte Informationsvorsprung, der letztlich gewisse Herren bei der Säpo blind gemacht hat. Oder vielleicht – zumindest war das unser Verdacht – nicht einmal das.«

»Wie meinen Sie das?«

»Uns lagen Informationen vor, dass Zalatschenko Russland nach wie vor loyal verbunden war. Er dürfte bis zu seinem Tod Doppelagent gewesen sein und hat mehr an den GRU zurückgemeldet, als er je an die Säpo berichtete.«

»Mein Gott ...«

»Zumindest ist das unsere Einschätzung. Nur war es zunächst lediglich ein Verdacht. Also suchten wir nach einer Möglichkeit, diesen Verdacht zu verifizieren. Wenig später erlangten wir Kenntnis von einem Mann, einem Oberstleutnant, der öffentlich als Zivilperson auftrat, als

Berater in Sicherheitsfragen für die Reisebranche, in Wahrheit aber undercover für die Abteilung für interne Ermittlungen beim GRU arbeitete. Er hatte herausgefunden, dass eine Reihe von Agenten Verbindungen zur Swesda Bratwa aufrechterhielten. Vor allem aber hieß es, dass er wütend war. Anscheinend hielt er es für untragbar, dass derlei Verbindungen toleriert wurden, und angeblich wollte er seinen Dienst beim GRU aus Protest quittieren, um sich nur mehr seiner großen Leidenschaft zu widmen, dem Extrembergsteigen.«

»Sprechen wir von Viktor Grankin?«, fragte Rebecka atemlos.

»Wir sprechen definitiv von Viktor Grankin, Gott hab ihn selig. Eine äußerst interessante Persönlichkeit, nicht wahr?«

»Doch, schon, obwohl …«, murmelte sie.

»Sie waren seine Expeditionsärztin. Tatsächlich hat uns das erstaunt.«

»Mich hat es auch erstaunt«, sagte sie gedankenverloren. »Ich war damals schlichtweg abenteuerlustig … und bei einer Konferenz in Oslo hat mir jemand den Tipp gegeben, ich solle Viktor ansprechen.«

»Das wissen wir.«

»Dann erzählen Sie weiter.«

»Grankin wirkte *down to earth*, nicht wahr? Geradeheraus und unkompliziert. Doch in Wahrheit war er unerhört intelligent und eine komplexe Persönlichkeit von großem Pathos. Er war hin- und hergerissen zwischen der Liebe und Loyalität zu seinem Land und seinem Anspruch an Ehre und Anständigkeit. Bis Februar 2008 waren wir uns recht sicher, dass er nicht nur von Zalatschenkos Doppelspiel und dessen Verbindungen zur Mafia wusste, sondern dass er vielmehr verletzlich geworden war. Er fürchtete den GRU, brauchte neue Verbündete, und so kam mir die Idee, Johannes mit auf seine Expedition zum Everest zu schicken. Wir glaubten, ein

Abenteuer dieses Kalibers würde Nähe und neue Verbindlichkeiten schaffen.«

»Mein Gott«, sagte sie abermals und wandte sich an Johannes: »Du warst also dort, um ihn für den Westen zu rekrutieren?«

»Das wäre das Traumszenario gewesen«, kommentierte Kowalski.

»Und was war mit Svante?«

»Svante ist das unglückliche Kapitel in dieser Geschichte«, fuhr Kowalski fort. »Aber das wussten wir damals noch nicht. Zu jener Zeit war er das Back-up – eine höchst vernünftige Forderung von Johannes. Wir wollten eigentlich einen unserer Leute dabeihaben. Svante war mit den Russen vertraut, hatte in Johannes' Dunstkreis beim MUST gearbeitet, vor allem aber war er ein erfahrener Bergsteiger. Er klang wie die perfekte Person für diese Aufgabe. Trotzdem – und darüber sind wir heute sehr froh – haben wir ihn nie zur Gänze eingeweiht. Ihm gegenüber wurde mein Name nie erwähnt, geschweige denn dass es eher eine britische denn eine schwedische Operation werden sollte.«

»Ich fasse es nicht«, sagte sie, als ihr das Ausmaß der Dinge allmählich vor Augen stand. »Das heißt, das Ganze war ein Spionageauftrag?«

»Es war noch eine Menge anderes, liebe Rebecka. Johannes lernte Sie kennen. Dann wiederum ... war er auf Dienstreise. Wir hatten Sie jederzeit fest im Blick.«

»Das ist doch total verrückt! Und ich hatte nicht die geringste Ahnung!«

»Es tut mir sehr leid, dass Sie dies alles unter den gegebenen Umständen erfahren müssen.«

»Aber wie ging es weiter?«, fragte sie. »Ich meine, bevor dort oben alles schiefgelaufen ist?«

Johannes hob hilflos die Hände, und wieder antwortete Janek an seiner Stelle.

»Johannes und ich waren uns nicht immer einig, was die Bewertung der Operation anging. Ich war der Meinung, er habe einen fantastischen Job gemacht. Er hatte Vertrauen geschaffen, und es sah schon früh sehr vielversprechend aus. Aber es stimmt natürlich, dass die Lage zusehends angespannt wurde, und nun setzten wir Viktor ja auch unter enormen Druck. Wir haben die Angespanntheit unmittelbar vor der Besteigung des Gipfels gnadenlos ausgenutzt. So gesehen hatte Johannes vielleicht recht, wir haben zu viel aufs Spiel gesetzt. Aber vor allem …«

»Fehlten uns entscheidende Informationen«, fiel Johannes ihm ins Wort.

»Ja, leider«, pflichtete Janek ihm bei. »Aber wie hätten wir das wissen sollen? Das ahnte damals niemand im Westen – nicht mal das FBI.«

»Wovon zum Teufel sprechen Sie?«

»Wir sprechen von Stan Engelman.«

»Was war mit ihm?«

»Seit Engelman in den Neunzigerjahren angefangen hatte, in Moskau Hotels zu bauen, stand auch er in Verbindung mit der Swesda Bratwa. Viktor wusste das. Wir leider nicht.«

»Aber wie hat er das wissen können?«

»Er hatte es im Dienst des GRU herausgefunden, aber wie ich schon sagte, gehörte es auch zu seinem Job, ein doppeltes Spiel zu spielen. Deshalb pflegte er überdies enge Kontakte zu Stan. Insgeheim aber war der Mann für ihn der reinste Abschaum.«

»Also hat er ihm die Frau ausgespannt.«

»Die Romanze war wohl mehr ein Bonus …«

»Oder sie war die Voraussetzung«, warf Johannes ein.

»Könnt ihr bitte so reden, dass ich es verstehe?«, bat Rebecka.

»Johannes meint, dass die Liebesbeziehung und alles, was Klara ihm erzählt hat, letztlich das Fass zum Überlaufen gebracht hat und Viktor einen Entschluss fasste«, erklärte Janek. »Wenn er an seine Kollegen vom GRU schon nicht mehr rankam, dann wollte er zumindest einem durch und durch korrupten Amerikaner das Handwerk legen.«

KAPITEL 26

27. August

Es kam vor, dass Galinow sie fragte, was der Mann ihr inzwischen bedeute, wie sie über ihn denke, und meist antwortete sie nicht. Nur einmal hatte sie ihm anvertraut: »Ich erinnere mich noch an das Gefühl der Auserwähltheit.«

Früher waren die Lügen ihres Vaters das Beste in ihrem Leben gewesen. Lange lebte sie in der Überzeugung, die Macht liege bei ihr. Dass sie es sei, die ihn verzaubere, und nicht umgekehrt.

Die Illusion wurde ihr geraubt. Stattdessen war nur ein Abgrund geblieben. Trotzdem ... Die Erinnerung an jenes Gefühl, an jenes Erwähltsein, hatte sie immer noch, und manchmal verzieh sie Zala, wie man einem Raubtier verzeiht. Das Einzige, was nie weniger geworden war, war ihr Hass auf Lisbeth und Agneta.

Als sie jetzt am Strandvägen in ihrem Bett lag, stemmte sie sich gegen das Fußende, genau wie damals als Teenager, als sie sich gezwungen gesehen hatte, sich neu zu erfinden und eine neue Camilla zu erschaffen, die nichts mehr an die Vergangenheit fesselte.

Draußen auf dem Strandvägen prasselte der Regen. Sirenen heulten vorüber. Dann näherten sich Schritte, rhythmische, selbstsichere Schritte. Es war wieder Galinow, und sie stand auf und öffnete die Tür.

Iwan lächelte sie an. Der Hass einte sie beide – ebenso wie das Gefühl der Auserwähltheit. Das wusste sie.

»Womöglich gibt es trotz allem gute Neuigkeiten«, teilte er ihr mit.

Sie antwortete nicht.

»Es ist nichts Besonderes«, fuhr er fort, »aber es könnte ein Ansatz sein: Die Frau, mit der Blomkvist in Sandhamn gesehen wurde, hat soeben im Hotel Lydmar eingecheckt.«

»Und?«

»Sie wohnt doch in der Stadt, oder? Warum geht sie dann ins Hotel – wenn nicht, um jemanden zu treffen, der zu Hause nicht mehr aufkreuzen will?«

»Jemanden wie Blomkvist?«

»Genau.«

»Und was, meinst du, sollen wir tun?«

Galinow fuhr sich mit der Hand durchs Haar.

»Ein Hotel ist natürlich suboptimal. Zu viele Leute, sogar jetzt am Abend. Es gibt allerdings ein Gartenlokal, nur dass Marko …«

»Macht er Schwierigkeiten?«

»Nein, nein, im Gegenteil. Ich hab ihm den Kopf gewaschen. Er sagt, er könne um die Ecke mit einem Wagen bereitstehen – sogar mit einem Krankenwagen, den einer seiner Handlanger gestohlen hat –, und ich …«

»Und du, Iwan?«

»Ich könnte vielleicht ebenfalls eine Rolle spielen. Wenn wir Bogdanow Glauben schenken, haben Blomkvist und ich nämlich gemeinsame Interessen.«

»Und zwar?«

»Wir sind beide am schwedischen Verteidigungsminister und gewissen früheren Aktivitäten von ihm interessiert.«

»Gut«, sagte sie und fühlte sich ein wenig besser. »Dann leg los.«

Rebecka hatte all die neuen Informationen noch immer nicht verarbeiten können. Sie nahm sich auch gar nicht erst die Zeit, es zu versuchen. Denn das Schlimmste stand noch bevor, so viel war ihr klar.

»Heute wissen wir, dass Stan Engelman gezielt Viktor Grankins Expedition ausgewählt hat, weil er überzeugt war, Viktor wäre einer von ihnen«, fuhr Janek fort. »In Wahrheit hatte Grankin gegen das Syndikat ermittelt, was ihn immer wütender gemacht hatte, und ich bin mir sicher, dass Johannes mit seiner Fähigkeit, Vertrauen zu schaffen und Allianzen zu schmieden, ihn dazu gebracht hätte auszupacken. Der Same war bereits gelegt, und ich glaube, Klara vollendete, was Johannes begonnen hatte.«

»Wie meinen Sie das?«

»Klara brachte Viktor dazu, die Deckung fallen zu lassen. Sie haben einander hochgeschaukelt; sie redete in einem fort davon, was für ein Schwein ihr Mann sei, und Viktor ergänzte dies um seine Berichte über Stans Geschäfte mit der Swesda Bratwa.«

»Die Liebe brachte sie dazu, sich einander mitzuteilen«, sagte sie.

»Ja, vielleicht war es so. Zumindest ist das Johannes' Theorie. Aber im Grunde spielt das keine Rolle. Das Problem war nämlich, dass – ganz gleich wie vorsichtig sie auch waren – die Sache bis nach Manhattan durchsickerte.«

»Es gab jemanden, der getratscht hat …«

»Euer unglücklicher, armer Sherpa.«

»Das ist nicht Ihr Ernst.«

»Leider doch.«

»Nima hätte doch nicht gepetzt!«

»Ich glaube auch nicht, dass er es so sah«, fuhr Kowalski

fort. »Er hatte einen Bonus bekommen, damit er sich um Klara kümmerte und nach Hause berichtete, was im Basislager vor sich ging. Vielleicht war er der Meinung, nur seinem Auftrag nachzugehen.«

»Was hatte er erfahren?«

»Das wissen wir nicht genau. Anscheinend war es genug, um ihn selbst in Gefahr zu bringen. Aber darauf komme ich später zurück. Sicher ist nur, dass Engelman von der Romanze erfuhr, und allein das sorgte natürlich für Unmut und Misstrauen. Auch andere versorgten ihn mit Informationen, und am Ende wusste Stan genau, was für ihn auf dem Spiel stand: dass nicht nur seine Ehe den Bach runtergehen könnte, sondern auch seine Zukunft als Geschäftsmann. Dass vielleicht sogar seine Tage in Freiheit gezählt waren.«

»Wer hat noch geplaudert?«

»Das können Sie sich doch bestimmt ausrechnen«, meinte Kowalski. »Aber Sie haben nach Nima Rita gefragt und wie er habe reden können. Vergessen Sie nicht, dass Nima – wie so viele Sherpas in jenem Jahr – besorgt und verärgert war.«

»Sie spielen auf seine religiösen Überzeugungen an?«, hakte Rebecka nach.

»Ja, und auf seine Frau Luna. Klara behandelte sie wie eine Dienstbotin, erinnern Sie sich? Nima hatte seine ureigenen Gründe, Klara gegenüber nicht loyal zu sein.«

»Du tust ihm unrecht, Janek«, sagte Johannes. »Nima wollte niemandem etwas Böses. Er war nur, genau wie Viktor, zwischen widerstreitenden Loyalitäten hin- und hergerissen. Die Leute sagten zu ihm: Tu dies und tu das. Er bekam erst den einen, dann einen widersprüchlichen Befehl, und das hat ihn zermürbt. Die Last war für ihn nicht mehr zu ertragen. Sein schlechtes Gewissen hat ihn letztlich um den Verstand gebracht.«

»Entschuldige, Johannes, ich war ja sozusagen nur aus der

Ferne dabei. Es ist vielleicht besser, wenn du übernimmst«, schlug Janek vor.

»Ich weiß nicht …«

»Du hast mir versprochen, alles zu erzählen«, rief Rebecka ihm in Erinnerung.

»Ja, das habe ich, aber es macht mich wütend, wenn Nima im Nachhinein noch mehr Schuld aufgeladen wird. Er hat mehr als genug leiden müssen.«

»Sehen Sie, Rebecka, Ihr Johannes ist ein guter Mann. Glauben Sie bloß nichts anderes. Er steht immer auf der Seite der Schwachen«, sagte Kowalski.

»Deine Beziehung zu Nima Rita war also genauso gut, wie sie nach außen hin aussah?«, fragte sie fast schon verängstigt.

»Sie war gut«, erwiderte er. »Vielleicht ein wenig zu gut, wenn man so will.«

»Was meinst du damit?«

»Ich …«, hob Johannes an, verstummte dann aber.

»Spuck's schon aus!«

»Ist ja schon gut … Das meiste ist ohnehin nicht neu für dich. Als wir in Richtung Gipfel unterwegs waren, hat sich mein Verhältnis zu Viktor zusehends verschlechtert. Ich bin mir fast sicher, dass es mit Stan Engelman zu tun hatte. Ich glaube, Viktor bekam Angst, dass unser Kontakt auf Umwegen zum GRU und zur Swesda Bratwa durchsickern könnte. Da wären seine Tage gezählt gewesen. Also hielt ich mich dezent zurück. Denn noch mehr Unruhe zu erzeugen war das Letzte, was ich gewollt hätte. Wir sollten der sichere Hafen für ihn sein, nichts weiter, und wie du weißt, Becka, haben wir alle am dreizehnten Mai um kurz nach Mitternacht das Lager vier verlassen. Die Wetterverhältnisse schienen perfekt …«

»Aber das Tempo verlangsamte sich.«

»Ja. Klara hatte Probleme, Mads Larsen ebenso, und vielleicht war auch Viktor Grankin nicht in Bestform. Nichts davon hat mich damals groß beschäftigt. Allerdings spürte ich, dass Svante verärgert war und mich antrieb. Er wollte, dass wir allein zum Gipfel gingen – sonst verpassen wir unsere Chance, meinte er –, und am Ende ließ Viktor uns ziehen. Womöglich war er sogar froh, mich losgeworden zu sein. Also zogen wir alleine los.«

»Das weiß ich alles.«

»Entschuldige, ich fasse mich kurz. Nachdem wir aufgebrochen waren, hatten wir natürlich keine Ahnung von der Katastrophe, die sich weiter unten anbahnte. Wir sind einfach weiter hinauf und waren rechtzeitig auf dem Gipfel. Beim Abstieg über den Hillary Step bekam ich allerdings Probleme. Da war der Himmel immer noch klar, es ging nicht übermäßig viel Wind, wir hatten immer noch ausreichend Sauerstoff und Flüssigkeit dabei. Allerdings tickte die Uhr, und …«

»Und am Ende hörtet ihr ein Dröhnen, einen Knall …«

»Einen Donner vom wolkenlosen Himmel, ja. Ein Unwetter von der Nordseite – wie ein Gewehrschuss. Im Handumdrehen war die Sicht gleich null. Ein Schneesturm peitschte auf uns zu. Die Temperatur sank dramatisch. Als wir uns weiterschleppten, wurde es unerträglich kalt. Ich bin mehrmals auf die Knie gesackt, und Svante musste mir wieder aufhelfen. Entsprechend wurden wir langsamer, und die Zeit raste nur so dahin. Es wurde später Nachmittag und dann Abend, in der Dunkelheit bekamen wir es mit der Angst zu tun, und ich weiß noch, dass ich immer wieder zusammensackte und dachte: Jetzt ist es vorbei. In einem solchen Moment sah ich auf einmal …«

»Was hast du gesehen?«

»Etwas Blau-Rotes. Verschwommene Konturen. Ich hab ein Stoßgebet gen Himmel geschickt, dass es endlich die Zelte im Lager Vier wären … oder zumindest andere Bergsteiger, die uns würden helfen können. Ich kam wieder auf die Beine, lief auf die Konturen zu ... bis mir dämmerte, dass dort nicht Rettung nahte, ganz im Gegenteil ... Es waren zwei Körper, die dicht nebeneinander im Schnee lagen, der eine kleiner als der andere ...«

»Das hast du mir nie erzählt!«

»Nein, Becka, hab ich nicht ... denn ab da ging alles zur Hölle.«

»Erzähl endlich, was dort passiert ist!«

»Tu ich ja – aber ich kann es immer noch nicht richtig in Worte fassen ... Ich war fix und fertig. Ich konnte nicht mehr. Ich wollte mich einfach nur hinlegen und sterben, und deshalb fühlte es sich auch an, als würde ich dort mein eigenes Schicksal vor mir sehen. Meine Angst war greifbarer als das, was dort vor mir lag. Keinen Moment lang hab ich geglaubt, dass es Menschen sein könnten, die ich kenne – ich nahm an, sie gehörten zu den Hunderten Toten, die dort oben liegen. Ich schleppte mich vorwärts, riss mir die Sauerstoffmaske vom Gesicht und rief Svante zu, wir müssten schneller laufen, weg von hier, dann ging ich los, oder zumindest machte ich ein paar Schritte. Und mit einem Mal hatte ich ein ganz seltsames Gefühl.«

»Johannes ...«

»Es waren irgendwie hundert Sachen gleichzeitig ... Über Funk hatten wir gehört, dass unser Team in eine Notsituation geraten war. Vielleicht hatte ich da auch endlich die Kleidung und Ausrüstung wiedererkannt. Vor allem der kleinere Körper hatte etwas Schauriges an sich, und ich weiß noch, dass ich mich noch mal hinunterbeugte, um in das Gesicht zu sehen, von dem allerdings nicht viel zu erkennen war. Die Kapuze über der Mütze war tief in die Stirn gerutscht. Wangen, Nase und Mund waren mit einer Eisschicht überzogen. Trotzdem wusste ich sofort Bescheid.«

»Dass es Klara war ...«

»Dass es Klara und Viktor Grankin waren. Sie lag halb auf der Seite und hatte den Arm um seine Taille geschlungen, und ich hätte sie am liebsten so liegen gelassen, wenn da nicht dieses schaurige Gefühl gewesen wäre. Sie schien komplett durchgefroren zu sein. Trotzdem spürte ich intuitiv, dass von ihr immer noch etwas Lebendiges ausging, also zerrte ich sie von Viktor weg und versuchte, ihr Gesicht freizulegen. Es funktionierte nicht. Das Eis war zu hart, ich hatte keine Kraft mehr in den Händen, und am Ende nahm ich meinen Eispickel ... Es muss absurd ausgesehen haben! Ich hackte ihr einfach ins Gesicht ... Eissplitter flogen in alle Richtungen, und Svante schrie mich an, ich müsse aufhören, wir müssten runter ... Aber ich machte komplett manisch weiter, versuchte, vorsichtig zu sein, aber meine Finger waren vereist, ich hatte sie nicht mehr unter Kontrolle ... Ich hab sie verletzt. Ich hab ihr Lippe und Kinn aufgeschlagen ... und da zuckte plötzlich das Gesicht. Obwohl ich eigentlich überzeugt war, dass es mehr das Ruckeln durch meinen Schlag gewesen sein musste und kein Lebenszeichen, setzte ich ihr meine Sauerstoffmaske auf und presste sie ihr aufs Gesicht ... rang selbst nach Luft, glaubte nicht wirklich daran, dass es noch etwas nutzen würde. Doch auf einmal wurde Luft eingesaugt. Ich hab es genau gesehen – am Schlauch und an der Maske! Ich sprang auf und brüllte nach Svante. Der schüttelte nur den Kopf, und natürlich hatte er recht. Es spielte keine Rolle mehr, dass sie atmete. Sie war dem Tod so nahe, wie man nur sein konnte, außerdem lag sie auf mehr als achttausend Meter Höhe. Es war hoffnungslos. Jede Hilfe wäre vergebens gewesen. Wir würden sie nie dort runterbekommen und schwebten selbst in Lebensgefahr.«

»Trotzdem habt ihr um Hilfe gerufen.«

»Wir hatten schon so viele Male gerufen. Ich weiß nur noch, dass ich mir irgendwann die Sauerstoffmaske wieder aufgesetzt habe. Dann marschierten wir weiter. Wir taumelten vorwärts, und irgendwann verlor ich den Kontakt zur Wirklichkeit. Ich hatte Halluzinationen. Sah meinen Vater in der Badewanne liegen. Meine Mutter in der Sauna in Åre. Ich sah alles Mögliche ... Das hab ich dir damals ja auch schon erzählt.«

»Ja, hast du«, flüsterte sie.

»Aber ich glaube, ich habe dir nie erzählt, dass ich auch Mönche gesehen habe. Dieselben buddhistischen Mönche, die wir in Tengboche gesehen hatten. Und dann noch eine andere Gestalt, die an sie erinnerte und trotzdem irgendwie anders war. Diese Gestalt kletterte nach oben anstatt nach unten, und im Unterschied zu den Mönchen gab es sie wirklich. Es war Nima Rita, der auf uns zumarschiert kam.«

Mikael hatte sich verspätet, und er bereute schon, dass er Catrin ins Lydmar gelockt hatte. Er hätte einen anderen Tag abwarten sollen. Aber es war nicht immer leicht, vernünftig zu sein, nicht bei Frauen wie ihr, und jetzt lief er auf dem Weg zum Hotel auf Blasieholmen durch den strömenden Regen die Drottninggatan entlang. Er wollte ihr gerade eine SMS schicken – »In 10 Min da« –, als zwei Dinge gleichzeitig passierten.

Eine Nachricht ging auf seinem Handy ein. Er schaffte es nicht einmal mehr, sie zu lesen, weil das Telefon anfing zu klingeln und er sofort ranging. Im Laufe des Tages hatte er so viele Leute zu erreichen versucht – am Ende sogar Svante Lindberg –, dass er hoffte, einer von ihnen rufe endlich zurück. Doch die Person am anderen Ende war ein älterer Mann, der sich nicht einmal vorstellte. Mikael dachte kurz darüber nach, einfach aufzulegen, doch er blieb dran. Die Stimme klang freundlich, älter und sprach Schwedisch mit britischem Akzent.

»Ich sitze hier gerade in meiner Wohnung und trinke Tee

mit einem Ehepaar, das eine erschütternde Geschichte zu erzählen hat. Sie würden diese Geschichte gern mit Ihnen teilen, am liebsten morgen früh.«

»Kenne ich das Ehepaar?«, hakte er nach.

»Sie haben ihnen einen großen Dienst erwiesen.«

»Kürzlich?«

»Kürzlich erst, ja, draußen auf dem Meer.«

Er sah zum Himmel. Regen prasselte ihm ins Gesicht.

»Ich treffe mich gerne mit ihnen«, erwiderte er. »Wo soll ich hinkommen?«

»Lassen Sie uns derlei Details über eine andere Leitung besprechen, wenn das in Ordnung wäre. Über ein Handy, das nicht zu Ihnen zurückverfolgt werden kann. Mit den passenden Vorkehrungen.«

Catrins Handy. Ihre Signal-App.

»Ich schicke Ihnen über einen verschlüsselten Link eine andere Nummer«, sagte Mikael. »Allerdings bräuchte ich erst die Bestätigung, dass das Ehepaar wirklich bei Ihnen ist und dass es beiden gut geht.«

»Gut würde ich nicht sagen«, entgegnete der Mann. »Aber sie sind hier, und das aus freien Stücken. Ich lasse Sie ein paar Worte mit dem Ehemann wechseln.«

Mikael schloss die Augen und blieb stehen. Er stand am Lejonbacken direkt vor dem Schloss, mit Blick übers Wasser, aufs Grand Hôtel und das Nationalmuseum. Hinterher sollte er nicht mal mehr wissen, wie lange es gedauert hatte, bestimmt nur zwanzig, dreißig Sekunden. Trotzdem fühlte es sich wie eine Ewigkeit an.

»Mikael«, ergriff eine Stimme das Wort. »Ich bin Ihnen zu großem Dank verpflichtet.«

»Wie geht es Ihnen?«, fragte er.

»Besser als damals.«

»Als wann?«

»Als ich drauf und dran war unterzugehen.«

Es war definitiv Johannes Forsell.

»Sie möchten reden?«, fragte Mikael.

»Nicht gern …«

»Nicht?«

»Aber meine Frau, die bald alles gehört hat, besteht darauf, und da habe ich keine andere Chance.«

»Verstehe …«

»Das glaube ich kaum. Aber dürfte ich Sie darum bitten, es vor der Veröffentlichung noch mal lesen zu können?«

Mikael lief hinunter zur Brücke in Richtung Kungsträdgården und dachte kurz über Johannes' Bitte nach.

»Sie dürfen Ihre Zitate ändern, sodass sie sich gut anfühlen, und Sie dürfen die Fakten gegenchecken. Sie dürfen sogar versuchen, mich zu überreden, dass ich den Artikel anders aufziehe. Aber dass ich auf Sie höre, kann ich Ihnen nicht versprechen.«

»Klingt nur recht und billig.«

»In Ordnung.«

»Dann halten wir uns bereit.«

»Sehr gut.«

Johannes Forsell bedankte sich, dann übernahm der andere Mann wieder. Er und Mikael besprachen kurz das weitere Vorgehen. Anschließend schickte Mikael ihm Catrins Nummer und lief mit Herzklopfen weiter. Ihm schwirrte der Kopf. Was war denn da los gewesen? Er hätte mehr Fragen stellen sollen. Zum Beispiel warum Johannes nicht mehr im Karolinska lag. War es nicht unvernünftig, das Krankenhaus so schnell zu verlassen? Wenn man bedachte, dass er kürzlich erst im Koma gelegen hatte? Und wer war überhaupt dieser Brite, der angerufen hatte?

Mikael wusste nur, dass dies alles wahrscheinlich mit Nima Rita und dem Everest zu tun hatte, aber genauso wahrscheinlich waren noch weitere Karten im Spiel, von denen er keine Ahnung hatte – vielleicht eine Russland-Spur; alles an

Forsells Leben wies nach Russland. Oder Verbindungen zu Engelman in Manhattan …

Es würde sich zeigen. Trotzdem war er aufgeregt, weil er es bald erfahren würde. Das hier ist groß, dachte er, da bin ich mir sicher. Doch in Wahrheit war es das beileibe nicht. Er musste einen kühlen Kopf bewahren. Er nahm erneut sein Handy zur Hand und schrieb über Signal an Catrin:

Sorry, hatte einen saublöden Tag, bin aber bald da. Und gleich noch mal sorry: Du musst mir mit einer weiteren Sache helfen. Du bekommst Informationen aufs Handy, mehr dazu später. Hab Sehnsucht.

M.

Dann erinnerte er sich an die Nachricht, die er kurz vor dem Gespräch bekommen hatte. Sie entpuppte sich fast schon als Antwort auf seine Fragen – und er überlegte, ob sie wohl mit seinem Telefonat zusammenhing. Oder stammte die Nachricht vielleicht sogar von der anderen Seite – welche Seiten auch immer es bei dieser Geschichte gab?

Man munkelt, Sie interessieren sich für die Geschehnisse im Mai 2008 auf dem Everest. Werfen Sie mal einen Blick auf Viktor Grankin, den Guide der Expedition, der auf dem Berg gestorben ist. Sein Background ist weitaus spannender, als bislang bekannt geworden ist, und er ist der Schlüssel zur ganzen Geschichte. Grankin war auch der Grund, warum Johannes Forsell im Herbst 2008 aus Russland ausgewiesen wurde.

Es gibt keine öffentlich zugängigen Quellen, aber mit Ihrer Erfahrung finden Sie sicher heraus, dass seine Vita ein Konstrukt ist. Ich befinde mich zufällig derzeit in Stockholm und wohne im Grand Hôtel. Ich treffe Sie gern und berichte – und ich habe schriftliche Beweise.

Bin abends lange wach, eine dumme alte Angewohnheit, dazu kommt der Jetlag.

Charles.

Charles? Wer zum Teufel war Charles? Das Ganze klang nach dem US-Nachrichtendienst. Andererseits konnte es genauso gut jemand anders sein – oder sogar eine Falle. Unheimlich nur, dass der Mann ausgerechnet im Grand

Hôtel wohnte, direkt neben dem Lydmar; andererseits wohnten die Schönen und Reichen fast alle dort – sogar Ed the Ned von der NSA hatte dort logiert. Womöglich war dieses Detail also doch nicht so aufsehenerregend.

Trotzdem gefiel es ihm nicht. Nein, Herr Charles würde warten müssen. Es war jetzt mehr als genug geschehen, und er hatte auch so schon ein schlechtes Gewissen gegenüber Catrin. Deshalb eilte er am Grand vorbei zum Lydmar und dort die Treppen hinauf.

KAPITEL 27

Die Nacht auf den 28. August

Rebecka hatte keinen Schimmer, was sie da angestoßen hatte und welche Konsequenzen es für sie und die Jungen hätte, aber sie hatte keinen anderen Ausweg gesehen. Sie durften nicht schweigen, nicht in dieser Sache. Deshalb saß sie jetzt in sich versunken und stumm mit ihrem Glas Wein in dem braunen Sessel, während Johannes und Janek in der Küche miteinander flüsterten. Gab es noch mehr, was sie ihr verheimlicht hatten? Davon war sie fast überzeugt. Sie war sich nicht einmal sicher, ob all das, was sie zu hören bekommen hatte, der Wahrheit entsprach.

Obwohl es noch immer Lücken in der Erzählung gab, meinte sie endlich zu verstehen, was auf dem Everest geschehen war. Die Geschichte war von bestechender Logik – und erneut musste sie sich eingestehen, wie wenig sie alle erfahren hatten, nicht nur im Basislager, sondern auch hinterher, nachdem Zeugenaussagen eingeholt, sortiert und zum großen Ganzen zusammengesetzt worden waren.

Sie hatten gewusst, dass Nima Rita zwei Mal aufgestiegen war, um Mads Larsen und Charlotte Richter zu holen, nicht aber, dass er auch noch ein drittes Mal losgezogen war. Darüber hatte er weder in den Interviews noch im Rahmen der

Ermittlungen auch nur ein Wort verloren. Allerdings erklärte es, warum Susan Wedlock, die Chefin des Basislagers, ihn im Lauf jenes Abends nicht mehr hatte erreichen können. Da war er bereits wieder auf dem Weg nach oben gewesen.

Wenn sie Johannes richtig verstanden hatte, musste es da bereits nach acht Uhr abends gewesen sein – also kurz vor Einbruch der Dunkelheit. Es war auch zuvor schon unerträglich kalt gewesen und sollte bald noch schlimmer werden. Trotzdem war Nima losgegangen – ohne zu zögern den Berg hinauf –, um wider alle Widrigkeiten Klara Engelman runterzubringen. Da war er bereits stark mitgenommen gewesen; die Gestalt, die Johannes aus dem Schneegestöber hatte treten sehen, war mit gesenktem Kopf ohne Sauerstoffmaske durch den Sturm getaumelt, nur mit einer Stirnlampe bewehrt, deren Schein durch den Nebel geirrt war.

Auf den Wangen hatte er da bereits schwere Erfrierungen erlitten. Lange sah er Johannes und Svante nicht mal, während er selbst ihnen beiden – als sie endlich begriffen, dass er tatsächlich existierte – wie der gottgesandte Retter erschien. Johannes vermochte sich da schon kaum mehr aufrecht zu halten. Er war auf dem besten Wege, zum dritten Opfer des Abends zu werden. Doch Nima Rita war das egal. »Must get Mamsahib«, sagte er nur. »Must get Mamsahib.« Svante schrie ihn an, dass es keinen Sinn mehr habe. Dass sie tot sei. Doch Nima hörte nicht zu, nicht mal, als Svante brüllte: »Damit bringst du uns um! Du rettest eine Tote anstelle von uns Lebenden!«

Nima Rita ging einfach weiter den Berg hinauf. Mit seiner flatternden Daunenjacke verschwand er im Sturm – und dies war der entscheidende Wendepunkt. Johannes fiel erneut hin, und diesmal schaffte er es nicht wieder hoch, weder allein noch mit Hilfe. Was danach passierte und wie viel Zeit bis dahin vergangen war, wusste er nicht mehr, nur dass die Dunkelheit über sie hereinbrach, dass er fror und Svante brüllte: »Verdammte Scheiße noch mal! Ich will dich hier nicht zurücklassen, Johannes, aber ich muss es tun, verzeih, sonst sterben wir beide.«

Dann legte Svante ihm die Hand auf die Stirn, stand auf, und Johannes dämmerte, dass er allein gelassen würde. Er würde erfrieren.

Im selben Moment hatte er auch die Schreie gehört, jene unmenschlichen Laute. Rebecka weigerte sich immer noch, sich einzugestehen, dass es tatsächlich so ernst gewesen sein sollte. Die Schilderung war für sie schwer zu ertragen gewesen; aber dort oben durfte man wohl keine gewöhnlichen moralischen Maßstäbe anlegen; dort oben bedeutete Menschlichkeit etwas anderes, und Johannes hatte nichts falsch gemacht. Da nicht.

Er war zu erschöpft gewesen, um überhaupt zu begreifen, was um ihn herum vor sich ging. Was später geschehen sollte, stand auf einem anderen Blatt. Vielleicht wollte sie genau deshalb, dass er einem Reporter wie Blomkvist alles erzählte, der sich in die Geschichte hineinfühlen und ihrer aller Irrwege und psychologische Tiefe ausloten konnte. Aber vielleicht war das auch ein Fehler? Vielleicht waren die Dinge, die sie noch nicht wusste, noch sehr viel schlimmer?

Möglich wäre es, so aufgeregt, wie Johannes jetzt in der Küche wisperte, während Janek den Kopf schüttelte und die Hände zu einer hilflosen Geste hob. Meine Güte, was war sie für eine Idiotin gewesen! Vielleicht sollten sie einfach versuchen, weiterhin alles totzuschweigen – um der Kinder willen. Um ihrer selbst willen. Himmel hilf, dachte sie und verfluchte in Gedanken ihren Ehemann.

Wie hat er uns nur in diese Situation bringen können?

Wie konnte er nur?

Mikael hörte Catrin im Schlaf murmeln. Es war spät und er war todmüde. Trotzdem konnte er nicht einschlafen. In seinem Kopf kreisten immer noch die Gedanken, und sein Herz raste. Teufel auch, dachte er, nun war er schon so lange im Geschäft – und doch war er aufgeregt wie ein Praktikant vor seinem ersten Scoop. Er wälzte sich herum und musste wieder daran denken, was Catrin gefragt hatte: »War dieser Grankin nicht auch beim Militär?«

»Wie kommst du denn darauf?«, hatte er erwidert.

»Irgendwie sah er so aus«, antwortete sie, und jetzt im Nachhinein fühlte sich das sehr wahr an.

Seine ganze Ausstrahlung – die kerzengerade Haltung – suggerierte einen höheren Offizier. Normalerweise hätte Mikael sich um derlei Äußerlichkeiten nicht weiter geschert. Leute konnten nach allem Möglichen aussehen und trotzdem etwas ganz anderes sein. Doch inzwischen hatte er jene Nachricht von diesem rätselhaften *Charles* bekommen, die in dieselbe Richtung wies. Grankin sollte sogar der Grund für Forsells Ausweisung aus Russland gewesen sein …

Es klang interessant. Eigentlich hatte Mikael sich vorgenommen, die Forsells tags darauf danach zu fragen. Doch jetzt, da er ohnehin nicht schlafen konnte … Warum nicht aufstehen? Solange er Catrin nicht weckte? Er hatte ihretwegen sowieso schon ein schlechtes Gewissen.

Langsam und vorsichtig schob er sich aus dem Bett, schlich auf Zehenspitzen davon und setzte sich mit seinem Handy ins Bad. Viktor Grankin, murmelte er. Viktor Grankin?

Verdammt, dass er ihn nicht vorab gecheckt hatte. Andererseits hatte er keine Sekunde lang vermutet, dass Grankin etwas anderes gewesen sein könnte als bloß ein Everest-Guide, der mit der ganzen Geschichte nur insofern zu tun hatte, als sich der arme Tropf in eine verheiratete Frau verliebt und auf dem Berg eine falsche Entscheidung getroffen hatte, in deren Folge er am Gipfel ums Leben kam. Aber es stimmte durchaus: Die verfügbaren Informationen zu seinem Background waren alles in allem wenig spezifisch.

Ja, er war ein Bergsteiger von Rang gewesen und hatte einige der schwierigsten Gipfel bestiegen: K2, Eiger, Annapurna, Denali, Cerro Torre – und natürlich den Everest. Aber ansonsten gab es nicht viel Konkretes, nur wieder und immer wieder, dass er als Berater bei Adventure-Reisen gearbeitet habe. Aber was hieß das eigentlich?

Mikael konnte darüber nicht viel in Erfahrung bringen, blieb am Ende allerdings an einem alten Foto von Grankin hängen, das ihn zusammen mit dem russischen Unternehmer Andrej Koskow zeigte.

Koskow, dachte er. Kannte er diesen Namen nicht?

Doch, meine Güte, genau! Koskow war jener Geschäftsmann und Whistleblower, der im November 2011 im Exil die Verbindung zwischen dem russischen Nachrichtendienst und dem organisierten Verbrechen enthüllt hatte. Nicht viel später, im März 2012, war er bei einem Spaziergang in Londoner Stadtteil Camden tot zusammengebrochen. Erst hatte die Polizei nichts Verdächtiges entdeckt, doch Monate später waren dann Spuren von Gelsemium elegans in seinem Blut nachgewiesen worden, einer ursprünglich asiatischen zweikeimblättrigen Pflanze, die auch unter dem Namen »Heartbreak Grass« bekannt war, weil ihre Giftstoffe unter anderem einen Herzstillstand auslösen konnten.

Wie Mikael feststellte, war es kein unbekanntes Gift. Schon 1879 hatte niemand Geringerer als Arthur Conan Doyle im *British Medical Journal* darüber geschrieben. Die Pflanze geriet in Vergessenheit, bis sie 2012 zu neuer trauriger Berühmtheit gelangte, weil sie in der US-Stadt Baltimore in der Leiche eines abtrünnigen GRU-Agenten – eines gewissen Igor Popow – nachgewiesen worden war. Sofort war Mikael stutzig. GRU, Giftmord, Forsell, der angeblich die Unternehmungen des GRU ausgekundschaftet hatte und aus Russland ausgewiesen worden war …

Waren das hier ebenfalls eingebildete Zusammenhänge? Wie beim Militärhistoriker Mats Sabin? Das konnte natürlich sein. Aber nun war er auf ein Foto von Grankin mit einer Person gestoßen, die unter rätselhaften Umständen gestorben war. Wusste *Charles* mehr darüber? Kurzerhand schickte er ihm eine Nachricht.

Wer war Grankin denn nun?

Es dauerte zehn Minuten, ehe er eine Antwort erhielt.

Militärpolizist beim GRU, Oberstleutnant. Interne Ermittlungen.

Ach Gottchen, dachte er. Das würde er keinen Moment lang für bare Münze nehmen. Nicht solange er nicht wüsste, mit wem er kommunizierte.

Wer sind Sie?, schrieb er zurück.

Die Antwort kam postwendend.

Ein einstiger Staatsbediensteter.

MI6, CIA?

Kein Kommentar, wie es so schön heißt.

Welche Nationalität?

Unglückseligerweise Amerikaner.

Woher wissen Sie, dass ich an der Geschichte dran bin?

Ich bin leider gezwungen, derlei Sachen zu wissen.

Warum stechen Sie Informationen an die Presse durch?

Vielleicht weil ich altmodisch bin.

Inwiefern?

Finde, dass Verbrechen durchleuchtet und verurteilt werden sollten.

So einfach?

Womöglich habe ich auch meine eigenen Gründe. Aber spielt das eine Rolle? Wir haben gemeinsame Interessen, Sie und ich, Mikael.

Dann geben Sie mir etwas, damit ich weiß, dass ich meine Zeit nicht verschwende.

Fünf Minuten dauerte es. Dann kam das Foto eines Ausweispapiers – der Pass von niemand Geringerem als Oberstleutnant Viktor Alexejewitsch Grankin neben dem früheren Symbol des GRU, der fünfblättrigen roten Nelke auf schwarzem Grund. Soweit Mikael es beurteilen konnte, ein valides Indiz.

Hatten Grankin und Forsell noch mehr gemeinsame Interessen als den Everest?

Forsell war dort, um Grankin zu rekrutieren. Dann ging alles ziemlich schief.

»Verdammt noch mal«, murmelte Mikael laut.

Und Sie wollen mir diese Geschichte zuspielen?

Diskret und unter Quellenschutz, ja.

Abgemacht.

Dann sollten Sie sich jetzt ein Taxi nehmen. Ich hole Sie in der Lobby ab. Und nach unserem Gespräch muss selbst eine Nachteule wie ich mal schlafen.

Okay.

War das unvorsichtig? Er wusste rein gar nichts über den Mann. Allerdings war der offenbar gut informiert, und Mikael wollte vor dem Treffen am folgenden Morgen so viele Fakten wie nur möglich zusammentragen. Außerdem stellte es ja wohl kaum ein Risiko dar, einen Spaziergang von einer Minute nach nebenan ins Grand Hôtel zu unternehmen, oder? Es war 1:58 Uhr, und draußen waren noch Stimmen zu hören. Die Stadt war noch wach. Vor dem Grand standen nachts immer Taxis, soweit er wusste, und bestimmt auch Sicherheitspersonal an den Türen. Nein, es würde nicht gefährlich sein.

Still und leise zog er sich an, verließ das Zimmer, nahm den Fahrstuhl und dann die geschwungene Treppe nach unten. Draußen war alles nass vom Regen, doch der Nachthimmel klarte wieder auf.

Es war schön rauszukommen. Gegenüber stand das hell erleuchtete Schloss. Weiter hinten im Kungsträdgården war immer noch Leben, und selbst hier am Kai sah er Leute. Ein junges Paar schlenderte an ihm vorbei, eine Bedienung mit kurzem schwarzen Haar sammelte im Gartenlokal vor dem Lydmar Gläser ein, und ein großer Mann in einem weißen Leinenanzug saß am entlegenen Ende am Bartresen auf einem Stuhl und blickte aufs Wasser. Es war ohne Zweifel alles gut, dachte er und lief weiter, kam dann aber doch nur ein paar Schritte weit, als er eine Stimme hörte.

»Blomkvist?«

Er drehte sich um. Es war der Mann im weißen Anzug, ein groß gewachsener Herr in den Sechzigern mit grau meliertem Haar, klaren Gesichtszügen und einem schmalen Lächeln, als müsste er noch immer an einen kleinen Scherz denken, vielleicht ja sogar an einen Kommentar über Mikaels Veröffentlichungen oder Person. Doch was er als Nächstes erlebte, war alles andere als ein Scherz.

Hinter sich hörte er Schritte. Er zuckte zusammen – und spürte, wie ein Stromschlag seinen Leib durchschlug. Er sackte zusammen, schlug mit dem Kopf auf dem Asphalt auf, und seltsamerweise war seine erste Reaktion nicht Angst oder Schmerz, sondern Wut – nicht mal auf seinen Angreifer, sondern auf sich selbst. Wie hatte er nur so dumm sein können? Wie konnte er nur?

Er versuchte sich zu bewegen. Er bekam einen weiteren Stromschlag und zuckte, als hätte er Krämpfe.

»Was ist mit ihm?«

Das musste die Bedienung sein.

»Looks like an epileptic fit. I think we need to call an ambulance.«

Der Mann im weißen Anzug. Seine Stimme klang ruhig. Die Schritte entfernten sich, andere kamen näher, und Mikael hörte ein Auto. Dann ging alles ganz schnell. Er wurde auf eine Trage gehoben und weggebracht. Eine Tür schlug zu, ein Automotor startete, und er fiel von der Trage zu Boden und versuchte zu schreien, brachte jedoch lediglich ein Stöhnen zustande. Erst als das Fahrzeug die Hamngatan kreuzte, stieß er hervor: »Was soll das, verdammt? Was … *Was macht ihr? Was macht ihr?*«

Lisbeth wurde von Geräuschen geweckt, die sie nicht einordnen konnte, hatte sofort Angst, dass jemand Fremdes im Zimmer sein könnte, und tastete nach der Waffe auf ihrem Nachttisch. Sowie sie die Pistole gepackt hatte und die Mündung umherschweifen ließ, dämmerte ihr, dass es ihr Handy gewesen war. Sie nahm es zur Hand. Irgendwer rief irgendwas …

Erst war sie sich nicht sicher; mit einer eigentümlichen Verzögerung wurde ihr klar, dass niemand anders als Blomkvist dran sein konnte. Sie schloss die Augen, holte tief Luft und versuchte, ihre Gedanken zu sortieren. Jetzt komm schon, dachte sie. Sag es noch mal, damit ich weiß, dass ich mich verhört habe.

Sie drehte die Lautstärke hoch. Im Telefon lärmte und knatterte es. Es war immer noch möglich, dass dies alles nichts zu bedeuten hatte – nur der Lärm eines Autos, eines Zuges, mit dem er unterwegs war. Doch dann hörte sie ihn stöhnen, hörte schwere, mühsame Atemzüge. Es klang, als verlöre er das Bewusstsein. Mit einem Fluch sprang Lisbeth auf und setzte sich an den Schreibtisch. Sie befand sich immer noch im Hotel Nobis am Norrmalmstorg und hatte den ganzen Vorabend lang, seit sie über Conny Andersson vom Svavelsjö MC hergefallen war, die Adresse am Strandvägen überwacht. Dort war eine gewisse Aktivität festzustellen gewesen, und sie hatte gesehen, wie Galinow die Wohnung verlassen hatte. Nicht dass das sonderlich bemerkenswert gewesen wäre. Gegen eins war sie eingeschlafen – gerade erst vor einer Stunde und in der Hoffnung, noch einen Tag Ruhe zu haben … Aber da hatte sie sich wohl getäuscht.

Auf dem Bildschirm konnte sie verfolgen, wie Mikael gen Norden gefahren wurde, hinaus aus Stockholm, und ganz sicher würden sie jeden Moment seine Taschen durchsuchen, um sich seines Handys zu entledigen. Wenn Galinow und

Bogdanow dabei wären, dann wüssten die beiden genau, wie sie jede Spur hinter sich verwischen konnten.

Sie durfte hier nicht einfach weiter wie blöd herumsitzen und die Strecke auf der Karte verfolgen – sie musste handeln. Sie spulte das Band zurück und hörte Mikael rufen: »*Was macht ihr?*«

Er hatte es sogar zwei Mal gerufen. Klang mitgenommen oder schockiert. Kurz darauf schien er ohnmächtig zu werden, auch wenn er immer noch atmete. Hatten sie ihn betäubt? Sie donnerte die Faust auf den Schreibtisch. Just in diesem Moment befand sich das Fahrzeug, in dem sie allem Anschein nach unterwegs waren, auf der Norrlandsgatan, gar nicht weit von hier. Aber dort hatten sie ihn ja wohl kaum überfallen. Sie spulte erneut zurück, hörte Schritte und seinen Atem, dann eine Stimme, die »Blomkvist?« rief, die Stimme eines älteren Mannes, wie ihr schien, dann ein »Au!«, einen Seufzer und eine Frau, die fragte: »Was ist mit ihm?«

Wo war das gewesen?

Offensichtlich auf Blasieholmen. Sie konnte nicht ganz genau sehen, wo – vor dem Grand Hôtel vielleicht oder am Nationalmuseum, irgendwo dort. Sie rief die Notrufzentrale an. Teilte mit, der Journalist Mikael Blomkvist sei dort überfallen worden. Der junge Mann am Telefon reagierte auf den Namen und fragte nach weiteren Details. Doch noch ehe Lisbeth mehr sagen konnte, war eine zweite Stimme im Hintergrund zu hören, die dazwischenrief, sie hätten bereits einen entsprechenden Notruf bekommen: Ein Mann habe vor dem Hotel Lydmar einen epileptischen Anfall erlitten und sei weggebracht worden.

»Wie, weggebracht?«, fragte sie.

Verwirrung am anderen Ende der Leitung. Stimmen, die miteinander sprachen.

»Hat die Ambulanz ihn abgeholt?«

»Die Ambulanz?«

Einen Moment lang war sie erleichtert, doch dann riss sie sich zusammen.

»Haben Sie einen *Notarzt* geschickt?«

»Das nehme ich an …«

»Sie nehmen es an?«

»Ich schau mal nach.«

Weitere Stimmen wurden laut, allerdings war schwer zu verstehen, was dort geredet wurde. Der Typ kam zurück ans Telefon und war jetzt hörbar nervös.

»Darf ich fragen, wie Sie heißen?«

»Salander«, antwortete sie. »Lisbeth Salander.«

»Nein, das scheint nicht der Fall zu sein.«

»Dann verfolgen Sie den Wagen. Sofort!«, zischte sie.

Mit einem neuerlichen Fluch legte sie auf und schaltete sich wieder auf Mikaels Handy. Es war viel zu still, fand sie. Lediglich der Automotor dröhnte. Mikael atmete schwer und ruckartig. Ansonsten war nichts zu hören, kein Mucks von jemand anderem, trotzdem …

Wenn es sich bei dem Fahrzeug um einen Rettungswagen handelte, wäre dies zumindest ein Anhaltspunkt, und sie dachte kurz darüber nach, die Polizei zu alarmieren und dort eine Mordsszene zu machen. Aber wenn in der Notrufzentrale nicht komplette Idioten saßen, dann mussten sie dem Wagen doch bereits nachjagen.

Sie selbst würde handeln müssen, ehe das Handy aufhörte zu senden.

Im selben Moment wurde ein Martinshorn eingeschaltet, und dann hörte sie noch etwas: ein Rascheln – Hände, dachte sie, die Mikaels Taschen absuchten. Dann Bewegungen und schwere Atemzüge. Ein lautes Geräusch, ein Schlag, ein Krachen, als würde das Handy nicht weggeworfen, sondern mit einem Hammer zertrümmert werden, und danach war nichts mehr zu machen. Die Übertragung war abgebrochen, wie durch einen Stromausfall, einen Kurzschluss. Sie trat mit Wucht gegen ihren Stuhl. Dann nahm sie das Whiskyglas vom Tisch und schmetterte es an die Wand, sodass es in tausend Stücke zersplitterte.

»Verdammt noch mal!«

Kopfschüttelnd versuchte sie, sich zusammenzureißen, und sah nach, wo sich Camilla befand. Immer noch am Strandvägen. Womöglich wollte sie sich nicht selbst die Hände schmutzig machen. Mochte der Teufel sie holen. Sie rief Plague an, brüllte durchs Telefon, während sie sich gleichzeitig anzog und ihren Computer, die Waffe und den neuen IMSI-Catcher in ihren Rucksack warf. Sie kickte die Wandlampe aus der Halterung, um dann endlich mitsamt Helm und Motorradbrille auf den Platz hinaus zu ihrem Motorrad zu rennen und loszufahren.

Rebecka Forsell hatte darum gebeten, allein schlafen zu dürfen. Sollten Janek und Johannes doch sehen, wie sie unterkämen. Dann konnte sie natürlich nicht einschlafen. Sie lag wach in dem schmalen Bett in Janeks kleinem Arbeitszimmer, das von Büchern nur so überquoll, und scrollte auf dem Handy durch die Nachrichten. Nirgends ein Wort darüber, dass Johannes verschwunden war.

Andererseits hatte es sicher geholfen, dass sie Klas Berg auf einer geschützten Leitung angerufen und ihm gesagt hatte, dass sie sich selbst um Johannes kümmern werde. Auf seine Ermahnungen oder Drohungen hatte sie nichts gegeben. Allerdings hatte Klas Berg auch keine Ahnung, dass er in dieser ganzen Geschichte nun wirklich ihre geringste Sorge war.

Er war ihr egal und alle anderen aus seinen Rängen ebenso. Sie wollte einfach nur das Ausmaß dessen begreifen, was sie erfahren hatte – und natürlich verstehen, warum sie nie auch nur etwas geahnt hatte. An Hinweisen hatte es nicht gemangelt, dämmerte ihr. Johannes' Krise nach seinem Aufstieg. Dass er nie darüber hatte sprechen wollen. Es war alles Mögliche – kleine Indizien, die sie damals nicht hatte deuten können, die sich jetzt allerdings zu einem neuen Ganzen zusammenfügten. Jener Abend im Oktober vor zwei Jahren, als die Kinder bereits geschlafen hatten und Johannes gerade Verteidigungsminister geworden war und sie beide zu Hause in Stocksund auf dem Sofa gesessen hatten, als Johannes mit besorgtem Tonfall Klara Engelman erwähnte.

»Was sie wohl dachte …«

»Wovon redest du?«, hatte sie nachgehakt.

»Als man sie aufgab.«

Rebecka hatte geantwortet, Klara habe ganz sicher überhaupt nichts mehr gedacht, weil sie zu jenem Zeitpunkt wahrscheinlich schon tot gewesen sei.

In dieser Nacht verstand Rebecka endlich, was Johannes gemeint hatte. Und das war mehr, als sie ertragen konnte.

KAPITEL 28

13. Mai 2008

Klara Engelman dachte an gar nichts, als man sie zum ersten Mal aufgab. Ihre Körpertemperatur war auf achtundzwanzig Grad gesunken, das Herz schlug nur noch langsam und unregelmäßig. Die sich entfernenden Schritte und den heulenden Sturm hörte sie nicht.

Sie war in eine tiefe Ohnmacht gefallen, wusste nicht mehr, dass sie den Arm um Viktor geschlungen hatte oder dass es überhaupt Viktor war, der neben ihr lag. Ihr Körper war wie zum Versuch, die letzten Kräfte zu schonen, heruntergefahren. Sie würde bald sterben. Daran bestand kein Zweifel, nicht in diesem Augenblick, und vielleicht geschah es sogar auf die von ihr gewünschte Weise.

Ihr Mann, Stan, hatte sie für alle offensichtlich verachtet und betrogen. Ihre zwölfjährige Tochter Juliette steckte ebenfalls in einer Krise. Klara war den Weg bis hinauf zum Everest geflohen und hatte stets so getan, als wäre sie glücklich – als wäre alles wie immer. Doch in Wahrheit war sie schwer depressiv. Erst in der vergangenen Woche hatte sie einen Silberstreif am Horizont gesehen. Da war zum einen Viktor; zum anderen hatte sie sich Hoffnungen gemacht, Stan ein für alle Mal das Handwerk zu legen.

Endlich hatte sie sich wieder handlungsfähig gefühlt, sogar beim Anstieg am Berg. Sie hatte die Blaubeersuppe getrunken, von der es hieß, dass sie stärkend sei. Trotzdem hatte sich ihr Körper seltsam schwer angefühlt, die Augen waren ihr wiederholt zugefallen, und sie hatte zunehmend gefroren, bis es am Ende so weit gewesen war ... Sie war zusammengebrochen.

Sie war ohnmächtig geworden und hatte nichts mehr von dem unerwartet von Norden heranziehenden Sturm mitbekommen, der die gesamte Expedition gefährdete. Für sie flossen die Stunden in der Dunkelheit ineinander, sie hörte nichts mehr – bis mit einem Mal ein Eispickel in ihr Gesicht einschlug.

Nicht dass sie begriffen hätte, was da passiert war. Es war ein Hacken, ganz nah und doch in weiter Ferne, wie in einer anderen Welt ... Anschließend, als ihre Luftwege wieder frei waren, entfernten sich Schritte. Sie schlug die Augen auf – was an sich schon ein Wunder war. Sie hätte längst tot sein müssen. Doch Klara Engelman, die aufgegeben worden war, sah sich um und begriff erst mal gar nichts. Nicht mehr jedenfalls, als dass sie sich in der Hölle befand. Dann kehrte bruchstückhaft die Erinnerung zurück. Sie blickte auf ihre Beine und ihre Stiefel hinab, dann auf einen Arm, ohne vollends zu begreifen, wessen Arm das war – und das lag nicht nur daran, dass sie umnachtet war. Der Arm schien wie erstarrt über ihrer Hüfte in der Luft zu schweben. Sie versuchte, ihn zu bewegen. Es funktionierte nicht. Er war tot. Sie fühlte sich am ganzen Leib tot. Trotzdem brachte irgendetwas sie auf die Beine.

Sie sah ihre Tochter vor sich. Sie sah ihr Kind so deutlich vor sich, dass sie schon meinte, sich nach ihm ausstrecken zu können. Nachdem sie vier, fünf Versuche unternommen hatte, schaffte sie es auf die Füße. Wie eine Schlafwandlerin mit ausgestreckten, erfrorenen Händen stolperte sie voran.

Obwohl sie kaum wusste, wo rechts und wo links war, wurde sie von Lauten geleitet, von unmenschlichen Schreien, die ihr den Weg zu weisen schienen. Erst nach geraumer Zeit dämmerte ihr, dass es ihre eigenen Schreie waren.

Nima Rita durchquerte eine Landschaft, von der er immer geglaubt hatte, sie sei von Geistern bevölkert. Deshalb nahm er von den Schreien nicht weiter Notiz. Schreit ihr nur, dachte er, schreit nur. Warum war er überhaupt wieder nach oben gelaufen? Er glaubte doch selbst nicht mehr daran. Er hatte sie schließlich gesehen und sich von ihr verabschiedet. Es gab keine Hoffnung mehr. Andererseits war sie ausgerechnet jene Person, die er niemals hätte zurücklassen dürfen. Und möglicherweise spielte es für ihn selbst auch keine Rolle mehr, ob er untergehen würde oder nicht. Entscheidend war nur mehr, allen zu zeigen, dass er nicht aufgab. Wenn er stürbe, dann zumindest in Würde.

Er hatte schon jetzt schwerste Erfrierungen erlitten und das letzte Quäntchen Kraft verbraucht. Er konnte kaum noch etwas sehen. Hörte nur mehr den Sturm, das Heulen. Keine Sekunde lang deutete er es als das Schreien der Mamsahib. Er wollte eben stehen bleiben, um sich kurz auszuruhen, als er obendrein Schritte vernahm – ein sich näherndes Knarzen.

Im nächsten Moment lief ein Wesen mit ausgestreckten Armen auf ihn zu, als wollte es ihn, den Lebenden, um eine Gabe anbetteln, ein Stückchen Brot, ein wenig Trost, ein Gebet vielleicht. Er trat dem Geist entgegen, und einen Augenblick später fiel die Gestalt mit einer seltsamen Schwere in seine Arme. Sie stürzten beide in den Schnee, gerieten ins Rutschen, er schlug sich den Kopf an.

»Hilf mir, hilf mir, ich muss zu meiner Tochter«, heulte die Gestalt, und erst da begriff er es – nicht auf der Stelle, eher allmählich. Er war zutiefst verwirrt. Dann pulste eine

Freude durch ihn hindurch, die seinem völlig entkräfteten Körper neue Kraft verlieh. Sie war es wirklich, und das konnte nichts anderes bedeuten, als dass die Berggöttin ihm trotz allem wohlgesinnt war. Die Göttin musste gesehen haben, wie er gekämpft hatte, wie schwer er es gehabt hatte, wie sehr er litt. Alles würde gut ausgehen, glaubte er und nahm alle Kraft zusammen, die ihm noch geblieben war, packte sie um die Taille und bekam sie auf die Beine. Dann stolperten sie gemeinsam nach unten, während sie schrie und er zusehends den Kontakt zur Wirklichkeit verlor.

Sein Gesicht war seltsam starr und schwarz. Er sah aus, als stammte er aus einer anderen Welt, und doch ... hielt er sie fest, und er kämpfte. An seinen Atemzügen war zu hören, dass er schier grausam schuftete. Sie betete zu Gott, dass sie wieder nach Hause zu ihrer Tochter käme, und in einem fort beschwor sie sich, jetzt nicht aufzugeben. Jetzt nicht, niemals, nicht wieder zusammenzubrechen. Es wird irgendwie gehen, dachte sie. Mit jedem Schritt, den sie machte, redete sie es sich intensiver ein: Wenn ich das hier überlebe, dann schaffe ich alles.

Dann entdeckte sie zwei Gestalten ein Stück weiter unten am Berg.

Jetzt bin ich in Sicherheit.

Es kann nicht anders sein.

KAPITEL 29

28. August

Catrin wachte um halb neun in ihrem Doppelbett im Hotel Lydmar auf und streckte die Hand aus, um Mikael an sich zu ziehen. Doch da war niemand.

»Blomsterkvist?«

Es war ein lächerlicher Kosename, den sie sich am Abend zuvor ausgedacht hatte, als er nicht mal zugehört hatte, was sie zu ihm sagte. »Du hast Glockenblumen im Kopf, Blomsterkvist«, hatte sie gesagt, und immerhin hatte er ein wenig gelacht. Ansonsten war er zu nichts zu gebrauchen gewesen und komplett in sich gekehrt. Was auf der anderen Seite nicht schwer zu verstehen war: Er würde ein Exklusivinterview mit dem Verteidigungsminister bekommen, und anscheinend war um das Treffen ziemlich viel Gewese gemacht worden. Die Instruktionen waren verschlüsselt auf ihr Handy geschickt worden. Die einzige Möglichkeit, überhaupt ein wenig Aufmerksamkeit von Mikael zu bekommen, hatte darin bestanden, über das Interview zu sprechen, doch selbst da schien er nicht ganz bei sich zu sein. Er hatte sogar versucht, sie für *Millennium* anzuwerben. Doch im nächsten Moment war es ihr gelungen, sein Hemd aufzuknöpfen und alles andere auch, um ihn zu verführen. Danach musste sie eingeschlafen sein.

»Blomsterkvist«, rief sie erneut. »Mikael?«

Er war nicht da. Sie sah auf die Uhr. Es war später, als sie gedacht hatte. Er musste schon seit einer Weile verschwunden sein. Vermutlich saß er bereits bei seinem Interview. Trotzdem war sie verwundert, dass sie nicht aufgewacht war. Aber draußen war es still, nicht mal Autos waren zu hören, und manchmal schlief sie erstaunlich tief. Sie blieb einfach liegen. Bis ihr Handy klingelte.

»Ja? Catrin?«, meldete sie sich.

»Hier ist Rebecka Forsell.«

»Oh, hallo«, erwiderte Catrin.

»Wir machen uns allmählich Sorgen.«

»Ist Mikael nicht bei Ihnen?«

»Er ist jetzt schon dreißig Minuten zu spät dran, und sein Handy ist ausgeschaltet.«

»Das ist seltsam.«

Nun kannte Catrin Mikael noch nicht allzu gut – aber er würde niemals zu einem Interview dieses Kalibers zu spät kommen.

»Sie wissen nicht, wo er ist?«, hakte Rebecka Forsell nach.

»Er ist früh gegangen, noch bevor ich wach geworden bin.«

»Wirklich?«

Sie hörte einen Anflug von Furcht in Rebeckas Stimme.

»Jetzt mache ich mir auch Sorgen«, sagte Catrin.

Oder besser gesagt: Mir wird kalt. Eiskalt.

»Gäbe es denn einen besonderen Grund dafür, sich Sorgen zu machen?«, erkundigte sich Rebecka. »Also … außer dass er zu spät hierherkommt?«

»Also …«

Ihr schwirrte der Kopf.

»Er hat angedeutet, dass er verfolgt wird, und wollte deshalb für ein paar Tage nicht zu Hause wohnen«, erzählte sie.

»Wegen der Geschichte mit Johannes?«

»Nein, das glaube ich nicht.«

Catrin wusste nicht, wie viel sie sagen durfte. Doch dann beschloss sie, ganz offen zu sein.

»Es hat eher mit seiner Freundin zu tun, mit Lisbeth Salander. Aber mehr weiß ich ehrlich gesagt nicht.«

»Mein Gott …«

Rebecka Forsell klang verstört. Dann schien sie sich einen Ruck zu geben.

»Mir hat gefallen, was Sie über Johannes geschrieben haben …«

»Danke.«

»Und so wie ich es sehe, vertraut Mikael Ihnen.«

Catrin erwähnte lieber nicht, dass sie hoch und heilig geschworen hatte, kein Wort über die Geschichte zu verlieren, zu niemandem. Insgeheim hatte sie den Eindruck gehabt, als wollte er ihr trotz allem nicht voll vertrauen. Daher gab sie nur ein »Hm« zurück.

»Warten Sie kurz.«

Sie blieb dran, bereute es aber sofort. Sie konnte jetzt doch nicht einfach hier sitzen? Sie musste handeln. Die Polizei anrufen – und Erika Berger.

Als Rebecka Forsell wieder ins Telefon sprach, war sie drauf und dran aufzulegen.

»Könnten Sie vielleicht herkommen?«, fragte Rebecka.

»Ich hab das Gefühl, ich müsste zuallererst die Polizei alarmieren.«

»Das sollten Sie auch. Aber wir … Janek hier … Er hat Leute, die sich darum kümmern können.«

»Ich weiß nicht …«

»Wir glauben, es wäre am sichersten, wenn Sie hierherkämen. Wenn Sie uns Ihre Adresse nennen, schicken wir einen Wagen.«

Catrin biss sich auf die Lippe. Ihr war der Mann wieder eingefallen, den sie unten in der Rezeption gesehen hatte.

Das unbestimmte Gefühl, auf dem Weg zum Hotel verfolgt worden zu sein.

»In Ordnung«, sagte sie und gab Rebecka die Adresse des Hotels.

Weiter kam sie nicht. Im selben Moment klopfte es an der Zimmertür.

Jan Bublanski hatte eben die Nachrichtenagentur informiert und hoffte nun auf Hinweise aus der Bevölkerung. Obwohl sie seit dem frühen Morgen hart gearbeitet hatten, hatten sie immer noch keine Ahnung, wo sich Mikael Blomkvist befand. Sie wussten nur, dass er die späten Abendstunden im Lydmar verbracht hatte, ohne dass jemand – nicht mal das Rezeptionspersonal – ihn dort gesehen hätte.

Um zwei Uhr nachts hatte er das Hotel verlassen. Die Überwachungskamera hatte eine kurze Sequenz eingefangen, und auch wenn die nicht sonderlich deutlich war, zeigten die Bilder Blomkvist doch zweifellos in guter Verfassung und wahrscheinlich nüchtern, maximal ein wenig aufgedreht, so wie er mit der Hand auf den Oberschenkel trommelte. Erst was danach geschah, war besorgniserregend. Das Bild der Überwachungskamera wurde dunkel – sie ging einfach aus.

Zum Glück gab es Zeugen, unter anderem eine gewisse Agnes Sohlberg, die zu jenem Zeitpunkt draußen im Gartenlokal die Gläser abgeräumt hatte. Agnes hatte einen Mann mittleren Alters aus dem Hotel kommen sehen.

Sie kannte Mikael Blomkvist zwar nicht, hatte aber zumindest mitbekommen, wie er von einem älteren, vornehmen Herrn in einem weißen Anzug, der mit dem Rücken zu ihr auf einem Stuhl ganz hinten im Gartenlokal gesessen hatte, angesprochen worden war. Dann hatte sie schnelle Schritte und vielleicht ein Stöhnen, einen Seufzer vernommen. Als sie sich umgedreht hatte, war da noch ein weiterer Mann gewesen, in Lederjacke und Jeans, jünger als der erste und etwas kräftiger.

Agnes Sohlberg hatte erst angenommen, da sei ein freundlicher Mensch herbeigeeilt, um Erste Hilfe zu leisten. Denn Blomkvist – dass er es war, erfuhr sie erst im Nachhinein – war auf dem Asphalt zusammengesackt. Eine Stimme mit britischem Einschlag sprach von einem »epileptischen Anfall«, und weil sie ihr Handy nicht bei sich hatte, lief sie nach drinnen, um den Notarzt zu rufen.

Ein Ehepaar mit Namen Kristoffersson sagte überdies aus, ein Krankenwagen sei von der Hovslagargatan vorgefahren. Blomkvist sei auf einer Trage in den Krankenwagen gehoben worden, und vermutlich hätten die Eheleute das völlig normal gefunden, wenn sie nicht den Eindruck gehabt hätten, der Kranke sei rücksichtslos behandelt worden. Anschließend seien die Männer so in das Fahrzeug gesprungen, »dass es nicht normal« gewesen sei.

Der Rettungswagen, der, wie sich herausstellte, sechs Tage zuvor in Norsborg gestohlen worden war, wurde später mit Blaulicht auf dem Klarabergsleden und in nördlicher Richtung auf der E4 gesichtet. Dann verschwand er jedoch vom Radar. Bublanski und sein Team waren überzeugt, dass die Täter das Fahrzeug gewechselt hatten. Genaueres konnten sie noch nicht sagen. Auch Lisbeth Salander hatte die Notrufzentrale angerufen, und das behagte Bublanski nicht. Nicht nur dass Lisbeth im Nu erfahren hatte, was dort passiert war – was die Vermutung nahelegte, dass der Überfall etwas mit ihr zu tun hatte. Sein Gefühl verfestigte sich, als er mit ihr sprach. Im Grunde war er nur dankbar, dass sie angerufen hatte – doch ihre Stimme machte ihm Sorgen. Er hörte ihren Zorn, die rasende Wut, und da konnte er noch so oft sagen: »Halten Sie sich da raus. Überlassen Sie das uns.«

Doch damit erreichte er sie nicht, und er glaubte auch nicht, dass sie ihm alles erzählt hatte. Er hatte den Eindruck, als befände sie sich mitten in einer persönlichen Mission. Er fluchte nur, als sie aufgelegt hatten, und er fluchte auch jetzt, da er mit seinen Kollegen Sonja, Jerker Holmberg, Curt Svensson und Amanda Flod zusammensaß.

»Was?«, murmelte er.

»Ich hab nur gefragt, wie Salander so schnell erfahren konnte, dass Blomkvist gekidnappt wurde«, wiederholte Jerker.

»Hab ich das nicht gesagt?«

»Du hast gesagt, sie hatte irgendwas mit seinem Handy angestellt.«

»Genau, sie hatte was angestellt – aber mit seinem Einverständnis. Sie konnte ihn abhören und sehen, wo er war – zumindest bis zu dem Zeitpunkt, als sie das Handy kaputt geschlagen haben.«

»Ich meine eher, wie sie so schnell bereitstehen konnte«, fuhr Jerker fort. »Es klingt fast so, als hätte sie nur darauf gewartet, dass so etwas passieren könnte.«

»Sie hatte es in der Tat befürchtet«, erklärte Bublanski. »Als Worst-Case-Szenario. Der Svavelsjö MC hat Mikael sowohl an der Bellmansgatan als auch draußen in Sandhamn beschattet.«

»Und wir haben immer noch nichts gegen den Club in der Hand?«

»Heute Morgen haben wir den Präsidenten Marko Sandström aus dem Bett geholt. Der hat uns bloß ausgelacht. Meinte, es wäre kompletter Selbstmord, sich an Blomkvist ranzumachen. Wir sind dabei, weitere Mitglieder ausfindig zu machen und zu überwachen, aber bislang konnten wir noch niemanden mit der Sache in Verbindung bringen. Wir wissen bloß, dass einige von ihnen nicht erreichbar sind.«

»Was hatte Mikael im Lydmar überhaupt zu suchen?«, fragte Amanda Flod.

»Keine Ahnung«, antwortete Bublanski. »Unsere Leute sind jetzt dort – aber Mikael scheint in letzter Zeit ziemlich geheimniskrämerisch gewesen zu sein. Nicht mal bei *Millennium* wissen sie, woran er arbeitet. Erika Berger sagt, er mache offiziell Urlaub, allerdings habe er sich offenbar mit diesem Sherpa beschäftigt.«

»Der wiederum möglicherweise mit Forsell zusammenhängt.«

»Möglich, ja. Und wie ihr wisst, macht das sowohl den MUST nervös als auch die Säpo.«

»Könnte es sich um eine ausländische Operation handeln?«, fragte Curt Svensson.

»Der Hackerangriff auf die Überwachungskameras deutet darauf hin, und mir gefällt auch nicht, dass sie einen gestohlenen Krankenwagen benutzt haben, aber ansonsten ...«

»... gehst du davon aus, es hat mit Salander zu tun«, schlussfolgerte Sonja Modig.

»Das glauben wir ja wohl alle«, meinte Jerker.

»Ja, das glauben wir«, murmelte Bublanski. Er fragte sich erneut, was Lisbeth ihm verheimlicht hatte.

Lisbeth hatte Bublanski nichts von der Wohnung am Strandvägen erzählt. Sie hoffte immer noch, dass Camilla sie zu Mikael führen würde, und sie wollte nicht, dass die Polizei ihr dazwischengrätschte. Allerdings hielt Camilla sich immer noch dort auf, und vielleicht wartete sie sogar auf dasselbe wie Lisbeth – auf ebenjenes, wovor es Lisbeth graute: Bilder von Mikael, der gefoltert wurde, und die Forderung nach einem Austausch. Sie gegen ihn. Oder noch schlimmer: Bilder eines toten Mikael und die Drohung, andere aus ihrem Umfeld würden ebenfalls ermordet, wenn sie sich ihnen nicht auslieferte.

Im Laufe der Nacht hatte sich Lisbeth bei Annika Giannini, Dragan, Miriam Wu und ein paar anderen gemeldet – sogar bei Paulina, die nun wirklich niemand kennen konnte. Sie hatte ihnen allen mitgeteilt, sie mögen sich in Sicherheit bringen. Das hatte nicht gerade Spaß gemacht, aber es war notwendig gewesen.

Sie sah aus dem Fenster. Draußen war irgendein Wetter. Wahrscheinlich Sonnenschein. Selbst wenn dort Schnee gefallen wäre – es wäre ihr gleichgültig gewesen. Sie hatte keine Ahnung, wohin sie Mikael gebracht hatten, nur dass es in Richtung Norden gewesen zu sein schien, und deshalb war sie inzwischen ins Clarion am Flughafen Arlanda umgezogen, das zumindest in der entsprechenden Richtung lag. Doch Zimmer und Hotel waren ihr ebenso wenig wichtig wie alles andere. Sie hatte kein Auge zugetan.

Stattdessen hatte sie Stunde um Stunde am Schreibtisch gesessen, um irgendwo eine Spur zu entdecken, eine Lücke, und erst jetzt am Vormittag, als ihr Computer ein Signal empfing, zuckte sie zusammen und richtete sich gerade auf.

Camilla verließ das Haus am Strandvägen. Gut, Schwesterchen, dachte sie. Sei jetzt mal ein bisschen bescheuert und führ mich zu ihm.

Insgeheim glaubte sie nicht daran. Camilla hatte ihren Bogdanow, und der unterstützte sie auf demselben Niveau, wie Plague Lisbeth unterstützte. Es musste also überhaupt kein Durchbruch sein, wenn die Schwester sie irgendwo hinführte. Es konnte genauso gut eine Falle sein. Ein Versuch, sie irgendwo hinzulocken. Sie musste auf alles vorbereitet sein, aber …

Sie starrte die Karte an. Das Auto, in dem ihre Schwester unterwegs war, fuhr denselben Weg wie gestern der Krankenwagen: auf die E4 Richtung Norden. Das war schon mal vielversprechend. Es konnte doch gar nicht anders sein. Deshalb packte Lisbeth zusammen, lief runter an die Rezeption, checkte aus und steuerte ihre Kawasaki an.

Catrin warf sich einen Bademantel über und machte die Tür auf. Draußen stand ein uniformierter Beamter, ein junger

Kerl mit blondem, zur Seite gekämmtem Haar und leicht zusammengekniffenen Augen. Nervös murmelte sie: »Guten Morgen.«

»Wir sind auf der Suche nach Personen in diesem Hotel, die den Journalisten Mikael Blomkvist gesehen oder Kontakt zu ihm gehabt haben könnten«, sagte der Polizist, und sie spürte sofort: Der war misstrauisch. Nachgerade feindselig.

Er hatte einen selbstbewussten Blick und streckte den Rücken, als wollte er demonstrieren, wie groß und kräftig er war.

»Was ist denn passiert?«, fragte sie – und konnte selbst hören, wie verängstigt sie klang.

Der Polizist rückte ein Stückchen näher und bedachte sie von oben bis unten mit einem Blick, den sie nur allzu gut kannte. Das war ihr in der Stadt schon oft passiert. Ein Blick, der sie gleichzeitig ausziehen und ihr wehtun wollte.

»Name?«

Das war Teil der Provokation. Sie sah ihm an, dass er in Wahrheit genau wusste, wer sie war.

»Catrin Lindås«, antwortete sie.

Er schrieb es sich auf.

»Sie haben ihn getroffen, stimmt's?«

»Ja«, antwortete sie.

»Haben Sie die Nacht zusammen verbracht?«

Was hat das denn mit der Sache zu tun?, wollte sie schreien. Aber sie hatte Angst, und daher antwortete sie bloß tonlos: »Ja«, wich zurück in ihr Zimmer und erklärte, Mikael sei bereits verschwunden gewesen, als sie am Morgen aufgewacht sei.

»Haben Sie unter falschem Namen eingecheckt?«

Sie versuchte, ruhig zu atmen. Würde sie mit diesem Typen überhaupt sprechen können? Zumal er jetzt unaufgefordert das Zimmer betreten hatte?

»Haben Sie selbst denn auch einen Namen?«, erkundigte sie sich.

»Bitte?«

»Ich kann mich nicht erinnern, dass Sie sich vorgestellt hätten.«

»Mein Name ist Carl Wernersson, Polizeirevier Norrmalm.«

»Gut, Carl«, sagte sie. »Und könnten Sie mir denn bitte erst mal erklären, was überhaupt los ist?«

»Mikael Blomkvist ist heute Nacht draußen vor der Tür überfallen und verschleppt worden. Sie werden verstehen, dass wir das sehr ernst nehmen.«

Der Boden tat sich unter ihr auf.

»Mein Gott …«

»Sie müssten mir jetzt bitte wahrheitsgemäß berichten, was zuvor geschehen ist.«

Sie ließ sich auf dem Bett nieder.

»Ist er verletzt?«

»Das wissen wir nicht.«

Sie starrte ihn an.

»Sie haben immer noch nicht auf meine Frage geantwortet«, sagte er nach einer Weile.

Ihr Herz raste, und sie rang nach Worten.

»Mikael musste heute früh zu einem wichtigen Termin. Ich habe eben erst erfahren, dass er dort nicht erschienen ist.«

»Was war das für ein Termin?«

Sie schloss die Augen. Warum war sie nur so dumm? Sie hatte geschworen, das Treffen nicht zu erwähnen. Aber sie war zu schockiert und verwirrt, und ihr Gehirn funktionierte nicht mehr.

»Das darf ich nicht sagen. Quellenschutz«, erwiderte sie.

»Sie wollen also nicht kooperieren?«

Es war, als würde sie keine Luft mehr bekommen. Sie sah

aus dem Fenster, suchte verzweifelt nach einer Lösung. Carl Wernersson half ihr insofern, als er in einer Weise auf ihre Brüste starrte, die sie schier wahnsinnig machte.

»Ich kooperiere liebend gern – aber ich will mit einer Person sprechen, die zumindest über ein rudimentäres Wissen zu unserem gesetzlichen Quellenschutz verfügt und versucht, einem Menschen, der soeben eine erschütternde Nachricht erhalten hat, mit Respekt zu begegnen.«

»Wovon sprechen Sie?«

»Nehmen Sie Kontakt zu Ihren Vorgesetzten auf und verschwinden Sie von hier.«

Carl Wernersson sah aus, als wollte er sie im nächsten Moment festnehmen.

»Augenblicklich!«, blaffte sie ihn wütend an, und da murmelte er ein »Okay«, fügte dann aber noch hinzu: »Sie bleiben hier.«

Sie antwortete nicht, sondern öffnete ihm nur die Tür. Als er gegangen war, setzte sie sich aufs Bett und sackte kraftlos in sich zusammen. Erst das Handy, das in ihrer Hand brummte, holte sie wieder ins Hier und Jetzt zurück. Es war eine Push-Nachricht des *Svenska Dagbladet.*

Bekannter Journalist vor Hotel Lydmar entführt!

Ein paar Minuten lang konzentrierte sie sich nur auf die Nachrichten. Wo sie hinklickte – die gleiche Schlagzeile. Keiner der Artikel enthielt mehr Details – abgesehen davon, dass es ein Krankenwagen gewesen sein soll, in dem er gekidnappt worden war. Ein Krankenwagen, den niemand gerufen hatte. Das klang ... unfassbar. Was sollte sie denn jetzt tun? Am liebsten hätte sie einfach nur geschrien. Dann erinnerte sie sich an etwas aus der vergangenen Nacht: ein Geräusch aus dem Bad, ein Flüstern, Mikael, der aufgeregt geklungen hatte. Hatte sie nicht sogar noch gemurmelt: »Was machst du denn da?« Oder hatte sie geträumt? Nein. Das Flüstern musste mit seinem Verschwinden zu tun haben.

Er sei um zwei Uhr nachts entführt worden, stand dort, vor dem Hotel, insofern …

Sie versuchte, klar zu denken. Er musste aufgeregt oder besorgt gewesen sein. Nur deshalb war er noch mal hinausgegangen und hatte sie allein zurückgelassen – und wurde dann direkt vor dem Eingang überfallen. War es eine Falle gewesen? Der Versuch, ihn aus dem Hotel zu locken? Was ging hier vor, verdammt? Was war hier los?

Sie musste erneut an den Bettler und an Rebecka Forsell denken, deren Stimme so verzweifelt geklungen hatte, an die aufgekratzte Stimmung am Vorabend angesichts des Interviews. Sollte diesen Trottel von Polizisten doch der Teufel holen.

Verbissen zog sie sich an und packte ihre Sachen. Dann marschierte sie zur Rezeption hinunter, beglich die Rechnung und stieg in die schwarze Diplomatenlimousine der britischen Botschaft, die draußen bereits auf sie wartete.

KAPITEL 30

28. August

Es war heiß. Ein großer Gasofen brannte. Die Decke war verhältnismäßig hoch und der Raum dunkel. Nur vereinzelte Strahler leuchteten. Tageslicht sah er nicht. Die großen Fenster waren entweder verrußt oder überstrichen, und Mikaels Blick irrte an Stahlbetonstreben und Eisenkonstruktionen entlang, über Glassplitter am Boden und zu den glänzenden Metallkanten des Ofens, die sein Spiegelbild reflektierten.

Er befand sich in einem aufgelassenen Industriegebäude, möglicherweise in einer alten Glasbläserei, wahrscheinlich ein gutes Stück von Stockholm entfernt, auch wenn er keine Ahnung hatte, wo genau. Doch die Fahrt hatte eine Weile gedauert. Sie hatten mindestens ein-, wenn nicht zweimal das Fahrzeug gewechselt, genau hätte er es nicht sagen können, entweder hatte er unter Drogeneinfluss gestanden oder war schlichtweg bewusstlos gewesen. Seine Erinnerung an die vergangene Nacht und den Morgen war nur bruchstückhaft. Jetzt lag er auf einer Pritsche oder Bahre unweit des Ofens und war mit Ledergurten fixiert.

»Hallo? Verdammt – hallo!«

Insgeheim glaubte er nicht, dass es helfen würde. Aber er musste einfach etwas anderes tun, als sich in den Gurten zu winden und zu schwitzen und zu spüren, wie das Feuer ihm Füße und Zehen aufheizte. Sonst würde er wahnsinnig werden. Der Ofen zischte wie eine Schlange, er hatte Angst, war schweißnass und sein Mund wie ausgetrocknet, und …

Was war das?

Irgendwas knirschte. Jemand zertrat Glassplitter. Schritte näherten sich. Er ahnte intuitiv, dass diese Schritte keine Hilfe bedeuteten. Vielmehr schienen sie lässig zu sein, übertrieben langsam. Obendrein war ein Pfeifen zu hören.

Was für ein Mensch pfiff in einer solchen Situation?

»Guten Morgen, Mikael.«

Es war dieselbe Stimme, die ihn in der Nacht zuvor angesprochen hatte. Noch sah er niemanden. Vielleicht war das auch gar nicht vorgesehen. Möglicherweise würden sie ihre Gesichter vor ihm verbergen.

Er antwortete auf Englisch: »Guten Morgen.«

Die Schritte hielten inne, und das Pfeifen hörte auf. Mikael hörte Atemzüge, nahm den schwachen Geruch von Rasierwasser wahr, und er bereitete sich auf alles Mögliche vor, einen Schlag, ein Zustechen, ein Rucken der Bahre, sodass seine Füße den Ofen berührten …

Doch nichts geschah.

»Das war ja eine unerwartet fröhliche Begrüßung«, sagte der Mann nur.

Mikael bekam kein Wort heraus.

»Damit bin ich aufgewachsen«, sagte die Stimme.

»Womit?«, stieß er hervor.

»Dass alle immer getan haben, als wären sie die Ruhe selbst, was immer auch passiert ist. Das ist aber gar nicht nötig. Ich bin ein Freund von Aufrichtigkeit und gebe gern zu, dass ich eine gewisse … Unlust verspüre. Einen Widerstand.«

»Wie kommt's?«

»Ich mag Sie, Mikael. Ich habe Respekt vor Ihrem Verhältnis zur Wahrheit, und diese Geschichte …«

Kunstpause.

»Diese Geschichte hätte eine Familienangelegenheit bleiben sollen. Aber wie so oft bei Blutfehden werden am Ende auch Außenstehende mit hineingezogen.«

Mikael spürte, dass er angefangen hatte zu zittern.

»Sie sprechen von Zala«, keuchte er.

»Kamerad Zalatschenko, o ja. Aber dem sind Sie wohl nie begegnet, oder?«

»Nein.«

»Dazu kann ich Sie nur beglückwünschen. Es war ein grandioses Erlebnis, aber es hinterließ Narben.«

»Sie kannten ihn?«

»Ich habe ihn geliebt. Nur leider war das ein wenig so, als liebte man einen Gott. Man bekam nichts zurück ... na ja, vielleicht ein wenig Strahlenglanz, der einen blendete und unvernünftig und blind machte.«

»Blind?«, echote Mikael, der kaum wusste, was er sagte.

»Genau, blind. Und wahnsinnig. Ich fürchte, das bin ich bis heute ein wenig. Meine Verbindung zu Zalatschenko scheint noch immer unmöglich zu kappen zu sein, und ich gehe für ihn ein unnötiges Risiko ein. Weder Sie noch ich, Mikael, sollten eigentlich hier sein.«

»Und warum sind wir dann hier?«

»Die einfache Antwort lautet: Rache. Ihre Freundin könnte Ihnen einiges von der destruktiven Kraft der Rache erzählen.«

»Lisbeth«, flüsterte er.

»Exakt.«

»Wo ist sie?«

»Tja, wo könnte sie sein? Genau das fragen wir uns auch.«

Dann folgte eine neuerliche Pause – nicht sonderlich lang, gerade lang genug, um Mikael glauben zu machen, der Mann wolle ihm beweisen, wie unvernünftig und blind er noch immer war. Dann trat die Gestalt vor, und das Erste, woran Mikael dachte, war der weiße Leinenanzug – es war derselbe, den der Mann in der vergangenen Nacht getragen hatte, und einen schrecklichen Moment lang stellte sich Mikael vor, wie sein eigenes Blut den Anzug besudelte.

Dann blickte er dem Mann ins Gesicht. Es sah bis auf eine leichte Asymmetrie um die Augen und eine blasse Narbe auf der rechten Wange harmonisch aus. Das Haar war dicht und grau mit kreideweißen Sprenkeln, der Körper feingliedrig und schlank. In jedem anderen Zusammenhang hätte man den Mann für einen Intellektuellen halten können, einen Tom Wolfe. Doch hier und jetzt strahlte er etwas eisig Unbehagliches aus, vielleicht durch die unnatürliche Langsamkeit in seinen Bewegungen.

»Ich nehme an, dass Sie nicht alleine sind«, sagte Mikael.

»Hier sind einige Motorradrocker – junge Männer, die aus unerfindlichen Gründen ihr Gesicht nicht zeigen wollen. Und da oben an der Decke ist zudem eine Kamera.«

Der Mann zeigte nach oben.

»Sie werden mich also filmen.«

»Machen Sie sich deswegen keine Gedanken, Mikael«, sagte der Mann und wechselte mit einem Mal ins Schwedische. »Sehen Sie diesen Ort hier als eine Sache zwischen uns beiden an. Eine Art privaten Raum.«

Das Zittern nahm zu.

»Sie sprechen Schwedisch«, stammelte er.

Es war, als machte die Fähigkeit des Mannes, unversehens die Sprache zu wechseln, ihn zur umso größeren Bedrohung.

»Ich bin ein Mann der Sprachen, Mikael.«

»Wirklich?«

»Ja. Trotzdem werden Sie und ich über die Sprachen hinausreisen.«

Er wickelte ein schwarzes Tuch auf, das er in der rechten Hand gehalten hatte, und legte ein paar glänzende Gegenstände auf einen Stahltisch.

»Wie meinen Sie das?«

Immer verzweifelter wand Mikael sich auf seiner Pritsche und starrte ins Feuer, das dort hinter ihm zischte, und in das verzerrte Spiegelbild seines Gesichts im Metallrahmen des Ofens.

»Für das meiste im Leben gibt es eine Menge schöner Wörter«, fuhr der Mann fort. »Vielleicht vor allem für die Liebe, nicht wahr? Sie haben in Ihrer Jugend bestimmt Keats und Byron und all das gelesen, und ich nehme mal an, dass sie alle die Liebe perfekt eingefangen haben. Aber der bodenlose Schmerz, Mikael – der ist ohne Worte. Niemand hat ihn bisher zu beschreiben vermocht, nicht mal die größten Künstler. Genau dorthin werden wir reisen, Mikael. Ins Wortlose.«

INS WORTLOSE.

Juri Bogdanow saß auf dem Rücksitz eines schwarzen Mercedes und war auf dem Weg gen Norden in Richtung Märsta. Er zeigte Kira die Filmsequenz. Sie sah sie sich mit zusammengekniffenen Augen an, und Bogdanow wartete nur darauf, diesen erregten Schimmer in ihrem Blick zu sehen, der immer aufschien, wenn sie ihre Feinde leiden sah.

Doch nichts dergleichen geschah. Lediglich gequälte Ungeduld blitzte über ihr Gesicht, und das gefiel ihm nicht. Er traute Galinow nicht; außerdem waren sie seiner Ansicht nach zu weit gegangen. Sich an Mikael Blomkvist auszulassen konnte nicht gut ausgehen. Da waren schlichtweg zu viele erhitzte Gefühle im Spiel. Und Kiras verbissene Miene behagte ihm nicht.

»Wie geht es dir?«, fragte er.

»Willst du ihr das schicken?«

»Ich sichere erst mal den Link. Ehrlich gesagt, Kira …«

Er hielt inne. Er wusste, dass ihr nicht gefallen würde, was er gleich sagen wollte. Deshalb sah er sie auch nicht an.

»Du solltest dich von dem Gebäude fernhalten«, fuhr er fort. »Es wäre wirklich besser, wenn wir dich sofort nach Hause fliegen würden.«

»Ich fliege nirgends hin, bevor sie tot ist.«

»Ich glaube nicht …«

… dass sie sich so leicht wird schnappen lassen, wollte er sagen. *Ich glaube, dass du sie unterschätzt.* Doch er ließ es bleiben. Nicht mit einem Wort oder Blick durfte er andeuten, dass er Lisbeth – oder Wasp, wie er sie kennengelernt hatte – in Wahrheit bewunderte. Es gab gute Hacker, es gab Genies, und dann gab es sie.

Anstatt seinen Satz zu Ende zu bringen, beugte er sich vor und zog eine blaue Metallbox hervor.

»Was ist das?«, fragte sie.

»Eine Art Faradaykäfig. Leg dein Handy da rein. Man darf uns nicht orten.«

Kira sah aus dem Fenster. Dann legte sie ihr Telefon in die Kiste. Anschließend starrten sie beide nur verbissen schweigend am Fahrer vorbei in die vor ihnen liegende Landschaft, bis Kira sehen wollte, was sonst noch im Industriegebäude in Morgonsala geschah. Bogdanow zeigte es ihr.

Es waren Bilder, die er nicht gebraucht hätte.

Lisbeth fuhr am Norrviken entlang, als das Signal in ihrer Datenbrille verstummte. Laut fluchend schlug sie mit der Rechten auf den Lenker. Andererseits war das zu erwarten gewesen. Sie drosselte das Tempo und steuerte einen Rastplatz mit Picknicktisch an einer Waldlichtung an, wo sie sich mit ihrem Laptop niederließ und hoffte, die vielen Stunden, die sie im vergangenen Sommer mit Camillas Bekanntschaften verbracht hatte, würden sich endlich auszahlen.

Die ganze Aktion hätte unmöglich ohne die Teufel vom

Svavelsjö MC durchgeführt werden können. Selbst wenn Lisbeth davon ausginge, dass keiner von ihnen etwas anderes als Prepaid-Telefone bei sich hatte, wäre es trotzdem gut möglich, dass ihnen unterwegs ein kleiner Fehler unterlaufen war. Sie checkte sämtliche Jungs, die Kira am Strandvägen besucht hatten: Marko, Jorma, Conny, Krille und Miro – ohne Ergebnis, obwohl sie inzwischen deren Anbieter gehackt und Zugang zu Funkmasten hatte. Erneut donnerte sie die Faust auf den Tisch und war schon drauf und dran aufzugeben und sich etwas anderes einfallen zu lassen, als ihr Peter Kovic einfiel.

Kovic war derjenige im Club mit dem längsten Vorstrafenregister, und es hieß, er habe ein schwieriges Verhältnis zu Alkohol, Frauen und Disziplin. Ihn hatte Lisbeth nicht ein einziges Mal auch nur in der Nähe des Strandvägen gesehen, allerdings war er im Sommer in der Fiskargatan aufgekreuzt, und deshalb nahm sie jetzt ihn und sein Handy aufs Korn. Prompt fluchte sie in sich hinein. Kovic war früh am Morgen denselben Weg gefahren wie Camilla jetzt gerade, war aber ein gutes Stück weiter an Storvreta und Björklinge vorbei in Richtung Uppsala gefahren. Sie wollte eben den nächsten Schritt machen, als ihr Telefon klingelte.

Da würde sie jetzt nicht rangehen. Trotzdem warf sie einen Blick aufs Display.

Es war Erika Berger vom *Millennium*. Das war natürlich was anderes.

Erst verstand sie kein Wort. Erika kreischte irgendwas, und das Einzige, was sie verstehen konnte, war: »Er brennt! Er brennt!« Allmählich verstand Lisbeth noch mehr: »Sie haben ihn in einen Ofen geschoben, er schreit, und sie sagen, sie schreiben …«

»Was schreiben sie?«

»Dass sie ihn bei lebendigem Leib verbrennen, wenn du, nicht zu einem bestimmten Ort im Wald hinter Sunnersta kommst – und wenn irgendwo in der Gegend die Polizei auftaucht oder irgendwer sonst, dann stirbt Mikael einen schrecklichen Tod, und sie machen sich über sämtliche Leute in deiner und Mikaels Umgebung her, bis du dich ihnen auslieferst. Gott, Lisbeth, es ist so schrecklich! Seine Füße …«

»Ich finde ihn, hörst du? Ich finde ihn.«

»Sie sagen, ich soll dir den Film und eine Mail-Adresse schicken, über die du mit ihnen kommunizieren kannst.«

»Dann her damit.«

»Lisbeth, du musst mir endlich sagen, was hier vor sich geht!«

Stattdessen legte Lisbeth auf. Sie hatte jetzt keine Zeit, Bericht zu erstatten, und widmete sich wieder Peter Kovic, der zunächst denselben Weg gefahren war wie Camilla, dann aber auf der E4 in Richtung Tierp und Gävle geblieben war – und das war vielversprechend. Einen Moment lang wirkte es wirklich so, und sie trommelte mit den Fingern auf den Tisch und murmelte und fluchte vor sich hin: »Komm schon, du verdammter Saufkopf, führ mich zu ihnen …«

Die Spur brach in Månkarbo an. Mit leerem Blick starrte Lisbeth die Landstraße entlang. Sie sah in diesem Moment so wütend aus, dass ein junger Mann in einem Renault, der ebenfalls auf dem Rastplatz hatte halten wollen, erschrocken weiterfuhr. Lisbeth selbst bemerkte ihn nicht einmal. Mit zusammengebissenen Zähnen spielte sie den Film ab, den Erika Berger geschickt hatte.

Seine Augen waren weit aufgerissen und weiß, als wären die Iris in den Augenhöhlen nach hinten gerutscht. Sein Gesicht war so schmerzverzerrt, dass er kaum zu erkennen war. Er war schweißgebadet – sein Kinn, die Lippen, die Brust –, und langsam glitt die Kamera über seinen Körper hinunter zu Jeans und Füßen. Er trug rote Strümpfe, die in diesem Augenblick in einen großen Ofen geschoben wurden, in dem ein Feuer loderte. Strümpfe und Hosenbeine fingen Feuer, und mit einer seltsamen Verzögerung, als hätte Mikael ihn so lange wie möglich unterdrücken wollen, war ein markerschütternder Schrei zu hören.

Lisbeth sagte kein Wort, rührte sich nicht. Dann zog sie, ohne es zu merken, mit den Fingernägeln der verkrampften Hand drei tiefe Rillen in den Holztisch. Sie starrte die Nachricht mit der E-Mail-Adresse an, die sie Erika zugespielt hatten, irgendein verschlüsselter Scheiß, und schickte alles mitsamt ein paar kurzen Instruktionen, einem Bild von Peter Kovic sowie einer Karte des nördlichen Uppland an Plague weiter.

Anschließend schnappte sie sich ihren Computer, setzte ihr Google Glass wieder auf und fuhr in Richtung Tierp weiter.

»Lisbeth, du musst mir endlich sagen, was hier vor sich geht!«, hatte Erika Berger ins Telefon geschrien. Alle in der Redaktion an der Götgatan hatten es gehört. Sie wussten lediglich, dass Erika außer sich war. Sofie Melker, die am nächsten bei ihr stand, fürchtete sogar für einen Moment, Erika könnte zusammenbrechen, stürzte auf sie zu und legte einen Arm um sie. Erika bemerkte es nicht einmal.

Sie war verzweifelt darauf konzentriert, sich einen Aktionsplan zurechtzulegen. Die Polizei würden sie außen vor lassen müssen, das hatten sie ausdrücklich verlangt. Auf gar keinen Fall die Polizei ... Aber gäbe es eine Alternative? Das hier war nicht nur das Schlimmste, was sie je gesehen hatte. Hier ging es um Mikael, ihren ältesten Freund, ihre große Liebe. Die Nachricht hatte sie vollkommen unvorbereitet erreicht. Sie hatte ihre E-Mails gecheckt, so wie man es nun mal tat – ohne groß darüber nachzudenken. Man scrollte wie auf Autopilot durch die Zeilen, und dann mit einem Mal ...

Ohne nachzudenken, hatte sie Lisbeth angerufen. Ohne

zuvor verifiziert zu haben, dass es sich nicht doch bloß um einen makabren Scherz, einen Trickfilm handelte. Das war auch nicht mehr nötig gewesen, denn als sie Lisbeths Stimme gehört hatte, war klar gewesen, dass Lisbeth genau so etwas befürchtet hatte – das abgrundtief Böse.

Es war einfach unbeschreiblich. Sie fluchte unzusammenhängend vor sich hin, und als hätte sie sich in einer anderen Realität befunden, merkte sie erst zeitverzögert, dass Sofie sie im Arm hielt. Für einen Moment hätte sie ihr fast erzählt, was geschehen war. Stattdessen machte sie sich von ihr los und murmelte: »Entschuldigt, ich brauche kurz meine Ruhe. Ich erzähle es euch später.«

Danach lief sie in ihr Zimmer, schlug die Tür hinter sich zu, und in diesem Moment war ihr vollkommen klar: Wenn sie irgendwas tun würde, was Mikaels Leben gefährdete, würde sie es nicht überleben.

Aber das bedeutete doch nicht, dass sie untätig bleiben musste, noch weniger, dass sie tun musste, was diese Verbrecher wollten; sie musste … Was musste sie? Denken. Sich konzentrieren. War es mit dieser Art von Verbrechen nicht immer so …

Diese Täter wollten natürlich nicht, dass die Polizei hinzugezogen würde. Aber wenn ihnen das Handwerk gelegt wurde, dann doch immer, weil die Polizei trotzdem informiert worden war. Sie würde Bublanski auf einer sicheren Leitung anrufen müssen, oder …

Nach einem Moment des Zögerns versuchte sie es. Kam aber nicht bei ihm durch. Er telefonierte, und sie begann, unkontrolliert zu zittern.

»Verdammte elende Lisbeth«, hauchte sie. »Wie konntest du Mikael da nur mit reinziehen? Wie konntest du nur?«

Kommissar Bublanski hatte mit Catrin Lindås gesprochen. Die reichte den Hörer jetzt weiter an einen Mann, der sich als Janek Kowalski vorstellte. Er habe Verbindungen zur britischen Botschaft, und Bublanski nahm ihn beim Wort.

»Ich bin ein wenig besorgt«, sagte der Mann im nächsten Moment, und Bublanski schossen ein, zwei Gedanken zum britischen Understatement durch den Kopf.

»In welcher Hinsicht?«, hakte er nüchtern nach.

»Mir scheinen hier auf delikate Weise zwei Geschichten zusammenzulaufen. Vielleicht ist das Zufall. Oder auch nicht. Denn Blomkvist hat Verbindungen zu Lisbeth Salander, nicht wahr, und Johannes Forsell …«

»Ja?«, ging Bublanski ungeduldig dazwischen.

»Gegen Ende seiner Dienstzeit in Moskau 2008 ermittelte Forsell gegen Lisbeths Vater, Alexander Zalatschenko, der sich nach Schweden abgesetzt hatte.«

»Ich dachte, damals hätte nur die Sondereinheit der Säpo von der Sache gewusst.«

»Nichts, Herr Kommissar, ist so geheim, wie die Leute gern denken. Spannend ist in diesem Zusammenhang allerdings, dass Camilla – Lisbeths Schwester – später einen engen Kontakt ausgerechnet zu jenem GRU-Mann geknüpft hat, der Zalatschenko am nächsten stand und der trotz des Vorwurfs des Landesverrats die Verbindung zu ihm aufrechterhielt.«

»Wer soll das gewesen sein?«

»Ein gewisser Iwan Galinow. Er ist aus Gründen, die wir nie ganz verstanden haben, Zalatschenko gegenüber loyal geblieben, selbst … Wie soll ich es ausdrücken? Sogar nach dessen Tod. Nachdem Zalatschenko gestorben war, hat er sich an dessen alten Feinden gerächt und Leute zum Schweigen gebracht, die über belastende Informationen verfügten. Er ist skrupellos und brandgefährlich, und wir glauben, dass er sich mittlerweile in Schweden befindet und mit Blomkvists Entführung zu tun haben dürfte. Es wäre für uns von enormer Bedeutung, wenn er gefasst würde, daher möchten wir Ihnen unsere Hilfe anbieten, vor allem da Verteidigungsminister Forsell seine ganz eigenen Pläne hat, die ich unvorsichtigerweise abgesegnet habe.«

»Ich verstehe kein Wort …«

»Das werden Sie beizeiten, keine Sorge. Wir schicken Ihnen Material rüber und Bilder von Galinow, die leider schon ein paar Jahre alt sind. Auf Wiederhören, Herr Kommissar.«

Bublanski nickte bloß und legte auf. Es war nicht üblich, dass er von solcher Seite Hilfe bekam – denn inzwischen war ihm klar, was für eine Person dieser Kowalski war. Er ließ sich alles noch mal durch den Kopf gehen. Dann stand er auf, wollte soeben zu Sonja Modig hinübergehen und sie ins Bild setzen, als das Telefon erneut klingelte.

Es war Erika Berger.

Catrin saß neben Rebecka und gegenüber von Johannes Forsell in einem braunen Sessel in Janek Kowalskis Wohnzimmer. Es fiel ihr schwer, sich zu konzentrieren. Ihre Gedanken wanderten immer wieder zu Mikael.

Sie hatte sich ein Aufnahmegerät geliehen; das Handy hatte sie ausschalten und weglegen müssen. Sie nahm an, es würde ihr mit der Zeit alles klarer werden. Und allmählich kehrte auch die Konzentration zurück.

»Sie konnten also keinen weiteren Schritt mehr machen«, hakte sie nach.

»Nein«, erwiderte Johannes. »Es war dunkel geworden und eisig kalt, ich fror und hoffte nur noch, dass es schnell ginge. Dass ich in diesen letzten Dämmer einsinken könnte, sobald der Körper alle Wärme abgegeben hat und es uns angeblich wieder gut geht. Doch genau in diesem Augenblick hab ich das Schreien gehört. Ich hab den Blick gehoben, und erst habe ich gar nichts gesehen. Im nächsten Moment trat Nima Rita aus dem Sturm – diesmal jedoch mit zwei Köpfen und vier Armen wie ein indischer Gott …«

»Wie meinen Sie das?«

»So hat es für mich ausgesehen. In Wahrheit hat er jemanden gestützt und geschleppt, aber es dauerte, bis ich das begriffen habe – und es dauerte noch länger, bis mir klar war, um wen es sich handelte. Ich war zu erschöpft, um zu denken. Zu erschöpft, um noch darauf zu hoffen, dass ich gerettet werden könnte. Vielleicht sogar zu erschöpft, um gerettet werden zu *wollen*. Ich hatte zwischendurch das Bewusstsein verloren. Ich bin erst wieder aufgewacht, als eine Person neben mir lag – eine Frau, die die Arme ausstreckte, als wollte sie mich umarmen. Sie hat etwas von einer Tochter gemurmelt …«

»Was hat sie gesagt?«

»Ich hab es nicht verstanden. Ich weiß nur, dass wir einander ansahen. Vollkommen verzweifelt, aber auch irgendwie verblüfft. Ich glaube, dass wir uns im selben Moment wiedererkannten. Es war Klara. Ich hab ihr über Kopf und Schultern gestrichen, und ich weiß noch, dass mir durch den Kopf schoss, dass sie nie wieder schön aussehen würde. Die Kälte hatte ihr Gesicht zerstört – und dann die Wunde in ihrer Lippe, die ich mit dem Eispickel geschlagen hatte. Vielleicht hab ich ein paar Worte zu ihr gesagt, vielleicht hat sie sogar geantwortet. Ich weiß es nicht mehr. Der Sturm heulte, und neben uns waren Svante und Nima in einen Streit geraten. Sie kreischten und schubsten einander, und das war alles seltsam. Was ich davon mitbekam, war so absurd und so unangenehm, dass ich versuchte, mir einzureden, dass ich mich verhört hätte. *Slut* rief einer – und *whore*. Schlampe, Hure. Was in aller Welt war da los, in einem derartigen Krisenmoment? Ich hab es einfach nicht begriffen.«

KAPITEL 31

28. August

Mikael hatte nie sterben wollen – nicht wie Johannes Forsell auf dem Everest –, er hatte nicht mal je in einer schlimmeren Krise gesteckt. Doch jetzt, während er mit schweren Brandverletzungen an Füßen und Beinen auf einer Rollbahre lag, wollte er nur noch wegdämmern. Entschlafen. In ihm existierte nichts mehr als seine Schmerzen, er vermochte nicht einmal mehr zu schreien. Er wand sich nur noch in Krämpfen, biss die Zähne aufeinander und konnte sich nicht ansatzweise vorstellen, dass es noch schlimmer kommen konnte. Doch das konnte es.

Der Mann im weißen Anzug, der sich als Iwan vorgestellt hatte, nahm sich ein Skalpell vom Tisch und schnitt ihm in die Brandwunde, und da bog Mikael den Rücken durch, und er schrie wieder aus Leibeskräften. Er schrie so lange, bis er wieder in der realen Welt zurück war. Trotzdem dauerte es, bis er kapierte, was als Nächstes geschah, und nur vage nahm er wahr, dass sich erneut Schritte näherten, diesmal klappernde Absätze. Er drehte den Kopf und sah eine rotblonde, überirdisch schöne Frau auf ihn zukommen. Sie lächelte, und womöglich hätte ihm das ein wenig Hoffnung auf eine irgendwie geartete Erleichterung bescheren sollen.

Stattdessen bohrte sich das Entsetzen nur umso tiefer in ihn hinein.

»Du …«

»Ich«, erwiderte sie.

Camilla strich ihm in einer fast schon sadistischen Geste über Stirn und Haar.

»Hallo«, sagte sie.

Mikael antwortete nicht. Er war eine einzige kreischende Wunde. Nur dass …

Seine Gedanken irrten umher, als müsste er ihr etwas Wichtiges sagen, käme aber nicht darauf, was.

»Ich mache mir Sorgen um Lisbeth«, ergriff sie wieder das Wort. »Und du solltest dir ebenfalls Sorgen machen, Mikael. Die Uhr tickt – tick, tack. Nur weißt du nicht, wie spät es ist, oder? Ich könnte dir sagen, dass es schon nach elf ist und Lisbeth besser schnell von sich hören lässt, wenn sie dir noch helfen will. Allerdings haben wir bislang keinen Mucks von ihr gehört.« Sie lächelte wieder. »Vielleicht mag sie dich doch nicht so sehr, Mikael. Vielleicht ist sie eifersüchtig auf all deine anderen Frauen. Auf die kleine Catrin beispielsweise.«

Ihn schauderte.

»Was habt ihr mit ihr gemacht?«

»Nichts, mein Lieber, nichts. Noch nicht. Aber Lisbeth scheint dich doch lieber tot zu sehen, als mit uns zu kooperieren. Sie opfert dich – genau wie sie so viele zuvor geopfert hat.«

Mikael schloss die Augen und versuchte weiter, in seinem Gedächtnis nach jenem zu kramen, was er hatte sagen wollen. Aber da war nichts als sein Schmerz.

»*Ihr* opfert mich«, sagte er. »Nicht sie.«

»Wir? Nein, nein. Lisbeth hat ein Angebot bekommen, aber sie hat es nicht angenommen. Eigentlich hab ich auch gar nichts dagegen. Ich lasse sie gern spüren, wie es sich anfühlt, jemanden zu verlieren, der einem wichtig ist. Und du warst doch früher mal wichtig für sie, nicht wahr?«

Wieder strich Camilla ihm übers Haar, und in diesem Moment erkannte er in ihrem Gesicht etwas Unerwartetes. Er erkannte eine Ähnlichkeit mit Lisbeth – vielleicht nicht im Aussehen, aber in dem stummen, zornigen Blick.

»Für sie ist wichtig …«, stammelte er.

Er kämpfte, um die Schmerzen unter Kontrolle zu bringen.

»Was, Mikael?«

»Wichtig waren ihre Mutter und Holger. Die hat sie bereits verloren.« Und endlich dämmerte ihm auch, wonach er gesucht hatte.

»Was willst du damit sagen?«

»Dass Lisbeth längst weiß, wie es ist, einen Menschen zu verlieren, während du, Camilla …«

»Während ich …?«

»… etwas noch viel Schlimmeres verloren hast.«

»Was sollte das sein?«

Er spie es regelrecht heraus: »Ein Stück von dir selbst.«

»Wie meinst du das?« In ihrem Blick flammte Zorn auf.

»Du hast deine Mutter und deinen Vater verloren …«

»Ja, das habe ich.«

»Eine Mutter, die nicht sehen wollte, wie übel dir mitgespielt worden war, und einen Vater … den du geliebt hast … aber der dich missbraucht hat … und ich glaube …«

»Was zum Teufel glaubst du?«

Er schloss die Augen und versuchte sich zu konzentrieren.

»Dass du das größte Opfer warst. Sie haben dich alle im Stich gelassen.«

Camilla packte ihn an der Kehle. »Was hat Lisbeth dir erzählt?«

Er bekam kaum mehr Luft, und das nicht nur, weil Camilla ihm die Gurgel zudrückte. Es fühlte sich an, als kröche das Feuer näher, und mit einem Mal war er sich sicher, einen Fehler gemacht zu haben. Er hatte etwas in ihr wecken wollen und sie damit nur wütender gemacht.

»Antworte mir!«, schrie sie.

»Lisbeth hat erzählt, dass …«

Er keuchte schwer.

»Was?«

»Dass sie viel früher hätte begreifen müssen, warum Zala nachts zu dir kam. Dass sie selbst damals aber so darauf fixiert war, ihre Mutter zu retten, dass sie es lange nicht verstanden hat.«

Camilla ließ seinen Hals los und trat gegen die Bahre, sodass seine Füße gegen die Ofenkante stießen.

»Das hat sie gesagt?«

Sein Puls jagte.

»Sie hat es nicht verstanden …«

»Blödes Geschwätz!«

»Nein …«

»Sie hat es immer gewusst. Klar hat sie es gewusst«, kreischte Camilla.

»Ruhig, Kira«, sagte Iwan.

»Niemals«, zischte sie. »Nicht wenn Lisbeth ihm solche Märchen erzählt hat.«

»Sie wusste es nicht«, keuchte Mikael.

»Das hat sie also gesagt? Willst du wissen, was wirklich mit Zala passiert ist? Willst du es wissen? Zala hat mich zur Frau gemacht. Das hat er gesagt.«

Camilla hielt inne, schien um die richtigen Worte zu ringen.

»Er hat mich zur Frau gemacht, und zwar ungefähr so, wie ich dich jetzt zum Mann mache, Mikael«, fuhr sie fort, beugte sich vor und sah ihm in die Augen. Erst sah sie einfach nur wahnsinnig und rachelüstern aus, doch dann veränderte sich ihr Blick.

Es war ein Schimmer von Verletzlichkeit darin zu erkennen, und Mikael bildete sich ein, dass sie eine Art Kontakt zueinander aufnahmen oder dass sie in seiner Hilflosigkeit gar etwas von sich selbst erahnte. Doch vermutlich täuschte er sich. Denn im nächsten Augenblick machte Camilla kehrt und rief im Gehen noch ein paar Worte auf Russisch, die wie ein Befehl klangen.

Danach blieb Mikael allein mit dem Mann zurück, der sich Iwan nannte, und er konnte nichts anderes tun, als zu versuchen, es zu ertragen und nicht in die Flammen zu sehen …

13. Mai 2008

Als Klara die Bergsteiger im Schneegestöber sah, brach sie zusammen und rutschte von Nima Rita weg den Abhang hinunter, bis sie an einen Körper stieß. Da lag ein Mann. War er tot? Nein, er lebte, er bewegte sich, er sah sie an, schüttelte den Kopf. Er trug eine Sauerstoffmaske. Sie konnte nicht sehen, wer es war, aber er strich ihr über die Schulter.

Dann nahm er die Sauerstoffmaske und die Brille ab und lächelte mit den Augen. Sie erwiderte sein Lächeln. Zumindest versuchte sie es. Es funktionierte nicht lange. Dann hörte sie, wie in der Nähe zwei Männer stritten. Nur bruchstückhaft wehte es zu ihr herüber. Es ging darum, was Johannes – sagten sie wirklich Johannes? – für Nima getan hatte und tun würde. Ein Haus bauen. Sich um Luna kümmern. Es hatte mit ihr nichts zu tun.

Sie hatte solche Schmerzen. Sie lag hilflos im Schnee, konnte nicht aufstehen und betete zu Gott, dass Nima ihr helfen würde, und tatsächlich – jetzt beugte er sich über sie, und es war, als wandte sich ihr die ganze Welt zu. Sie würde tatsächlich gerettet werden, sie würde ihre Tochter wiedersehen und nach Hause kommen. Doch dann zog Nima sie nicht hoch.

Er half dem anderen Mann. Zunächst machte sie sich deswegen keine Gedanken. Sie kümmerten sich einfach zuerst um ihn, das hatte doch nichts zu bedeuten. Als sie aufblickte, hing der Mann über Nimas Schulter, genau wie *sie* eben noch an ihm gehangen hatte. Dann würde sie selbst wohl von der anderen Person Hilfe bekommen, von dem Mann, mit dem Nima gestritten hatte. Aber es dauerte … und dann passierte etwas zutiefst Beunruhigendes. Sie entfernten sich. Sie würden sie doch wohl nicht aufgeben?

»Nein!«, schrie sie. »Bitte, lasst mich nicht allein!«

Doch sie gingen – alle drei –, ohne sich noch mal nach ihr umzudrehen. Eine Weile starrte sie ihren Rücken nach, die im Sturm verschwanden, und erst als sie nur noch die knirschenden Schritte hörte, brach das Entsetzen über sie herein, und sie schrie, bis sie nicht mehr konnte und nur noch leise weinte, in einer Verzweiflung, die sie nie für möglich gehalten hätte.

Juri Bogdanow saß in dem kleinen, neu errichteten Anbau bei Kira, die sich in einen Ledersessel hatte sinken lassen und nervös an ihrem teuren weißen Burgunder nippte, den sie nur ihretwegen mitgenommen hatten.

Bogdanow starrte auf seinen Computer. Er checkte mehrere Videos, nicht nur das von Blomkvist, der sich vor Schmerzen wand, sondern auch die Kameraaufnahmen von draußen. Sie befanden sich in einer alten Glasbläserei, in der früher exklusive Vasen und Schalen hergestellt worden waren, ehe das Unternehmen pleitegegangen war. Kira hatte das Gelände vor ein paar Jahren erworben. Es lag ein gutes Stück entfernt von allen anderen Gebäuden am Waldrand, und obwohl die Fenster riesig waren, konnte man hier nirgends hereinsehen. Bogdanow hatte darauf gedrängt, dass sie sich alle extrem vorsichtig verhielten. Aber hier sollten sie sicher sein. Trotzdem gefiel ihm das alles nicht.

Er musste wieder an Wasp denken und an alles, was er über sie gehört hatte. Angeblich hatte sie sich ins Intranet der NSA gehackt und Dinge gelesen, die nicht mal der Präsident zu sehen bekam. Ihr war gelungen, was als unmöglich galt – in seiner Welt war sie eine Legende, während Kira …

Mein Gott, Kira.

Er spähte zu ihr hinüber, zur bildschönen Kira, die ihn aus der Gosse geholt und reich gemacht hatte. Er sollte einfach nur dankbar sein. Trotzdem – und er spürte es jetzt, als wären seine Glieder urplötzlich schwer wie Blei – war er sie leid. Er war ihre Drohungen und Attacken leid, ihren Rachedurst. Ohne recht zu begreifen, warum, rief er die E-Mail-Adresse auf, die er angelegt hatte, saß ein paar Sekunden lang still da und verspürte eine seltsame Erregung.

Er tippte GPS-Koordinaten ein. Denn wenn sie Wasp schon nicht finden konnten, dann musste Wasp ja wohl herkommen.

Lisbeth saß mit ihrem Laptop nicht weit von Ekesta auf einem anderen Rastplatz an der E4, als ein Wagen am Straßenrand hielt, ein schwarzer Volvo V90. Sie zuckte zusammen und tastete nach ihrer Waffe. Doch es war nur ein Paar mittleren Alters mit einem kleinen Jungen, der mal zum Pinkeln rausmusste.

Lisbeth sah wieder weg. Sie hatte soeben eine Nachricht von Plague erhalten, die sicher kein Durchbruch war, beileibe nicht, aber ihr immerhin eine neue Richtung aufwies. Diesmal gen Osten.

Genau darauf hatte sie gehofft. Dieser verdammte Peter Kovic vom Svavelsjö hatte es verbockt und war um 3 Uhr 37 von der Überwachungskamera einer Tankstelle an der Industrigatan in Rocknö nördlich von Tierp eingefangen worden. Er sah scheiße aus, bleich und aufgedunsen. Auf den Überwachungsbildern nahm er seinen Helm ab und trank ein paar Schlucke aus einer silbergrauen Wasserflasche. Den Rest kippte er sich über Haare und Gesicht, als müsste er nach einer durchzechten Nacht allmählich wieder wach werden.

Seid ihr ihm weiter gefolgt?, schrieb sie an Plague.

Danach nicht mehr.

Keine weiteren Signale von seinem Handy?

Mausetot.

Was bedeutete, dass dieser Säufer überallhin gefahren sein konnte. Nach Norrland oder die Küste hinauf. Sie hatte immer noch keine Ahnung, wohin sie Mikael verschleppt hatten, und am liebsten hätte sie sich die Seele aus dem Leib geschrien und wild um sich geschlagen. Doch sie beherrschte sich. Stumm fragte sie sich, ob sie nicht doch Kontakt zu den Rockern aufnehmen sollte – einfach mal sehen, ob sie auf diese Weise irgendetwas herausfinden würde. Sie rief das E-Mail-Konto auf, das man ihr genannt hatte. Dort stand etwas Neues – zwei Reihen aus Ziffern und Buchstaben, die sie zunächst nicht deuten konnte. Dann dämmerte ihr, dass es GPS-Koordinaten waren. Die Koordinaten einer Ortschaft in der Gemeinde Morgonsala in Uppland.

Morgonsala.

Was hatte das zu bedeuten?

Sie hatten ursprünglich gewollt, dass sie einen Ort vor Sunnersta ansteuerte, und da waren sie verdammt genau gewesen, wie sie sich zu verhalten hätte. Diesmal war diesbezüglich kein Wort erwähnt, da war nur dieser Hinweis, diese Ortsangabe, die … Ja, wo war das … Sie sah genauer hin. Irgendwo in der Pampa, auf einem Acker. Morgonsala, stellte sie fest, war eine Siedlung mit achtundsechzig Einwohnern nordöstlich von Tierp, die hauptsächlich aus Wald und Ackerland bestand, dazu die obligatorische Kirche, eine Reihe von prähistorischen Fundstellen und schließlich ein paar aufgelassene Industrieanlagen aus den Siebziger- und

Achtzigerjahren, als am Ort noch ein gewisser Unternehmergeist spürbar gewesen war. Sie rief Google Earth auf, gab den Ort ein und entdeckte mitten auf einem Feld in der Nähe eines Waldstücks ein längeres, rechteckiges Backsteingebäude mit großen Glasfenstern.

Das konnte durchaus als Versteck für Kriminelle dienen. Andererseits galt das für so ziemlich jedes Gebäude in ganz Schweden. Sie hätte genauso gut im ganzen restlichen Land suchen können. War das hier eine falsche Fährte? Eine Falle?

Sie starrte wieder die Karte an. Rocknö, wo Peter Kovic angehalten und sich Wasser ins Gesicht gespritzt hatte, lag ebenfalls an der Strecke nach Morgonsala, und da murmelte sie irritiert in sich hinein.

Hatte irgendjemand aus Camillas Bande etwas ausgeplaudert? Aber wäre das wahrscheinlich? Die Jungs vom Svavelsjö dürften nicht gerade gejubelt haben, als sie den Befehl erhalten hatten, über jemanden wie Mikael herzufallen. Es hätte ihnen zu riskant sein müssen. Aber warum sollte ihr dann jemand einen Tipp geben? Wer erhoffte sich was davon?

Sie musste der Sache nachgehen, auch wenn hier einiges nicht zueinanderpasste. Sie schrieb an Plague:

Habe möglicherweise eine Spur nach Morgonsala.

Tell me.

Sie schickte ihm die GPS-Koordinaten und schrieb: Ich fahr dort jetzt hin. Könntest du so lange die Nachbarschaft aufmischen?

Gern. Wie?

Strom, Spam-Attacke auf Handys, was weiß ich.

Geht klar.

Melde mich.

Dann setzte sie sich auf ihr Motorrad und fuhr in Richtung Morgonsala. Der Himmel zog zu, und der Wind frischte auf. Sie hielt den Lenker so fest gepackt, dass ihre Fingerknöchel in den Handschuhen bestimmt schon ganz weiß waren.

KAPITEL 32

28. August

Iwan Galinow betrachtete den Journalisten auf der Pritsche. Er war ein Kämpfer, definitiv. Galinow hatte schon lange niemanden mehr derart stoisch solche Schmerzen aushalten sehen. Aber es half alles nichts, ihnen lief die Zeit davon, sie würden nicht länger warten können. Der Journalist musste sterben – letztendlich vollkommen sinnlos, aber das spielte jetzt keine Rolle mehr. Die Schatten der Vergangenheit jagten hinter ihm her – das Feuer selbst, könnte man sagen, an dem er sich zu verbrennen drohte.

Anders als viele andere Kollegen vom GRU hatte Galinow nicht applaudiert, als diese zwölfjährige Göre einen Molotowcocktail auf Zalatschenko geworfen hatte, um ihn in seinem Auto brennen zu sehen. Stattdessen war er untergetaucht und hatte sich geschworen, sich eines Tages an dem Mädchen zu rächen, auch wenn er Jahre zuvor regelrecht am Boden zerstört gewesen war, als er hatte erfahren müssen, dass sein engster Freund und Mentor Zalatschenko abtrünnig geworden war – ein Landesverräter.

Später dämmerte ihm, dass es so einfach nicht gewesen war, und da hatten sie wieder Kontakt aufgenommen. Es war wieder wie früher geworden, zumindest fast, sie hatten sich an heimlichen Orten getroffen, Informationen ausgetauscht und gemeinsam die Swesda Bratwa aufgebaut. Niemand, nicht mal sein Vater, hatte ihm je so viel bedeutet wie Zalatschenko. Galinow würde dessen Andenken für immer ehren, auch wenn er natürlich wusste, dass Zala Ungeheuerliches getan hatte – und zwar nicht nur in beruflicher Hinsicht. Dass er sich an seinem eigen Fleisch und Blut vergangen hatte, war ein weiterer Aspekt in jenem Drama, das ihn letztlich hierhergeführt hatte.

Er würde alles für Kira tun. In ihr erkannte er sowohl Zala als auch sich selbst – den Verräter und den Verratenen zugleich, den Leidenden und jenen, der andere leiden ließ. Trotzdem hatte er sie noch nie so verstört erlebt wie nach ihrem Gespräch mit Mikael an der Pritsche.

Galinow streckte sich. Es war bereits Nachmittag, er war erschöpft, seine Augen waren müde. Dennoch würde er seinen Auftrag beenden. So was hatte er nie gern getan, nicht wie Kira oder Zala; für ihn war es eine lästige Pflicht.

»Wir werden das hier jetzt beenden, Mikael«, sagte er. »Das schaffen wir schon.«

Mikael antwortete nicht. Es biss bloß die Zähne zusammen. Die Pritsche war nass von seinem Schweiß, beide Füße verbrannt und blutig. Der Ofen brannte noch immer. Ein lodernder Schlund. Galinow konnte sich nur zu leicht in Mikaels Lage hineinversetzen.

Er war selbst auch schon gefoltert worden, hatte geglaubt, hingerichtet zu werden, und fast zum Trost für sich selbst und für Mikael glaubte er inzwischen, dass es eine Grenze für Schmerz gab, einen Punkt, an dem der Körper abschaltete. Evolutionär hätte es doch keinen Sinn, wenn wir grenzenlos litten, selbst wenn alle Hoffnung bereits vergebens wäre.

»Bereit?«, fragte er.

»Ich ... habe ...«, sagte der Journalist, doch offenbar war er am Ende. Da kam nichts mehr. Dann war es wohl so.

Galinow kontrollierte die Schienen unter der Bahre, wischte sich den Schweiß von den Wangen und sah kurz seine eigene Reflexion auf dem Metallrand des Ofens. Dann machte er sich bereit.

Mikael hatte irgendwas sagen wollen – einfach nur, um einen kleinen Aufschub zu bekommen. Doch die Kraft hatte ihn verlassen. Erinnerungen und Gedanken brandeten über ihn hinweg wie eine Flutwelle. Er sah seine Tochter vor sich, seine Eltern, Lisbeth und Erika, alles Mögliche – weit mehr, als er überblicken konnte. Unwillkürlich drückte er den Rücken durch. Beine und Hüften zitterten, und er dachte: Jetzt gleich passiert es, jetzt werde ich verbrannt. Er blickte zu Iwan hoch, konnte aber nicht mehr deutlich sehen. Der ganze Raum schien in Nebel gehüllt zu sein, er wusste nicht, ob die Lichter an der Decke wirklich brannten und dann plötzlich ausgingen oder ob er halluzinierte. Kurz glaubte er, die Dunkelheit sei lediglich Ausdruck seiner Todesangst. Doch dann dämmerte ihm, dass irgendetwas passierte. Er hörte Schritte und Stimmen, Iwan, der sich umdrehte und auf Schwedisch rief: »Was zum Teufel ist hier los?«

Aufgeregte Stimmen antworteten. Was war passiert? Mikael ahnte mehr, als dass ihm klar war, dass im kompletten Gebäude urplötzliche Unruhe herrschte und dass der Strom ausgefallen war. Alles war ausgegangen – nur der Ofen nicht, der brannte immer noch, mit derselben bedrohlichen Intensität, und er selbst war nur mehr einen kleinen Schubs von einem schmerzhaften Tod entfernt. Trotzdem musste dieses Durcheinander … Hoffnung bedeuten, oder nicht?

Er sah sich um, erahnte schattengleiche Gestalten, die sich in der Dunkelheit hin und her bewegten.

Vielleicht war ja die Polizei gekommen. Er versuchte, die Schmerzen auszublenden. Würde er sie zusätzlich in

Schrecken versetzen können? Rufen, dass sie umzingelt und erledigt seien? Nein. Da würden sie ihn nur umso schneller in den Ofen schieben.

Seine Kehle zog sich zusammen. Er bekam kaum mehr Luft. Er sah auf die Ledergurte hinab, die über seine Beine gespannt waren. Es waren neue, nachdem die alten verbrannt und mit seiner Haut verschmolzen waren. In seinen Waden pulsierte der Schmerz. Von seiner Haut waren nur noch Fetzen übrig.

Vielleicht konnte er sich trotzdem losmachen? Er beschloss, einen Versuch zu wagen. Es würde unbeschreiblich wehtun, aber er hatte keine Zeit mehr, darüber nachzudenken. Er schloss die Augen und rief mit allerletzter Kraft: »Die Decke stürzt ein!«

Iwan sah hoch, und da holte Mikael tief Luft, riss die Beine aus den Gurten und gab einen Schrei von sich, der die Luft durchschnitt. Ohne groß darüber nachzudenken, trat er Iwan in den Bauch. Das Letzte, woran er sich noch erinnerte, ehe er bewusstlos wurde, waren Stimmen, die auf Schwedisch brüllten: »Erschieß ihn!«

Mai 2008

Tags darauf, auf dem Weg zum Basislager kehrten die Worte zu ihm zurück, die schwach über den Sturm und das Schneegestöber bis zu ihm durchgedrungen waren – das Letzte, was sie von Klara gehört hatten, ihr verzweifelter Ruf: »Lasst mich nicht allein!«

Es war mehr, als er ertragen konnte. Bereits in diesem Augenblick ahnte er, dass diese Worte sein Leben lang in ihm widerhallen würden. Allerdings war die Gefahr noch nicht gebannt. Er lebte zwar, und davon ging eine berauschende Kraft aus, aber noch immer betete er zu Gott, er möge den

Weg bis unten schaffen, um in Rebeckas Arme zu sinken. Nein, er fühlte sich nicht nur schuldbeladen. Er *wollte* auch leben und war deshalb nicht nur Nima, sondern auch Svante unendlich dankbar. Ohne ihn wäre er dort oben gestorben. Dennoch konnte er beiden nicht mehr in die Augen sehen.

Verstohlen spähte er wieder und wieder zu Nima Rita hinüber, und er war nicht der Einzige. Alle waren besorgt. Nima war ein Wrack, und man diskutierte bereits, ob man ihn im Hubschrauber nach unten ins Krankenhaus bringen lassen sollte. Doch er weigerte sich, Hilfe anzunehmen, am allerwenigsten von Svante und Johannes.

Er war ein Unsicherheitsfaktor. Was würde er erzählen, wenn er wieder bei Kräften wäre? Die Vorstellung quälte Johannes – und Svante schien sie noch viel mehr zu beunruhigen. Die Stimmung war zusehends angespannt. Irgendwann konnte er nicht mehr. Sollte es doch ausgehen, wie es wollte …

Als er wieder halbwegs zu Kräften gekommen und sie in Sicherheit waren, war sein Lebenswille vollends der Apathie gewichen. Als er im Basislager schließlich in Rebeckas Arme sinken durfte, spürte er nichts mehr von alledem, wovon er geträumt hatte: kein Gefühl der Geborgenheit, keine Sehnsucht nach ihr, nur eine bleierne Schwere in der Brust.

Er wollte kaum essen und trinken, sondern schlief nur noch – vierzehn Stunden am Stück –, und als er aufwachte, war er mehr oder weniger verstummt. Es war, als hätte sich Asche über die ganze schwindelerregende Berglandschaft gesenkt, und nirgends fand er mehr Trost, nicht mal in Beckas Lächeln. Alles fühlte sich tot an, und er hatte nur noch einen einzigen Gedanken: Er würde es allen erzählen müssen.

Nicht nur wegen Svante und seinen besorgten Blicken schob er es auf. Sie hörten Berichte, denen zufolge Nima Ritas Bergsteigerkarriere zu Ende sei. Sollte Johannes jetzt derjenige sein, der den letzten Nagel in dessen Sarg schlug? Sollte er wirklich allen erzählen, dass der Mann, der in jeder Hinsicht der große Held des Berges gewesen war und der ihm selbst das Leben gerettet hatte, eine Frau zum Sterben im Sturm zurückgelassen hatte?

Es fühlte sich unmöglich an. Trotzdem wäre es fast so gekommen, wäre Svante nicht auf dem Weg vom Basislager nach unten auf ihn zugetreten – auf Höhe von Namche Bazaar, unweit eines plätschernden Baches. Er war allein unterwegs gewesen. Rebecka lief weiter vorn und kümmerte sich um Charlotte Richter, die sich wegen ihrer erfrorenen Zehen Sorgen machte. Svante legte den Arm um Johannes und sagte: »Wir können das nicht erzählen, niemals, das ist dir klar, oder?«

»Tut mir leid, Svante. Ich werde darüber sprechen müssen. Ich kann sonst nicht weiterleben.«

»Das verstehe ich, mein Freund, das verstehe ich. Aber wir stecken in einer Zwickmühle«, fuhr Svante fort – und dann erzählte er, was die Russen gegen sie in der Hand hätten, und Johannes erwiderte schließlich, er werde abwarten.

Vielleicht betrachtete er dies sogar als eine Art Rettungsanker – einen Weg aus seiner drückenden Pflicht, die Wahrheit zu sagen.

Lisbeth hatte sich nicht getraut, die Auffahrt zu nehmen – wenn es denn überhaupt das richtige Gebäude war. Sie hatte einen Waldweg gefunden, auf dem sie dahingeschlittert war, und jetzt stand sie neben ihrem Motorrad im Blaubeergestrüpp hinter einer Kiefer und spähte zu dem Gebäude.

Erst hatte sie darin keine Bewegung wahrnehmen können und war schon zu dem Schluss gekommen, dass es sich doch nur um eine Maßnahme gehandelt hatte, sie auf eine falsche Fährte zu locken. Das Gebäude war lang gezogen wie ein alter Pferdestall, bestand aus Stein und Ziegeln, die allmählich zerbröselten. Das Dach hätte längst repariert werden müssen, und auf den Stirnseiten blätterte die Farbe ab. Außerdem waren von ihrem Standpunkt aus weder Autos noch Motorräder zu sehen. Dann entdeckte sie die schmale Rauchsäule aus dem Schornstein. Sie gab Plague Order, ihre Operation in Gang zu setzen.

Kurz darauf spähte ein Mann aus der Tür – dunkle Klamotten, langes Haar, mehr konnte sie nicht erkennen. Allerdings sah sie ihm an, wie nervös er war, und das genügte ihr.

Sie montierte ihren IMSI-Catcher, ihre mobile Basisstation, und nur Augenblicke später steckte erneut ein Typ ebenso nervös wie der vorige den Kopf aus der Tür.

Das hier fühlte sich richtig an. Das waren sie, da war Lisbeth sich sicher. Allerdings waren es nicht gerade wenige. Sie fotografierte das Gebäude und schickte die GPS-Koordinaten in einer verschlüsselten Nachricht an Kommissar Bublanski. Vielleicht würde die Polizei ja schnell Leute schicken können. Dann ging sie auf das Haus zu. Das Risiko musste sie eingehen. Rund um das Gebäude hatte sie nirgends die Möglichkeit, Deckung zu suchen. Doch sie wollte versuchen, in die bodentiefen Fenster an der Längsseite hineinzuspähen.

Wind fegte über sie hinweg, der Himmel war bedrohlich dunkel, und sie lief vornübergebeugt vorwärts, hatte die Hand an der Waffe. Dann wich sie zurück. Die Fenster waren geschwärzt, sie würde nichts erkennen können.

Sie machte kehrt. Dann meldete sich ihr Telefon. Sie hatte eine SMS abgefangen.

Ab ins Feuer mit ihm, dann hauen wir ab.

Im Nachhinein würde sie nicht mehr genau rekonstruieren können, was dann passiert war. Lisbeth hatte wieder gezögert, genau wie am Twerskoj Boulevard. Conny Andersson, der sie im selben Moment auf dem Überwachungsbildschirm entdeckte, meinte hingegen, eine Gestalt zu sehen, die absolut zielgerichtet hinauf in den Wald rannte.

Auch Bogdanow hatte sie auf seinem Bildschirm entdeckt, doch im Gegensatz zu Conny schlug er nicht Alarm, sondern sah bloß widerwillig fasziniert zu, wie sie zwischen den Bäumen verschwand. Eine Weile blieb sie außer Sicht. Dann war ein Motorengeräusch zu hören, das immer lauter wurde, und mit einem Mal tauchte sie wieder auf: Sie kam in rasender Geschwindigkeit auf ihrem Motorrad direkt auf sie zu. Die Maschine hüpfte und wippte über den Boden, und er argwöhnte bereits, dass er sie gerade zum letzten Mal sah.

Schüsse lösten sich, Glas zerbarst, und das Motorrad schlingerte über die Wiese. Bogdanow blieb nicht, um sich das Ende anzusehen. Er schnappte sich die Autoschlüssel vom Tisch. Er verspürte plötzlich den unerklärlichen Wunsch, endlich frei zu sein und von alldem wegzukommen, was weder für ihn noch für Wasp gut würde ausgehen können.

Mikael schlug die Augen auf und sah einen Mann verschwommen vor sich, einen unrasierten, aufgedunsenen Kerl um die vierzig mit langem Haar, breitem Kiefer und blutunterlaufenen Augen. Die Hände des Mannes, in denen er seine Waffe hielt, zitterten, und er sah auf Iwan hinab, der immer noch nach Luft rang.

»Soll ich ihn jetzt erschießen?«, schrie er.

»Erschieß ihn«, befahl Iwan. »Wir müssen hier weg!«

Augenblicklich fing Mikael an, um sich zu treten, als könnte er mit seinen kaputten Füßen die Kugeln parieren, und er konnte gerade noch sehen, wie sich der Mann konzentrierte, die Stirn in Falten legte und die Muskeln in den Unterarmen anspannte.

»Nein, verdammt«, keuchte er noch – als er plötzlich ein brüllendes Motorengeräusch vernahm. Ein Auto oder ein Motorrad, das in rasender Fahrt immer näher kam. Im selben Moment drehte der Mann sich um.

Um ihn herum gellten bereits Schüsse durch die Luft. Automatische Waffen womöglich, schwer zu sagen; sicher schien nur, dass das Fahrzeug direkt auf sie zugerast kam. Dann war ein ohrenbetäubender Knall zu hören, Glas splitterte und regnete quer durch den Raum. Ein Motorrad donnerte herein, und darauf eine schwarz gekleidete, magere Gestalt, eine Frau, wie er zu erkennen glaubte. Sie fuhr direkt auf einen der Männer zu. Als sie kollidierten, wurde sie gegen die Wand geschleudert.

Die ganze Zeit wurde weiter geschossen. Der aufgedunsene Mann mit dem breiten Kiefer brachte seine Waffe in Anschlag, zielte allerdings nicht auf ihn, sondern auf die Frau, die von ihrer Maschine gestürzt, aber bereits wieder in Bewegung war, sodass der Typ sie verfehlte. Wilde Schritte jagten auf ihn zu, und Mikael sah noch, wie Iwans Gesicht in Angst erstarrte. Mehr sah er nicht mehr. Er hörte nur noch weitere Schüsse und Schreie. Dann wurde der Schmerz wieder übermächtig.

Catrin, Kowalski und die Eheleute Forsell hatten sich indisches Essen bestellt und eine Pause eingelegt. Inzwischen saßen sie wieder zusammen im Wohnzimmer, und Catrin versuchte erneut, sich zu konzentrieren. Sie musste endlich verstehen, was Svante auf dem Marsch vom Basislager nach unten zu Forsell gesagt hatte.

»Ich dachte erst, dass er es gut mit mir meinte«, fuhr Johannes mit seinem Bericht fort. »Er hatte mir den Arm um die Schultern gelegt und gesagt, wenn wir es erzählten, würden wir verklagt. Wir befänden uns ohnehin schon in der Gefahrenzone.«

»Wie kam er darauf?«

»Die Verantwortlichen beim GRU wussten, wer wir waren. Da lag es nur nahe, dass sie sich fragten, ob Grankins Tod mit unserer Anwesenheit auf dem Berg zusammenhing. Dann hat Svante ebenso freundschaftlich hinzugefügt: ›Du weißt selbst, dass sie es schon lange auf dich abgesehen haben‹, und das stimmte natürlich, das wusste ich. Der GRU hielt mich für ein Ärgernis. Und dann erinnerte er mich gleichermaßen verständnisvoll daran, dass sie dort wahrscheinlich Kompromat gegen mich in der Hand hätten.«

»Kompromat?«

»Kompromittierendes Material.«

»Worauf bezog er sich da?«

»Auf die Geschichte mit Antonsson.«

»Dem Wirtschaftsminister?«

»Genau. Sten Antonsson war damals frisch geschieden und irrlichterte herum. Anfang der 2000er-Jahre verliebte er sich in eine junge Russin namens Alisa. Er war im siebten Himmel, der Arme. Während eines Besuchs in Sankt Petersburg, bei dem ich ebenfalls vor Ort war, floss im Hotelzimmer der Champagner in Strömen. Noch während der Feier fing Alisa an, heikle Fragen zu stellen, und ich glaube, da fiel es ihm wie Schuppen von den Augen. Das hier war keine große Liebe – man hatte ihm eine Honigfalle gestellt, und er flippte aus. Er fing an zu schreien und um sich zu schlagen, seine Leibwächter stürmten herein, und die Sache lief vollkommen aus dem Ruder. Irgendjemand kam dann auf die idiotische Idee, ich solle die Frau verhören. Deshalb wurde ich hinaufgerufen.«

»Was ist passiert?«

»Ich bin dort hineingestürzt, und das Erste, was ich sehe, ist Alisa in Spitzenunterwäsche und Strumpfband – das ganze Programm. Sie ist vollkommen hysterisch, und ich versuche, sie zu beruhigen. Da fängt sie an zu brüllen, sie will Geld, andernfalls zeigt sie Antonsson wegen Misshandlung an. Ich bin komplett überrumpelt. Aber nun habe ich zufällig meine Brieftasche bei mir und gebe ihr das Geld … was nicht sonderlich schlau war. Aber es war die einzige Lösung, die mir in dem Moment einfiel.«

»Sie fürchten, es gibt davon Fotos?«

»Ja, das hab ich befürchtet, und als Svante mich wieder an die Sache erinnert hat, wurde alles noch komplizierter. Ich dachte an Becka – wie sehr ich sie liebte ... Ich hatte eine Heidenangst, sie könnte glauben, ich wäre in Wahrheit so ein schmieriger Kerl ...«

»Also beschlossen Sie, das Geschehene totzuschweigen?«

»Ich beschloss abzuwarten. Als ich mitbekam, dass Nima auch nichts sagte, habe ich noch etwas länger gewartet ... und so ist die Zeit vergangen. Irgendwann hatten wir dann ja auch ganz andere Probleme ...«

»Was meinen Sie?«

»Es war zum GRU durchgesickert«, mischte sich Kowalski ein, »dass Johannes versucht hatte, Grankin anzuwerben.«

»Wie war das möglich?«

»Wir glauben, dass es Stan Engelman war«, fuhr Kowalski fort. »Den ganzen Sommer und Herbst über gingen bei uns belastbare Hinweise ein, dass er ebenfalls zur Swesda Bratwa gehörte. Wir hatten den Verdacht, Engelman könnte einen Spion in die Expedition eingeschleust haben, der ihn über den engen Kontakt zwischen Johannes und Viktor informiert hatte. Wir haben zwischenzeitlich sogar geglaubt, dieser Spion könnte Nima Rita gewesen sein.«

»Aber das stimmte nicht?«

»Nein. Trotzdem war der GRU informiert worden. Wahrscheinlich wussten sie nichts mit Sicherheit, trotzdem ... Es erging eine Protestnote an die schwedische Regierung. Darin war sogar die Rede davon, Forsell hätte auf Grankin Druck ausgeübt, was diesem ausgerechnet am Berg natürlich Stress gemacht und ihn schließlich das Leben gekostet hätte. Wie Sie ja wissen, wurde Johannes später aus Russland ausgewiesen.«

»Daran lag es also ...«

»Zum Teil. Allerdings hat Russland zu jener Zeit eine Menge Diplomaten ausgewiesen. Aber ja, es war für uns ein herber Rückschlag.«

»Für mich persönlich nicht«, entgegnete Johannes. »Für mich war es der Anfang von etwas Neuem, Besserem. Ich habe den Militärdienst quittiert, was ich als ungeheuer befreiend empfunden habe. Ich war verliebt, habe geheiratet, Papas Unternehmen ausgebaut und bekam Kinder. Endlich konnte ich dem Leben wieder etwas abgewinnen.«

»Und genau das ist gefährlich«, warf Kowalski ein.

»Zyniker«, fauchte Rebecka.

»Ist doch wahr. Der Glückliche wird unaufmerksam.«

»Ja, ich war unvorsichtig und habe nicht eins und eins zusammengezählt, wie ich es hätte tun sollen«, pflichtete Johannes ihm bei. »Svante war für mich weiter ein Vertrauter und eine Stütze. Ich ernannte ihn sogar zu meinem Staatssekretär.«

»Sicher ein Fehler«, ging Catrin dazwischen.

»Und das ist noch höflich formuliert. Quasi im selben Moment hat mich die Vergangenheit wieder eingeholt.«

»Sie waren einer russischen Desinformationskampagne ausgesetzt …«

»Ja, auch das. Vor allem aber hat sich Janek bei mir gemeldet.«

»Und was …«

»Ich wollte mit ihm über Nima Rita sprechen«, antwortete Kowalski.

»Inwiefern?«

»Sie müssen wissen« – Johannes holte tief Luft –, »dass ich zu Nima noch lange Kontakt gehalten und ihn finanziell unterstützt habe. In Khumbu hatte ich ein Haus für ihn bauen lassen. Aber am Ende spielte es wohl keine Rolle mehr. Nach Lunas Tod fiel er in sich zusammen. Er wurde schwer krank. Ein paarmal bekam ich ihn noch ans Telefon, aber da war er kaum noch zu verstehen. Er redete wirres Zeug. In seinem Kopf herrschte ein einziges Durcheinander, das sich anscheinend niemand mehr anhören wollte. Er war nicht gefährlich – der Meinung war sogar Svante –, allerdings veränderte sich im Herbst 2017 die Lage. Eine Journalistin des *Atlantic*, eine gewisse Lilian Henderson, wollte ein Buch über die Ereignisse am Everest schreiben, das im Jahr darauf zum zehnten Jahrestag des Dramas veröffentlicht werden sollte. Lilian war unglaublich gut informiert und wusste nicht nur von Klaras und Viktors Romanze, sondern auch von Stan Engelmans Verbindungen zur Swesda Bratwa. Sie ging sogar dem Gerücht nach, Engelman hätte sowohl seine Frau als auch Grankin tot auf dem Berg sehen wollen.«

»Mein Gott.«

»Das kann man wohl sagen. Lilian Henderson hatte im Übrigen ein harsches Interview mit Stan Engelman in New York geführt. Natürlich hatte Stan die Vorwürfe weit von sich gewiesen, und es war alles andere als sicher, ob Lilian dies alles würde beweisen können. Trotzdem muss Engelman begriffen haben, dass er ins Kreuzfeuer zu geraten drohte.«

»Was hat er getan?«

»Unvorsichtigerweise hat Lilian erwähnt, sie werde nach Nepal reisen und mit Nima Rita sprechen, und Nima Rita war, wie gesagt, normalerweise vollkommen ungefährlich – allerdings nicht unbedingt gegenüber einer Reporterin, die genug wusste, um zu erkennen, was in seinem Wortschwall Wahnsinn war und was auf echten Fakten beruhte.«

»Und was waren die Fakten?«

»Unter anderem genau das, worauf Lilian abzielte«, erwiderte Kowalski.

»Was meinen Sie?«

»Unser Mann in der Botschaft in Nepal hatte Nima Ritas Wandzeitungen aus Kathmandu gelesen. Dort hatte unter anderem gestanden, dass Stan Nima gebeten habe, Mamsahib am Berg zu töten, und auch wenn Nima von einem *Angelman* gesprochen hatte, sodass es als Engel hätte gedeutet werden können, der ihm dem Befehl erteilt hatte …«

»Sie glauben wirklich, das war die Wahrheit?«, ging Catrin dazwischen.

»Ja, das glauben wir«, erwiderte Kowalski. »Wir glauben, dass Stan zumindest mit dem Gedanken gespielt hat, Nima Rita als Handlanger einzusetzen.«

»Ist das wirklich möglich?«

»Vergessen Sie nicht, dass Engelman in einer verzweifelten Lage war, als ihm dämmerte, dass Klara und Grankin gegen ihn intrigierten.«

»Wie hat Nima reagiert? Wissen Sie etwas darüber?«

»Er war schwer erschüttert«, sagte Johannes. »Seine Bergsteigerlaufbahn, sein ganzes Leben war darauf ausgerichtet gewesen, Menschen zu helfen, und nicht, sie in den Tod zu begleiten. Er hat sich geweigert, sich so etwas auch nur anzuhören. Im Nachhinein, als es dann doch so gekommen war, als er mittelbar zu ihrem Tod beigetragen hatte, da verfolgte es ihn, wie man sich vorstellen kann. Er ist an der Schuld und an der Paranoia zerbrochen. Als Janek mich im Herbst 2017 aufsuchte, versuchte Nima in Kathmandu verzweifelt, seine Sünden zu bekennen. Er wollte eine Beichte vor der ganzen Welt ablegen.«

»Ganz danach sah es aus«, meinte Kowalski, »und ich habe Johannes informiert, dass angesichts von Lilian Hendersons Besuch mit einer Bedrohungslage zu rechnen sei. Meiner Meinung nach bestand die Gefahr, dass Stan und die Swesda Bratwa Nima Rita aus dem Weg räumen wollten. Johannes war sofort der Ansicht, dass es unsere Schuldigkeit sei, ihn zu beschützen und uns um ihn zu kümmern.«

»Und das haben Sie getan?«

»Ja.«

»Auf welche Weise?«

»Wir haben Klas Berg vom MUST informiert, haben Nima Rita in einem britischen Diplomatenflugzeug hierhergeflogen und ihn im Südflügel am Årstaviken untergebracht, wo er leider …«

»Was?«, hakte Catrin nach, als Kowalski nicht weitersprach.

»Keine nennenswerte Pflege erhielt«, fuhr Johannes fort. »Und ich selbst … Ich habe ihn auch nicht annähernd so oft besucht, wie ich vorhatte – und das nicht nur, weil ich einiges um die Ohren hatte. Es hat einfach zu wehgetan, ihn in diesem Zustand zu sehen.«

»Sie sind also einfach weiter glücklich gewesen.«

»Ja, so war es wohl. Allerdings währte das Glück nicht sonderlich lange.«

KAPITEL 33

28. August

Lisbeth hatte den Kopf eingezogen, als sie mit ihrem Motorrad durch das Fenster geschossen war, und hob im nächsten Moment den Blick, um festzustellen, dass ein Mann in Lederweste auf sie schoss. Kurzerhand fuhr sie frontal in ihn hinein. Die Kollision war so heftig, dass sie quer durch den Raum flog, gegen die Wand krachte und auf einem Eisenträger am Boden landete. Binnen einer Sekunde rappelte sie sich hoch und suchte hinter einem Pfeiler Schutz, während ihr Blick die Details um sie herum registrierte: die Männer, die Waffen, die Abstände, Hindernisse und weiter hinten den Ofen aus dem Film.

Daneben stand ein Mann in weißem Anzug – direkt neben Mikael – und presste ihm einen Lappen aufs Gesicht. Eine unbändige Kraft trieb Lisbeth auf sie zu. Ein Schuss traf sie am Helm, weitere pfiffen ihr um die Ohren. Sie erwiderte das Feuer, und einer der Männer auf Höhe des Ofens sackte in sich zusammen. Abgesehen davon wusste sie nicht, was sie tun würde.

Sie rannte nur auf Mikael zu und sah, wie der Mann im weißen Anzug die Pritsche packte, um sie mitsamt Mikael in die Flammen zu schieben. Sie riss die Waffe hoch und schoss, verfehlte ihr Ziel, rannte stattdessen einfach in den Mann hinein, und beide gingen zu Boden. Danach herrschte das reinste Chaos.

Sie wusste nur noch, dass sie ihm eine Kopfnuss gab und ihm die Nase brach, dann wieder auf die Beine kam und eine weitere schattengleiche Gestalt erschoss, dass sie einen Lederriemen von Mikaels Arm riss – was sich als verdammter Fehler erwies. Doch sie hatte geglaubt, es wäre notwendig. Mikael lag auf einer Rollbahre auf Schienen. Ein einziger Stoß, und er würde im Ofen landen. Doch auch wenn sie nur Bruchteile einer Sekunde lang an den Gurten nestelte, war sie in diesem Augenblick unaufmerksam.

Nach einem Schlag in den Rücken und einem Schuss in den Arm ging sie zu Boden und war nicht schnell genug, um den Fuß abzuwehren, der ihr die Waffe aus der Hand trat. Noch ehe sie sich aufrappeln konnte, war sie umringt und der festen Überzeugung, dass sie augenblicklich erschossen würde.

Doch die Stimmung war angespannt. Verwirrt. Vielleicht warteten sie auf den entscheidenden Befehl? Dabei waren sie doch die ganze Zeit hinter ihr her gewesen.

Sie ließ den Blick schweifen, suchte nach einem Ausweg und sah zwei Männer am Boden liegen, ein dritter blutete, stand aber noch. Sie hatte noch drei Männer gegen sich. Mikael würde nicht imstande sein, ihr zu helfen. Er sah benebelt aus, und seine Beine …

Sie wandte den Blick ab, sah wieder die Rocker an – Jorma und Krille vom Svavelsjö MC, dazu Peter Kovic, der Verletzte. Er sah aus, als müsste er sich dringend setzen. Er wäre das schwache Glied, und auch Krille war nicht in Bestform. War er es, den sie angefahren hatte? Ein Stück tiefer in den Raum hinein führte eine blaue Tür zu einem Anbau. Dort drinnen wären noch mehr …

In ihrem Rücken hörte sie das Stöhnen des Mannes, dem

sie die Nase gebrochen hatte. Wahrscheinlich war das Galinow. Auch er war nicht vollends unschädlich gemacht. Aus ihrem eigenen Arm schoss Blut. Eine einzige unvorsichtige Bewegung, und die Jungs würden schießen. Sie wäre erledigt. Trotzdem weigerte sie sich aufzugeben. Ihr schwirrte der Kopf. Wie waren die Leute im Anbau ausgerüstet? Dort drinnen hätten sie Überwachungsbildschirme – und natürlich einen Computer, vielleicht eine Alarmanlage. Aber nein … Da würde sie niemals rankommen. Außerdem war doch der Strom …

Sie konnte nichts weiter tun, als zu versuchen, Zeit zu schinden. Sie sah zu Mikael. Sie brauchte ihn. Sie brauchte alle Hilfe, die sie kriegen konnte. Sie musste jetzt positiv denken. Mikael hatte sie schon einmal gerettet, wenn auch nur vorübergehend. Der Rest war Scheitern. Seit sie am Twerskoj Boulevard so zögerlich gewesen war, hatte sie nur noch Probleme gehabt und Leid verursacht. Sie verfluchte sich innerlich, während ihr Gehirn weiter fieberhaft nach Lösungen suchte.

Sie studierte die Körpersprache der Männer, maß den Abstand zu dem Loch im Fenster, zu ihrem Motorrad und zu einer Eisenstange – womöglich ein Pontello, das Instrument der Glasbläser, die früher hier gearbeitet hatten, und das auf dem Boden liegen geblieben war. Sie fasste Entschlüsse, verwarf sie wieder. Es war, als würde sie jedes noch so kleine Detail in ihrer Umgebung wahrnehmen, auf Geräusche und Abweichungen lauschen, und sie spürte, dass sich etwas anbahnte.

Im nächsten Moment flog die blaue Tür auf, und eine nur allzu bekannte Person kam auf sie zu. Ihre Absätze klapperten triumphierend und verzweifelt zugleich. Schlagartig war der komplette Raum von einer Starre und Feierlichkeit erfüllt, und hinter Lisbeth sagte eine brüchige Stimme auf Russisch: »Mein Gott, Kira! Du bist noch hier?«

Kathmandu, 30. September 2017

Nima Rita hockte in einer Hinterhofgasse unweit des Bagmati-Flussufers, wo die Toten verbrannt wurden, und schwitzte in seiner Daunenjacke. Es war dieselbe Jacke, die er trug, seit er Luna zuletzt oben auf dem Cho Oyu in der Gletscherspalte gesehen hatte. Er sah sie immer noch vor sich, wie sie auf dem Bauch lag, mit ausgebreiteten Armen, als würde sie fliegen und ihm von der anderen Seite zurufen: »Bitte, lass mich nicht allein!«

Genau wie Mamsahib gerufen hatte. Sie war genauso einsam und verzweifelt gewesen, er fand es unerträglich, daran zu denken, und Nima Rita leerte sein Bier. Das brachte die Rufe zwar nicht zum Schweigen – nichts konnte sie je zum Schweigen bringen –, aber es dämpfte sie und stimmte die Begleitmusik der Welt ein wenig sanfter. Er sah sich um. Drei Flaschen hatte er noch, und das war gut. Die würde er austrinken, dann würde er ins Krankenhaus zurückkehren und Lilian Henderson treffen, die den ganzen Weg aus den USA bis hierher gereist war, um ihn zu treffen. Das war eine große Sache, vielleicht das einzig Wichtige seit langer Zeit, auch wenn er natürlich befürchtete, dass auch Lilian Henderson sich von ihm abwenden könnte.

Er war mit einem Fluch belegt. Niemand hörte ihm mehr zu. Seine Worte wirbelten nur so davon wie die Asche im Fluss. Er war wie eine Krankheit, vor der die Menschen flohen, ein Pestkranker. Dennoch betete er unermüdlich zu den Göttern der Berge, auf dass jemand wie Lilian ihn verstehe; er wusste genau, was er ihr erzählen müsste. Er würde ihr sagen, dass er sich getäuscht hatte. Mamsahib war kein schlechter Mensch gewesen. Schlecht waren diejenigen, die schlecht von ihr geredet hatten, Sahib Engelman und Sahib Lindberg, die gewollt hatten, dass sie starb, die ihn hereingelegt und ihm schlimme Dinge eingeflüstert hatten. Die waren schlecht, nicht Mamsahib, und das würde er ihr erzählen – aber wäre das wirklich möglich? Er war immerhin krank, das wusste er selbst.

Für ihn vermischte sich alles. Es war, als hätte er nicht nur Mamsahib zum Sterben im Schnee zurückgelassen, sondern auch seine Luna, und deshalb musste er um Mamsahib genauso trauern und sie lieben, wie er jeden Tag um Luna trauerte und sie liebte. Das machte sein Unglück doppelt so groß. Hundertmal so groß. Trotzdem würde er tapfer sein und versuchen, die Stimmen auseinanderzuhalten, nur nicht so reden, dass er Lilian verschreckte, so wie er alle anderen verschreckte. Er trank sein Bier, konzentriert und schnell. Schloss die Augen. Um ihn herum roch es nach Kräutern und Schweiß. Es wimmelte nur so von Menschen, doch über die Schritte der anderen vernahm er nun welche, die sich ihm näherten, und er sah hoch. Es waren zwei Männer, ein älterer und ein jüngerer. Und sie sagten in britischem Englisch: »Wir sind gekommen, um dir zu helfen.«

»Muss mit Mamsahib Lilian reden«, entgegnete er.

»Natürlich«, sagten sie.

Später wusste er nicht mehr genau, was passiert war – nur dass er kurz darauf in einem Auto auf dem Weg zum Flughafen saß und Lilian Henderson nicht treffen durfte. Es kam nie jemand, der ihn verstand, ganz gleich wie oft er die Götter um Verzeihung bat. Er war verloren.

Und genau so verloren sollte er sterben.

Catrin beugte sich vor und sah Johannes Forsell in die Augen.

»Warum durfte Nima Rita nicht mit Journalisten sprechen, wenn er das wollte?«

»Er war angeblich in zu schlechter Verfassung.«

»Sie meinten, er sei schlecht versorgt worden. Die meiste Zeit sei er eingesperrt gewesen. Warum hat ihm nie jemand geholfen, Ordnung in seine Geschichte zu bekommen?«

Johannes Forsell schlug den Blick nieder. »Weil …«

»Weil Sie es in Wahrheit gar nicht wollten«, fiel sie ihm schärfer ins Wort als beabsichtigt. »Sie wollten weiter einfach nur glücklich sein. War es nicht so?«

»Mein Gott«, mischte sich Janek ein, »seien Sie doch ein bisschen barmherzig. Johannes ist nicht der Schurke in dieser Geschichte. Und glücklich war er, wie schon gesagt, ohnehin nicht sonderlich lange.«

»Schon gut, Entschuldigung«, sagte sie. »Erzählen Sie weiter.«

»Sie müssen sich nicht entschuldigen«, erwiderte Johannes. »Denn Sie haben natürlich recht. Ich war feige. Ich habe Nima verdrängt, hatte genug mit meinem eigenen Leben zu tun.«

»Mit dieser ganzen Hasswelle?«

»Die hab ich eigentlich ganz gut weggesteckt«, murmelte Johannes. »Ich hab sie als das angesehen, was sie war – ein großer Bluff. Reine Desinformation. Nein, es war das, was im August passiert ist.«

»Was?«

»Ich saß in meinem Dienstzimmer im Ministerium. Zu dem Zeitpunkt wusste ich schon seit ein paar Tagen, dass Nima aus dem Südflügel verschwunden war. Ich war besorgt und habe hin und her überlegt, was ich tun könnte, als Svante hereinkam und mir sofort ansah, dass irgendetwas nicht stimmte. Sie müssen wissen, ich habe ihn nie davon in Kenntnis gesetzt, dass wir Nima hierhergebracht hatten. Nicht mit einer Silbe. Die Order hatte ich von Janek. Doch in jenem Moment brach es aus mir heraus. Auch wenn ich seine manipulative Seite nur zu gut kannte … In Krisenmomenten habe ich mich trotzdem oft an ihn gewandt. Das war seit dem Everest so, also hab ich ihm alles erzählt. Es brach wie gesagt nur so aus mir heraus …«

»Wie hat er reagiert?«

»Ruhig, gefasst. Natürlich war er erstaunt, aber ich habe rein gar nichts wahrgenommen, was mich hätte alarmieren müssen. Er nickte nur und ging wieder, und ich dachte mir, es würde schon alles in Ordnung kommen. Ich hatte bereits Kontakt zu Klas Berg aufgenommen, und der hatte mir versprochen, Nima zu finden und ihn ins Krankenhaus zurückzubringen. Am Sonntag, den sechzehnten August, rief dann Svante an. Er saß in seinem Wagen vor unserem Haus in Stocksund und wollte sich mit mir unterhalten. Ich solle mein Handy besser nicht mitbringen, meinte er, und ich dachte mir schon, dass es etwas Heikles wäre. Im Auto ließ er dann laut Musik laufen.«

»Und was hat er gesagt?«

»Dass er Nima gefunden und festgestellt habe, dass der Wandzeitungen aufhängte, auf denen er die Everest-Ereignisse schilderte. Und dass Nima versucht habe, Kontakt zu Journalisten aufzunehmen. Svante meinte, wir könnten uns nicht leisten, dass eine solche Information jetzt ans Licht käme – nicht während uns sowieso schon alle auf dem Kieker hätten.«

»Was haben Sie geantwortet?«

»Ich weiß es nicht mehr; ich weiß nur noch, dass er noch gesagt hat, er habe sich um die Sache gekümmert, ich müsse mir also keine Sorgen mehr machen. Ich wurde wütend und wollte, dass er mir genau erzählte, was er getan hatte, und da antwortete er nur ganz ruhig: ›Ich erzähl es dir gern, aber du steckst da mit drin. Wir wären beide dran.‹ Ich schrie zurück: ›Das ist mir egal, ich will jetzt wissen, was du getan hast!‹ Und da hat dieser Teufel es mir erzählt.«

»Was hat er erzählt?«

»Dass er Nima Rita am Norra Bantorget aufgespürt und ihm eine präparierte Flasche zugesteckt habe, ohne dass Nima ihn erkannt habe. Und dass Nima tags darauf still eingeschlafen sei. Das war seine Formulierung – *still eingeschlafen*. Er werde dafür sorgen, dass niemand je etwas anderes glauben würde, als dass es sich um einen natürlichen Tod oder eine Überdosis gehandelt hätte. Der Kerl habe einfach nur scheiße ausgesehen, sagte er, scheiße – und da bin ich durchgedreht. Ich hab angefangen zu schreien, dass ich ihn anzeigen würde und lebenslang ins Gefängnis brächte – und noch schlimmere Sachen als das. Ich war komplett neben der Spur. Er sah mich nur ruhig an, und da war mir mit einem Mal alles klar. Es war mir klar, als wäre ein Blitz eingeschlagen.«

»Was wurde Ihnen klar?«

»Wer er war. Wozu er imstande war. Ich habe mit einem Mal all das erkannt und wusste kaum, wo ich anfangen sollte … Aber ich weiß noch, dass ich mich wieder an die Blaubeersuppe vom Everest erinnerte.«

»Die Blaubeersuppe?«, fragte Catrin erstaunt.

»Svante hatte eine Firma aus Dalarna als Sponsor an Land gezogen, die eine besonders nahrhafte Blaubeersuppe herstellte, und wie wir alle wissen, ist Blaubeersuppe etwas Urschwedisches. Am Everest sprach er dermaßen begeistert davon, dass alle in unserer Expedition anfingen, die Suppe zu trinken. Als wir dort im Auto saßen, fiel mir wieder ein, wie er in Lager Vier, kurz bevor wir uns zum Gipfel aufmachten, Päckchen verteilt hatte, die unsere Sherpas raufgeschleppt hatten. Ich weiß noch genau, wie er Viktor und Klara jeweils ein Päckchen gab, und musste auch wieder daran denken, wie schlapp sie anschließend waren. Da dämmerte mir, dass …«

»Dass er schon einmal ein Getränk präpariert hatte.«

»Ich kann es nicht beweisen, und er hat es natürlich weit von sich gewiesen. Aber es muss so gewesen sein. Er hat ihnen etwas untergeschoben, was sie geschwächt hat, vielleicht ein Schlafmittel. Engelman und er müssen das gemeinsam geplant haben. Sie haben zusammengearbeitet – und zwar um sich selbst und die Swesda Bratwa zu schützen.«

»Und Sie haben ihn nicht angezeigt? Oder sie beide?«

»Nein, und das hat mich fertiggemacht.«

»Was hat Svante gegen Sie in der Hand?«

»Zum einen die Bilder, wie ich Antonssons Geliebter in Sankt Petersburg Geld übergebe. Allein das wäre schon übel, aber damit nicht genug. Es gibt Gerüchte, ich sei bei Prostituierten und gewalttätig gegen Frauen gewesen. Es gebe da ein ganzes Dossier, behauptete er, und das war so absurd, dass mir einfach nur die Kinnlade runterklappte. Ich hab nie eine Frau harsch angefasst, Becka, und das weißt du. Aber ich konnte es ihm einfach ansehen ... Ich hab es endlich erkannt ...«

»Was?«

»Dass es überhaupt keine Rolle spielt, ob derlei Dinge wahr sind oder erstunken und erlogen. Es bedeutete nichts, dass wir mal Freunde waren. Wenn es ihm in den Kram passt, wird er mich zerstören, und ich werde nie vergessen, wie er gesagt hat, wenn ich den Kampf mit ihm aufnehmen wolle, dann werde er mich auch noch wegen Mordes an Nima Rita drankriegen. Ich hatte Todesangst. Becka, ich habe eine Katastrophe auf uns zurollen sehen, und das hab ich nicht ertragen. Statt zu handeln, hab ich Urlaub eingereicht, bin nach Sandön verschwunden ... und den Rest kennen Sie. Ich konnte nicht mehr damit leben, deshalb bin ich ins Wasser gegangen.«

»Was für ein Schwein«, flüsterte Catrin.

»Unbeschreiblich«, fügte Rebecka hinzu.

»Dieses Dossier, von dem Svante gesprochen hat – gibt es das? Oder hat er nur geblufft?«

»Das gibt es leider«, erwiderte Janek, und in seiner Stimme schwang eine neue Schwere mit. »Vielleicht ist es besser, wenn du auch davon erzählst, Johannes. Ich kann ja etwas ergänzen, falls etwas fehlt.«

Kira stand das Ereignis bevor, auf das sie ihr ganzes Leben lang hingearbeitet hatte, und fühlte … vor allem Enttäuschung. Nicht nur, weil es jetzt zu Ende wäre und sie nicht länger davon würde träumen können. Der Triumph fühlte sich auch nicht annähernd so groß an, wie sie es sich gedacht hatte. Der Moment war beschädigt – von der allgegenwärtigen Unruhe, der Anspannung. Aber vor allem von Lisbeth selbst.

Sie sah nicht aus wie erhofft – weder erledigt noch verängstigt. Sie strotzte vor Dreck und war, wie sie dort auf dem Bauch lag, unbeschreiblich dürr. Blut strömte aus ihrem Arm. Trotzdem ähnelte sie einer Katze, die zum Sprung ansetzte. Sie stützte sich auf die Ellbogen, als würde sie sich zum Angriff bereit machen. Der schwarze Blick sah an ihnen allen vorbei zur Eingangstür, und allein das – dieses Gefühl, nicht mal bemerkt zu werden – machte Kira rasend. *Sieh mich an, Schwester,* wollte sie schreien. *Sieh mich an.* Aber sie durfte sich jetzt keine Blöße geben.

»Da haben wir dich also doch hergelockt.«

Lisbeth antwortete nicht. Ihr Blick wanderte durch den Raum. Sie betrachtete jetzt Mikael und seine verbrannten Beine, dann den Ofen dahinter. Ihre Augen schienen ihr Spiegelbild in dem glänzenden Metall zu suchen, und das verlieh Kira ein wenig Kraft. Vielleicht hatte Lisbeth ja doch Angst.

»Du wirst brennen, genau wie Zala«, sagte sie, und da endlich antwortete die Schwester.

»Und du glaubst, es wird sich hinterher besser anfühlen?«

»Das müsstest du doch am besten wissen.«

»Es fühlt sich nicht besser an.«

»Für mich wird es so sein.«

»Weißt du, was ich bereue, Camilla?«

»Mir ist egal, was du bereust.«

»Ich bereue, dass ich es nicht gesehen habe.«

»Schwachsinn.«

»Ich bereue, dass wir uns nicht gegen ihn zusammengeschlossen haben.«

»Das hätte niemals …«, hob Camilla an, kam aber nicht weiter, vielleicht weil sie keine Ahnung hatte, was sie hätte sagen sollen, oder weil sie insgeheim wusste: Was immer sie sagen würde, wäre ja doch verkehrt. Deshalb schrie sie stattdessen: »Schießt ihr in die Beine und bringt sie zum Ofen!« Und endlich spürte sie doch den Hauch von Erregung in ihrer Brust.

Diese verdammten Idioten schossen tatsächlich, mussten aber einen Moment gezögert haben, denn Lisbeth schaffte es allen Ernstes herumzurollen, und auch Blomkvist war plötzlich auf den Beinen. Wie immer das möglich war. Camilla wich zurück. Ihre Schwester hatte sich eine rostige Eisenstange vom Fußboden gegriffen.

In dem ganzen Chaos, das rund um Lisbeth entstanden war, hatte Mikael die Hände aus den Ledergurten befreien können und zwang sich aufzustehen, obwohl seine Beine ihn kaum tragen würden. Doch das Adrenalin, das durch sein Blut rauschte, half ihm, sich aufzurichten, und er griff sich ein Messer vom Tisch.

Ein paar Meter weiter rollte Lisbeth mit einer Eisenstange bewaffnet über den Boden, schaffte es bis zu ihrem Motorrad und riss es in einer behänden, kraftstrotzenden Bewegung hoch, benutzte es als Schild gegen die Kugeln, dann sprang sie mit einem Mal hoch, schwang sich auf den Sitz, bekam den Motor in Gang, raste durch das Loch im Glasfenster und verschwand hinaus auf den Acker. Dies alles war so unerwartet und irreal, dass sogar die Verbrecher aufgehört hatten zu schießen. Hatte sie am Ende die Flucht ergriffen? Es war unbegreiflich.

Das Motorengeräusch wurde tatsächlich schwächer, bis

es zu guter Letzt erstarb. Mikael war, als umwehte ihn ein eiskalter Wind.

Er sah zu dem brennenden Ofen und auf seine versengten Beine hinab. Das Messer in seiner Hand wirkte nur mehr lächerlich, als wollte man bei einem tödlichen Kampf ein Streichholz einsetzen. Mit unerträglichen Schmerzen brach er erneut zusammen.

Um ihn herum schienen alle erstarrt zu sein. Er hörte bloß schwere Atemzüge und Grunzen. Dann seinen Peiniger, Iwan, der sich hochstemmte. Seine Nase war gebrochen, der Anzug von Asche und Blut befleckt, und er murmelte bloß, sie müssten abhauen. Camilla sah ihn an, machte eine vage Bewegung mit dem Kopf, die sowohl Ja als auch Nein oder gar nichts bedeuten mochte. Sie schien ebenso schockiert zu sein wie alle anderen, fluchte leise in sich hinein und kickte nach einem der Männer, der verletzt am Boden lag. Ein Stück tiefer in den Raum hinein rief jemand den Namen Bogdanow.

Im selben Augenblick hörte Mikael noch etwas anderes – wieder näherte sich das Dröhnen eines Motors. Das musste Lisbeth sein. Was hatte sie vor? Sie war erneut auf dem Weg zu ihnen, diesmal nicht ganz so schnell und auch nicht durch das Loch im Glasfenster. Sie hielt auf ihn und den Ofen zu, und überstürzt rissen die Männer die Waffen hoch und schossen wild um sich. Dann donnerte die Maschine durch das Fenster genau vor ihm.

In einem Regen aus Glassplittern tauchte Lisbeth auf. Diesmal hielt sie nicht den Lenker fest, sondern die Eisenstange, schlug einem der Männer die Waffe aus den Händen, ehe sie mitsamt dem Motorrad gegen die Bahre krachte, über ihn hinwegsegelte und gegen die Wand prallte. Blitzschnell war sie wieder auf den Füßen, griff sich die Waffe, die über den Fußboden geschlittert war, und begann zu schießen.

Überall um ihn herum blitzte es, und Mikael kapierte

kaum, was vor sich ging. Er hörte nur Schüsse und Schreie, schnelle Schritte und Keuchen, lautes Aufstöhnen und Leiber, die zu Boden krachten. Als am Ende der Tumult verstummte – zumindest vorübergehend –, beschloss er zu handeln, irgendwas zu tun, ganz egal was. Er hielt immer noch das Messer in der Hand.

Er versuchte aufzustehen, aber es ging nicht, es tat zu sehr weh. Er versuchte es noch einmal, kam mühsam auf die Beine und torkelte ein Stück vorwärts. Der Schmerz war überwältigend. Mit verschwommenem Blick sah er sich um. Es schienen inzwischen nur noch drei Personen auf den Beinen zu sein: Lisbeth, Iwan und Camilla. Und Lisbeth war die Einzige, die eine Waffe hatte. Das Blatt hatte sich zu ihrem Vorteil gewendet; sie würde allem ein Ende setzen können. Doch nichts geschah.

Sie stand eigentümlich still da, als wäre sie inmitten einer Bewegung erstarrt. Sogar ihre Augen waren reglos, sie blinzelte kaum. Irgendwas stimmte da nicht.

Die Angst drohte Mikaels Brust zu zerreißen, und jetzt sah er es: Lisbeths Hand zitterte. Sie würde nicht schießen können.

Im selben Moment stürzten sich Iwan und Camilla nach vorn, jeder von seiner Seite: Iwan geschwächt und blutüberströmt, Camilla bebend vor Zorn. Ein paar Augenblicke lang starrte Camilla mit loderndem Hass, ja dem schieren Wahnsinn im Blick auf Lisbeth. Dann schnellte sie unversehens, als wollte sie erschossen werden, direkt auf ihre Schwester zu. Doch auch diesmal drückte Lisbeth nicht ab.

Als sie zusammenprallten, taumelte sie ein Stück rückwärts auf das Feuer zu und schlug sich den Kopf an der Ofenkante. Iwan nutzte den Moment, packte sie, und weiter hinten stemmte sich ein Verletzter vom Boden. Diesmal wäre es garantiert Lisbeths Ende.

KAPITEL 34

28. August

»Ich war immer verzweifelter, und das war nicht nur die Angst«, erklärte Johannes Forsell. »Es war auch die Selbstverachtung. Svante hatte mir nicht nur gedroht – er hat mein komplettes Selbstbild verdreht. Diese Sache, derentwegen er mich anzeigen wollte, ist mir in die Adern gesickert, und ich fing an, mich wie ein Mensch zu fühlen, der nicht mehr verdiente zu leben. Ich hab doch den Hass in den Medien erwähnt und dass er mich eigentlich nicht weiter gekümmert hat – aber nach dem Treffen mit Svante fühlte sich mit einem Mal alles, was da gesagt worden war, real und wahr an, und ich fühlte mich komplett handlungsunfähig. Ich saß wie gelähmt da.«

»Ich hab dich auf Sandön ins Telefon schreien hören«, warf Rebecka ein. »Da schienst du immer noch kämpfen zu wollen.«

»Das stimmt, ich wollte kämpfen. Ich hab Janek angerufen und ihm alles erzählt, und wie oft saß ich mit dem Telefon da und dachte: Jetzt rufe ich den Ministerpräsidenten und den Polizeipräsidenten an. Ich war drauf und dran, etwas zu tun, zumindest wollte ich das … Aber Svante muss nervös geworden sein, als ich mir freinahm. Er kam nach

Sandön. Jetzt im Nachhinein frage ich mich, ob er mich nicht hat überwachen lassen.«

»Wie kommen Sie darauf?«, fragte Catrin.

»Weil er an einem Vormittag, als Becka gerade losgegangen war, um einzukaufen, unangemeldet vor der Tür stand. Wir sind an den Strand runter und haben geredet. Bei dieser Gelegenheit hat er mir auch das Dossier gezeigt.«

»Wie sah es aus?«

»Es war natürlich eine Fälschung, aber gut gemacht – mit Fotos von verprügelten Frauen, Zeugenaussagen, Kopien von Anzeigen, weiteren Zeugenaussagen, Bescheinigungen, die aussahen wie technische Beweise ... Es sah aus wie eine umfassende Dokumentation, eindeutig von Profis erstellt, und mir war sofort klar, dass genügend Leute das alles für wahr halten würden, um irreparablen Schaden anzurichten. Ich weiß noch, wie ich wieder zurück ins Haus lief und mich umsah. Jeder einzelne Gegenstand dort drinnen – die Küchenmesser, die Fenster im ersten Stock, die Steckdosen ... Das alles hatte sich in Dinge verwandelt, an denen ich mich hätte verletzen können. In diesem Moment wollte ich nur noch sterben.«

»Das ist aber doch nicht richtig, Johannes«, wandte Janek ein. »Dein Kampfgeist war noch nicht vollends gebrochen. Du hast mich noch einmal angerufen und mir davon erzählt.«

»Ja, hab ich, das stimmt.«

»Und du hast uns genügend Infos geliefert, mit denen wir verifizieren konnten, dass Svante Lindberg Anfang der 2000er-Jahre von der Swesda Bratwa angeworben worden war. Er war nicht nur zutiefst korrumpiert, uns ist endlich auch aufgegangen, welche Strippen er gezogen hatte.«

»Dass er Grankin und Klara Engelman vergiftet hat?«

»Wir hatten endlich ein Motiv! Genau wie Stan Engelman muss er sich davor gefürchtet haben, was Klara und Viktor öffentlich machen könnten. Wir glauben im Grunde nicht, dass Grankin von Svantes Stellung innerhalb des Syndikats wusste, aber das spielt eine untergeordnete Rolle. Wenn man mal drin ist, dann tut man wie geheißen. Die Swesda Bratwa hatte zu dem Zeitpunkt allen Grund, Viktor und Klara aus dem Weg zu schaffen.«

»So langsam wird mir einiges klar«, murmelte Catrin.

»Gut«, fuhr Janek fort. »Dann ist Ihnen sicher auch klar, dass Svante umso mehr Gründe hatte, Klara dort oben sterben lassen, als angeblich einem Freund zu helfen.«

»Er wollte sie zum Schweigen bringen.«

»Dass sie zwischenzeitlich von den Toten auferstanden war, bedeutete nur, dass die Gefahr für das Syndikat wieder auflebte.«

»Entsetzlich.«

»Zweifellos. Unglücklich war nur, dass wir uns so sehr auf diese Spur verlegten, dass wir darüber schlichtweg vergaßen, Johannes zu informieren.«

»Ihr habt ihn im Stich gelassen«, sagte Rebecka tonlos.

»Wir haben ihn nicht in der Form unterstützt, wie er es verdient hätte, und das schmerzt mich ungemein.«

»Recht so.«

»Es ist alles so verdammt unglücklich gelaufen und ungerecht. Ich hoffe, Sie sind zum gleichen Schluss gekommen, Catrin, nachdem Sie dies alles gehört haben.«

»Was genau meinen Sie?«, hakte sie nach.

»Dass Johannes die ganze Zeit versucht hat, das Richtige zu tun.«

Catrin antwortete nicht. Sie hatte eine Push-Meldung auf ihr Handy bekommen.

»Ist etwas passiert?«, fragte Rebecka.

»In Morgonsala findet eine Polizeiaktion statt, die etwas mit Mikael zu tun haben könnte«, flüsterte sie.

Lisbeth krachte mit dem Kopf gegen die Ziegelwand und spürte, wie ihr die Hitze des Ofens entgegenschlug. Sie musste jetzt sämtliche Kräfte mobilisieren, nicht nur um ihrer selbst willen. Aber es war wie verhext. Sie verbrannte Männer mit Bügeleisen. Sie tätowierte ihnen Worte auf die Brust. Sie konnte blindwütig Rache üben. Doch ihre Schwester konnte sie nicht erschießen – nicht mal wenn ihr eigenes Leben davon abhing.

Sie hatte ein weiteres Mal gezögert, und jetzt, inmitten dieses Wahnsinns, riss Camilla an Lisbeths verletztem Arm und versuchte, sie in den Ofen zu zerren. Das Feuer leckte bereits an ihrem Haar, und beinahe wäre sie in die Flammen gestürzt. Doch noch hielt sie sich auf den Beinen. Dann sah sie, wie einer der Gangster – Jorma? – seine Pistole auf sie richtete. Sie schoss zurück, traf ihn in die Brust. Dann beugte sich auch Galinow vor und klaubte eine Waffe vom Boden auf. Sie wollte auch ihn erschießen, schaffte es aber nicht.

Aus dem Augenwinkel sah sie, wie Mikael mit schmerzverzerrtem Gesicht zusammensackte. Er hatte mit letzter Kraft ein Messer in Galinows Schulter gerammt. Im selben Moment wich Camilla zurück und sah ihr mit bodenlosem Hass im Blick direkt in die Augen. Sie zitterte am ganzen Leib. Dann nahm sie Anlauf und schnellte nach vorn, um Lisbeth in den Ofen zu stoßen. Eher intuitiv denn aus Berechnung machte Lisbeth einen Schritt zur Seite – und es war vorbei.

Die heranstürzende Camilla, ein Taumeln, die fuchtelnden Arme – all das wirkte seltsam in die Länge gezogen. Das Rauschen, als Camilla die Flammen touchierte. Zischende Haut, das Haar, das sofort Feuer fing. Der Schrei, der vom Feuer erstickt wurde. Camillas verzweifelte Anstrengung, die ersten stolpernden Schritte in den Raum hinein zu bewältigen, während ihr Haar und die Bluse brannten.

Ein weiterer gellender Schrei. Doch Lisbeth stand nur mehr still da und ließ die Szene auf sich wirken. Einen winzigen Augenblick lang überlegte sie sogar, ob sie ihrer Schwester helfen sollte. Doch sie blieb stehen. Stattdessen geschah etwas anderes. Camilla verstummte erneut. Die Zeit schien stillzustehen. Dann musste Camilla einen Blick auf ihr Spiegelbild im Metallrahmen des Ofens erhascht haben. Sie begann wieder zu schreien: »Mein Gesicht! Mein Gesicht!« Es klang fast, als hätte sie bereits jetzt etwas noch viel Schlimmeres als ihr Leben verloren. Trotzdem war sie noch immer imstande zu handeln. Sie bückte sich nach der Waffe, die Galinow hatte fallen lassen, und richtete sie auf ihre Schwester. Lisbeth zuckte zusammen. Wäre sie jetzt bereit zurückzuschießen?

Camillas Haar brannte lichterloh, und vermutlich beeinträchtigte das ihren Blick. Sie riss die Waffe hierhin und dorthin, als tappte sie im Dunkeln, und Lisbeth legte bloß konzentriert den Finger auf den Abzug.

Einen kurzen Moment lang glaubte sie wirklich, sie hätte abgedrückt. Ein Schuss gellte durch das Gebäude. Doch es war nicht Lisbeth, die geschossen hatte.

Camilla hatte sich den Lauf der Pistole an die Schläfe gehoben und abgedrückt. Unwillkürlich streckte Lisbeth die Hand nach ihr aus und war drauf und dran, etwas zu ihr zu sagen. Doch es fiel kein Wort. Camilla sackte in sich zusammen, und Lisbeth blieb einfach nur stocksteif stehen, blickte auf ihre Schwester hinab, während ein ganzes Leben an ihr vorüberzog, eine ganze Welt – und diese Welt war von Feuer und Zerstörung umgeben.

Sie musste an ihre Mutter denken, an Zala, wie er in seinem Mercedes gesessen hatte und verbrannt war. Dann hörte sie das Rattern von Hubschrauberrotoren, sah zu Mikael, der immer noch am Boden lag, gar nicht weit von Camilla und Galinow entfernt.

»Ist es vorbei?«, fragte er, ohne aufzublicken.

»Es ist vorbei«, antwortete sie und hörte im nächsten Moment die Stimmen der Einsatzkräfte, die das Gebäude stürmten.

KAPITEL 35

28. August

Sie saßen alle bloß da und starrten auf ihre Handys. Ein Reporter von Sveriges Television berichtete vom Tatort und verlautbarte, dass Blomkvist und Salander lebend, aber schwer verletzt aus dem Gebäude hätten gerettet werden können. Catrin schossen Tränen in die Augen. Ihre Hände zitterten, und sie starrte mit leerem Blick vor sich hin. Dann spürte sie eine Hand auf der Schulter.

»Sieht ganz so aus, als hätten sie es geschafft«, sagte Janek.

Sie wollte nur noch von hier verschwinden.

Doch dort wäre sie jetzt kaum eine Hilfe. Besser, sie brächte zu Ende, was sie angefangen hatte, zumal ihr trotz allem immer noch eine Frage auf den Nägeln brannte.

»Ich nehme an, dass die Menschen Ihre Sicht der Dinge nachvollziehen können, Johannes – zumindest diejenigen, die es verstehen *wollen.*«

»Das sind in der Regel nicht viele«, gab Rebecka frustriert zurück.

»Es ist, wie es ist«, erwiderte Johannes. »Können wir Sie irgendwo hinbringen, Catrin?«

»Ich komme schon klar«, sagte sie. »Aber eine Sache muss ich noch wissen.«

»Schießen Sie los.«

»Sie haben erwähnt, dass Sie Nima nicht oft im Südflügel besucht hätten. Aber ein paarmal waren Sie dort, nicht wahr? Da müssen Sie doch gemerkt haben, dass es ihm nicht gut ging?«

»Ja, das habe ich auch.«

»Warum haben Sie nicht dafür gesorgt, dass er besser versorgt würde? Oder an einen besseren Ort käme?«

»Ich hab es versucht, ich hab die Leute in dieser Klinik angefleht und angebettelt. Aber es reichte nicht – und dann hab ich wohl zu schnell aufgegeben. Ich habe mich abgewandt; vielleicht war dies alles letztlich doch mehr, als ich verkraften konnte.«

»Wieso?«

»Manche Dinge schafft man einfach nicht«, sagte er. »Am Ende zieht man den Kopf ein und tut so, als gäbe es sie nicht.«

»War es so schlimm?«

»Sie haben gefragt, ob ich ihn besucht hätte. Anfangs war ich sogar oft dort. Dann fast ein Jahr lang gar nicht mehr. Es ist einfach so gekommen, und ich weiß noch, dass es mich nervös gemacht hat und ich mich hundeelend fühlte, als ich endlich wieder mal hinging. Er kam mir in grauen Klamotten und mit schleppendem Gang entgegen. Er sah aus wie ein Gefangener, der aufgegeben hatte. Ich bin auf ihn zugelaufen und habe ihn umarmt. Er war ganz steif und irgendwie … leblos. Ich habe versucht, mit ihm zu reden, habe ihm tausend Fragen gestellt. Er hat nur einsilbig geantwortet. Er schien aufgegeben zu haben, und am Ende war es, als ginge auch in mir etwas kaputt. Ich hab eine schreckliche Wut verspürt.«

»Auf die Klinik?«

»Auf ihn.«

»Das verstehe ich nicht …«

»Aber so war es – und so ist es nun mal mit Schuldgefühlen. Sie erzeugen bloß Wut. Nima war wie …«

»Was?«

»Wie eine andere Seite meiner selbst. Er war der Preis, den ich für mein glückliches Leben bezahlt habe.«

»Wie meinen Sie das?«

»Verstehen Sie es wirklich immer noch nicht? Ich habe ihm gegenüber eine Schuld empfunden, die ich nie hätte begleichen können. Ich konnte ihm ja nicht mal danken, ohne ihn daran zu erinnern, was ihn kaputtgemacht hatte. Ich durfte leben, weil Klara geopfert worden war. Ich durfte leben, weil *er* geopfert worden war – und am Ende sogar seine Frau. Und das war mehr, als ich ertragen konnte. Ich bin nie wieder in den Südflügel zurückgekehrt.«

KAPITEL 36

9. September

Erika Berger schüttelte abermals den Kopf. Nein, hatte sie gesagt. Sie wisse auch nicht, warum, aber eine solche Wortwahl behage ihr nicht. Sie sei keine Miss Perfect, keine vernagelte Moralistin, im Gegenteil. Sie war verdammt gut. Sie schrieb stark und doch einfühlsam, und statt zu meckern, hätten sie stolz sein sollen. »Also verschwindet von hier und macht eure Arbeit. Und zwar dalli«, schob sie hinterher.

»Schon gut, schon gut«, murmelten sie. »Wir dachten doch nur …«

»Was dachtet ihr?«

»Vergiss es.«

Die beiden Nachwuchsreporter Sten Åström und Freddie Welander trollten sich aus Erikas Zimmer. Sie fluchte ihnen hinterher. Natürlich war auch sie selbst überrumpelt. Wie hatte es bloß dazu kommen können? War es nur die Begleiterscheinung einer Romanze, einer Nacht im Hotel? Ausgerechnet … Catrin Lindås.

Catrin Lindås war die Allerletzte, von der Erika je erwartet hätte, dass sie einmal für *Millennium* schreiben würde. Aber sie hatte nicht nur eine folgenschwere Enthüllungsgeschichte geliefert. Die Reportage war überdies von einem

Glühen getragen – und Verteidigungsminister Johannes Forsell war noch vor der Veröffentlichung zurückgetreten. Sein Staatssekretär Svante Lindberg saß in Untersuchungshaft, allem Anschein nach wegen Mordes, Erpressung und Spionage in besonders schwerem Fall. Trotzdem war nichts von alledem nach draußen gesickert, sodass ihnen niemand auch nur mit einer Silbe zuvorgekommen wäre und den Verkaufserfolg der nächsten *Millennium*-Ausgabe geschmälert hätte.

Aufgrund von Informationen, die in der bevorstehenden Ausgabe von *Millennium* veröffentlicht werden, stelle ich mein Amt zur Verfügung, hatte Johannes Forsell in einer Pressemitteilung geschrieben. Und das war einfach fantastisch. Andererseits hatten Åström und Welander soeben unter Beweis gestellt, was journalistischer Neid bedeutete. Nicht nur schienen ihre eigenen Mitarbeiter sich nicht richtig über den gemeinsamen Erfolg zu freuen, sie mussten auch noch schlecht über diejenige reden, die den Scoop gelandet hatte. Was würden sie als Nächstes tun? Über ihre Kooperation mit der deutschen *Geo* meckern? Eine gewisse Paulina Müller, von der zuvor nie jemand etwas gehört hatte, arbeitete dort an einem Artikel über die wissenschaftlichen Methoden, mittels derer man den Sherpa Nima Rita identifiziert hatte.

Mikael selbst hatte keine Zeile verfasst, auch wenn er an der Vorarbeit maßgeblich beteiligt gewesen war. Er hatte eine Reihe von schmerzhaften Operationen über sich ergehen lassen müssen und im Morphiumschlaf vor sich hin gedämmert. Immerhin hatten die Ärzte Entwarnung geben können: Binnen eines halben Jahres werde er wieder laufen können wie zuvor, und das war eine enorme Erleichterung. Trotzdem war er in sich gekehrt, irgendwas schien ihm auf der Seele zu lasten, und nur manchmal, zum Beispiel wenn sie über Erikas Scheidung redeten, klang er annähernd wie früher. Er hatte sogar gelacht, als sie ihm erzählt hatte, sie habe eine Affäre mit einem gewissen Mikael angefangen.

»Wie praktisch«, hatte er gesagt. Doch über sich selbst und all das, was er durchgemacht hatte, konnte er nicht reden.

Er ließ es weiter wehtun, und sie machte sich Sorgen um ihn. Aber vielleicht würde der heutige Tag etwas ändern. Er würde aus der Klinik entlassen werden, und sie wollte ihn am Abend besuchen. Doch zuerst würde sie seine Story über die Trollfabriken durchsehen, die er selbst nicht hatte veröffentlichen wollen.

Sie setzte ihre Lesebrille auf und fing an zu lesen. Gar nicht so blöd, der Anfang, dachte sie. Aber Mikael wusste nun mal, wie man eine Story aufmachte. Dann ... Okay. Dann verstand sie ihn besser.

Die Story hinkte. War zu verwickelt. Er hatte zu viel auf einmal hineinpacken wollen. Sie holte sich einen Kaffee, strich hier und da einen Satz. Dann ... stieß sie auf etwas Seltsames. In einem unbeholfenen Zusatz – anders konnte man es nicht nennen – stand geschrieben, dass ein gewisser Wladimir Kusnezow nicht nur Trollfabriken in Russland *besaß*, sondern auch in höchstem Maße verantwortlich war für die Hasskampagne, die mehreren Morden an tschetschenischen Homosexuellen vorangegangen war. Das war neu.

Sie wandte sich ihrem Computer zu. Nein, das Einzige, was im Netz über Kusnezow zu finden war, war fast schon ... nett. Er sei Gastronom, hieß es, ein Pfundskerl, Hockeyfan und Spezialist für Bärensteaks und Jetset-Events. Mikaels Artikel besagte etwas gänzlich anderes. Kusnezow sei der Drahtzieher hinter den Desinformations- und Hackerangriffen, die den Börsencrash im Sommer ausgelöst hätten. Er sei der General hinter dem Hass und den Lügen, die über die Welt verbreitet würden, und das war doch nichts anderes als ... sensationell? Was zum Teufel war also mit Mikael los? Wie hatte er solche Informationen so weit hinten in seinem Artikel verstecken – und andererseits ... keine Beweise dafür liefern können?

Erika las die ganze Passage noch einmal. Erst auf den zweiten Blick entdeckte sie, dass der Name Kusnezow mit einer Reihe von russischsprachigen Dokumenten verlinkt war. Sie rief nach Irina, ihrer Redakteurin und Researcherin, die Mikael im Sommer schon einmal unterstützt hatte. Irina war fünfundvierzig, leicht untersetzt, dunkelhaarig, hatte eine große Hornbrille auf der Nase und ein schüchtern warmes Lächeln im Gesicht. Sie ließ sich auf Erikas Bürostuhl nieder und überflog das Material, dann übersetzte sie die entscheidenden Passagen, und am Ende sahen sich die beiden nur an.

»Teufel auch.«

Mikael war soeben auf Krücken nach Hause in die Bellmansgatan gekommen. Er verstand einfach nicht, was Erika da am Telefon sagte. Andererseits war er im Kopf immer noch nicht sonderlich flink, er war noch immer auf Morphium, seine Gedanken waren bleiern, und ihn verfolgten Flashbacks.

Im Krankenhaus war Lisbeth bei ihm gewesen, und das hatte ihm eine gewisse Ruhe beschert, als hätte es geholfen, dass die Person bei ihm war, die mit angesehen hatte, was er hatte durchmachen müssen. Als er sich gerade an seinen Dauergast gewöhnt hatte, war sie ohne ein Wort des Abschieds verschwunden. Die Ärzte und Schwestern hatten überall nach ihr gesucht, dann auch noch Bublanski und Sonja Modig, die mit ihrer Zeugenbefragung noch nicht fertig gewesen waren. Aber es brachte natürlich nichts.

Lisbeth war weg, und das machte ihm zu schaffen. Verdammt, Lisbeth, wollte er schreien, warum lässt du mich immer irgendwann sitzen? Kannst du nicht begreifen, dass ich dich brauche? Doch so war es nun mal. Er kompensierte ihr Verschwinden mit Fluchen und Schimpfen und umso mehr Schmerzmitteln. In manchen Momenten, im

Grenzland zwischen Nacht und Tag, trieb es ihn an den Rand des Wahnsinns, und auch wenn er stundenweise wieder einschlief, träumte er doch immer vom Ofen in Morgonsala. Er träumte, dass sein Körper Stück für Stück in das Flammenmeer geschoben und vom Feuer verschlungen wurde, und wenn er hinterher mit einem Ruck oder einem Schrei aufwachte, schaute er verwirrt auf seine Beine, um nachzusehen, ob sie nicht wirklich brannten.

Am besten waren die Nachtmittage, an denen er Besuch bekam und sich manchmal fast selbst vergaß oder zumindest die Erinnerungen an die Glasbläserei auf Abstand halten konnte. Besonders unerwartet war, dass eine dunkelhaarige Frau mit funkelnden Augen und einem Blumenstrauß im Arm auftauchte. Sie trug einen leuchtend blauen Anzug mit weiten Hosenbeinen und hatte die Haare sorgfältig zu Zöpfen geflochten. Sie sah aus wie eine Läuferin oder Tänzerin bewegte sich nahezu lautlos. Erst wusste er nicht, woher er sie kannte, doch dann wurde ihm klar, dass es sich um Kadi Linder handelte, die Unternehmensberaterin, die ihm an der Wohnungstür in der Fiskargatan begegnet war.

Kadi wollte helfen, sagte sie – sie war sehr ergriffen von dem, was sie über ihn in den Zeitungen gelesen hatte, schien aber auch noch etwas anderes erzählen zu wollen, und da sie sich wand und irgendwie peinlich berührt wirkte, wurde er neugierig.

»Ich habe eine Mail bekommen«, erklärte sie. »Oder Mail ist vielleicht das falsche Wort. Es blinkte auf dem Schirm, und mit einem Mal besaß ich eine Datei über Freddy Carlsson bei der Formea Bank, Sie wissen schon, der gegen mich gearbeitet und mich dieses Jahr angezeigt hat, weil ich ihn in *Veckans Affärer* unehrenhaft genannt habe.«

»Ich erinnere mich dunkel«, sagte er.

»Ja, und mit dieser Datei habe ich jetzt unzweifelhafte Beweise dafür in der Hand, dass Freddy in der Zeit, als er für die Geschäfte der Bank im Baltikum verantwortlich gewesen ist, kräftig Geldwäsche betrieben hat, weshalb er nicht nur unehrenhaft, sondern auch kriminell ist.«

»Das ist ja der Hammer.«

»Genau. Und trotzdem war es nicht das, was mich am meisten erstaunt hat. Sondern die Nachricht, die darunter stand.«

»Und wie lautete die?«

»Da stand ganz genau: Falls jemand nicht begriffen hat, dass ich umgezogen bin, behalte ich mal die Überwachungskameras im Blick. Das war alles, und erst habe ich es nicht kapiert. Es gab ja keinen Absender und keinen Namen. Aber dann musste ich an Ihren Besuch denken und das ganze Drama hinterher in Morgonsala, und da wurde mir klar, dass ich Lisbeth Salanders Wohnung gekauft habe, und da wurde ich …«

»Sie müssen nicht besorgt sein«, unterbrach er sie.

»Nein, nicht besorgt, ganz und gar nicht, ich war wie vom Donner gerührt! Mir wurde klar, dass diese Datei über Freddy Carlsson ihre Art war, mir einen Ausgleich für Unannehmlichkeiten zu verschaffen, die ich möglicherweise ihretwegen bekommen könnte. Das hat mich ehrlich gesagt, sehr berührt, und ich dachte, dass ich Ihnen beiden gern helfen würde.

»Keine Ursache«, sagte er. »Es ist schon sehr freundlich, dass Sie hier sind.«

Mit einer Verschlagenheit, die Mikael später selbst erstaunte, fragte er Kadi, ob sie – im Hinblick auf die gefährdete Position von *Millennium* auf dem Medienmarkt mit all seinen aggressiven Übernahmeversuchen – nicht Vorstandsvorsitzende der Zeitung werden wollte. Da strahlte sie und sagte sofort zu, und schon am nächsten Tag traf sie sich mit Erika und den anderen im Verlag.

Ansonsten hatte ihn zumeist Catrin im Krankenhaus besucht, nicht nur, weil sie jetzt im Grunde genommen ein Paar geworden waren, sondern auch, weil er sich natürlich in ihre Reportage einbrachte. Er las die Entwürfe und sie diskutierten wieder und wieder die Story. Sowohl Svante Lindberg als auch Stan Engelman waren festgenommen worden, Iwan Galinow ebenso, und für den Svavelsjö MC war es wahrscheinlich das Aus – wenn auch nicht für die Swesda Bratwa, die wohl nach wie vor ein paar allzu mächtige Beschützer hatte.

Johannes Forsell hingegen schien sich gut zu erholen, und oftmals fand Mikael, dass Catrin zu nett zu ihm war – auch wenn er es gewesen war, der ihnen den Scoop überhaupt erst ermöglicht hatte. Vielleicht sollte er es einfach hinnehmen – gerade aus Rücksicht auf Rebecka und die Kinder und im Hinblick darauf, was sie durchgemacht hatten.

Schön war indes zu hören, dass Nima Rita nach buddhistischer Tradition im nepalesischen Tengboche bestattet worden war. Dort würde noch eine weitere Gedenkfeier abgehalten; sowohl Bob Carson als auch Fredrika Nyman waren zur Stunde auf dem Weg dorthin. Es schien fast, als würde sich alles ordnen. Trotzdem wollte er sich nicht recht freuen. Ihm war, als stünde er neben allem, vor allem jetzt, da Erika aufgeregt ins Telefon plapperte … Wovon um Himmels willen redete sie denn da?

»Wer ist dieser Kusnezow?«, fragte er.

»Das ist nicht dein Ernst? Den hast du doch selbst aufgespürt!«

»Hab ich nicht.«

»Was haben sie dir für Drogen gegeben?«

»Viel zu schwache, wie mir scheint.«

»Es war vielleicht ein bisschen ungelenk formuliert …«

»Sag ich doch die ganze Zeit.«

»Trotzdem hast du – wenn auch ungelenk – eindeutig

nachgewiesen, wie Wladimir Kusnezow den Crash letzten Sommer ausgelöst hat. Und er ist für den Tod mehrerer Homosexueller in Tschetschenien verantwortlich.«

Er kapierte rein gar nichts mehr. Verwirrt stolperte er auf seinen Computer zu und rief seinen alten Artikel auf.

»Das ist doch verrückt …«

»Tu doch nicht so!«

»Das muss …«

Er brachte den Satz nicht zu Ende. Aber das war auch gar nicht nötig. Erika schien das Gleiche zu dämmern.

»Hat das mit Lisbeth zu tun?«

»Ich weiß es nicht«, erwiderte er schockiert. »Aber erzähl … Kusnezow, sagst du?«

»Lies einfach selbst. Irina ist gerade dabei, die angehängten Dokumente und Beweise zu übersetzen. Diese Geschichte ist total verrückt. Kusnezow ist übrigens derjenige, von dem der Hit der Pussy Strikers handelt – ›Killing the world with lies‹.«

»Wie bitte?«

»Entschuldigung. Ich hatte vergessen, dass du irgendwo bei Tina Turner den musikalischen Überblick verloren hast.«

»Jetzt hör auf …«

»Ich werde es versuchen.«

»Lass mich die Sache wenigstens erst durchsehen.«

»Ich komme heute Abend vorbei, dann besprechen wir das.«

Er musste an Catrin denken, die noch am Nachmittag zu Besuch kommen wollte.

»Sagen wir lieber morgen. Bis dahin hab ich vielleicht noch eine Chance, das hier halbwegs zu kapieren.«

»In Ordnung. Wie geht es dir überhaupt?«

Er dachte kurz nach und kam zu dem Schluss, dass sie eine ehrliche Antwort verdiente.

»Es war heftig.«

»Das glaube ich dir.«

»Aber inzwischen …«

»Ja?«

»Sehe ich wieder Licht am Ende des Tunnels.«

Und mit einem Mal hatte er es furchtbar eilig aufzulegen.

»Ich muss …«

»Zu einer gewissen Person Kontakt aufnehmen.«

»So in der Art.«

»Pass gut auf dich auf«, sagte sie noch.

Dann legten sie auf, und er versuchte erneut, was er im Krankenhaus bereits unzählige Male versucht hatte: Lisbeth zu erreichen. Außer der Geschichte mit Kadi Linder hatte er kein Lebenszeichen mehr von ihr bekommen und machte sich Sorgen – und das war Teil jenes schleichenden Unbehagens, das ihn nachts und früh am Morgen am schlimmsten heimsuchte. Er fürchtete, sie würde nicht aufhören können. Sie würde immer wieder neue Schatten aus der Vergangenheit aufstöbern und zurückschlagen und vielleicht eines Tages das Glück nicht mehr auf ihrer Seite haben. Es war – und dieser Gedanke ließ ihn einfach nicht los –, als wäre ihr ein gewaltsamer Tod vorherbestimmt, und das konnte er nicht ertragen.

Er nahm sein Handy zur Hand. Was sollte er ihr diesmal schreiben? Draußen vor dem Fenster zog der Himmel schon wieder zu. Der Wind frischte auf, die Fenster vibrierten leicht, und er spürte, wie sein Herz hämmerte. Die Erinnerung an den gähnenden Ofenschlund in Morgonsala brandete über ihn hinweg, und er dachte kurz darüber nach, etwas zu schreiben, was fast schon streng klang: Sie müsse von sich hören lassen. Sonst werde er wahnsinnig.

Als hätte er Angst, ihr zu zeigen, wie besorgt er tatsächlich war, schrieb er am Ende nur:

Nicht genug, dass du mir bei einem Scoop hilfst. Du musstest mir auch noch Kusnezows Kopf auf dem Silbertablett servieren.

Doch auch diesmal bekam er keine Antwort. Die Stunden verstrichen, Catrin kam, sie küssten sich und tranken eine Flasche Wein. Eine Zeit lang vergaß er seine Unruhe, und sie unterhielten sich, bis sie gegen elf Uhr eng ineinander verschlungen einschliefen. Drei Stunden später wachte er mit dem Gefühl einer herannahenden Katastrophe auf und griff nach seinem Handy. Doch da war nichts, keine Nachricht von Lisbeth, kein Wort. Er nahm seine Krücken und humpelte in die Küche, wo er bis zur Morgendämmerung am Tisch sitzen blieb und an sie dachte.

EPILOG

Es roch nach Gewitter, als Inspektor Artur Delow auf dem Schotterweg vor dem niedergebrannten Haus in Gorodischtsche nordwestlich von Wolgograd parkte. Ihm war nicht klar, warum dieser Brand eine solche Aufregung verursacht hatte. Es war niemand verletzt worden, und das Haus selbst war ohnehin baufällig gewesen. Das ganze Viertel war baufällig, arm, und auf die Bruchbude schien niemand Anspruch zu erheben. Trotzdem waren dort Bonzen unterwegs, Leute vom Nachrichtendienst und auch ein paar Verbrecher, wie er glaubte, dazu ein paar kleine Jungs, die eigentlich in der Schule oder bei ihren Müttern hätten sein sollen. Die scheuchte er erst einmal weg und betrachtete dann die Ruine. Es war nicht mehr übrig geblieben als ein alter Eisenkamin und der abgebrochene Schornstein. Alles andere war niedergebrannt und verglüht. Das komplette Grundstück glich einer schwarz verödeten Landschaft, und inmitten der Schwärze klaffte ein Loch wie ein Zugang zur Unterwelt. Drum herum standen ein paar versengte Bäume mit Ästen, die an verkohlte Finger von Geistern erinnerten.

Windböen wirbelten Asche und Ruß vom Boden auf und erschwerten das Atmen. Es fühlte sich an, als hinge ein Gift in der Luft, und Artur verspürte einen leichten Druck auf der Brust. Kurzerhand schüttelte er das Gefühl ab und wandte sich zu seiner Kollegin Anna Mazurowa um, die inmitten der Trümmer stand.

»Und, was denken Sie?«, fragte er.

Anna hatte Ruß und schwarze Brösel im Haar.

»Das ist eine Botschaft«, antwortete sie.

»Inwiefern?«

»Dieses Haus hat gerade erst in der vergangenen Woche den Besitzer gewechselt. Da war eine Anwaltskanzlei aus Stockholm im Spiel«, erklärte sie. »Die Familie, die hier gewohnt hatte, ist in eine neue, bessere Wohnung in Wolgograd gezogen. Gestern Abend, nachdem die Möbel alle rausgetragen worden waren, waren hier drin plötzlich Explosionen zu hören, und im Handumdrehen stand das ganze Haus in Flammen.«

»Wenn die Leute doch ausgezogen waren – warum schert sich dann noch jemand darum?«

»Der Gründer der Swesda Bratwa, Alexander Zalatschenko, hat hier seine ersten Lebensjahre verbracht. Nach dem Tod der Eltern kam er in ein Kinderheim in Swerdlowsk im Ural. Auch das Kinderheim ist vorgestern niedergebrannt. Das hat einige Bonzen offensichtlich in Panik versetzt – zumal das hier mit weiteren Schlägen gegen das Syndikat zusammenfällt.«

»Da scheint jemand das Böse an der Wurzel gepackt zu haben«, sagte er und hing seinen Gedanken nach.

Über ihnen grummelte der Himmel. Eine Sturmbö fegte vorüber und trieb Asche und Ruß vor sich her, an den Bäumen und am ganzen Viertel vorüber. Kurz darauf setzte Regen ein, ein erlösender Regen, der die Luft zu reinigen schien, und Artur Delow spürte, wie sich der Druck auf seiner Brust wieder verzog.

Wenig später landete Lisbeth Salander in München. Auf dem Weg zum Taxistand warf sie einen Blick auf ihr Handy und die SMS, die Mikael geschrieben hatte. Diesmal antwortete sie.

Ich hab einen Schlussstrich gezogen.

Die Antwort kam postwendend.

Schlussstrich?

Es ist an der Zeit, neu anzufangen.

Sie lächelte und konnte nicht wissen, dass auch Mikael in seinem Wohnungsflur in der Bellmansgatan lächelte. Es schien tatsächlich an der Zeit zu sein für etwas Neues.

DANKSAGUNG

Herzlichen Dank an meine Verlegerin Eva Gedin und meine Agentinnen Magdalena Hedlund und Jessica Bab Bonde.

Ein großes Dankeschön auch an Peter Karlsson, meinen Verleger bei Norstedts, und meinen Lektor Ingemar Karlsson. Dank gebührt überdies Stieg Larssons Vater und Bruder, Erland und Joakim Larsson.

Danke an die Journalistin und Autorin Karin Bojs, die mir den Tipp mit dem Sherpa-Gen gab, und an Marie Allen, Professorin der Forensik, die mir bei der Recherche behilflich war.

Dank auch an David Jacoby, den Sicherheitsexperten bei Kaspersky Lab, an Christopher MacLehose, meinen britischen Verleger, George Goulding, meinem englischen Übersetzer, an Henrik Druid, Professor der Forensik, Petra Råsten-Almqvist, Abteilungsleiterin in der Stockholmer Rechtsmedizin, Johan Norberg, Gitarrist und Autor, Jakob Norstedt von DNA-konsult, Kommissar Peter Wittboldt und Linda Altrov Berg, Catherine Mörk sowie Kajsa Loord von Norstedts – und an meine erste Leserin, meine Anne.